紅網怨

獻給和我同樣經歷太多、太多的五〇後，
我們扛過來了還活著，這是五〇後的精神。

尚蘭——著

序

人到暮年，兒時、少年、青年時代所經歷的事總浮現在眼前，總想忘記，總想跨過那個時代，但是跨不過去，它像影子時刻纏著我，也在呼喚把那段寫出來，完成一生的願望，但想寫時感到知識用時方覺少。一個只有七年文化水平的女性腦裡一片空白，來日三十三年停滯在過去說的話，寫信全是紅色語言，現在中國流行的「過眼煙雲、紅顏知己、一夜情人、國泰民安、恭喜發財、伊妹兒、盛世」等等，這些豐富多彩、眼花繚亂、自由自在的新詞對停在那個時代的尚蘭來說感到新鮮陌生，還有太多的不適應，感嘆故鄉的變化，同時也有太多的可惜，怨自己是新中國的長女，沒趕上百花齊放的五十年代中前期，錯過看《戰爭與和平》、《安娜卡列尼娜》、《茶花女》的機會，等能理解這些名著時又趕上亂給書籍扣毒草帽子的六十年代，緊跟著的文化大革命更是史無前例毀滅性的，禁書、焚書長達十年之久，最後的洋插隊[1]、海外生活，一生最充實的看書時間都錯過，我是一個永遠被命運捉弄的人，但所幸的是受父母的影響我喜歡書，畢生看書、助我寫書，也許我走的坎坷路太長，不用包裝她眞實的二十年就是一部小說。

少年童工青春怨，再教育路沒自願。
逃不出去天地網，流走六年花年華。

每逢佳節倍思親，一九九七年隨著中央電視台 CCTV 在日本安家落戶，年年除夕都能看到春節文藝晚會，我榮幸在夕陽紅的暮年裡趕上中國的變化，我守在電視機前激動的看著日夜想、總也看不夠的偉大祖國，奼紫嫣紅的華麗舞台，歌后李谷一的《難忘今宵》的金曲加快了我憶苦思甜的寫作，也許寫出來能無怨無悔的走完人生終點，也許寫出來會更愛今天的故鄉。尚蘭春妮似的臉，名字都是無疆大地賜給她的，這割不斷的鄉戀好像一條剪不斷的紅絲帶，無論天涯海角牽著遊子的魂，勿忘自己是中國人。

1 洋插隊：指在國外生活的人，經歷磨煉、苦難。

蘭不知道自己的小說能否讓我們這一代人和今天的六零後、七零後、八零後、九零後所接受，但我可以問心無愧的說，一個一生都沒有自信的女性終於寫完了那個時代的小說，極貧的少年，青年時故鄉的風景是我的朋友，苦惱和天地訴解脫少女怨，這是從那個時代過來女性的活法，她堅信一個道理，坎坷的人生也許是一筆無價財產，幫我大器晚成。

人家姑娘有吃穿，我父沒錢做不到。
但他影響我愛書，無價財產寫真實。
摳吃牆灰喝涼水，時有時無菜窩頭。
寒冬臘月身單衣，墨冰夜裡扒煤核。
租書賣菜糊藥盒，飢餓歧視與差別。
中日混血兒命運，讓我寫成紅綢怨。

紅閨怨

目錄

故鄉長春

美麗富饒大地上，英勇善戰東北人。
世代生活在這裡，為了統一之大業。
一生戎馬馳戰場，中華無疆他功勞。
大清帝國世第二，開天闢地第一回。

對於故鄉長春，海外遊子的蘭對它無限眷戀，越老越思，那片無疆的大地留下她的童年、少年、青年，人生最美好的時光都留在這座城市裡。蘭之所以寫成小說都是它給的靈感，兒時玩耍的省委長長圍牆，通到天邊的斯大林大街，放射形的人民廣場，像巨大翡翠的南湖，火車站，各大專院校都是長春城的象徵。在華麗建築的後面，坑坑窪窪胡同裡一排排飯館，一排排象徵美味、美食、美景的紅幌子，好像翠花嫂請您進去吃餃子。對面門裡是唱京韵大鼓的，雖然聽不懂，但挺好聽，姑娘的旗袍好看。從排滿飯館的胡同往右拐的胡同，則是另一番景象。小孩們看小人書的，打撲克的，下象棋的，大人們一口大碗茶，一曲「蘇三離開了洪洞縣，將身來在大街上」的經典段子。五零後兒時的長春，它像一張五顏六色，曇花一現的年畫，讓我永遠留戀、眷戀。

在文化方面，它有中國著名的長春電影製片廠，近代很多經典電影都在這裡拍攝、誕生，影片的主題歌「花兒爲什麼這樣紅」、「婚誓」等等，影響幾代人，成爲他們在壓抑時期的精神寄託，這些金曲像璀璨的鑽石星，永遠閃爍在電影星河裡。美麗的長春是日本人規劃建築的，毛一生與帝國主義作戰的民族主義者，卻對殖民城市的遺產青島、長春的建築很有好感。

雄偉莊嚴省政府，南湖垂柳湖中月。
長春電影製片廠，拍出百年經典作。
五朵金花劉三姐，留在人們記憶中。
天下最美我故鄉，都是日本留下的。

長春也是出名人的城市，林彪事件後，曾任中共中央副主席、毛澤東主席的接班人王洪文，第三代領導人江澤民都從這裡走向北京，再往遠點說，康熙帝國征來無疆大地的英雄，中國歷史上有名的三藩王之一，平南王尚可喜的後代也生活在這裡。東北的驕傲，尚家的祖先。

無疆大地萬馬騰，中國歷史英雄多。
秦皇漢武唐宋祖，一生輝煌國半圓。
遼闊無疆大東北，長眠世紀常勝王。

一生征戰五十載，半圓中華清朝圓。

在工業上，它有中國最大的汽車製造廠，生產的解放牌大卡車像黑藍色的駿馬奔馳在祖國大地上，國產第一輛東風牌小轎車供毛主席專用。這座東北的城市沒有長江、黃河那樣大江東去，奔騰不息的悠久歷史與詩情水墨畫的江南風景，更找不到北京城的氣勢宏偉，金碧輝煌的宮殿與皇陵，但將半生留在這座小城的尙蘭卻認爲長春是世界上最美的城市。

我是一個半紅藍的混血兒，臉像七十年代電影裡的紅色形象，濃眉大眼學生髮，周圍的同志、朋友們都說我像著名的電影演員張金鈴，春苗裡的扮演者李秀明，五朵金花裡的蝴蝶泉邊的金花等等。那個時代紅色影后的王冠戴在頭上沾沾自喜高興後是無盡的婉惜，雖然我長著典型的國臉，但因爲異色成分，盡管我低調生活，低頭走路，還是被裝進步的人罵了二十六年的「小日本」。蘭的口音是純正的遼寧味，這是我的驕傲，英雄輩出的地方，腿是日本人的遺傳彎彎的，羨慕純中國人像棍子似的長腿，敵對兩國出生的孩子在紅色大地上。

被辱之半生，飢餓度日月，

怨我是混血，無奈尋求生。

尙蘭一九五零年中國吉林省長春市出生，在這座城市度過坎坷的半生。父親尙爾連一九一七年出生在遼寧省海城縣，尙家的祖先在中國歷史上堪謂顯赫人物，尙可喜，字元吉，號震陽，生於明萬曆三十二年（1604年）八月初一日，原籍山西洪洞，其父尚學禮，生於明萬曆二年（1574年），戰歿於明天啓五年（1625年），享年五十二歲，官至副總兵，長期鎮守遼東沿海一帶，是東江總兵毛文龍部下，1625年帶領敢死隊由撫順赫圖阿拉城後身偷襲後金首都，不意事敗，後金調集數萬人馬救援首都，尚學禮與另三位副總兵及全體敢死隊成員陣亡亂軍之中，此事之後不久，努爾哈赤遷都瀋陽。

尚可喜長兄尚可進，生於萬曆二十三年（1596年），亦爲遼東名將，明崇禎六年（1633年）陣亡於對後金的作戰中，享年三十七歲。

尚可喜從軍後，效命於明朝東江總兵毛文龍帳下，官至廣鹿島副將。及至1629年袁崇煥斬毛文龍，皮島總兵黃龍接任，黃龍於明崇禎六年（1633年）因後金大至自刎而死，繼而沈世奎接任。明崇禎七年（1634年），沈世奎誑尚可喜至皮島，意圖誣以罪名，加以謀害。此事爲尚可喜部下許爾顯等人偵知，尚可喜遂有去意，憤而降金。

於是，遣許爾顯、班志富諸部下前往瀋陽，與後金接洽，皇太極聞之，興奮至極，大呼「天助我也」，並賜尚可喜部名「天助兵」。尚可喜攜麾下諸將，轄下五島軍資器械航海歸降。皇太極出城三十里相迎，賞賜珍寶無數，發還先前所俘虜的且能找到的尚可喜家族成員共計二十七人（彼時後金所俘一百餘人，尚可喜二位夫人亂中自盡）。旋即封總兵官，隸屬漢軍鑲藍旗。

明崇禎九年，清崇德元年（1636 年），皇太極改國號爲清，加封孔有德恭順王、耿仲明懷順王、尚可喜智順王，此清初「三順王」。並將海州（今海城）賜尚可喜爲封地，家口舊部安置於此，受到皇太極極高禮遇。

松錦之戰中，從攻松山、杏山等地，立下戰功。後隨多爾袞征討朝鮮，迫使朝鮮國王李倧簽訂城下之盟。

明崇禎十七年，清順治元年（1644 年）隨清軍入關，隨豫親王多鐸南下，兵至湖北鄂州（今武昌），後回歸海州。順治六年（1649 年）尚可喜被官封「平南王」，賜金印、金冊，與「靖南王」耿仲明攜家口舊部進軍廣東，沿海州、山海關、天津、登州、武昌、岳陽、南韶、肇慶，最後直至廣州。行至武昌，由於部下違反軍法，靖南王耿仲明畏罪自裁，由其子耿繼茂接任，兩路大軍同歸平南王尚可喜節制。清順治六年二月，平靖大軍抵達廣州，圍困城池長達十個月，最終攻下城池。廣州城當時人口大約四十萬，死難者約五分之一。1650 年末，靖南王大軍移鎮福建。

尚可喜在廣州開府建第，故址爲今廣州市越秀區的人民公園。平南王尚可喜駐粵二十六年間，維持社會秩序，重建封建禮教，安撫明末遺民，大力發展學工，促進農業發展，捐資廣建佛寺容納明末出家學者。1655 年首次上疏以「痰疾時作」請求歸老遼東，爲順治皇帝以「全粵未定」挽留。在東南沿海打擊海盜，上書朝廷取消遷界禁海之命令，獲得當地百姓支持。在廣東私市私稅「每歲所獲銀兩不下數百萬」，用以支付高昂的軍費開支。

康熙十二年（1673 年），尚可喜第十一次疏清歸老遼東，留其長子安達公尚之信鎮守廣東。康熙准其歸老遼東，但朝廷以尚之信跋扈難制，下令撤藩。平南王登記造冊，準備舉族遷回海城。不料平西王吳三桂接到三藩全撤的聖旨後，起兵反清，康熙帝命令尚可喜留鎮廣東，並加封尚之信爲鎮南王，平南王次子尚之孝爲平南大將軍。江南一帶群起響應吳三桂，靖南王耿精忠亦起兵，雲南、貴州、福建、江西、廣西等地皆爲吳三桂統轄，廣東平南王麾下將領也有多人舉兵響應，沿海群島並起。平南王韜黔白髮獨撐金甌，以廣東彈丸之地牽制十餘萬叛軍無法全心北上，爲康熙帝國平叛創造有利條件。期間廣東數度危急，清朝廷調集的人馬行至江西遇阻，二次調兵由簡親王率領，行至江西再次遇阻。廣東十郡已失其四，廣州城危在旦夕中，平南王甚至在後院堆滿柴火，欲在危急時舉火自焚。

1675 年康熙帝再次下旨，晉封尚可喜爲平南親王，以示褒獎。同年十二月，自覺時日無多的尚可喜在廣州鎮海樓上召集畫師爲自己繪了七幅畫像流傳後世。

康熙十五年二月（1676 年）尚之信發兵圍困其父府邸，奪取廣東最高指揮權，響應吳三桂叛亂。康熙十五年十月二十九日平南親王尚可喜在廣州薨逝，享年七十三歲。康熙皇帝給謚曰「敬」。棺椁暫厝於廣州大佛寺，1681 年歸葬海城鳳翔山，後又遷葬海城市八里鎮大新村文安山。

尙可喜其長子尙之信在「三藩之亂」中爲保全廣東免受戰亂，投降吳三桂，但消極應戰，持觀望態度。後又降清，襲爵平南親王，加封太子太保，聽命於朝廷，於南方剿撫賊寇，基本上掃平兩廣境內吳三桂餘部。1680 年在康熙帝授意下被污蔑謀反，被賜死，並在廣州挫骨揚灰，年五十二歲。至此康熙終於徹底裁撤三藩。

尙可喜爲大清帝國征戰四十餘年，他爲中國的統一事業立下不朽功勛，中國從此無疆版圖，他是一個成功王、常勝生、有謀略的政治家。

尙可喜有三十二個兒子，父親是其中一個兒子的後代，在長春的尙家親戚都是醫生，而且是名醫。父親是學法律的，青年時代到日本留學，在留學期間認識母親。母親不顧家人的反對來到中國，開始苦難坎坷的人生。尙蘭有過短暫幸福的童年，但隨著 1956 年的公私合營，幸福生活被沖得一無所有，等待她的是：

一九五六年開始，幸福生活已結束。
春搶樹皮夏租書，冬扒煤核秋撿菜。
一件衣服四季穿，天天盼著快長大。
渴望過上好日子，可是花季到來時。
十年浩劫美夢碎，靠邊站去黑成分。

無事可做日夜睡，然後接受再教育。
酷署嚴寒大地上，歲月流走她青春。
可是回城遙無期，沒錢沒門女知青。

短暫幸福的童年

冰凍大地雪飛舞，冰花窗裡聖誕樹。
掛滿彩色小口袋，裡面山楂水果糖。
紅棗瑠瑠小藥瓶，聖誕爺爺送禮物。
雪橇上面大紅包，夢中小孩樂開花。

又快到聖誕節了，每年這時候日本的大商店把聖誕樹打扮得姹紫嫣紅金色，觸景生情回到家找出收起來的聖誕樹，掛上金小鈴、紅蝶結、棉花雪，然後纏上藍色的霓虹燈等待夜幕降臨，在熱熱鬧鬧的色彩中回憶童年的聖誕節，那一刻我熱淚盈眶，眼前浮現了五十多年前的長春，終身難忘的記憶從這開始。那時我五歲，是共和國的長女，也是花季時趕上空前絕後時代的證人，前撲後繼戰鬥了百年的人民終於迎來解放。希望與理想可以實現的新中國，滿腔熱情，滿懷信心的父親和幾個朋友合伙經營製藥廠，大家早出晚歸，廢寢忘食，漸漸製藥廠走向正軌，盈利，尙家過上了和平，安定的幸福生活。五十年代的文化生活也是豐富多彩，各家電影院的大海報隔三差五的給觀眾驚喜。父親喜歡看書和跳舞，只有兩年的美好生活卻讓我一生留戀、眷戀、念念不忘。當時住的房子是一幢日式小洋樓，一樓是醫院，二樓住著三戶人家，其中我家最大。東北又距離蘇聯近，成爲蘇聯電影粉絲的父母，把銀幕上的蘇聯生活方式再現在客廳裡，藍色落地式的金絲絨窗簾掛在窗戶上，襯在裡面的花簾像一層朦朦朧朧的面紗，我好奇的藏在花簾裡看灑滿陽光的紅油地板，油畫「冬天的西伯利亞」和牆壁連成一體，彷彿皚皚的白雪伸向無垠的藍天。書架上琳琅滿目的世界名著、詩集、蘇聯畫報，調和客廳溫馨氣氛的玻璃花瓶裡黃色、粉色、紫色菊花簇擁著香色迷人的茉莉花，守著門的檯燈是客廳裡最耀眼的主角，圓形的巨大燈罩彷彿是一把淡黃色的保護傘，每天晚上我久久的看著能把黑夜照亮、照暖的檯燈，漸漸悟出其中的祕密，它是尙家祖先一生戎馬保衛大中華的無疆版圖，檯燈好像英雄紀念碑再現了四百年前疆場上刀光劍影、馬嘶蹄飛、浴血奮戰的悲壯畫面，才創造出康乾盛世。

在這充滿中、蘇情調的客廳裡，父親晚上大多數時間都在看書，旁邊沒趣的我用書在地板上搭房子。時間的流逝，父親對書的愛影響著我，整天在書香裡的女孩和書結下了一生的緣。「夜色多麼美，令我心神往，莫斯科郊外的晚上……」。父母和著音樂在客廳裡翩翩起舞，母親的裙子好似藍蝴蝶在飛，我坐在檯燈下看跳入迷的父母，舞步時而快時而慢。

鳥語花香夜空下，悠美激情手風琴。
拉出紅莓花兒開，翩翩起舞年輕人。
直到夜半不願歸，名畫名著經典曲。
牛奶麵包小轎車，崇拜蘇聯老大哥。

感覺五十年代的空氣裡都飄著蘇聯的影響，托爾斯泰的名著、普西金和高爾基的詩歌、電影影響著父母那一代，他們沉浸在輕快、激情的蘇聯音樂中，食生活上也模仿蘇聯，早晨起來牛奶、麵包、香腸、西紅柿湯擺在白色繡花布的餐桌上，挺好看的又有營養，但我不習慣，感覺吃不飽，還是中國的大饅頭炒雞蛋實惠，越吃越香，不高興的看著洋食，但喜歡裝麵包的藍花洋盤，它好看得像五十年代中期藍藍的天，我偷偷的拿了盤子跑到客廳把茶几上大玻璃盤裡的蘋果、桔子裝到藍花盤裡和弟弟過家家玩，夢想長大後我的家也像蘇聯式的。父母對蘇聯的癡迷、癡愛也影響著我一生愛蘇聯，越老越留戀五十年代的蘇聯電影、歌曲。

冬天來臨總不見晴，連續數天的大雪，長春市變成了白色世界，而且越下越朦朧，霧越大，朦朦朧朧的天地間，把紛紛揚揚的大雪變成霧中花，窗外的美景啓發母親給我們過聖誕節，那時的中國不像現在家家過聖誕節，也沒有今天這樣現成的五光十色、眼花繚亂的聖誕樹。只知道大年三十放鞭炮、打燈籠、吃餃子，正月十五元宵節的我好奇的等著，後天就是聖誕夜了，還沒有聖誕樹，這時母親想起朋友家院裡的松樹，母親去找她，說了一會話後開始鋸樹枝，回到家把它插到大花盆裡放到窗台上，但只完成了一半，也讓母親想出用紅棗、山楂、糖果代替西方聖誕樹上掛的花花綠綠小玩意，母親領我們到商店買缺的東西，商店裡的霓虹燈晃得眼睛發花，看不過來了，我和弟弟跟著母親左右上下的看，桔子香、蘋果紅、金黃色大柿子堆滿山，彩花一樣的蛋糕鑲在玻璃櫃裡，母親拿出了錢，玻璃櫃裡空了一塊，奶油蛋糕像魔術一樣，售貨員交給母親，奶香從盒裡鑽出來，聞著它想晚上，弟弟拉了我一下，指著貼在玻璃窗上的大紅字，被燈光的照射，玻璃映成紅色，好漂亮啊，還有六天就過新年了，東方紅、西方紅給嚴寒長春帶來喜慶的暖色。

熙熙攘攘食雜店，燒雞香腸鮮豬肉。
大蝦鮮魚櫃台滿，桔子溢香蘋果紅。
大圓蛋糕奶油花，妍麗毛線堆成山。

聖誕的東西買全走出商店，很遠了，我還望著雪中商場的大紅燈籠。回到家，母親用買來的彩色毛線鉤小口袋，裡面放上山楂，花花綠綠的糖果，各種玻璃溜溜，然後把小藥管當成冰柱全掛在樹上，給孩子們帶來神祕的聖誕樹做好放在大玻璃窗下，紅、藍、金、綠、紫的顏色，把冰凌窗戶映照得好像教堂裡的彩玻璃絢爛奪目。母親爲了讓我們更高興，戴上平常捨不得的紅寶石戒指，它紅得像一塊水果糖讓我直淌口水，跟著媽媽要吃，母親耐心的告訴我它不是糖塊，是寶石，然後讓我舔舔才知道寶石無味道，硬，但還是不甘心，也要寶石戒指。無奈的巧媽媽用玻璃紙把一個藍溜溜包好戴在我的手上，哇啊！我也有寶石戒指了，我的寶石戒賽過母親的紅寶石戒指，藍玻璃溜溜裡面還有彎彎的月牙呢。

父親下班了帶回一個神祕的大包，還有紅酒、燒雞，母親趕緊跪下給父親脫鞋，又脫下沾滿雪花的呢子大衣。接著開始忙乎夜宴，朦朦朧朧的燭光桌子上奶油花綻放的大蛋糕、紅酒、燒雞、蘋果、桔子，又用新鮮、好看，組合在一起營養價值高的紅芯蘿蔔、青蘿蔔、胡蘿蔔絲做沙拉再裝進玻璃盤子裡，然後點上香油、醬油、醋。窗外鋪天蓋地的直瀉大雪彷彿給窗前奼紫嫣紅的聖誕樹披上了銀裝，留聲機裡美國四十年代男高音歌唱家的天籟歌聲，使聖誕夜沉浸在天上人間的世界裡。我呆呆的看著美景，聽著歌聲，如癡如醉。這時想起母親講的故事，聖誕老人在孩子睡覺的深夜才來送禮物，盼望幾小時後夢想成真的我急忙上床在暖暖的被窩裡等聖誕老人的大紅包，冰冬湛藍高又無疆的天空，一輪紅日印在絳色的窗簾上，大窗簾變得更加妍紅，照得屋裡暖烘烘的，昨夜玩得太累了還在夢中，母親怎麼叫也不願意從暖被窩出來，忽然媽媽說：「聖誕老人來了」，好像觸電立刻坐起來找紅帽子的老人，沒有，母親哄我們說：「聖誕老人太忙，給你們的禮物在這，床下邊兩個精美的大口袋」。急忙打開往裡看，紅色毛衣和毛褲，還有帽子和手套，大弟弟是藍色的，紅藍的拉毛絨衣眞漂亮，我突然明白了昨天父親拎的神祕大包就是給我們的聖誕禮物，只不過大人們爲了讓孩子們更高興，巧用白雪、紅色編織神話故事，紅藍毛衣是漫長冬天最實惠的禮物，我和弟弟穿上毛衣跑到外面的雪地上你追我趕、打雪仗、做雪球。直到玩得精疲力盡、渾身是雪，北風割臉死拉疼，割得小手裂開口，才戀戀不捨的回家。

銀色的雪夜掛滿奼紫嫣紅小口袋的聖誕樹，趕雪橇的聖誕爺爺、白雪公主，冰花窗戶。雖然只有兩年的美好生活，但我感謝生在這充滿歐洲情調的家，它啓蒙我愛文學，嚮往歐美。

如今已到暮年的遊子，每到聖誕節來臨都會喚起我對童年聖誕節的懷念，那自做的聖誕樹上掛著母親發明的，給我們高興、驚喜、感動的紅色、藍色、綠色、黃色、紫色的小口袋、糖果、山楂、彩溜溜、小藥瓶、棉花雪。今天再也看不到原汁原味歡聚一堂的白雪聖誕夜了，那一刻想家了，淚水模糊了視線，寫不下去了，我願時光能倒流，還是在那個大房子，和父母、哥哥、弟弟團圓在聖誕樹下，客廳裡的聖誕樹一直到四月分才撤去，把思念故鄉、親人留給來年、再來年。

窗外北風吹雪花，屋裡絢麗聖誕樹。
掛滿各種小口袋，山楂大棗柿餅子。
花花綠綠水果糖，玻璃溜溜棉花雪。
多想回到童年時，歡聚一堂大屋子。

五十年代初的母親

溫柔賢惠扶桑女，為了愛情來中國。
充滿風雨大半生，戰亂貧窮迎紅日。
和平幸福解放初，百花齊放電影書。
侍君育兒灶下婢，美好生活只兩年。

東方紅，太陽升，中國出來個毛澤東，在收音機播出的莊嚴歌曲中，母親在描幸福生活換樣做好吃的，房間地板每天擦，擦得像鏡子溜光發亮。來到這個世界對什麼都好奇的蘭跟著媽媽，不小心掉進洗衣盆裡，好像落水鴨，不覺得涼，還感覺好玩，從此喜歡上水，母親那邊擦地，收拾屋，我在這邊越來越膽大，乾淨的地面趁母親不注意又潑上水，害得母親又重新擦，每天每天蘭的工作，但母親從來沒有打過我和批評，總是不慌不忙的撿起我和弟弟們弄亂一地的書，這回又開始使勁的給花澆水，把花淹得沒精神的坐在窗台上的花盆裡，看著像男孩一樣的女兒，母親領我到書店買書，哇，這裡的書真多，一排排書架上擺滿了書彷彿萬里長城，對比之下我顯得更小了，而且這裡異常的靜，叔叔、阿姨們都在聚精會神的看書，母親買了五本小人書，回到家後給我講小人書上的故事，漸漸喜歡看小人書，聽故事的我再也不淘氣了，變得文靜，每天沉浸在豐富多彩，栩栩如生，眼花繚亂的小人書世界裡。

天邊的殘月還掛在朦朦朧朧的拂曉中，母親已經起床，生火做飯，今天是中式早餐。

自家醃製大鴨蛋，錦州醬菜點香油。

粘粘乎乎二米粥，開花饅頭盤中笑。

縷縷的熱氣中天已亮，父親坐在桌前，母親招呼我們起來，早飯全家一起吃是尚家的規矩，因父親工作很忙，朋友也多，晚上很少和我們一起吃飯，父親要上班了，早晚的儀式，母親在後面雙手拿著衣服，父親穿上，然後送到門口，夜晚不論父親回來多晚都在等著，父親在沙發上看書的時候，馬上把茶端過來，然後跪著給父親洗腳，母親的行動給我留下深深的印象，也影響著哥哥、弟弟長大以後找對象的標準，就是母親那種類型，百依百順爲家庭。母親的手也特別巧，冰冬的長春，母親織的毛衣讓我和弟弟們度過漫長的冬天，四個孩子中唯一的女孩，我成了母親的掌上明珠，她買了很多花布存在箱子裡，裝花布的箱子好像魔術箱，母親時常做各式各樣的衣服給我穿。有時父親到北京、上海、廣州出差更是給我意想不到的驚喜，帶回在長春很少見，樣式新穎的裙子，把我打扮成小公主，引起同齡小女孩的羨慕，時尚的裙子讓我終生難忘，越老越回憶那段時光。

母親喜歡吃水果，家裡水果不斷。母親又像變魔術用各種水果溫馨屋子，給我們美麗、感動、懷念。冬天，茶几上沐浴在金色陽光裡的蘋果、桔子變成了油畫讓你看不夠，多想永遠陶醉在油畫的世界裡。中秋節了，母親把冬、春、夏裝水果的玻璃大盤子收起來，用祖傳的康熙大盤子裝水果。夜幕降臨，灑滿銀色月光的葡萄、鴨梨、海棠好像披上了秋霜，香氣迷人，那瞬間客廳充滿了詩情畫意。

那時的糧食不用糧證，也不用糧票，家裡大米成麻袋的買，賣家給送來。飄著蘇聯歌曲的夏夜，年輕人結伴去跳舞，父母也經常去跳，母親在打扮，用火剪子把頭髮輕輕燙了一下，然後穿上當時流行的布拉吉，望著漂亮的母親，撲鼻而來的茉莉花香水味，我直感父母又要去跳舞，蘭要哭了，因為他們一走就讓我看兩個弟弟，最害怕的時間，黑夜大屋，躲在床上的三個孩子，感覺時間停在那，越盼時間越長，比蘭大六歲的哥哥一聽說父母跳舞去，他跑到同學家玩去了，沒有辦法又拿書搭房子，哄他倆玩，眼睛盯著門盼皮鞋的聲音，弟弟開始撕書了，一頁一頁像碎花滿地都是，告訴弟弟不讓他撕，不聽，然後大聲的哭找媽媽，無奈後又開始搖檯燈。再結實的檯燈也架不住使勁的搖，好像壞了，又好像鬧鬼了，忽明忽暗的。一週兩回父母跳舞的日，到了冬天更難熬了，冰凍的小城家家的窗戶糊上紙條，門掛上棉被似的簾子，捂得嚴嚴實實的門，窗是防凍，暖和，但好像與世隔絕的密室。想讓弟弟們別害怕的小女孩打開了戲匣子，裡面熱熱鬧鬧，哼哼呀呀，又扭又跳的二人轉讓我們忘記了害怕。

從戲匣裡傳出的好聽小調和父母以往聽的抒情浪漫的蘇聯歌曲相反，逗人樂，弟弟笑了，那以後是二人轉陪伴我們熬過漫長的冰夜。

正月裡來過大年，家家戶戶包餃子。

正月十五元宵節，秧歌高蹺鬧花燈。

五月初五端午節，紅棗粽子煮雞蛋。

八月十五中秋節，團團圓圓月下宴。

兒時的東北小城給了尙蘭另一面，普通百姓生活，我迷上了戲匣子，它能讓時間快點過，忘記害怕，給大屋熱鬧氣氛。窗戶上的冰凌花不停的開，越來越多，把窗戶堵滿了，它變成了百花窗，看不見外面。冰冬的太陽也怕冷，很少露臉，屋裡更陰冷了，母親背著二弟出去買東西，我和大弟看家，母親擦地的盆還放在地板上，姐倆有活幹了，開始玩水，把父親看的報紙疊成小盒當船，讓小船在水裡漂，水弄濕了衣服，冬天的水小手泡時間長了冰得通紅，玩水是夏天的遊戲，玩夠了來到火爐前烤弄濕的衣服，臨走時母親怕我們玩火，爐子裡壓了很多煤，它不燃燒，冷氣、霜、冰花的客廳溫度在下降，淘氣的弟弟拿來爐鉤子捅火，想讓大屋暖和一點，也好像在玩，男孩天生的本性，被悶壓的煤渴望有人捅它，想燃燒，弟弟來回的捅，轟的一聲，紅膛膛的火苗在往上竄，高興的弟弟捅得更來勁了，煤變成了一爐紅寶石在閃，在掉，地板冒煙了，不知道怎麼回事，怕著火，急忙拿碗用水盆裡的水滅火，正旺的火爐被突然的水澆，忽的一下滿屋蒸氣、灰、瓦斯味，眼前什麼也看不見了，煙霧氣中領著弟弟往外跑，嘎嘎凍硬的雪地上兩個連棉襖都沒顧得穿的我和弟弟無目標的往前走，喊：「媽媽、媽媽」，呼嘯的風吞沒了他們的聲音。好心的過路人把我倆送到附近的派出所，事情已經過去半個世紀，但現在還清楚的留在記憶中，和藹的警察叔叔，白色警服大蓋帽，深藍褲子英俊臉，看著我和弟弟一個勁的哭，害怕的樣子，他買來了麻花哄我倆，吃不下去，拿著麻花往門口望，還是哭，和藹的叔叔突然學起了狗叫，汪汪，學得好像，小孩最喜歡貓狗，姐弟倆轉哭爲笑，看我們樂了，叔叔問家在哪住，不知家的地址，只知道樓下是醫院，警察在查，終於查到了父親工作的單位，父親來了，緊緊的抱住我倆，警察叔叔看父親著急又放心的樣子，沒有再說什麼。再見，叔叔，謝謝您。從那以後，母親再也不把我和弟弟關在家裡，更多的時間給我們講故事，大檯燈下，母親的故事好像魔術的寶石箱，講不完，姥姥家的宮城縣，寒假雪地裡追狐狸，暑假大海的游泳，被船頭把鼻子碰傷，一陣陣的笑聲，狐狸的狡猾，藍色大海的無邊，都給我留下了很多夢，假如有一天到母親的故鄉並不遙遠的海那邊，它一衣帶水。

紅阁怨

茫茫雪地北風嘯，身穿單衣小孩子。
媽媽媽媽你在哪？淚水凍成冰淚花。
被人送到派出所，一人一個大麻花。
抱著姐弟暖凍腳，白色警服大蓋帽。
和藹叔叔一生憶，五十年代小城事。

憶兒時中秋

今宵明月東坡詩，窗前菊花酒秋香。
月光客廳人花嬌，女孩趴桌數月餅。
紅絲綠絲花生餡，葡萄蘋果大鴨梨。
不論天涯與海角，懷念兒時中秋節。

雖然是五十多年前的往事，但我仍然記憶猶新兒時的中秋節。早晨父親上班，哥哥上學，母親開始布置房間擺上康熙花瓶，牆上的油畫也拿下來換上字畫，我又摘窗台上的菊花、茉莉花，然後站在凳子上插到康熙花瓶裡。看著變成古風的客廳，母親忽然想起好長時間沒掏煙筒，今晚的爐子必須得好燒才能做出美食來，想到這，母親急忙到廚房把煙筒一節一節的卸下來掏煙灰，母親的煙灰臉把二弟嚇哭了。

安上煙筒洗完臉，母親領我們到永春路自由市場買食品，一進自由市場，我和弟弟高興的喊起來，這裡眞熱鬧啊，賣蔬菜的、雞蛋的、水果的，可能今個是中秋節的關係，人越來越多，怕看啥都好奇的我們走丟了，母親拉著我們。前面木頭案子上剔好的半頭豬肉，然後用大菜刀砍出後秋、前槽、腰排、膀蹄等，賣肉的油污，血腥的圍裙，被大菜刀砍得坑坑洼洼的木頭案子至今歷歷在目。旁邊是賣活雞、鴨、鵝、兔子的，牠們都關在籠子裡憋得不斷的叫喚，那邊的刀魚、鯉魚、鯽魚、黃花魚新鮮的直滑溜拿不住。坑坑洼洼的路面，來來往往的人們，能看見藍天白雲的破棚蓋，香味、腥味、臭味混雜在一起的市場讓我大開眼界。母親先到蔬菜攤買白菜、香菜、紅心蘿蔔，又到熟食攤前買香腸、涼粉，最後稱了二斤豬肉，裝得滿滿的東西把花布兜子上的兩個木把壓得直顫抖。

這中秋的天，連傍晚的夕陽都比每天祥和，母親開始做月宴，炒拌涼菜的肉絲，燉紅燒鯉魚、木鬚肉、花生米、切香腸，最後是涼菜，母親往大盤裡放切好的白菜絲、紅心蘿蔔絲、香菜、涼粉，又馬上用發好的麵做兔子，紅心蘿蔔點兔眼。忙乎了兩個小時，菜做好了端到桌子上，月光下涼菜好像晶瑩剔透的水晶花，周圍的炒菜、拼盤、紅燒鯉魚，眨巴紅眼的白兔，母親往青花酒盅裡斟酒的天籟之音，那一刻讓人陶醉在詩情畫意的中秋月宴中。

月下涼菜水晶花，香腸花生小拼盤。
紅燒鯉魚木鬚肉，眨巴紅眼小白兔。
天籟之音白酒聲，賢妻愛子美食桌。

國泰民安解放初，但願天長地久有。

下班的父親又買了一提包的月餅，再加上這幾天母親陸續買的，月餅一半會吃不完，而且早買的月餅已經把包裝紙變成油紙，反正有很多，高興的我守著桌子掰月餅，專挑紅絲綠絲、花生餡的，弟弟們愛吃棗泥餡的，正好我把掰成兩半的棗泥餡的月餅留給弟弟。月下的美食桌，父母的酒興也到了高峰，我趁機胡亂吃點木鬚肉，然後吃月餅，看我吃月餅，弟弟們也不吃飯了。一歲的二弟弟像小兔子似的啃月餅，只有哥哥正經的吃飯，不知是吃多了，還是月餅油膩不想吃了，喝了母親倒的茶好受一點，喝的高興的父母，玩耍的哥哥弟弟，只想靜一會的我呆呆的看著軸畫，不懂感動，也不懂陰晴圓缺，但和軸畫好像一見鍾情，五歲相識，一生愛詩。

月靚大客廳，蘇東坡詩歌。

但願讀懂它，情感詩世界。

久久去瞑想，世上很多事。

無奈難成全，人生遺憾多。

可能父親喝多了，他走到軸畫前吟蘇東坡的「明月幾時有，把酒問青天……」。陶醉在詩歌裡的父親，此刻是他人生中最閃光的中秋節，但願「日日是好日」。那輪明月更靚、更神祕了，它躲在朦朦朧朧紗雲中，彷彿無垠水墨畫，我和兩個弟弟跑到窗前仰望夜空，尋找月宮裡的嫦娥、玉兔，但願這詩情畫意，花好月圓的中秋節天長地久。

仰望墨空月，觸景生情思，
五五年中秋，明月下夜宴，
月餅花果山，詩酒天地間，
好景不長在，以後中秋節。
淒涼寒月光，映照空桌子，
為何家沒落，六歲小女孩，
不知人間事，無可奈何多，
只能想開點，月也有圓缺。

母親

花季十八大地行，征途布滿風雨程。
戰亂中國逃一死，抗日教育苦難路。
紅藍敵對受盡辱，水牢屋裡十五年。
春暖花開新時代，白髮拐杖故鄉回。

母親去世已經五年了，回憶她在中國的半生，彷彿是一部中國現代史，紀錄了瞬間的幸福，接著是一條貧窮、歧視、苦難路，想起這些使我陷入無盡的思念、悲傷中，遺憾母親不幸的半生，但日本女性能幹、吃苦、忍耐的精神也是中國人送給母親的碑文。如果我也這麼想才能減輕每到深夜難眠的思念，我想在天國的母親知道中國人讚美她的碑文，也許不會後悔在中國的半生貧窮、半生多事、半生怨。

生完孩子就幹活，洗衣做飯劈柈子。
歲歲年年一雙鞋，破舊不堪路難行。

日夜給人織毛衣，自己沒有出門衣。

孩子上學夫上班，水牢屋裡思鄉歌。

我的母親一九二三年出生於日本東京，兄弟姐共九人，母親是老八，九歲時父母相繼去世，開飯館的娘家，每天很忙，哥哥姐姐沒時間照顧她，羨慕同學們父母對孩子的呵護愛，孤獨的少女和書成了朋友，在開了眼的世界各國小說中，她最喜歡介紹中國的書，雄偉的萬里長城，滾滾的長江、黃河，李白、蘇東坡、白居易的詩，紅樓夢、三國演義、青花瓷的器之國吸引著母親，年年過年哥哥、姐姐給的壓歲錢全攢起來，想到中國去，訪李白詩，「兩岸猿聲啼不住，輕舟已過萬重山」的長江天險，世界最長水墨畫的古老大地。

世界各國小說中，最愛名著紅樓夢。

無限遐想月光下，何時漫遊大中國。

終於來臨命運日，書店看書兩個人。

相遇相對那瞬間，為君而生今生緣。

三月下旬的東京到處飄著櫻花的芳香，一簇簇的櫻樹花開花落，櫻花雨灑在日本最美的季節，父母相識神田的小書店裡，窄窄的過道，母親每天到這裡，一本一本的看書，把下午的時間都用在這閒靜的小店裡，忘掉孤獨，省錢，生命的另一半悄悄的來臨，看完櫻花回來的路上，父親無意中走進了書店，一群黑制服的男學生中，身穿淡雅和服，東方女性特有的黑髮，把母親顯得特別的靚眼。從此父親也成了這家書店的讀書迷，母親再也不用望地圖了，向這位原汁原味的中國青年了解更多的中國歷史，父母相愛了。

神保町上古書店，夕陽灑滿窄過道。
愛書青年書海裡，不知花香還書香。
氣質文雅女學生，愛上名著紅樓夢。
身旁看書中國君，讓我心動與心跳。
夢中藍顏今眼前，書緣牽線異國戀。

初戀像三月綻放的櫻花，春天最美麗的色彩，但過後卻是苦惱的選擇，母親的家人都反對和中國人戀愛，警察也總來給大舅施加壓力，而且大姨一看見父親就捂嘴，別的親人也無視父親的存在，在這樣緊張、尷尬的氣氛中，爲了最愛的人，父親還是彬彬有禮的坐著聽他們說話，忍受他們的歧視，耐心的等待母親家人的同意，這種僵局一直持續著。

母親再也沒有到書店和父親約會，她不想傷父親的心，又愛父親怎麼辦，大米飯、大醬湯、烤魚還原封不動的放在桌子上，沒食欲的母親跑到海邊坐在沙灘上，望著茫茫的大海發呆，不理解爲什麼愛中國人這麼難，遭到親人、親戚的堅決反對、阻撓，想不開的母親不知不覺向大海走去，被散步的人拽回來，然後說：「姑娘想開點。」

茫茫大海水連天，波濤洶湧層層浪。
十七女孩今後路，幽遠迷茫理不清。
這邊親人那邊君，左右為難異國戀。
苦惱選擇到中國，苦難大地四十年。

六月的梅雨像眼淚無休止的流著，母親知道在日本和父親戀愛是不會有結果的，大哥已經定日期讓母親相親，什麼也不知道的父親，聽說大姨喜歡狗，特意買了一隻可愛的小狗，那個時代一般老百姓是買不起高級寵物的，看著對自己，對愛情執著的父親，母親突然感覺今生等待的人就是他，母親相信緣份，她不再猶豫的選擇了逃之戀，決定和父親到中國，親眼看看嚮往已久的名著中的大地。

就要離開故鄉和家，那夜無限的留戀湧上心頭，兒時有病時八歲的三姐代替工作忙的哥哥嫂嫂領妹妹看病。想念父母時姐妹倆跑到遙遠的海邊，衝著大海喊出她們的思念，和家人在一起的時間像電影映在月光的窗紙上，不辭而別的明天，離姐姐再近一點，依偎著姐姐，不知何日再相會，濕透枕頭姐妹淚。

藍色大海母故鄉，馬上要和它再見。
父母坐船海上遊，月下好好看看它。
相會不知是何日，淚灑無邊日本海。
層層波浪推船行，奔向那片黑土地。

十八歲的女孩從東京出發到下關，然後在下關坐船經朝鮮半島進入遼寧省丹東，甲天下的大中國展現在眼前，母親望著水天一色的江水激動的流下了眼淚，嚮往已久的夢想終於實現。見此情景，父親急忙說：「讓你感動，看不夠的景色還在後面呢。」聽父親說完，母親迫不及待的讓父親領她坐火車看大清帝國的發祥地。

大清帝國發祥地，無疆青紗北大倉。
九月鄉村穀穗碩，彎頭歡迎異國娘。

擁擠的瀋陽車站，夾在古銅色的臉，黃色的豁牙、污亮、黑大衣服群中的母親，不但不嫌他們髒，還很震驚，他們也呆呆的看著母親，又友好的讓出一條道請父母先走，不會說中國話的母親連連的鞠躬謝謝他們，然後登上列車。剛坐下，一聲長鳴，列車向海城方面駛去。這時，母親被車窗外的景色震撼，好像走進賽珍珠的名著《大地》，母親急忙拿出筆畫感動她的大地，絢麗的晚霞伸向一望無際的青紗帳中，收工的農民、吆喝牛的牧童、彎下頭的向日葵、苞米穗、高粱穗彷彿姑娘頭上的簪花耀眼的搖晃著，而家家的炊煙又給奼紫嫣紅的大地增添了一道淡雅的色彩。母親感嘆大地美麗得像一幅無疆的國畫，畫不到盡頭，看不到盡頭，止不住的感動淚水，模糊了母親畫的「無垠大地」。

一邁進高又厚的大宅門，從此注定母親的命運從這開始，走不盡的紅色圍牆，碧瓦藍檐的房屋顯示著尙家四百年的輝煌。圍在紅牆裡的格格們第一次看日本姑娘，早已集在一起等著，平民出身的母親也大開眼界的看眼前身穿奼紫、嫣紅、蔚藍、翠綠色旗袍，頭戴、手戴各種各樣晶瑩、玲瓏、剔透的耳墜子、手鐲子、簪子、簪花的紅顏少女們。它好像再現母親最愛的名著曹雪芹的《紅樓夢》讓母親呆了，久久的看著她們，還看不夠，還陶醉在名著世界裡面，她們也圍著母親爭先恐後的看，撫摸會算星月辰的金殼小坤錶、百褶裙、絲線襪子、絹織花帽、西方的時尚服裝，讓大宅門裡的格格們開了眼了。

幾天的旅途，大宅門裡的規矩，回房休息時已是夜半，母親望著窗外的殘月，不禁留戀起家鄉的浴盆，正無奈時，兩個僕人進來請母親入浴，焚香絹簾裡木製的浴盆裡菊花、茉莉花綻放在水面上，而漂在古色古香浴盆裡的熱氣又彷彿霓裳羽衣，朦朦朧朧的映照月光下沐浴花露水的美人，想不到在異鄉的初夜還能洗澡，而且僕人想得那麼周到，那帶有新木香的浴盆一定是現做的，而且聽說新娘十八歲時，僕人們特意摘了很多含苞待放的花。中國人的熱情、盛情使母親熱淚盈眶，她用手語表達衷心的感謝。

第二天早晨，父親領著母親到尚王陵園瞻仰平南王尚可喜，不忘祖先保衛大中華的忠心、忠誠、忠實與艱難。

仰望王陵墓，更感江山錦。
沒有清帝國，哪有大中華。

一生征戰五十載，無疆版圖大清朝。
東北驕傲平南王，默默無聞三百年。

踏上這片大地才知道眞正的英雄，天驕後代生活在白山黑水間，使母親更愛這裡，也頭一回知道父親華麗的身世。大宅門裡的婚禮，十八歲的異國姑娘一生中最輝煌的一頁，異國的逃之戀，滿族宅門府第繁瑣的規矩免了，尚家是王的後代，講究男龍女鳳，耀眼的金色，無垠夜空下張燈結彩的大紅門裡，人們爭先恐後的等待看婚禮上紅裝、紅蓋頭的異國新娘。

熱熱鬧鬧的各種樂曲聲中，一群穿著黃緞、紅緞、藍緞、綠緞旗裝的童男童女簇擁著紅蓋頭紅裝的母親進入洞房，等在那裡的父親揭開母親的紅蓋頭。彷彿置身在紅色世界裡，紅燈籠、紅蠟燭、紅被服、紅枕頭，母親好像木偶跟著父親，多虧母親年輕能抗受住繁瑣的折騰，各種儀式完後，父親的表哥表弟用滿族貴族間使用的語言，逗父親用什麼手段和日本姑娘戀愛。大紅燈籠下的新娘美麗、動人，而青絲髮上插的紅簪花，腳上的紅繡鞋，又把異國新娘打扮成端莊、溫順的中國媳婦，含羞的看著這未知的世界。燈下的婚禮，還在熱鬧的折騰著，坐在床沿的母親漸漸坐立不安，原來紅緞子的褥下塞滿了大紅棗，早生貴子的習慣，接著是吃麵條，頭一回看見這麼長、粗的麵條，它象徵著長命百歲。張燈結彩、紅紅火火、喜氣洋洋、熱熱鬧鬧的婚禮一直鬧到雞鳴。

女人一生中最重要的儀式在異國他鄉辦得隆重體面，可是母親還有點遺憾，親人沒有參加，婚紗夢在這傳統的大宅門遙無期，在滿堂紅的洞房開始新的生活，只是在書上認識喜歡這片朦朦朧朧的大地，但現實生活中漸漸有很多不適應，不知道他們說什麼。好像關在大宅門裡的金絲鳥，每天在屋裡看窗外的花開花落、春夏秋冬、碌碌無爲，平民出身的母親享受不了這樣的生活，待不住到處走的母親，無意中路過廚房往裡看，僕人們正在包餃子，飛快擀出來的一張張餃子皮，包的像金元寶似的餃子引起母親的驚訝，好奇的走進去看包餃子，然後跟著學包餃子，但包得不好看，也不嚴實，而且煮時全開口了。看著白瞎的餃子，母親下決心學做中國飯菜，和僕人們一起抱柴禾、點火、做飯，漸漸臉黑了，手裂了、粗了，但生活過得充實。粗布衣、不戴金、銀、玉首飾，吃苦耐勞，平易近人的母親，讓僕人們不再見外了，她們熱情的教母親燉魚、炒菜、做湯、醃酸菜、貼大餅子，大菜刀又像魔術把窩瓜切成塊、土豆切成條、黃瓜切成絲、白菜剁成餡、紫芯蘿蔔刻成花，這些東北的美食用漢字寫出塊、條、絲、餡、花，中餐是魔術、藝術、美術。

果紅菜綠東北夏，熱熱鬧鬧圓菜墩。
茄子豆角馬鈴薯，黃瓜青椒西紅柿。
萬能中華大菜刀，切剁塊條絲餡花。
紅紅火火大灶坑，熘炒蒸煮大鐵鍋。
做出姹紫嫣紅宴，美食之國大中華。

第一回用大刀、大鍋、大勺，母親害怕不習慣，同時感嘆中國太大了。而剛下來的豆角、青椒經紅焰大鍋的炒、燉，靚得像翡翠。美食，一張口的那疙瘩、夜各、嗯吶、干啥，最接近國語的東北話讓母親感到親切、親情、好聽。

好聽逗樂那疙瘩，嗯吶夜各親近感。
無論走到哪裡去，東北鄉音伴一生。

母親的廚藝有了進步，又知道了哼哼呀呀、扭扭搭搭的二人轉，雖然不懂，但好看、好聽，還一舉兩得學習了原汁原味的日常用語。那時的海城已經被日本占領，縣政府的官員有日本人。

有一天母親正在學納鞋底，僕人把她的親戚領來，求母親到縣裡陳情，母親讓她先坐下，然後端茶，父親當翻譯。聽了事情的經過，答應試一試。第二天母親來到縣政府，一口標準的東京話，把辦公的日本人嚇了一跳，他們做夢也沒有想到，在這偏僻的村莊有日本人，入鄉隨俗的母親當時穿著自做的藍布衣服、布鞋，二尺紅頭繩做的簪花，整齊的墨黑留海，把母親打扮成土生土長地道的東北小媳婦，說明來意，他們很痛快的把事情辦了，老鄉很感謝母親，送來了蘑菇、雞蛋，他們已經夠窮了，可能是管誰借的衣服穿，好像打鑼的，而且他的大兒子最近要娶媳婦，別看農村貧窮，但結婚可講究了，正經需要一筆錢，盛情難卻的父母拿著月餅、紅包，大老遠就看見孤零零矗立在村口的房子，院裡幾個小孩子正在玩耍，看見生人進來，他們立刻藏在大醬缸後面偷看，偷聽大人之間的說話，然後出來再也不害怕、害羞的孩子們緊跟著母親走進屋。

中秋節過了，東北的天氣已經很涼，農作物收割完大地一片禿，陣陣的秋風刮得樹葉枯黃，人們急急忙忙走，曾經熱鬧的昆蟲類也停止了天籟之音的夜鳴，像戲法變得無影無蹤，可孩子們還穿著抹布式的夏衣，包月餅上面的小正方形的花哨紅紙像新娘的紅蓋頭給土屋帶來喜慶，也讓孩子們等不及了，見此情景，母親趕緊把月餅分給孩子們，然後母親坐在炕上看他們吃，但炕如冰板，怪不得他們流鼻水，原來沒燒炕，漫長的冰冬需要很多柴木，所以不到冷時捨不得全天燒炕，只是早晚做飯時有點火，怎能抵抗住東北的霜寒秋天。母親走了，大宅門的外邊另一個世界，他們春種、夏鏟、秋割、冬刨才有這片黑油油無疆大地，但他們還是窮。清王朝被推翻，建立了民國也是一樣，軍閥混戰，軟弱無能的曇花政府，然後日本的占領，倒霉的還是百姓，無能爲力的母親只能給他們辦力所能及的事情，以後求母親的人越來越多。中國行的第一站海城，那裡的鄉親、鄉音是她人生的老師，母親的中國話帶著濃濃的遼寧味，影響著我們，不論你走到哪裡都知道你是從冰凍無疆那疙瘩來的人。

一年以後母親隨父親來到長春，長春是當時僞滿州國首都，這是一座文化城市，大專院校林立，復興中國，父親的夢從這裡開始，父親每天忙於工作，傳統的中國式三從四德長相守，每天跪著給父親穿、脫鞋，在父親身後拿衣服、做飯、縫四季的衣，典型那個時代的女人，又被圍在厚厚的都市圍牆裡，孤獨的異國生活習慣、語言、遙無期的適應，唯一的安慰是父親的假日，父母到長春最繁華的長街，當時的吉野町，現在的長江路看電影，隨著一九四五年日本的投降，母親坎坷的人生開始。

已經進入八月了，天還是熱得異常，和往年不一樣，尤其是到了十二號左右熱氣彌漫天空。但是到了夜晚，突然的降溫讓人感覺秋天來了，也好像預感要發生改變中國命運的大事，因爲市裡主要、重要的機關裡日本人急急忙忙的搬東西，來不及帶走的立馬毀掉，走廊、辦公室裡燒的、毀的、扔的文件把地變成白色，又像黑、白色蝴蝶戀戀不捨，無奈成仁。終於從無線電短波裡知道美國的原子彈把廣島、長崎炸成一片廢墟，蘇聯也撕毀條約對日宣戰，日本宣布終戰只是時間問題。八月十日長春連續下了兩天暴雨，異常的暴雨襲來，全是水洼地的長春近郊蘇聯坦克進不來，無辜的人民少遭了兩天災難，強大的蘇聯，強大的軍隊，人高馬大。

回想昔日無疆的領土，無敵的軍隊，可是自從清朝末期開始的沒落、滅亡。接著上台的短命、無能政府，所以老毛子[2]依仗自己強大的軍隊、軍事力量強占、霸占「海參崴」等大片領土。過後貪婪成性的老毛子還不肯罷休，又得寸進尺硬把蒙古分成「內蒙」與「外蒙」。

明朝改清朝，中國才無疆，
鴉片戰爭起，被掠大片地。
美麗海參崴，難歸吾國懷，
外蒙大草原，忍痛強國割。

何況蘇聯突然的參戰，美國的原子彈，兩大國的介入，日本終於扛不住投降了。街上慶祝勝利的人們，震耳欲聾的歡呼聲，敲鑼打鼓聲。當時在小鋪買東西的母親也跟著中國人高興，戰爭終於結束了。但緊接著形勢朝著意想不到的方向發展，當了十四年亡國奴，今天終於揚眉吐氣的

2 老毛子：貶低俄國人，東北光復後進入東北的俄軍做了許多壞事，民憤特大。例，小日本：貶低日本人。

人們直奔日本人居住的地方，見此情景，好心的小鋪老板娘讓母親暫時別回家。一半會出不去的母親透過窗戶看見有一些人衝進日本人的商店、民宅打、砸、搶、罵，隨後傳來的救命聲讓母親癱坐在地上，直到他們走了，母親才敢從小鋪出來。八月十五號，無辜的日本人成了替罪羊，處境危險，怕再發生意外的父親讓母親在家，他出去打聽消息。

蘇聯軍隊進長春，淪為難民日本人。
逃走逃跑逃難路，女剃光頭勒乳房。
夫別子丟中秋節，到處都是屍骨山。
茫茫大地何處去，一九四五八一五。

街上蟻流往車站湧，孩子的哭聲、大人的求饒聲鋪天蓋地，父親看不下去了，他默默的回到家裡，長春暫時不能待了，從黑龍江省那邊傳來消息，老毛子好像土匪劫財、劫色、好喝、好吃。面對越來越混亂的形勢、局勢，父親決定出去躲一躲，準備一些隨身用的東西，母親換上中式服裝，抱著十個月的哥哥來到長春站準備坐火車出去，這時的長春站已經進不去了，圓形的車站廣場擠滿了逃難的人們，一層又一層，害怕、焦急，都想快點逃出這混亂的城市，越湧越多的難民流，堵住廣場進不去，父母沒有辦法來到了車站的西道口，想從那進站台坐車，但西道口也全是人，黑壓壓的，好像連到天邊，停在那裡的列車和貨車發出怪叫，震耳欲聾，亂哄哄的人群往車上湧、擠、踩、踢、罵、哭、喊，要出事，要決口，太危險，客車沒有希望，跑到貨車房，裡面也是滿滿的，悶車日照，臊味、臭味不時的飄到人群中，原來那貨車是運牲口的，但這時誰還顧得上，求生的欲望讓人們死死的挺在裡面，希望車快點開，全滿的車。絕望中，又一列客車駛進車站，往裡望，人更多，好像吊在半空中，無奈的父親看周圍全是老幼傷殘，有的母親抱的孩子和哥哥差不多，還吃奶呢，她們已經等了多時，雖然精疲力盡但還在堅持，父母不忍心和這些人擠坐火車，父親年輕，有辦法出城保護母親。

逃難人流湧車站，眼前列車與貨車。
婦女嬰兒小孩子，沒有力量擠上去。
一聲長嘯車遠去，為了孩子母親們。
又在乞盼下一輛，一天一天到冬天。
身穿還是單衣服，不知何時能回家。
聲音漸小思鄉歌，挖土埋子媽媽們。

同是天涯淪落人，但又自身難保，也無能爲力幫助，救助同胞們的父母，只希望寒冷的冬天來臨前，列車和貨車盡快把無依無靠、無棉衣的孤兒寡母送到安全的地方，她們無辜、無罪啊，無奈、無力的父母離開了車站。

茫茫的生路，父親再想辦法，怎麼出城，恐怖的夜翻來覆去睡不著，怕暴徒襲擊，但周圍的中國人不錯，他們知道母親是一個普通女性，不是日本鬼子，所以夜間沒發生什麼，但夜長夢多，這亂世道不知以後還會發生什麼。蘇軍已經進城，人高馬大的老毛子喜歡錢、手錶、女人，母親日本人的身分很危險，熄燈的長夜好容易熬到天亮，決定坐馬車走，父親和親戚出去找馬車，不一會馬車來了，焦急的母親抱著哥哥準備上車，爲了安全，迅速的脫出長春，父親給車夫不少錢，他高興極了，車夫是個忠誠老實人，這兩天送走很多日本人，經歷不少險路，有經驗，他對父親說：「母親的衣服和臉都不行，太乾淨，路上危險。」母親下車進屋，找舊衣換上，八個月的吃奶孩子媽媽乳房很大，爲了安全，用寬帶子把乳房勒平，勒的瞬間乳汁不斷的淌，這樣不行，時間長了胸前濕更危險，焦急中母親想起了父親的衣服，男人的衣服肥大，乳房看不出來，身體過關，又往臉上抹鍋灰、牙塞上菜葉，一張口滿嘴黑綠，頭髮用洋火燒焦，弄成鳥窩，又用沒洗的臭褯子當頭巾，把自己扮成傻子、瘋子。聽說老毛子大咧咧的好唬，但還是害怕的母親又急忙拿被子把哥哥包好、捂嚴，防止逃難路上孩子的哭聲帶來危險。母親知道這麼做時間長了會捂死孩子，會把捂在漆黑被子裡的孩子眼睛捂瞎，可又想不出別的辦法，無奈的母親只能，只好盼望墨黑的夜色保護全家一路平安。

父親也打扮成農民，肥大破舊的衣服裡藏著貴重的東西，然後又互相檢查一遍看有沒有破綻，才讓車夫再快點趕，越亮越危險，到哪去不知道，長春城漸漸看不見了，只看見那巨大的紅日跟著馬車奔向前方。

不久長春恢復了平靜，八路軍來了，他們在長春待了幾個月，又撤退走了，緊接著美式裝備的國民黨進駐長春。人們對未來充滿希望，百年的戰亂人們累了，只要給老百姓謀幸福，誰都歡迎，父母又回到了長春，父親還幹他的本行在製藥廠上班，這樣的生活剛過了兩年又開始緊張起來，末日的國民黨，勝利在望的共產黨，兩軍激烈交戰，八路軍缺少藥品，因工作關係，父親有不少藥店的朋友，這些年輕人經常晚上聚在一起在藥店樓上聊天，海闊天空，說不完的話。那是永遠忘不了的黑夜，吃完晚飯，父親又沿著每天的路線往朋友藥店走，今夜怎麼這樣黑如墨，而且靜得害怕，往日這條街很熱鬧。那藍幽幽的瓦斯燈下，賣燒餅的、餡餅的、羊肝、羊肚的、燒雞、醬肉的，那邊烤地瓜的大爐子上一個個，麵麵乎乎的烤地瓜溢出的甜香味。老大爺吆喝的烤地瓜啊的聲音彷彿是一幅「秋夜上河圖」，可今夜消失了。

黑夜的天空，暗淡的路燈，風吹樹葉沙沙的響一片一片的落，一股寒氣迎面撲來，父親打個噴嚏，縮著脖子快步往前走，離朋友家不遠了，但父親的腿越來越沉，像有一種力量阻止他往前走，而且身邊出現了小聲的警告，別走了，前面危險，父親以爲是幻覺，也不相信迷信，拖著沉重的腿往前走，離藥店越來越近，父親相信了身邊的聲音，暗淡的路燈下幾個黑影在晃動，門口停著警車，出什麼事了，父親躲在旁邊的隱蔽處往藥店望，突然警車前面的兩個燈像探照燈一樣雪亮，恐怖的光充滿著血紅，人被帶下來了，幾個便衣迅速的押著人上了車，警車飛一樣的開走。

夜空如墨天下黑，只聽警車魔鬼叫。
寧靜小城在發抖，到底發生什麼事。

父親站不住了，兩腿發軟，他扶著牆一步一步往回挪，太慢了，這一帶有很多潛伏的便衣，求生的欲望，父親使出全身的力量匆忙的離開了，難眠的墨夜。第二天上班才知道藥店出事了，昨天晚上在藥店閒聊的年輕人除了父親和另一個有事沒去的，在場的全被押到督察處，解放以後的政協大院，父親的朋友中有一個人把藥賣給了八路軍，被國民黨查獲。特殊時期的國民黨沒辦法一鍋端，無辜的青年們就這樣在墨夜裡被帶走，走到途中的父親免遭逮捕，罪名串通共產黨。

憂國憂民年輕人，聚在一起論國事。
節節敗退國民黨，急眼紅眼亂抓人。
墨黑夜半被帶走，罪名串通共產黨。
不知何日能團圓，國共內戰民遭殃。

從那以後母親再也不讓父親夜間出門了，亂世危險多，節節敗退的國民黨急眼了，紅眼了，家裡最安全。但一九四七年冰冬來臨前，戰事又開始緊張，勝利在望的共產黨硬攻不下堡壘城市長春，決定用圍困的戰略，並在一九四八年五月開始。奉蔣介石的旨令死守的國民黨，國共戰略決定長春市人民的命運。在長達五個月的圍困戰中餓死的市民共達十二萬人，這個數字竟遠遠超過遼沈戰役中敵我雙方傷亡的總和，使日本人規劃建設的天下最美我故鄉的長春變成餓殍遍地的悲慘城市。

黎明破曉迎勝利，久困長圍林戰略。
奉旨死守國民黨，二十公里分界線。
圍城戰役五個月，無辜百姓犧牲品。
餓死人數十幾萬，等於廣島原子彈。

母親經歷了到中國第二次生與死的殘酷現實，做夢也沒想到久困久圍的戰略，到了七月份，被圍困在城裡的市民漸漸支持不住了，糧盡糧空的長春城，找吃的市民們，吃掉了馬路上、胡同裡、院裡樹上的樹葉、樹皮，再也找不到吃的禿城，開始吃從死人山上拿下來的皮帶、臭皮鞋、洗巴洗巴煮著吃，但也維持不了幾天，人們都發現了皮帶、皮鞋能吃。爲了活下去，爲了孩子，趁著還能走路，母親忍痛把最愛的金鎦子換豆餅、酒糟，可是糧食貴如金的非常時期，金鎦子也不值錢了，把少得可憐的豆餅、酒糟裝在枕頭裡，然後用包嬰兒的薄被包起來，把枕頭打扮成嬰兒抱著，省得被人搶去。

一天一頓的豆餅、酒糟生活，吃了一個星期，又沒有了，奄奄一息的城市還是沒有解放的消息，被飢餓折磨的父母、哥哥、姐姐朦朦朧朧的躺在床上。八月的紅日熱辣辣烤朝陽的屋，熱悶難受的父親眼冒金星，出現幻覺，死的恐怖促使父親艱難的挪到窗前，打開窗戶想透透氣，涼快，涼快，沒想到外面屍體腐爛的異臭味颳到屋裡，緊接著撲面而來的是綠乎乎的蒼蠅群飛進屋裡，有的飛累了，還是飛不動了，密密麻麻的落在地上、桌子上、床上。百姓越來越少的死城，可蒼蠅越來越多，而且還欺負沒勁的人，大膽的在哥哥、姐姐身上嗡嗡亂叫、嬉戲，哥哥、姐姐不驚訝，也不害怕，可能慘不忍睹的現場看得太多了，人腦袋殼裡白花花蠕動的肥蛆，被狗撕裂的屍體，還有被紅日烤得爆炸的肚子。那麼小的孩子看見前所未有、越堆越高、死不瞑目的屍體山，哥哥、姐姐緊跟著父母，怕走丟了哪天也堆在這裡，或被狗、人吃掉，因爲久圍已經人吃人了。突然窗外傳來飛機聲，百姓們最渴望的聲音，國民黨空投大米了，有時空投不準，落到居民區，早已等待打晃，沒勁的人流，不知道哪來的力量，撿、摟、抱、搶、哭、罵、霹霹啪啪的搶聲打死的、踩死的、砸死的，血染紅了大米、染紅了馬路，不顧危險的百姓還在血泊中摟糧食。眾志成城的餓流，搶不上前的父親，回家怎麼交待，餓把人逼急眼了，搶不到糧食的人們和父親把吃人肉，肥得動作慢的狗，用從死人山上撿來的褲子把狗勒死、去皮、剁塊分了，父親把血淋淋的狗肉拿回來，母親用儲藏的雨水煮肉，不一會鍋裡飄出說不出的味道，說它是狗肉，其實就是人肉。而且這些狗們越來越講究，專吃剛死的大人和小孩們的屍體，因爲人剛嚥氣，身體不會馬上僵硬，好吃，一想到狗趴在死人山上吃得滿嘴血淋淋，母親寧可餓死也不吃狗肉了，哥哥、姐姐也不吃，因爲他倆和狗的感情太深了，狗是玩的伙伴，拒絕吃狗肉的母親、哥哥、姐姐如果再守在長春，全家都得餓死，父親決定出城，奔向希望的卡子[3]外，有飯吃的地方，準備晚上走，切斷電源漆黑的夜半三更，趁哨兵打盹時爬出鐵絲網，最好的時機，最安全的選擇，遙遠的卡子路，圍城裡的最後一頓晚餐。母親把家裡糧袋全拿出來抖落，沾在糧袋上的米糠做糊糊，每天抖落，已經抖落不出來了，無奈的母親把糧袋放在鍋裡煮，稀糊做好了，聽說有糊糊喝，哥哥姐姐忽然精神起來，母親先給哥哥盛了一碗，等著急的姐姐哭了，姐姐的哭聲提醒了父親，孩子太小，不知道什麼叫危險，如果夜半三更領他倆爬鐵絲網，害怕的孩子們萬一哭出聲來會驚動哨兵開槍，全家危險不說，還會連累更多想爬出卡子的人們，無辜的死在軍人的槍口下，如果不帶孩子出卡子成功率高，但父母沒有選擇那條殘酷無情的捨子求生路。

聽母親無數回給我們講圍困長春近半年，有些父母實在熬不下去，帶孩子走又危險，而且有些餓得皮包骨的孩子已經走不了太遠的路了，爲了活下去只有出卡子這條路，迫不得已的決定讓

---

3 卡子：圍城時，國共兩軍之間的緩衝地帶。

他們騙孩子說：「爸爸媽媽給你們買燒餅去，在家等著爸爸媽媽」，那一刻止不住的眼淚奪眶而出，可信以爲眞的孩子立刻精神起來，給泣不成聲的媽媽擦眼淚，媽媽緊緊的摟著孩子們，母愛讓她動搖，不想出卡子了，但天眞的孩子們催著爸爸媽媽快去買燒餅，然後爬著送爸爸媽媽到門口，不願分離，被迫分離，此刻這座圍城裡有多少慘不忍睹的生死離別。天黑了，屋黑了，爸爸媽媽還沒有回來，飢餓的小孩爬出屋，死不瞑目的屍體街上孩子們在望、等、喊、哭，媽媽什麼時候燒餅買回來，我餓了，喊累了，哭累了。周圍的死人是孩子們的親情，好像依偎在媽媽的懷裡，唱起媽媽教他們的兒歌。

秋風起，天氣變，
一根針，一條線，
娘啊娘你為什麼這樣忙，
我娘說，我給我兒縫衣裳，
娘啊娘你受累不要緊，
等兒長大多孝順。

在歌中慢慢閉上眼睛，臉上掛著眼淚。屍體山的街又比前兩天高了，而且有些孩子只剩下腦袋，他們的身體被狗吃了。隨著繼續圍困長春，被扔的孩子，還有父母死的孤兒越來越多，街上孩子們的聲音越來越小，漸漸不動了。幾萬名的孩子彷彿名著安徒生的《賣火柴女孩》死在黑暗寒冷的夜裡，他們還睜著眼睛死不瞑目的等著爸爸媽媽買回來的燒餅。

暗淡的月光映照著一座座孩子們的屍體山，還有永不消逝的娃嗚、燒餅是圓的、孩子們等燒餅，等團圓，但等到最後還是生死離別。

漫長圍城吃一切，樹皮草根皮帶鞋。
狗吃人肉人吃狗，飢餓把人變成鬼。
父母逃生棄體肉，幢幢空樓孤兒們。
害怕黑夜與黑屋，爬到街上找父母。
爸爸媽媽你在哪，永不消逝娃嗚聲。
等待團圓等燒餅，卻是生死離別泣。
國共兩黨爭天下，多少花朵白骨山。

綠乎乎帶磷光的蒼蠅這回像標本密密麻麻的貼在牆上，餓得眼睛直冒金星的父親忽然拿拍子打蒼蠅，這下眞痛快一大片蒼蠅掉下來，父親把蒼蠅摟起拿到窗台上曬，然後當螞蚱吃，見此情景，母親哭著和父親說：「你是醫生，應該知道蒼蠅是細菌王，吃牠們會得傳染病死的，扔下我們怎麼辦。」看媽媽哭，哥哥、姐姐也跟著哭。聽完母親有氣無力的話，父親自疚的摟著皮包骨的哥哥、姐姐，臨死前的掙扎，求生的希望，父親不知道哪來的勁出去想辦法找吃的，冷清的馬路上持槍的士兵來回的走著，看看綠乎乎的軍人們，父親突然想起有一個朋友在軍隊裡工作。排山倒海似的死人，但國民黨的軍人沒有餓死的，軍隊還是有糧食吃的，想到這父親決定找他幫助。

有誰為咱老百姓，兩軍卡民吶喊聲。
馬路胡同棟棟樓，號泣孩子等燒餅。
餓殍白骨老百姓，墓碑名字築長城。
勿忘一九四八年，那場內戰悲慘城。

暈暈乎乎，傍晚時終於飄到朋友家，死城裡的重逢，父親和朋友激動的久久握著手，他當時在駐長春的新七軍裡工作，父親求他在新七軍裡找個差事做，混口飯吃，他讓父親等兩天，然後從鍋裡拿出四個窩窩頭給父親。圍城裡的新七軍大多數是南方人，大江東去的局勢，被卡的百姓海嘯般的死去，昨天的他們，今天的我，不願在這即將來臨的寒冷大地，絕無期的守下去、思鄉、士氣低落，患病的士兵很多，缺醫生，朋友領父親到新七軍報到，一天能混到一頓飯吃，但父親捨不得全吃，留一點偷偷帶回家，燴成清的透明的粥喝。這樣的生活維持到九月份，還是圍困，軍隊的糧食越來越緊張，父親帶不回來飯了。

六十軍軍長曾澤生是一個善良，有良心，有正義感的軍人，他在火車站，長江路巡視時遇到在街上露宿要飯的孤兒們，看見穿著軍裝的大官走過來，孤兒們跪著伸出小手要吃的，身經百戰，生死離別是軍長的家常便飯，也從來沒有流過淚，此刻看到跪著要吃的孩子們，軍長流下了眼淚，這些孩子們沒有罪，但軍令不可違抗，他沒有辦法讓長春解放，但軍人的良心讓他救這些孩子們，別再一批一批的橫屍街頭，曾軍長讓衛兵把孩子們領回兵營。好像神在幫助母親，朦朧中的母子三人被急促的有人嗎的敲門聲喚醒，聽聲音是附近住的日本朋友，原來曾軍長從街頭撿來的孩子越來越多，剛開始由士兵照顧，但孩子們一見穿軍裝的士兵就哭、躲、藏、跑，可能有些士兵搶、奪、打、殺的場面像電影深深的烙在這些孩子幼小的心靈裡，他們太害怕持槍、鋼盔、皮鞋的當兵的，他們需要媽媽。

碰巧曾軍長的夫人是日本人，看見發愁的丈夫，問有什麼爲難的事，曾軍長把孤兒沒人照顧的事情和夫人說了，這座城市每天像海嘯襲來一樣的死人，繼續守下去，還是突圍，還是起義，長春市民和自己的軍隊何去何從已經夠軍長徹夜的思考、操心。分擔丈夫的憂國憂民，想到這，夫人說：「把孩子們的事交給我吧」，第二天曾夫人找來在長春認識的幾位日本婦人幫助，她們立刻想到了溫柔賢慧的母親。聽朋友說完事情的經過，母親馬上答應了，哥哥姐姐有救了，而且照顧這些孩子們是每一位當母親的責任義務，臨走時朋友留下用手帕包的小米送給了母親，吃飽了，明天好去見軍長夫婦。微弱的燭光下，哥哥姐姐喝著圍城三個多月以來第一回的小米粥，香得他倆把小米粥鍋圍上，怕沒有第二碗了，父親急忙說：「別喝太多、太急、太快，危險。」那頓粘粘糊糊的小米粥是一生中永遠忘不了的美食、美味，以後的生活裡，哥哥最喜歡喝小米粥。

第二天，那位朋友領母親、哥哥、姐姐去見軍長夫婦，看見媽媽、朋友、軍長和夫人互相連連鞠躬，哥哥、姐姐也跟著不斷的鞠躬，把大家都逗笑了。高興的夫人把哥哥、姐姐叫到身邊，拿出鐵盒裡裝的餅乾和巧克力，昨天和今天怎麼了，好像上天堂，哥哥還不相信眼前的景象，他使勁的揉眼睛，確認是否在夢裡，看見真的和母親在一起，哥哥才和姐姐分起巧克力和餅乾，然後迫不及待的舔巧克力，那瞬間讓哥哥、姐姐記住了世界上最好吃、最好聽名字的巧克力，巧克力天天能吃到的國家成了哥哥以及影響我一生嚮往那遙遠孩子們想去的真正的共產主義天堂——美利堅合眾國。好長時間沒有笑容的孩子們今天笑開花，母親也很感動，急忙和哥哥說：「快謝謝軍長夫人。」不知道怎麼感謝給好吃的軍長夫婦，哥哥、姐姐用香香的巧克力嘴甜甜的親了一下軍長夫婦的臉，然後回到坐在沙發上的母親旁邊。軍長介紹了孩子們的情況，然後由衛兵領母親和孩子們見面。綠一色的軍隊裡，突然來了一位美麗的媽媽和兩個跟他們年齡差不多的孩子，他們有的驚奇，有的呆呆的看著，有幾個年齡小的聽著母親親切的說話聲，拉巴拉巴的走過來，母親急忙給他們擦鼻涕，把最小的孩子摟在懷裡。九月的紅日頭下，一群要枯死的花終於盼來了陽光，母愛。母親挨個給他們擦洗，潰爛的皮膚上藥，給剛撿來奄奄一息的孩子一勺一勺的餵粥，洗換下來的褯子。

拉巴拉巴剛會走，搓板小身皮連骨。

潰爛皮膚渾身坑，擦洗傷口再上藥。

一勺一勺餵粥喝，每天換洗褯子布。

流浪孤兒變天使，孩子臉上晶瑩淚。

賽過親生父母情，多想媽媽永遠在。

漸漸那些孩子們離不開母親了，尤其是拉巴拉巴走的孩子，時刻的圍著母親，叫「媽媽、媽媽」。

十五的月亮把淒涼的月光灑在圍城裡，往年的這一天雖然粗茶淡飯，但合家團圓，孩子們吃著盼了一年的月餅，可今年家破人亡。孩子們望著天上的殘月，觸景生情的哭了，一人哭，孩子們全緊跟著哭，母親抱著最小的孩子，哄他說：「我們對月許個願吧，盼媽媽早一點接你們。」月光裡孩子們的眼淚晶瑩剔透，這本是大中華團圓的夜，如今卻是：

生死離別，餓殍遍地，

死屍橫陳，白骨堆山，

魂靈哭泣，夜夜不散，

圍城殘月，何時月圓。

爲了讓孩子們盡快忘記圍城四個月來的恐怖經歷，母親開始給他們講故事，綠色森林裡的動物們，林海雪原裡狡猾的孤狸，母親有聲有色有趣的故事給孩子們帶來陽光、笑聲，母親還教五歲、六歲、七歲的孩子們識字。曾軍長很滿意母親的工作，母親也很感謝軍長，六十軍不是蔣介石的嫡系部隊，他們的糧食已經不多了，從九月份開始吃酒糟、豆餅等等，在這樣的情況下孩子們還有大餅子吃，天下的軍人不都那麼壞。曾軍長和孩子們待了很長時間，然後感謝的對母親說：「麻煩你再辛苦些日子，我可能最近帶部隊走，你不要擔心害怕，到時候會有人接你們的。」母親聽了以後好像明白了什麼，同時也感到了責任的重大，照顧好孩子等待那一天，然後曾軍長雙手握拳說：「拜託了」便堅定的大步的向紅日昇起的地方走去。

五個月，漫長的五個月，垂死掙扎的五個月，慘無人道的五個月，家破人亡的五個月。經過兩軍多次和談，曾澤生軍長率六十軍起義了，卡裡卡外的老百姓終於盼來這一天，喜悅的人們割斷鐵絲網，迎接解放。

歷史時刻，國軍起義，
名城光復，昨日今日。
兩個世界，民飽城紅，

圍城殘月，今日月圓。

人餓、人卡、人哭、人逃、人死、人等的圍城終於盼來了東方紅，解放軍進城了，他們來看孩子們，不知道外面發生什麼事的孩子們，看見穿著陌生軍裝的解放軍戰士，嚇得躲在母親身後，母親和最大的孩子說：「不要怕，解放軍叔叔是幫助你們找爸爸媽媽的。」有幾個年紀小的戰士趕緊從衣袋裡拿出烤地瓜分給孩子們，還用烤地瓜弄黑的臉逗孩子們笑。甜甜的地瓜，和藹的戰士，孩子們漸漸不害怕了，也不躲了。當聽隨行人員說母親是日本人時，又看看這些健康的天使們，在場的官兵感激的向母親敬軍禮，然後一個個的和母親握手，說謝謝你照顧好這麼多孩子，使他們健康的回到父母身邊。就要離開孩子們了，曾軍長救孩子們的恩情，解放軍感謝的軍禮，母親高興又捨不得，日夜生活約兩個月，給孩子們做飯，講故事，識字，和他們一起等待回家的那一天，這些世界上最純潔、最美麗的天使像墨藍夜空的繁星，支撐著母親和這座城市。

相依為命兩個月，賽過親生母子情。
當要離開孩子時，媽媽媽媽您別走。
撕心裂肺哭泣聲，難受母親難啟程。
為何人間無奈多，不願分離不願別。

那些小的孩子已經把母親當成媽媽，這幾天的變化他們好像知道了又一次的離別，所以緊跟著母親，看不見就哭，不能再傷孩子們的心，母親和解放軍同志商量，趁晚上他們睡覺時，母親悄悄地離開。月亮把柔和的光灑進窗裡，母親把孩子的被重新蓋好，離開了，不願分離也得分離的孩子們，外面滿天的星星特別的靚，它們簇擁著母親，心永遠連在一起。

幾天過後，很多父母去認領自己的孩子，有的找到了，有的找不到，還有無人認領的孩子，找不到自己孩子的，就把無人認領的孤兒領回家。爲這場內戰付出慘重代價的長春市人民化悲痛爲力量，他們要把這座餓殍之城恢復到原來的綠色名城。

紅網怨這本自傳小說中，第一次向讀者提供六十軍軍長曾澤生撿孤兒的事跡，歲月不饒人，曾澤生軍長、父親、母親那一代人都相繼的故去，我們這一代也已經步入暮年。如果尙蘭不寫，可能歷史也不會寫，所以我作爲母親的代言人寫出這一段，還原曾澤生軍長不僅是一位軍人，同時還是一個偉大的慈善家。

我的姐姐小楠多難時代出生的孩子，兩歲趕上圍困長春，身體一直不好，一九四九年冬季的一場流行感冒奪去她幼小的生命。

曇花夢

人生好日如曇花，瞬間消失富變窮。
昔日家裡禮如山，如今逼債堵門口。
往日笑容今無情，限父馬上拿錢來。
傾家蕩產也不夠，朝令夕改紅政策。

窗戶緊關也擋不住外面震耳欲聾的敲鑼打鼓聲，緊接著劈劈叭叭彷彿槍聲的紅色鞭炮迅速的以排山倒海之勢響遍了東方大地，不是過年爲什麼這樣熱烈的慶祝，我好奇的望著窗外的紅旗，紅色標語，而家裡卻異常的寂靜，理解不了新政策的父親無可奈何的坐在沙發上抽煙。從那以後家裡也發生了變化，由鮮花怒放到只剩下茉莉花，大米飯、饅頭、酸菜粉也吃不起了，接著擺上桌的是分配製的窩窩頭、鹹菜，還上頓不接下頓，天黑了也不點燈，此刻巨大的檯燈也無能爲力，害怕的我摸黑喝水充飢，沒想到把桌子上的花瓶碰到地上，摔得粉碎的響聲讓我有一種不好的預感，感覺要發生什麼，這一年是一九五六年，父親工作的製藥廠公私合營了，尚家即將面臨一無所有的歲月，早知今日，何必當初。

創業之艱難，風險之莫測，

經營之艱辛，理想之曇花。

公私合營後的藥廠，父親的工資減少到一半，想不開有情緒的父親辭去工作，但建廠時父親借了很多錢，這時債主也堵門要錢，沒有能力還債的父親求債主們等一等，再想想辦法，可是沒有人再借給父親錢，有的讓老婆出面拒絕，沒有辦法的父親只能東躲西藏。

天亮出門夜半回，野草荒甸硬窩頭。

母親哀求債主們，給點時間一定還。

辛苦辦廠今背債，改變命運五六年。

父親躲，母親成了替罪羊，那些債主坐在屋裡不走，裡面有熟悉的叔叔，我跑過去問叔叔你怎麼在這裡，他沒有理我，沒趣的躲在母親身後想起往事，他和父母談笑風生，知道我叫小蘭，每回帶來的水果糖，藍色糖紙的最多，可是此刻他嫌我擋礙，不耐煩的命令我靠邊站。六歲的女孩不懂得什麼叫世態炎涼，望著一屋子等著父親的凶神惡煞要債人，嚇得領著弟弟躲到檯燈下，希望那大傘保護我們，母親還在給他們端茶倒水，然後陪笑臉，他們的氣話、髒話只當聽不懂，忍耐著。擁擠的屋，煙霧彌漫，煙味嗆人，煙頭滿地，到晌午了可能他們也餓了，出去下館子研究對策，母親無力的坐在沙發上。每天的逼債，無禮的男人還得低聲下氣的陪著，受不了了，想走，收拾好隨身用的東西，領著我們走到外邊才想起到哪兒去？沒有地方去，娘家在日本呢，想到這母親又轉回家，呆呆的望著窗外，早已餓的我和大弟弟撿地上的煙頭聞，可兩歲的二弟吃煙頭後吐了，母親這才想起我們還沒吃飯呢，趕緊掏錢包湊錢買燒餅，看著我們吃，然後領我們到勝利公園的河邊坐了一下午。這樣下去不是長久之計，天天堵門的要債人惹來鄰居的不滿，是啊，平靜的走廊突然站滿憤怒的人們，打擾鄰居們的平靜生活，換誰能願意，夜半悄悄回來的父親，知道不講誠信的自己對不起那些借錢的朋友、鄰居，但意想不到變化的一九五六年，父親也是受害者，可此時只能把怨懟在心裡，跑了和尚跑不了廟，每天東躲西藏的生活，遭罪的是老婆和孩子，父親決定不躲了。賣東西還債和當生活費，父親迫不得已的摘下眼鏡，他抹不開面子戴眼鏡去賣家產。母親往大皮箱裡裝賣的東西，父親的藍呢子幹部服，這套呢子衣服才買半年，花一百多元呢，記得當時父親穿它時那個高興、反覆的照鏡子，穿幹部服是當時的潮流，也是對新中國充滿希望，沒想到局勢變得這麼快，現在用不上了。母親傷心的還在往裡面裝裙子、毛衣，皮箱蓋上了，六歲的我接受不了從天堂跌到地獄的現實。

露天舊物市場裡人來人往，品種齊全，價格便宜，半新不舊，救窮人的衣服、鞋、帽、鍋等，讓我好奇的跑過去，眼前那堆舊鞋被冉冉升起的紅日曬得臭味蒸發，賣鞋人還一口大包子，一口大蒜吃得那麼香，看著他突然可惜過去的生活，如果早知道這裡不會認爲大米是蛆，一吃就哭，也不用母親哄才肯吃包子，但現在看人家吃包子走不動了，父親已經找好了地方，正從皮箱裡往外拿東西，帶著衛生球味的好貨引來很多人，幫不上忙的我看著那些人爲再便宜執著和父親磨。

幸福日子剛兩年，可是政策又改變。

為了生活為還債，今天賣衣明天鞋。

後天被面弟毛衣，最後窗簾再搬家。

六歲女孩經歷了，傾家蕩產五六年。

好貨被人便宜的買走，不願意再看下去，我來到前面的雜貨攤前，看老大爺嘣苞米花，一聲巨響，長鐵罐裡的苞米變成鐵絲網裡的米花，原來苞米是這樣嘣成脆、香、甜的苞米花。這舊物市場裡的景好像電影讓我看不夠，從此和它結下緣，到這裡買鞋、買衣服，走過青少年時代。太陽已經落山了，藍呢子幹部服還沒賣出去，可也是到這撿便宜的窮人買嘎嘎新的呢子幹部服，貴還不適用，父親把呢子幹部服收起來，然後把賣的錢放在裡面的衣服兜裡，看著眼前的情景讓我把盼了一天買苞米花的話憋回去，跟著父親回家，沒想到父親卻領我去買苞米花，然後拿出早已準備好的圍巾裝苞米花，那一刻我躲開藍色的瓦斯燈，假裝沙子進了眼睛，擦眼淚。回到家父親把錢交給母親，看來天天賣東西也不夠還債錢，那夜母親翻來覆去的睡不著，在月光下久久的看著心愛的紅寶石戒指，明天只有這顆戒指拿到寄賣店能賣個好價錢，再戴一晚上，但手發抖戴不進去，無奈的母親只好緊緊的握著跟隨自己十三年愛情結晶的寶石戒指，父親也摘下了瑞士手錶。次日母親起的很早，好像給送人的兒女洗顏，化妝，在鏡子前用絨布擦戒指、手錶，然後裝進精美的盒子裡，父親走出很遠了，母親還站在窗前呆呆的看著。

父親的工作還沒有消息，但家裡的百貨已經賣光了，這回開始賣家具，書櫃、沙發、油畫、鋼絲床等都被父親的朋友或熟人買走。當最後把鋼絲床抬走的時候，望著昔日豪華的屋裡現在一無所有時，我著急的問母親：「晚上睡覺怎麼辦啊？」母親沒有回答，默默的疊從鋼絲床上拿下來的被褥然後擺在地板上，那一刻忽然明白了從今晚開始我們將睡在地板上，同時也有一個不好的預感，這朝陽的大房間可能也住不起了。為了節省電錢，母親找出過年用的燈籠，蠟燭照亮，在忽閃忽閃的燭光裡抖落糧袋，銀幕似的窗簾也被父親拿下來，然後又把被面拆了，被面是緞子的，紫色的地，淺粉的大朵花，蘭蓋了六年，給我很多溫暖，還有那絳色絨的窗簾，給冬天的聖誕節帶來很多紅夢。被面沒有了，母親找出裝大米的麻袋用剪子鉸開，然後拿針線把一片片麻袋連接成被面。

錢又沒了，母親拿出了她和父親的呢子大衣，但父親不同意賣，他對政府還抱有希望，想留著以後能用，即使賣也不值錢，沒人要特務形象的大衣，因為那時的電影裡大多數特務都是穿大衣、拉低帽。還得活下去，父母決定搬家，寬敞的大房間已經不適合尙家了，而且房錢貴，下月搬走，日子一天一天過，錢在花光。

這回賣弟弟的藍毛衣，好像扒小亮的皮，四歲的弟弟不懂大人事，從吃大米飯煎魚的生活跌到連粥都接不上的地獄，眼淚還沒乾呢，不讓母親脫毛衣，來回的躲，淚一顆一顆掉下來，父母不忍心了，等一等。第二天早晨，毛衣毛褲不見了，父親也沒在家，弟弟在地上打滾直哭，然後把被褥、枕頭底下翻個遍也沒有找到，失望的弟弟衝著門口大哭起來，母親怎麼哄也不停，要藍毛衣。不忍心弟弟把嗓子哭啞了，我又過去哄他，給弟弟擦眼淚，然後說：「姐姐領你找爸爸去」。領著弟弟來到對面的師範學校坐在台階上，希望聽操場上學生們熱鬧的喊聲，弟弟會忘記他的藍毛衣。下午父親回來了，特意給弟弟帶回一包油炸糕，也許弟弟明白了家裡發生的一切，他再沒要藍毛衣，也沒吃油炸糕。只穿一年的藍色毛衣，但讓弟弟一生最愛藍色。

還有十天才能搬家，賣光的屋，父親沒事幹了，他整天站在窗戶前想以後，母親勸他想開點。晚秋了點不起爐子的大屋，冷也欺負我們，大窗戶上結滿霜，冷氣像煙不斷的飄擴散，窗台上的茉莉花適應不了賣得一無所有而變冷的大屋，小花彷彿花雨紛紛落在地板上，剩下的花也在顫抖，害怕葬花的女孩把花放在手絹上，又找出母親的紗巾，把剩下的五盆茉莉花用紗巾包上，但願紗巾像玻璃花窖救活花，不願和花兒離開的女孩日夜守著它們。憶這大屋裡的幸福時光，淚掉在小花瓣上，它更香了，好好的聞它，看它，也許以後再也聞不到，看不見香氣迷人的茉莉。早晨起來花又像散花一樣落在地板上，它們應該有一個好的歸宿，母親決定把茉莉花送給條件好的日本朋友，花放在籃裡，當母親要走的時候，茉莉花好像明白了要和小蘭永遠的分別，它們都聚到籃邊，向我微微的連連點頭，謝謝在一起的美好時光，給它們澆最後一遍水，突然水好像小女孩和茉莉花的淚珠止不住的掉下來。

多想永遠長相守，但是人間無情多。
家裡突然變貧窮，寒冷大屋花難活。
朝朝暮暮兩年間，留下花好月圓日。
不願分離送行路，花與女孩無奈淚。

花送人了，但留給我長相思的茉莉花香。

做夢沒想到，一九五六年，
天堂跌地獄，為了活下去。
家產排隊賣，搬進水牢屋，
還是難維持，無奈人生路。

馬上要搬家了，在大屋的最後幾天我日夜的守著它，找曾經的幸福，那書櫃、沙發、檯燈、鋼絲床、藍洋盤、茉莉花、絳色的大窗簾，還有給蘭聖誕夢的大玻璃窗外的雪花，然後推開窗戶看小街的秋天景色，這景也限定這幾天。不懂得人間悲歡離合，酸甜苦辣的小孩，卻終生難忘從富有到一無所有的一九五六年。

父親一直在等回製藥廠，為了這一天家裡賣得淨光，但最後也沒有等來回製藥廠的消息，父親的煙一根接著一根，玻璃煙灰缸裡的灰溢出來，咳嗽聲也在加劇，白天睡覺的次數增多了，夜他在屋裡來回的走，多想陰晴圓缺時有人幫助，六歲的女孩怎能懂得父親的苦惱。

又到了做飯的時間，忙忙乎乎的走廊上我呆呆的看著人家的媽媽做饅頭、炒菜，做好後端進屋，趴門縫看人家小孩吃飯，與她媽媽的眼睛對上，她過來攆我。後天是搬家的日子，父親的工作也有了消息，被分配到文具廠，由原來一百五十多元降到六十元，除了還債，父親和前妻之間有一個男孩，我的同父異母的哥哥，每月給他們二十元生活費，我們全家只剩下二十多元。父母在收拾東西，我望著住了六年的大屋子，鼻子酸酸的，眞不想離開它。

欲哭無淚不想走，只願美夢繼續做。

可是人生無情多，怎能阻擋紅政策。

新家離舊家很近，只要走到師範學校柵欄再往上坡走就到了，但我們不願意走，母親哄著我和弟弟，蘭不時的望著越來越遠的大窗戶，以後他人的家，再也回不去了，弟弟往回跑，我也跟著往回跑，太多的美好生活留在那。父親跑過去把我倆抱回來，把臉趴在父親的肩上，不想看這世界，也不想說話，有點冷了我要下地，當父親把我放下的瞬間，看見父親的臉如土，又帶著傷感，現在才明白父母的心比我們更難受，百年分割，百年凌辱，百年的弱國，百年貧窮，百年吶喊，百年前撲後繼，新中國成立，一切希望從這年輕的共和國開始，父母放棄回日本的機會，抱著建設新中國的激情，如今夢碎、夢滅。

豬圈不如的霉屋

豬圈不如北面屋，霉牆水地露眼窗。
從此這裡是我家，是否看錯門牌號。
能否住人泥豬圈，目瞪口呆今後路。
水牢屋裡日月流，留給女孩半生怨。

那條不願行的路還是到了，它就在眼前，我和兩個弟弟說什麼也不肯走了，灰黑的髒樓好像一隻大蝙蝠張著大嘴要吃人，門前的垃圾讓我們進不去屋，它難聞的味又是第一次聞到，這樣的環境沒想到自己住進去，而且可能是永遠，下午又是儲冬菜的季節，街上人很多，突然來了奇裝異服的一家，好像電影的世界，他們過來看熱鬧，被賣得一無所有的家，父親隨身穿的衣服是夏天的，爲了掩耳盜鈴，父親穿上他的呢子大衣掩蓋裡面，母親也把大衣穿上，爲了不讓人們看出憔悴的臉色，母親戴上當時流行也是她最喜歡的紅圍脖包裝，這下可錦上添花，不但看不出憔悴的容顏，更顯出母親與眾不同的氣質，我穿的紅毛衣是傾家蕩產中唯一留下的衣服，因爲父母疼愛唯一的女兒，兩個弟弟也很時尚，隨身衣服洗淨熨平，小皮鞋擦得很亮，兩年的幸福生活成了兩個弟弟童年的紀念，被褥、一皮箱賣不出去的襪子是全部財產。看熱鬧的人認爲父親是犯錯誤的幹部呢，很要臉面的父親看事情不妙，沒想到這麼多人圍著看，他不願意讓人看見那麼窮，本來想把我們送到這，然後回去用自行車把麻袋被馱回來，現在只好等到晚上和哥哥去取。厚重的髒門由父親打開，我捂著鼻子跟著母親走進屋，霉味給我們的見面禮，四周的牆髒、黑、破，地面上全是水，是否走錯了屋，意想不到的破舊，它連豬圈都不如，豬住的圈朝南向著太陽，這北面的屋永遠見不著太陽，想到以後屋裡沒了聲音，異常的靜，說什麼呢，這便宜的屋已經畫出了今後的生活，緊跟著媽媽怕看霉牆，牆上好像有很多小鬼張牙舞爪向我們要債。

水泵地下室，屋裡終年水，
北面不朝陽，牆壁全是霉。

哥哥放學，天也漸漸黑了，他和父親去取行李，母親在準備晚飯，有爐子還沒來得及買煤的屋，簡單也是改善生活的晚飯，由透明的稀粥變成搬來以前做的窩窩頭和每人半塊腐乳，還有隨便喝的水。去年與今年，天堂與地獄的生活，讓六歲的女孩懂事了，我仰起頭望著能給這一無所有，高大黑暗的水牢屋一塊藍天白雲的窗戶，也髒得把窗外的藍天白雲變成烏雲滾滾的陰天。一切都失去的女孩，她現在只剩下每天仰望窗外那藍藍的天白雲飄了，想到這趕緊拿抹布擦窗戶，沒曾想擦了很長時間窗戶也不亮。看著要哭的我，母親急忙用水化礆，和母親一起用礆水擦第一遍後，又用清水擦第二遍，終於一塊塊污玻璃變成明亮窗戶了，從那以後是這段長達二十年的酸甜苦辣、悲歡離合讓我寫出小說《紅網怨》。

日曆撕完一九五六年，也迎來了一九五七年，這一年給我留下了終身難忘的印象，大鳴大放過後一批知識分子被劃爲右派，禍從口出的時代父親的話更少了。母親又生了一個男孩，看著可愛的小弟弟高興也發愁，這下子家裡生活更困難了，餓得一碗接一碗的喝水。刮得發亮的飯鍋，彷彿鏡子照出我失望要哭的臉，但還是不甘心，又刮煮菜鍋上的油星想做湯喝，那鬧心的嘎哧聲，把剛因爲不夠奶吃而餓過勁睡著的小弟弟弄醒了，他又開始哇哇的哭，我也不示弱，刮鍋的嘎哧聲越來越急，越來越大，也許這種發洩能好受點，頭一回被氣急眼的母親打了一個耳光，我捂著紅臉走出家門到哪去？秋風裡發抖的我突然想起能避風，還有很多好吃好看的二商店，是日本人留下的，它給我留下很多美好的回憶，如今我好像乞丐，到這裡找吃的。

米色的花岡岩地面，燈火輝煌的大廳，一排排玻璃櫃，穿白大衣的漂亮阿姨站在櫃前，櫃裡一盤盤的八件、桃酥、蛋糕、麻元等中式點心，櫃上的玻璃罐裡裝滿了彩色的水果糖，琳琅滿目，離人民電影院近，又是電車停車站，所以終日人不斷。我的身高和玻璃櫃差不多，櫃裡好吃的東西全映在眼睛裡，夾在人群中以爲是誰家的孩子，時間過得快，眼睜睜的看著叔叔阿姨們把點心買走，我還在櫃外看著，沒人注意我，耀眼的水晶燈刺得眼疼，我離開了櫃台，走出商店，離西邊太陽落山的時間還早呢，回家也是餓，我又返回商店，繼續盯著櫃台裡的糕點，還自言自語的說：「這塊帶花哨紅點的芙蓉八件最好吃。」但好景不長在，眼花繚亂的糕點被人們陸續買走，看著空空的櫃台失望的想，這回到哪裡去，那位阿姨拎的網袋裡的水果，讓我眼前一亮，到地下一樓去，扶著樓梯的把手來到瓦涼的地下室巨大的水晶燈下，貨架上色彩妍麗，水靈靈的大鴨梨、香水梨、葡萄、帶霜的國光蘋果、海棠、山楂，應有盡有的彷彿花果山，撲鼻而來的濃烈果香，吸引人們圍著花果山的貨架，我看著人家買，櫃台上紙袋越來越少，旁邊有一個垃圾箱是裝水果核的，我站在那等，但吃得太乾淨了，我失望的回到一樓，天黑了走出二商店。

麻元八件綠豆糕，姹紫嫣紅水果山。

站在那看等機會，中午開始夕陽下。

點心水果全賣光，垃圾箱裡還是空。

今天又是失望歸，墨夜呑沒小女孩。

一九五七年政治上空氣緊張，但是當家做主的工人階級生活不錯，東北人喜歡吃麵食，我最愛夕陽紅的小街。看家家用爐鉤子捅得通紅的爐子，準備好的大面板、大面盆、大菜墩、大鐵鍋、大馬勺，意味著人家今晚的美食。

我家的晚飯早已吃完，半拉窩窩頭，沒有油星的白菜湯像泔水，還沒吃飽呢但桌空，鍋裡只剩下蒸窩頭的屜布，想再吃窩窩頭的我，爲了快點到明天只有睡覺，但睡不著，還是看窗外吧，它比當時的黑白電影好看，是彩色的，紀錄夕陽小街的孩子們，電影裡的主角們陸續出來了，對面的小孩正吃著剛出鍋的饅頭，又大又熱的開花饅頭把他燙得、急得直出怪樣，又過來一個他手裡的窩窩頭和太陽差不多大，吃得高興合不上的嘴露出了豁牙子，那個小孩啃的大鴨梨，梨汁都流出來了，可惜那接不著的酸甜汁我嚥了一下口水，越看越饞吃不著的白、黃、綠東北美食，讓我離開了窗戶，聽收音機還有幾個小時到明天的晌午。

這樣的日子已經一年了，天還是那晴朗的天，紅紅的太陽還是當頭照，家有了很大的變化，我們的歲數長了，拔節的孩子更能吃飯，熬不過的月末，等不到的開支，母親想出了節約方法，一大鍋的高粱米湯好像泔水，拿勺盛它發出的聲音是瓶裡的水聲，清清的。隔窗看著人家的大窩頭，哇的一聲哭了，一人哭都哭，爲了讓孩子們高興，這回母親想的辦法高，實在的高。她在高粱米湯裡放了鹼，高粱米樂開了花，湯變得滑溜溜的，像汽車的潤滑油，一下滑到我們的肚裡，鹼大米少的湯，它的顏色如紅酒。

透明稀粥滑溜溜，滑到腸子營養沒。
日久天長大肚子，腿腫臉黃全是坑。

想讓孩子吃飽，沒曾想弄巧成拙，滑得沒油，沒營養的肚子餓得更快，哪怕是一頓讓孩子們吃飽窩窩頭，母親把家裡的破爛找出來賣，母親的行動啓發了我，爲了一個禮拜吃一回窩窩頭，借著月光，拂曉撿破爛，搬到這一年多了，但還沒有朋友。

孤獨無奈趴窗看，人家女孩花衣穿。
可我四季一件衣，又破又舊臭味溢。
球鞋只能上學穿，群花中間苦菜花。

忽然有個女孩趴窗往裡看，原來是電影裡常出現的主角，在對面住，在新的地方第一回有了朋友，她的名字叫小芳，在以後漫長的歲月和小芳成了患難朋友。不久我入學了，開始學校生活，從此那張家庭成分表跟隨著我，在成長的道路上第一回知道自己和別人不一樣，父親是異色，母親是日本人，我是半紅半藍的混血兒。又多了一個交學費的孩子，不懂大人的難處，只知道上學高興，兒時檯燈旁看書的父親給我留下了很深的印象，我拿父親的書連玩連看，既害怕書上密密麻麻的黑字，又對字充滿好奇，想有一天也坐在檯燈下看它，讀它，如今這個願望實現了。美術的中國漢字像芳香的白酒越學越有味，越看字越美，它像夜空的星星群閃爍著中華五千年的燦爛輝煌，漢字是世界上最長的國畫，它濃縮著中國人的智慧，讓你爲它感到驕傲。學校的環境很美，紅磚小樓，明亮的教室，秋天的小院落滿了金黃的樹葉，從霉屋出來的孩子很珍惜明亮的教室，喜歡語文課，爭取考五分[4]，對得起父母從極貧中擠出的三元錢學費。

美好生活雖然瞬間，但總回憶它，喜歡那大屋裡的夜躺在軟軟的被褥上看窗外的墨空、月亮、星星、白雪，盼望聖誕節。如今不願到晚上，害怕進鐵被窩，好像入地獄夜難眠，搬家的生活迎來兩年，我們也有病了、尿炕，被褥裡的棉花經過春夏秋冬的尿，被褥臊、糟、黃、硬，失去了暖和軟，再也不像天上飄的白雲，它已經不是被褥，給它起名叫破木板挺合適，躺在這樣的被窩裡二弟弟的身體出現了異常，每到大便腸就脫出。那是一九五八年熱火朝天的大躍進年代，為了生活，母親選擇女兒放暑假在二馬路附近的化工廠做臨時工，母親上班以前教我怎樣在弟弟便後把脫出的腸子揉進肛門，八歲的女孩能行嗎？害怕極了，可是窮人的孩子必須早當家，而且五個孩子中唯一的女孩，又是長女，父母上班，哥哥和大弟玩去了，誘惑的夏天暑假玩的地方多了，逮蟈蟈，到南湖游泳，屋裡只剩下我和二弟，我在收拾屋，弟弟在床上玩，玩著玩著沒有聲了，怎麼回事，放下手裡的活看著弟弟，他害怕的樣子知道又要大便了，但不願意便，弟弟也害怕從屁股出來的粗腸子，他難受的憋著，我趕緊把尿桶拿過來讓弟弟坐在上面，看著姐姐放心了，大便慢慢拉出來，接著彎曲的腸子也脫出來，像蛇，紫紅色的還冒著氣和臭味，一想到用手揉要哭

4　五分：那個時代是五分製，五分為滿分。

了也下不去手，嫌它軟、髒，找媽媽但屋裡只有我和弟弟，怎麼辦？弟弟的腸子搭拉的越來越長，而且不冒氣了，不能再猶豫了，我鼓勵自己下定決心，別害怕，然後又把手巾當口罩圍上嘴、鼻子，再用作業本上撕下來的新紙揉弟弟脫下的腸子，彎彎曲曲的腸子終於揉進去了。我睜開睛睛看沾在手上的綠屎想，這揉腸子，聞臭味，手上沾屎的每天什麼時候是頭啊。雖然念兩年書懂得不多，但課本寫的，小人書上畫的舊社會生活和我家的生活差不多，弄不明白到底誰在說謊的小學生茫然的愣在那裡發呆，姐姐也能揉腸子了，我高興弟弟更高興，不害怕媽媽不在家了，但弟弟不願意讓姐姐出去，是啊，他才四歲正是貪玩的時候，可是鄰居的小孩都不願意和弟弟玩，有幾回看見弟弟脫出來像尾巴的腸子，把他們嚇跑了，奇怪像變戲法時脫時沒的腸子，小孩們也不懂得是惡劣條件造成的，以爲弟弟是小妖怪呢，沒有伴，孤獨的弟弟特別懂事，緊跟著姐姐，母親也疼他，自己上班把病孩子放在家裡，對兒子的表揚有時偷偷的買糖給兒子，他又偷偷的給姐姐一塊，我和弟弟之間的祕密。

東北的夏天是一年中最美的季節，也是小孩們最高興的暑假期，有時間了，居住的小街變成了學校的操場，大家盡情的玩耍。看著熱鬧的外邊，我和弟弟也在家待不住了，跑到南面和小芳聊天，弟弟在旁邊看人家玩，聊的正熱乎時弟弟要大便，無奈的領著他回家，拿來髒水桶讓弟弟坐在上面慢慢拉。我又跑出去繼續和小芳聊，越聊越高興，忘記了在黑暗屋裡拉屎的弟弟。忽然弟弟哭著從屋裡出來找我，屁股後面脫出的腸子讓膽大的小孩們跟著弟弟看熱鬧。不好，怎麼忘記了屋裡拉屎的弟弟，自責的我趕緊領著搭拉腸子的弟弟回家。難受的弟弟立刻撅起屁股等我把腸子揉進去，可是揉不進去，而且疼得他直哭，第一回遇到這樣的事，爲什麼進不去，把弟弟領到有亮的窗戶下看，才知道腸子已經腫了，我開始害怕，爲了不讓父母知道白天發生的事，又給弟弟揉腸子，揉了兩下，弟弟說什麼也不幹了說：「姐姐別再揉了，我害怕疼」。看著哀求，哭腫眼睛的弟弟，不敢再揉了，怕有危險。摟著難受的弟弟又不知道該怎麼辦，脫出來的腸子越來越腫，越來越大，弟弟喊媽媽的聲音越來越弱，無奈的女孩只有和媽媽實話實說了，我含著淚找出母親留下的電話號碼，然後讓弟弟等著，跑到附近的商店求叔叔、阿姨借用一下電話，好心的阿姨幫助我撥通了母親工廠的電話：「媽媽，弟弟有病了」，再也說不下去了。母親讓我別著急，她馬上回來。我又趕緊跑回家，推開門看見沒有辦法坐的弟弟，又坐在髒水桶上休息，變得越來越長的腸子是否被髒水、屎、尿感染，不敢再往下想了，急忙把水缸裡的水舀到臉盆裡後，把臉盆放到弟弟的屁股下洗脫下的腸子，洗完後的弟弟緊緊的依偎著我，兩個小孩在等待媽媽快點回來，那一刻感覺時間好長好長。

母親回來了，弟弟看見母親又哭起來，母親趕緊給他揉腸子，但揉不進去，不能再耽誤了，母親背著弟弟去醫院。診室裡傳出弟弟異常的哭聲，在走廊上等著的我背著小弟弟走出醫院，也許聽不到哭聲，看不見慘無忍睹的診室心裡能好受點。大夫終於把弟弟的腸子塞進去了，事情過後很自責，如果不是我聊天太長，弟弟不可能遭那麼大的罪、痛苦，四歲的弟弟在黑暗的水牢屋裡帶著搭拉的腸子等待姐姐給他揉，可是我已經把他忘了，但弟弟沒有和媽媽說事情的眞相，我不知道是弟弟小，還是護著姐姐，母親沒有打我，也沒說什麼，對不起最可愛的弟弟，四個男孩中最帥氣、最懂事的二弟弟，每當看到他孤獨的大眼睛，再也不忍心扔下他出去聊天了，好好的看他，弟弟又給姐姐糖了。

天上太陽紅彤彤，永遠照不到我家。
黑暗北面豬圈屋，夏天水地冬冰窖。
彷彿地圖尿褥子，糟破臊黃憶苦被。
夜夜難眠痛襲來，弟弟便後腸脫出。
沒錢醫治罕見病，八歲女孩早當家。
每天工作塞腸子，一生難忘那歲月。

時間在走，可是夜裡的夢常常把我嚇醒，夢見家裡變成「動物園」，我、大弟弟、小弟弟也便後脫腸，帶著尾巴，而且弟弟們排隊的讓我揉腸子，想到這手抖個不停，我已經揉夠了那又臭、又髒、又軟，像蛇一樣的腸子，要揉到何時。充滿怨恨的我走出家門來到火車站，想坐火車遠遠的離開家，但聽到列車長鳴那瞬間，忽然流下了眼淚，捨不得生我養我的父母和相依爲命的弟弟們。八歲的女孩能否登上那趟列車，我久久的看著一列列飛馳而過的火車，怨恨消散以後回到家，找得病的原因，找了半天的我，眼睛盯在憶苦的被褥上，就是它罪魁禍首，爲了我和弟弟們不再脫腸想到曬被，可是把被褥拿到東邊的紅日下曬，又怕丟人現眼，但尙家的被似乎無言或有言的敘說著眞實。還是等一等吧，想曬的被和小蘭一起縮回屋。晚上進被窩成了負擔，但又沒辦法，把想曬的被疊好，不知是怨還是用力過大麻袋被面碎了，這下闖禍了怎麼辦，會不會挨媽媽說，但又轉爲高興，我們的憶苦被也應該思甜被了。新中國都解放九年了，我盼望天天唱的社會主義好那首紅歌裡的生活。不能讓實惠的女兒再失望，母親決定先兌現我的新被夢，霉屋的床上紅地被面上朵朵大粉牡丹花在綻放，母親正在絎被子。望著墨苔屋裡絢麗奪目的牡丹花被子，恨不得馬上到晚上鑽進熱乎乎的被窩裡。

換門面了，我家的被褥也能拿出去曬，高興的等著第二天，那心情好像入學的時刻，翌日趴窗望外看，紅焰焰的太陽像一顆寶石王鑲在無疆的藍天上，難得的好天。我去找小芳，她家的大窗戶外有一道粗粗的鐵欄杆，正好能曬被，小芳進屋和她媽媽說小蘭家曬被的事，她的臉全是笑，我的直感她媽媽同意了，抱完被服，又抱褥子，終於全搭在鐵欄杆上。

再尿也有頭，紅日曬臊被，
今夜暖被窩，小蘭樂開花，
但願夢長久，暖窩伴月夜。

晚上有暖窩，還能和小芳在一起，眞是意想不到的好事，太陽在烤小街，我和小芳也聊得興高彩烈，哪來的味，越來越臊，旁邊玩的小朋友薰跑了，小芳也借口回家，只剩下我還在忍著，因爲我知道這裡曬被今天爲止，原來小芳家一直敞開的門此刻關上了，可能小芳做夢也沒有想到妍麗的大紅花被服裡卻是臊臭的棉花。不好我的鞋也開始放臭味，而且臭鞋、臊被像比賽，臭味全鑽到鼻孔裡，趕緊走吧，別見堅持到晌午，我戀戀不捨的把被拿下來。雖然沒有晾到晌午，但比早上輕多了。

好像躺在棉花裡，今夜我們沒尿炕。
多想繼續晾被服，但是南邊沒臉去。
原形畢露臊破被，好像細菌人害怕。
大紅表面裡坑人，何時有雙新被褥。

沒有錢把被褥全換成新的，丟人的被褥也不好意思再到南邊晾了，在自家門口晾，雖然沒有太陽，但踏實臭味自己聞，不坑害別人，而且東北特有的乾燥也能把潮被烘乾，把繩子拴在事先埋在地裡的木柱上，然後把被搭上去，太陽像葵花從東慢慢的往西轉，吹來的乾風把原來的又潮又濕，又薄又癟的被褥吹得鼓溜溜的，我不時的瞅，然後繼續做作業，再抬頭看它時紅被不見了，小弟也在那邊喊，紅信號消失了，急忙跑出屋，被在地上，拴的繩子被誰剪斷了，剪得眞狠，被摔得鼻青臉腫，上面沾滿土和髒東西，是誰這麼壞，往四周看什麼也沒有，他們欺負的就是異色成分又窮的尙家，把被褥上的土和髒物用手掃掉拿回屋，無力的坐在窗前望被剪成兩節的繩，它好像長辮無殘地垂在地面被人來回的踩，趕緊出去把斷繩解下來，連曬被的權利都沒有，但敢怒不敢言，想以後怎麼辦。窗上結滿了薄薄冰花，又到了難熬的季節。

屋如冰窖地薄冰，滿牆霜沫被如鐵。

曬不出去異色被，無奈冬夜我難眠。

藍苗爐旁母親在縫小袋，媽媽幹什麼用，我好奇的問，母親神祕的說到晚上你就知道了，和學校念書一樣對老師講課帶著太多的渴望和想知道，蘭在盼望快到晚上，想知道到底是什麼謎。夜幕降臨，壓爐子的藍苗變成紅焰焰的烈火，母親在鍋裡炒鹽，一粒粒水晶鹽被炒得直跳發出沙沙聲，好像糖炒栗子，鹽已經熱得燙手差不多了，用勺把它裝進小口袋裡繫好，然後放進我們的被窩，謎終於解開明白了小口袋的用處，用鹽袋當暖鼈，高興的把小手伸進被窩裡，這小口袋又像烙鐵，烙得鐵窩暖乎乎的但臊氣也充滿被窩，總聞的味已經習慣了，只要暖和就行，小袋裡的鹽一舉兩得，明天拿它還做菜呢。

沒有錢買暖水鼈，暖熱冬天冰被窩。
夜夜難眠想出來，用布縫個小口袋。
又把鹹鹽炒熱乎，裝進口袋當暖鼈。
一舉兩得好辦法，白天做菜夜取暖。

用炒鹽袋當暖鼈，我們的冬天順利過去，它又像烙鐵烙好了我們的病。

每天早晨五點半弟弟的哭聲像鬧鐘準時，母親還沒下地小弟弟開始奏樂咧嘴大哭，要媽媽抱，已經聽慣了，裝聾繼續睡，母親叫醒我看弟弟，蘭不情願的起來哄他，這樣的生活奪去了女孩四年的時光，揉著眼睛看著精神的弟弟胡思亂想，什麼時候也能像別的孩子那樣早晨能足足的睡個好覺，早晨的覺多香啊，小弟你爲什麼不多睡一會，給姐姐點幸福，兩歲的弟弟怎能理解姐姐，反正旁邊有伴就行。母親的爐子還沒點著，屋裡卻充滿了煙霧，朦朦朧朧的，貪睡的女孩又打起盹來，這下捅了馬蜂窩，看著不看他的姐姐，使出全身的力量，又哇哇的哭起來，睡意全沒了，哄著哭個不停的弟弟他還是不幹，這個小人精讓我背他。那是五九年，蘭九歲，自然災害的第一年，本來總缺糧的家，這下更缺了，每天菜肚的女孩，根本抱不動弟弟，背一會兒感覺弟弟好像石頭實在背不動，放下他做別的遊戲，幹什麼呢，想起了五十年代的兒歌，「讓我們蕩起雙槳，小船推開波浪」，唱著唱著眼前浮現了那些幸福的孩子，穿著白襯衣，藍褲子，小花裙，戴著紅領巾，滿面的笑容，看看自己每天凌晨背著弟弟來回的走，來回的唱，來回的哄，背大了二弟又背小弟弟，唱不下去了，淚一顆一顆掉下來。

凌晨被窩最幸福，但是無緣小女孩。
命裡注定看弟妹，看完這個那個來。
歲歲年年六年了，大好時光全奪去。
什麼時候能止住，人生幾回兒時光。

父親的飯盒做好，我們的苞米麵粥也端上桌，見吃就樂的小弟弟也不用我背了，這下子解放了我趕緊洗臉。小鏡子裡我的眼睛紅紅的，不知是哭的還是夜裡當尿盆，白天再當臉盆的原因得了沙眼。顧不得了，連吃飯都吃不飽的我們皮實，不瞎能看路就知足了。

弟弟在慢慢長大也貪睡了，不在母親做飯時醒、哭、鬧，這下好了，能把這幾年的覺找回來，但好日子總是短暫，不久母親又生下一個妹妹，眞是一奶同胞，妹妹和弟弟們一樣，也是母親起來做飯時就醒，然後哭個不停，我的工作得起來背她、哄她。

人家孩子睡夢中，我已起來背妹妹。
不知何時背到頭，十歲女孩無奈淚。

新中國的長女和這個國家同呼吸共命運，三年自然災害她變成了吃野菜各種飼料的「動物」。

菜幫野菜各種皮，改善生活豆腐渣。

天上的寒星稀稀拉拉的閃，小街還在睡夢中，靜靜的，蘭摟著鹽袋暖鼈正睡得香呢，母親推了我一下，快起來到點了。冰氣朦朦的路上，我和哥哥拿著水桶到原來住的大房子附近的豆腐房買豆腐渣，馬路上一幢幢沉睡的樓房把兩個孩子顯得更小了，那條路顯得更遠了，看不見頭看不見人，只看見越來越朦朧的冰氣跟著我們走，加快了腳步爭取第一號，豆腐房到了，藍黑的蛇隊延伸到黑暗中，又白起早了，那小小的豆腐房怎能有那麼多的豆腐渣，看不見的蛇尾，只聽見雪地上的跺腳聲，好像蘇聯舞蹈有規律的節拍。嗖嗖的晨風直射在臉上，死辣辣的痛，我把自己縮在破圍脖裡，失望的回家路在雪地上搖搖晃晃，蘭變成了風箏，隨風飄蕩，好像要飛上天空，嚇壞的哥哥趕緊抓住我，爲了安全，他把抬豆腐渣桶的木棍讓蘭抬一頭，然後水桶放在中間，他抬另一頭，這回有重量了，風不敢吞小蘭了。白起早的凌晨，不情願的來回路，走不動了，我不知這條路何時盡，臉冰涼，用手擦是冰淚。看見走不動的妹妹，哥哥大聲的喊：「快走，小蘭，今天早晨有窩窩頭」。這一句話管用，最想吃的窩窩頭，哪怕是摻上一半白菜疙瘩也比乾白菜湯耐餓，我的腳步快了，但沒買回豆腐渣，哪來的窩窩頭，路上的話是哥哥編的謊言，給空肚的妹妹帶點希望。白起的大早，我和哥哥改變了戰略，乾脆不睡覺，晚上出發，和哥哥全副武裝，他把父親的棉襖當大衣穿上，我把大弟的棉帽戴上，又把他的襪子穿上，大得跟不上腳的鞋套上兩層襪子正好，這下抗凍了。雪路的燈下兩隻藍兔你追我跑晃得豆腐渣桶直響，我倆上氣不接下氣，拐彎的胡同是目的地，豆腐店在那，向前，向前，豆腐渣喚我起早，快到了，第一號又撲空了，前面有黑影，趕緊奔向前，已有四個人在那排隊，到我們這是五號也行，能買到豆腐渣，但等的時間長，離開店時間還早呢，一個小時，二個小時，和哥哥用手數著時間，最少也得等上六個小時。茫茫的冰夜，想起了兩年前還是這條路，我和哥哥抬著豆腐渣桶，那時不用排隊，只要起早就能買到豆腐渣，凌晨的路上，滿載而歸的孩子，如今那時光已經過去，一年不如一年。身上有點僵了，帽沿上掛滿了霜，蘭的眼睛凍得不會轉動，還是睡意來了，迷迷糊糊的，漸漸後面又是望不到尾的蛇隊，哥哥擔心今早又買不上，他怕藍黑的大人群把我倆吞沒，因爲這隊伍裡只有我和哥哥是小人，好像漢字的凹字，哥哥叫我打起精神來，爲豆腐渣站好黎明崗。爲了時間快點過，又在想好事，那是五八年冰冬的凌晨，買回的豆腐渣，母親用蔥花熗炒豆腐渣。

東北美食小米飯，蔥花熗炒豆腐渣。

還有鹹菜雪裡紅，啥時才能吃個夠。

想到這身上好像暖和了，豆腐房的門開了，緊跟著哥哥怕後面的人把豆腐房擠塌，一夜沒睡換來了大半桶豆腐渣值得，抬著豆腐渣桶想今晚的豆腐渣摻苞米麵的窩窩頭，我和哥哥高興的唱起了電影「紅孩子」的主題歌，「準備好了嗎，時刻準備著，我們都是共產兒童團，將來的主人必定是我們，滴滴答滴答，滴滴答滴答。」彎彎的回家路還沒影呢，放下桶歇一會，我坐在台階上，哥哥拿起抬豆腐渣桶的木棍當紅纓槍扛在肩上，又把我叫起來排成紅孩子的隊形，不情願的站在哥哥後面，滴滴答滴答的歌聲飄在清晨的雪街上，可我卻看著棟棟樓的窗戶羨慕的想，什麼時候也能像人家的孩子們一樣睡個早覺，早上能吃上窩窩頭，喝碗苞米楂子粥、鹹菜、越想越饞，不想了，催哥哥走，愛模仿的哥哥這才停止跺步，買豆腐渣的凌晨一直到春天。

春天的太陽帶來暖意，白雪的大地換上了綠衣，它伸向遠方，這無邊的綠色中有不少能吃的野菜，越來越嚴重的飢荒，綠色草地是維持到月末的糧食，還能節省錢，把野菜挖出來背回家，洗淨蘸大醬吃，留下一部分合在苞米麵裡蒸出的窩窩頭是翡翠顏色，久吃瘦身治便祕，濃郁菜香還有漱不盡的苦味，好像我的人生。挖野菜的人越來越多，近處的草地變成禿地，再多的野菜也抵抗不了餓流的斬草除根，異常的三年，春天綠色少，人們只剩下沒吃土了，只有到遠處去找、挖，到遙遠的城邊。一個女孩沒走過遠道，和哥哥一起去的，城外一望無際黑乎乎的土地上，點綴著稀稀拉拉的綠色，遠處還有火車的鳴叫聲，轟隆轟隆的奔跑在鐵道上，和哥哥那個高興，跟著火車跑，跑餓了挖小根蒜吃，它是東北的特產，只有春天長在大地上，像玻璃溜溜那麼大，白光的腦袋，三毛式的幾根綠髮，味道辣、脆，我和哥哥把它當梨，還鬆了一下褲帶，準備吃掉地裡的小根蒜，不停的挖，不停的吃，漸漸牙開始麻木，不甘心的我又想，如果有個窩窩頭，一碗大醬，一大碗涼水多好啊！看著滿嘴土，綠色的妹妹，和不見多的野菜、小根蒜，哥哥著急的說：「照這樣的速度，像羊一樣不停的吃，回家時挖不滿一口袋的。」但我倆控制不了自己的嘴，無可奈何的哥哥開玩笑說：「看來我倆得戴上馬嚼子才能罷休。」然後又說：「快把剛才光顧吃的時間找回來。」我點點頭，緊跟著哥哥找綠色多的地方，趁太陽落山以前挖一口袋，同時也有一種預感，這裡不久將變成一片禿光大地。

西邊的紅日沉在地平線上，和哥哥終於挖滿了一口袋，第一回到這麼遙遠的地方，還挖到這麼多的野菜，看著沾滿泥土的手笑了，哥哥說：「還笑呢，你都變成小妖怪了，浮腫臉，泥爪，綠牙。」我噘著嘴生氣的衝著哥哥說：「那你說怎麼辦，我也不想把手當爪子，也不想吃賊辣帶泥的小根蒜，弄得滿嘴牙磣，臭味薰人、麻木。」說不下去了，哥哥趕緊說：「逗你玩呢，行了，別生氣難受了。」然後摘了很多苦葉花哄我。「準備好了嗎，時刻準備著，我們都是共產主義兒童團……」今天的歌聲比買豆腐渣的凌晨歌聲響亮多了，因爲這是城外，盡情的唱沒關係，而且我高興，連續的放學後，星期日挖野菜，母親表揚哥哥和我，特意把菜窩窩頭切成片放在爐蓋上烤，一想起上面的嘎嘎，不再寸步難行，感覺全身好像有勁了。每天夕陽映照的回家路上，背著野菜口袋的孩子被壓得更小了，支撐我們能堅持挖下去的是媽媽做的「野菜宴」，幫我們度過成長期趕上的三年自然災害。

春季到來救飢民，長春城外求生路。

拿著口袋挖野菜，天天頓頓野菜宴。

吃得浮腫淨是坑，為了活著吃一切。

瘟肉瘟雞狂犬肉，不怕吃後有危險。

原想還沒到遭罪的夏天，春天能順利的過去，但最近不知怎麼回事，一到晚上肚子就開始疼，我是一個很皮實的女孩，可現在的晚上如同下地獄熬不過去，也沒有錢看病，還趕上父親出差，還怕母親知道上火，喝口涼水也塞牙的女孩，爲了忘掉疼痛，我借來聊齋小人書看，用害怕、刺激、癡迷，沉浸在另一個世界裡，減輕、麻痺、解脫自己，真希望這樣的感覺天長地久，可回到塵世間痛又開始折磨我，而且感覺一分一秒如同一生一世，無奈的看著破天棚發呆，夜半了插蔥似的床空間怕影響母親、弟弟妹妹睡覺，下地來到窗前，打開窗簾看著掛在西邊的殘月，真不敢想明天，也不願意想以後沒完沒了的肚子疼。母親終於發現我有病了，她以爲是潮濕受涼的原因，又開始炒鹽，然後裝在小口袋裡，當熱水袋給我暖肚子，可根本不解決問題還是疼，夜半三更開燈看書又費電，難眠、難熬、難受、難過的夜裡，一動不動的忍耐、忍受折磨，等待天亮渴望無休止的遭罪少一天，但離天亮很遙遠，無奈的我悄悄起來。那個時代的夜半三更安全、安心，天地間的黑暗把我也變成黑影、黑色，我坐在台階上反復的找得病的原因，可能是五年來飢餓，亂吃不講衛生的東西引起疼痛，但要求生的女孩不吃撿來的蔥葉、爛瓜、爛柿子怎麼辦呢，我也想粘粘乎乎的苞米麵粥喝，但不知什麼時候能兌現。疼痛、飢餓讓我變成家賊，也想了做賊的辦法，趁母親、弟弟妹妹不在家時，迅速的從糧袋裡舀出苞米麵，別舀太多了，母親會發現。然後點爐子，可能是做賊心虛，還是怕母親途中回來，手發抖點不著爐子，我著急的鼓勵自己別緊張，就幹一回對不起父母、弟弟妹妹的事，終於喝上粘粘乎乎的苞米麵粥，喝完後又趕緊刷鍋、刷碗，開窗戶把屋裡的粥香、熱氣放出去，把爐子裡的火弄滅，這才放心的坐在床上。父親出差回來了，要領我到醫院看病，可能已經麻木，皮實了，而且也害怕醫院開的寶塔糖，寶塔糖雖然好看、好聞、好吃，但一想起大便時拉出來的無數條擰在一起群魔亂舞還活著的蛔蟲，我趕緊說好了，也確實比以前輕了，可忘不了那頓偷做的苞米麵粥，趁這機會和父親說：「想喝苞米麵粥」。家裡的糧袋只剩下底，糧證上這月的糧食也沒有了，也沒有錢，父親用出差剩餘的公款準備到黑市買苞米麵圓女兒的喝粥夢，然後上班到會計那報銷時商量欠的公款從每月的工資中扣除。

有錢能買到一切的黑市東西貴得嚇人，難怪買不起的老百姓管它叫黑市，再飢餓下去得用麻袋裝錢買糧了，父親拿的錢只能買五斤苞米麵，也行，做稀溜溜的苞米麵粥夠喝幾天的了，當橙黃色的苞米麵用秤量好倒進準備好的口袋裡時那個高興、那個感動，我終於不用偷做苞米粥喝了。母親為了表揚我的堅持、忍耐的精神，破例今晚的窩窩頭沒有摻乾白菜，苞米麵粥也比每天乾了，還用肉票買了半斤肥肉煉豬油燉了一大鍋白菜，再加一碟腐乳，也許除了過年這頓飯吃得最飽。

那以後父親把煙戒了，省下的錢給我們改善生活，一無所有的屋裡忽然熱鬧起來，霉眼牆上掛著大蒜辮、紅辣椒串，桌子上橙色的苞米麵粥、翡翠窩窩頭、棗紅色腐乳互相爭妍。漸漸我的肚子徹底不疼了，也記住教訓撿來的蔬菜必須洗乾淨吃。父親經常親自做粥，有時給我一個驚喜，在醃成鹹菜的蘿蔔纓、白菜根、圓白菜芯上點幾滴辣油，那時平常我們很少見油星，供應點油母親都給父親做菜時用了，但現在父親做辣椒油和我們一起吃飯，母親心痛的說：「你再有病了我們怎麼辦，這家全靠你呢！」可父親笑著說沒事，祖國花朵的孩子們需要營養，當父母的沒有大的能耐，但得保證他們起碼能喝飽苞米麵粥。

濃縮著父親的愛甜甜的，粘粘的苞米麵粥成了尙蘭的終生難忘，它是那個時代的救命粥，簡單、有營養、快，每當喝它的時候都想起父親，如今在日本回憶那個時代，想起苞米麵粥眞想再喝一口，憶苦思甜不忘它。在超市裡找到包裝精美的苞米麵粥，回家品嘗比那個時代的粥好喝多了，奶粉各種營養成分都在裡面。六十年代對二十一世紀，同樣顏色的苞米麵粥代表兩個時代，天地之差，寫到這又想喝苞米麵粥了，因為我是那個時代過來的人，是東北人，多想馬上到明天早晨的十點鐘，到超市把甜甜的、粘粘乎乎的苞米麵粥全買回來。

那個時代少年時，為了活著吃一切。
春天大地小根蒜，夏天爛瓜泥蔥葉。
秋天蘿蔔當梨吃，冬天撿人蘋果核。
日久天長病襲來，每天黑夜肚子疼。
沒錢看病去醫院，為了忘掉痛苦時。
借來聊齋小人書，回到人間又遭罪。
生不如死每夜晚，不願醒來願永眠。

被歧視的少年時代

電影小說抗日課，無辜孩子替罪羊。
圍攻辱你小日本，好像聲討寸難行。
最怕長夜無奈淚，多想夢中變紅色。
但是世間無情多，日中緊張我倒霉。
中日恩怨孩子背，心靈創傷烙一生。

六十年代的電影院上映的「地雷戰」、「地道戰」、「小兵張嘎」，這幾部來回轉的抗日電影既有教育意義，又讓小孩們學會了罵人，從此無辜的我們成了犧牲品，只要到外邊去，小日本、日本鬼子的罵聲滾滾來。剛開始受不了，委屈、想哭，但隨著躲不過去的每天，現實讓我變得皮實、抗罵了，或者還沒等他們罵、喊，我已經遠遠的離開那些無休止的罵聲。

可貪玩不知情的弟弟們成了替罪羊，小紅五類們招呼弟弟一起玩，一直渴望和他們一起玩的弟弟們趕緊跑過去，可玩著玩著，他們把弟弟們圍在中間。面對突然的變臉，盛氣凌人的小紅五類們，見事不好的弟弟想走，但已經出不去了，他們拿弟弟們當靶子拳打腳踢，直到累得呼哧呼哧直喘，還是不放求饒的弟弟們走，小芳在急促的敲窗戶，然後很著急的說：「小蘭你趕緊去，你弟弟在那邊被人圍著揍呢。」聽小芳說完飛快的跑到弟弟被圍的地方，看見他們又開始模仿電影裡的鏡頭，把弟弟們當地主批鬥，以前只是見面罵我們，沒想到今天他們得寸進尺，開始動手了，氣得發抖，又不敢惹他們，我進去求他們放過弟弟，但他們又圍上我，怪聲怪氣的說：「又來一個小日本」，最不願意聽的順口溜，但這時假裝聽不見，也必須忍著，我是來救弟弟的，不是和他們打仗講理的，如果和他們打起來，我和弟弟們都出不來，但他們欺負我是一個女孩，不放我們走，沒有辦法，我把身體當做擋暴力的銅牆來保護害怕的弟弟們，這下子激怒了他們，也轉移了目標，開始對我進行罵，但我還是不敢反抗。占優勢越來越興奮的他們真把無辜的我們當成日本鬼子，可也沒有辦法，誰讓我們是中日混血兒了。命運注定這些孩子們永遠被人們誤解、歧視、謾罵，往好處想，也許他們罵夠、罵累會放過我們。小街越來越亮，太陽越來越鮮紅，我們長時間都不回家，身重的母親一人去倒髒水，下水道離家很遠，正好在我們挨揍的地方，那些人看什麼呢？不顧下水道的臭味，從裡邊傳出求饒的聲音，這不是女兒嗎，母親顧不得倒髒水了，趕緊擠到前面看，才知道確實是我和兩個弟弟，母親急得找旁邊看的人求救，但把人分成紅與黑的當時，人沒正義，人無情無義，著急的母親要站不住了，我也不再垂頭不敢言了，大膽地站起來扶母親，見此情景，兩個弟弟也站起來拉著母親哭了，看母親挺著大肚子難受的樣子，他們害怕了，放我們出來。長時間的圍、踢、揍、趴、跪，我們的臉上、衣服上全是土、汗、淚、傷，母親給弟弟擦淚，然後領著我們走。頭一回看見母親氣得臉發白，發抖，但還是忍耐、忍受，氣大傷身，害怕母親再出意外的我不再哭了，扶著母親趕緊回家。

從那以後，除了上學，我們再也不敢出去玩了，憋在屋裡，窗外球打高了的誘惑喊聲不斷的傳進屋裡，弟弟們被吸過去，溜齊的站到窗前看熱鬧的窗外景，可能弟弟們想了著急了，自言自語的說：我們在霉屋裡憋到啥時爲止，弟弟們的怨言提醒了我，也害怕這樣無絕期的憋下去。我在琢磨怎麼辦，突然眼前一亮想起了省委後面的草地，到那去避風最合適。把想法和弟弟們說了，他們立刻精神起來，催我趕緊走，每天都天黑回來，得準備點吃的，二弟弟說咱家哪有吃的，連屜布上的窩窩頭渣都搶吃了，我神祕的說姐姐有辦法，能變出好吃的，說完跑出家門，到附近的商店撿卸車時掉的，人踩的，扔到垃圾堆裡的蔥葉，餓急時用它代替窩窩頭，然後又削鉛筆，準備到那寫作業，沒拉啥，這才背上書包領著早已著急的弟弟，迅速的離開小街來到草地上。突然的自由天地間，弟弟們激動的大聲喊著，把我嚇一跳，不得不捂上耳朵。今天舊地重遊，感動的看著熟悉的一切，藏身的舊輪胎還在，但我已經進不去了，感嘆時間無情，但弟弟們卻高興發現了舊輪胎，說好像是電影裡的道具，再現電影裡的景，他們換班的鑽進用草叢做掩護的輪胎裡，體會電影中敵人搜捕時的緊張感覺，避風的草地留下了弟弟們少年時最開心的下午。

祖先守邊疆，後代沒有家，
被罵滾出去，含淚望青天，
哪裡是我家，無奈時想起，
那片青草地，最好避風港，
遠離他們辱，自由天地間。

很珍惜世外桃源的下午時間，從輪胎裡出來的弟弟又開始對昆蟲產生興趣，他們坐在草地上觀察飛、爬的螞蚱、花大姐，頭一回看見這麼高興的小朋友，好奇的螞蚱看我們不蹦。蜻蜓好像透明的髮夾停在我的頭上不飛，而落在身上的花大姐好像花掩蓋了衣服破的地方，昆蟲與我們和平共處，直到天黑才回家。

小街沉在墨色中，小紅五類已回家。
最好機會趕緊走，那個時代黑孩子。
侮辱挨揍常有事，沒有辦法躲出去。
草地輪胎我的家，我們朋友小昆蟲。
餓了蔥葉當窩頭，墨夜照明月亮燈。

找到了屬於自己的天地，學習有了進步，因爲到這寫作業可比水牢屋強一百倍，不怕黑暗了，藍藍的天空太陽照耀著我們。渴了喝口涼水，餓了吃從商店垃圾堆裡撿的蔥葉，脆、辣的蔥葉越吃越好吃，直到嘴裡發木，也許蔥葉幫助我解決餓的問題。每天垃圾堆裡的蔥葉全被我撿走，吃蔥最多的女孩一生最愛它。

母親馬上就要生了，這兩天更忙乎，連夜的織毛衣，趕在生孩子以前織完，十五瓦的燈下，我們的呼嚕聲有節奏的忽高忽低，毛線也像戲法一樣變成了毛衣，像孔雀開屏的毛衣把母親的衣服顯得的更加破舊，已經穿五年了。

冬天棉衣春夾襖，夏季到來去掉裡。
秋天又把裡縫上，窮人衣服如戲法。
一年四季一件衣，歲月流走那時代。

不知是睏，還是思念故鄉，母親又開始唱歌了，夜半歌聲飄在昏暗的屋裡，優美無盡思鄉的日本歌曲讓我習慣的每天夜半三更醒來，聽母親唱歌，不知不覺中開始對日本產生好奇，從母親借來的日本畫報上了解日本。日本都這麼豐衣足食了，看著畫報上眼花繚亂的服裝食品，尤其是畫報上透明的一個丸的肉餡水餃，讓總吃蔥葉的女孩羨慕得晚上總做夢，夢見也吃得起一個丸的肉餡水餃了，吃得流油了，我高興的醒了，原來是淌口水了。

頭一回看見這麼多的窩窩頭，放學回來的蘭被面板上排隊好像金元寶的窩窩頭驚呆了，母親正在等我，馬上要去醫院，再三的囑咐要看好弟弟，已經給我們準備了三天吃的，蘭要和母親一起去，母親不讓，她不放心家裡的孩子，把織毛衣掙來的錢都給我們花了，用在自己身上的是一塊肥皂錢，臨住院前把穿的衣服洗得乾乾淨淨。住院的第二天母親生了一個女孩，妹妹小琳，從此有伴了，高興的跳起來，整天在男孩的世界裡希望有個妹妹，如今夢想成真。

來到世界十一年，每天接觸盡男孩。
渴望有個小妹妹，夢想成真小蘭笑。
男孩群裡兩姐妹，從此告別孤獨日。

有伴了，恨不得馬上到產院看母親和妹妹，兩天沒在家感覺好像兩年那麼漫長，窩窩頭現成的，蘭做粥和切疙瘩鹹菜。

菜刀好像鋸，爐子點不著，
煤黑小花臉，嗆得直咳嗽，
初次感受到，母親很辛苦，
為家日夜忙，歲月四十年。

還沒點著爐子，三個弟弟直敲飯碗，好容易做好粥瞬間吃完，然後又是收拾，整整忙了一晚上，做了幾天飯才知道那個時代的母親偉大。領著小弟弟去看母親，在媽媽的床前他哭了，是啊，四歲的弟弟還需要母親的呵護，姐姐再好也不如媽媽。蘭坐在床前想說幾句話，弟弟要獨占媽媽，他在耍嬌呢，我只好讓位。當站起來的瞬間，看別的媽媽床前櫃上有許多好吃的東西，紅糖、煮雞蛋、糟子糕，而母親的床前只有一瓶暖開水，產後的女人是需要大補的，她們的櫃上有營養品，我們有濃濃的親情。暮色的病房，弟弟還一動不動的看著媽媽，我問母親做魚湯的方法，聽別人說喝魚湯下奶，回到家找能賣的東西，但家裡已經賣得一無所有，決定向小芳家借錢給媽媽做湯，說明來意，小芳媽媽馬上拿錢同時還有魚票，她知道我家把發的魚票、肉票、布票等全換糧票了，不知道怎麼感謝小芳媽媽的雪中送炭。按照媽媽說的先把魚煎了，然後放醬油、醋、蔥、蒜、鹽，再加半鍋水，蓋上蓋，鍋開以後小火燉，漸漸魚的鮮味飄滿屋，成功了，拿勺嘗，味道還不錯，未來的主婦蘭合格了，貧窮的時代一條魚燉的鮮美魚湯讓蘭一生回憶想再喝一口，讓媽媽的月子也有一頓營養補品，把魚湯盛在飯盒裡，然後跑到省委後面採小黃花，昨天夜裡下雨了，草比前兩天來時又高了。

初夏夜雨大地翠，青草花兒露水衣。
無疆美麗任你摘，朵朵小花女兒心。

彎下腰採了一大把小黃花，沒有錢給母親做雞湯、買雞蛋、紅糖，但她把鮮花送給母親，祝福母親平安無事。蘭有了妹妹，回到家把花放在喝水用的大搪瓷缸裡，我端著魚湯，小弟弟拿著花來到母親的病房，綠草簇擁著溢香的小黃花，給小米粥、熟雞蛋、紅糖的傳統月子帶去了異國情調。

中國月子講究多，白糖紅糖小米粥。
母雞煲湯煮雞蛋，一無所有母坐月。
營養補品買不起，家裡東西已賣光。
只好借錢借魚票，做碗魚湯送媽媽。

小花給病房增添了活氣，同房的阿姨都誇我還是女孩心細，媽媽的貼心小棉襖，母親喝著女兒做的魚湯直誇好喝，窮人的孩子早當家，鮮花盛開的床櫃別具一格，它是任何補品換不來的，一個十一歲女孩對媽媽的愛。

大媽又來了

這個世界上，人最嗅覺靈，
尚家富貴時，她像小綿羊，
和藹又順從，如今窮到底，
她變母老虎，上門打砸罵，
然後又造謠，嫉妒女人心。

大媽剛一走進小街，愛趴窗看景的我立刻離開窗戶，把門劃上，然後又以最快的速度把怕摔的東西全塞到床底下，才告訴母親和弟弟們，大媽又來了。弟弟們嚇得趕緊藏到床底下，我和母親也不敢出聲，假裝屋裡沒人，但禁不起槍林彈雨似的敲門聲，還怕鄰居圍看，只好開門，這下引狼入室，大媽吼叫著衝進屋，不客氣的坐在父親專用的凳子上，晃搖著腿說：「渴了」，母親趕緊給她倒水，端到她面前，沒想到她接過水碗把水潑到母親臉上，然後開始歇斯底里的罵，敢怒不敢言的母親拿手巾擦臉，這下她更來勁了，陰陽怪氣的問母親你有臉嗎？要臉嗎？看大媽得寸進尺，瘋狗似的逼母親，嚇得我用窗簾把自己藏起來，瞬間感覺尿褲子了，那年我九歲。牆倒眾人推，自從尙家極貧後大媽也變臉了，再也找不到以前和我們和平共處，總領我上她家串門那個和藹可親的大媽，現在她變得陌生可怕，還像潑婦。她總趁父親上班時來我家鬧，開始時摔碗，用那種讓人心碎、心痛、摔得稀巴爛的聲音來滿足她對母親的嫉妒，漸漸摔得一無所有，她又開始剪撕枕頭，把枕頭瓤子揚得滿床滿地都是，破枕頭裡的稻殼和灰把屋弄得烏煙瘴氣後，她高興解恨了，又開始對母親進行人身侮辱，讓母親滾回日本，臭不要臉占我的男人……，漸漸話開始不堪入耳，是日本女人的賢惠、修養，母親從不還口，更讓人不能容忍的是，她命令母親像黑五類那樣低頭站著，她坐在凳子上教訓母親，數落母親。有一回說著說著她哭了，求母親把父親還給她，看母親不說話，她又破口大罵，說母親不同情她，然後狐狸精、小婊子等髒話全從她的臭嘴裡噴出來。見此情景，母親讓我領著弟弟到外面去，出去後我給大弟弟三分錢，讓他領著兩個弟弟看小人書，我又跑回家，因爲不放心太老實的母親。推開門，慘不忍睹的家裡，母親光著腳，脖子上掛著鞋，她還在不停的踢母親，再也忍不住了。從一九五七年開始她就沒完沒了的欺負母親，九歲的我打不過人高馬大的大媽，但憤怒的我突然上前狠狠的咬她的手不放，疼得她抓我的頭髮，然後罵：「死丫頭片子，你膽大包天，竟敢咬大媽。」我也不示弱說：「咬死你這個母老虎。」她氣急敗壞的正要打我時，哥哥放學回家，她才灰溜溜的走了。被嚇壞的母親還掛著鞋，我含著淚拿母親脖子上的鞋才發現，掛鞋的麻繩和鞋裡的小石頭都是她帶來的，這是一場有計劃的武鬥。大媽下定決心，不折磨夠母親決不罷休。原以爲她走了，可是大媽卻趁熱打鐵，讓鄰居看被咬的手，說母親指使我和哥哥咬的。胡說八道的謊言，鄰居不相信，因爲她們知道母親的爲人，看陰謀沒得逞，她又開始揭我家的老底，所謂的歷史問題，這一招挺靈，因爲解放以來的紅色教育宣傳，人人愛憎分明，鄰居圍著大媽，聽她瞎編，但父親根本沒有什麼見不得人的歷史問題，他從小在海城讀書，中學時代在天津念書，高中時在南京念書，後留學到日本，是個典型的兩耳不聞窗外事，一心只讀聖賢書的書呆子，而且這些經歷父親早已向政府交代，但經她的造謠、瞎編，和父親的眼鏡，娶日本老婆好像證據暴露在光天化日下，因爲五拾年代的中國，像父親那樣年齡的人窮得都念不起書，所以大家相信大媽的造謠和宣傳，從此我們走向深淵，受盡了紅孩子們的語言暴力，也嘗盡了人言可畏，我更抬不起頭了，這種自卑造成我終身駝背。

大媽家常便飯似的罵、鬧、摔、砸，母親終於扛不住了，那是她最瘋狂的復仇，開始在遠處監視我家的大媽，趁母親出去時闖進來，當著我的面把牆上的一排鏡框全扔在地下，摔碎狠踩，小孩的我，人高馬大的她，怕吃眼前虧，我小心的撿地上的照片，沒想到她過來把我塞在床底下，然後說：「兔崽子，你給我老老實實的待著」。她開始撕照片，可能撕碎給大媽帶來快感、解恨，她笑起來，看她的瘋狂樣子，我覺得事情的嚴重性，得趕緊告訴母親，要不然來不及了，不知哪來的勇氣，從床底下爬出來，逃出去找母親。我們回來晚了，進屋時她正在燒照片，心疼的母親推開大媽，搶那些照片，但已經變成火和嗆人的煙，無奈的母親跪在布滿碎玻璃片的地上撿還剩下的碎照片，想對上，但對不上，撕得太碎了。大媽把父母年輕時的合影，有價值的，有紀念意義的老照片，隨著她的解恨、嫉妒變成一堆碎末，變成煙灰，變成慘不忍睹的燒毀現場。看著可憐還跪在玻璃片上對照片，手流血的母親，不理解，不明白，爲什麼大媽欺負她，母親還忍耐，憋得難受，九歲的女孩望著最後的留戀，也沒留下的家，但又沒有辦法，最痛快的解恨，她大搖大擺的走了，大媽毀掉，奪去尚家最後的精神財產。

如今眼花繚亂的小說裡都有老照片，介紹各家的歷史，那些用什麼也換不來的老一輩人曾經年輕時，曾經大浪淘沙時，讓新中國的長男長女們大飽眼福，大開眼界，大長知識，觸景生情，聯想自己遺憾，心疼，有誰像我們家經歷長達九年的毀滅，讓我的自傳小說留給老照片那幾頁是永遠的空白。

也可能那時太小，不明白大人之間的事，也怨父親爲什麼兩個老婆，歲月流逝，自己長大結婚，變爲女人漸漸明白父母和大媽之間的恩恩怨怨。父親反對包辦婚姻，沒有共同語言的結合，促使父親結婚一年後去日本留學和母親相識。父母的相愛充滿風雨，可母親還是選擇了父親，也理解，同情不幸婚姻的父親，但大媽認爲是母親勾引了父親，奪去她的男人。我佩服母親始終委屈求全的精神，她這樣做全是爲了我們，當時的國情，抗日電影，抗日教育，可憐的日本女人們成爲替罪羊，「日本鬼子」、「小日本」，成了人們的口頭語，滿腔仇恨都射向我們，而且在他們眼裡，母親還是一個不光彩的第三者，那個時代的語言「小老婆」，所以大媽每次來打鬧時，人們都在看熱鬧，任她撒潑，沒有人阻止，處在這樣環境裡，所以母親一忍再忍，但作爲女兒的我，還給母親另一個評價，讚美，她是受教育的女性，她有涵養，她不想跟瘋狗似的女人見識，她一生都在學習，記得那時我們被圍攻時，母親當著看熱鬧的人說的幾句話，你們別仗著大國沙文主義欺負人，大國沙文主義的中國人的我，一直不明白這句話的意思，直到六十歲的今天看鳳凰衛視播出的關於中蘇問題的紀錄片才明白這句話的意思，這就是人們讚美的日本女性。從一九五七年開始到一九六六年，我母親受了九年的凌辱，文化大革命開始後，大媽突然不來了，她可能怕觸及每個人靈魂的大革命揭露她地主出身的老底，所以老實了，再也不來，消失了。

撿雞

車飛雞多鐵北城，運糧車下雞難逃。
眾人眼紅但怕車，唯獨父親膽子大。
東張西望動作快，趕緊撿雞速離開。
幸福真會從天降，又肥又大母雞王。
困難時期雞肉宴，永遠難忘舌尖香。

父親在鐵北上班，那裡工廠林立，一排排灰色的廠房煙蓋天，空氣混濁，汽車也多，早晚匆匆忙忙的人群，坑坑洼洼的路好像描寫舊社會生活的電影城，鐵北集中了長春的名牌工廠，老茂生糖果廠、糧油加工廠、水果批發站、屠宰廠等等。走不到邊的鐵北城，對一個十歲的女孩來說是充滿錢途，難忘的地方。每天早晨，藍色海洋似的拎著飯盒的藍領讓我羨慕、眼紅，恨不得馬上長到十八歲也在鐵北上班，幫助父母度過沒錢、沒糧的每月月末。

然而，讓我最難忘的是困難時期的父親撿雞，兩年了飢餓生活還在繼續，挖灰菜吃的我們變成臉灰、肚大、腿腫的怪人，看著鏡子裡的自己，有一種說不出來的難受，盡管這樣還得挺著或睡覺，那段時光總愛做夢，夢見用豆油煎的窩窩頭片，那焦黃的嘎嘎和香油拌的疙瘩鹹菜讓我在夢中笑了，嘴還動呢，盼夢想成真。可睜開眼卻是一無所有的冰窖屋，能充飢的只有它了，我拿著碗走到水缸前撈凍得像玻璃片似的冰，又把它當作冰糖吃。吃冰的脆靈聲讓弟弟們也圍上水缸搶冰，但擱水缸的外屋地溫度畢竟比外邊暖和，而且一下子結不了那麼多冰供應吃啥都香的我們，怎麼辦？墨苔屋把結冰凌的窗戶顯得特別的絢麗，可此時得現實點，只要肚子裡有塡的東西就好受的我們，猶豫了一會終於拿削鉛筆的小刀刮冰凌，卡哧、卡哧的刮冰聲音讓我心如刀絞，恨自己被餓的殘酷無情，什麼都吃。還小的弟弟們正高興的說：「這下子更痛快，被刮的冰變成冰末，放到嘴裡就化了」。望著刮光、刮淨，露出眞面目的窗戶，可能一半會兒結不出冰凌了，失望，心疼，但又沒辦法的我們只好等待，不久，意想不到的幸福從天降，下面講父親撿雞的故事。

父親上班途中經過糧油加工廠，那每天從榆樹、德惠、九台、農安等農村運來的糧食都在這加工，供應長春市民，運糧的解放牌大卡車來回進出好像飛。飛快的速度掉下的糧食如天女散花，隨著塵土落在地上，這下肥了附近的住家，他們戶戶都養雞，糧食是雞的最好飼料，天天的好日子，那些雞長得又大又肥，個個都是雞王，守著糧油加工廠的門口，那輛車開得太快了，正在吃糧食的肥雞動作慢，來不及跑被瘋一樣的大卡車從身上壓過，雞痛苦的倒在路中間，而汽車揚長而去。下班的父親親眼目睹了這起慘案，血泊中的雞王撲騰了兩下，漸漸不動了，流出的血染紅了路面，也讓人們紅了眼，可飛跑的汽車又讓人怕死，父親也是一個膽小怕事的人，但從來沒見過這麼大的雞王，讓父親走不動，也不想走了，如果撿回家，孩子們多高興啊，而且還不是病死的，別再考慮了，如果父親不撿也會有人撿走，撿的欲望促使父親以最快的速度從路中間把雞撿回來，好像一人世界，不在乎別人的眼光，從手提包中拿出報紙把血雞包好，解放牌的大汽車一輛接著一輛呼嘯的狂奔，與父親擦邊而過，拎著用豁出去、不怕死、硬著頭皮撿來的雞迅速的離開現場，省得因爲膽小怕事，怕死撿不到雞的人後悔、眼紅的眼光。

冬天的長春家家門緊關，窗縫糊紙聽不見父親的自行車鈴響，我們從收音機的報時裡約莫父親下班的時間，快到了，往窗外望，父親怎麼那麼高興啊，邊鎖車邊看著提包樂，那包今天也顯得特別的大，鼓溜溜的神祕手提包，盼等的孩子飛一樣的跑出去搶拿大包。哇，眞沉啊，好像石頭，差點掉在地上，裡面藏著什麼東西？父親小聲的說：「進屋你就知道了」。趕緊進去打開層層報紙，我們驚呆了，從來沒見過這麼大的雞，血腥味刺鼻。

糧油工廠大門前，又肥又大老母雞。
難躲飛快大汽車，一聲慘叫血泊中。

飢餓讓人眼紅了，但是害怕大汽車。
父親不怕路危險，迅速撿回老母雞。

意想不到的幸福，不太相信，我們把父親當成魔術師，搶著問父親怎麼從提包裡變出雞王，要聽雞的來歷。十五瓦的燈泡向四周放射微弱的桔黃，一邊聽父親講撿雞的經過，一邊用燒好的開水拔雞毛，然後掏內臟。正下蛋的母雞肚裡有不少像葡萄似的小蛋卵，開水燙毛，血淋淋的內臟腥臊味彌漫了霉屋，可是我沒有躲開，害怕，想吃肉的女孩已經習慣和不在乎各種怪味了，正快速的取出雞膝子，倒裡面的苞米、大豆，這雞王比我們吃的都好，怪不得那麼大，好奇的看著沒消化的糧食，想扔掉，母親不讓，留著明天做粥用。終於收拾乾淨了，把雞剁成塊放在鍋裡炒成醬油顏色，然後加水，再放上蔥、蒜、花椒、醬油，開了以後小火燉，還不相信天上掉下來的好事，看著漸漸飄出，彌漫屋子裡的香味、香氣，還有圍上肉鍋，盯上肉鍋，著急的恨不得立馬就吃到雞肉的二弟、三弟，和使勁的捅爐子、煽爐子，渴望烈火的大弟弟，我這才相信今晚是個好日子，再過一會比過年還好，能吃到燉雞肉了。

異色人家的小心和注意，怕越來越香的肉味跑出去，又按著以前的習慣把門縫塞上抹布條，這回放心了，招呼弟弟趕緊拿碗筷，一大盆白菜、一小把粉條終於放進了燉雞的鍋裡。馬上要好了，弟弟們忙占位置，我往碗裡盛，爲了這頓雞肉宴，母親特意做的高粱米菜飯，十五瓦的桔黃燈泡下，雞肉顯得更肥，連白菜粉條都變成饞人的琥珀色，我們的筷子在打仗。

來到世界十幾年，東北美食燉雞肉。
吃得我們全對眼，一生難忘密室香。

吃香喝辣的時間總是瞬間，還沒吃夠呢，可是鍋空湯淨，不甘心的蘭撿起骨頭找有肉的地方，但啃得太乾淨了，失望的放下骨頭，望著沾在手上的油又高興起來，原來骨頭上也有這麼多的油。不能扔，放到碗裡用熱水洗乾淨留明天做湯，鍋也不用刷，那裡面也淨是油，雞骨頭湯灑點蔥花、鹽，又夠全家的晚飯了，那個時代的奇跡撿雞給一個女孩留下了終身難忘的美味，她總在找再也吃不到的雞香，找兒時的團圓桌。

肉味跑出怕發現，門縫塞上破布條。
好像地下黨暗號，窗簾掛上密室屋。
異色吃香也小心，省得紅眼監視你。
偷偷摸摸美食宴，天上人間只一頓。
吃掉全家十天糧，過年白菜也用盡。

離別

來到這世界，就被烙上色，
異色三朵花，都愛小人書，
有緣走一起，但是沒永遠，
差別環境裡，被迫離開這，
今別何日見，淚灑送行路。

我家住的地方是一條模範的小街，政治空氣很濃，一張必須交代的家庭成分表，把人分成兩種顏色，被定爲黑色的人家低調活著，他們還不放過你，街道也布下了天羅地網，隔三差五的開會，是黑五類們難熬的時間，擠得水泄不通的屋裡，組長千萬不要忘記階級鬥爭的講話，很有效果和煽動性。人們牢牢記住小街上的資本家、地主、右派分子、日本鬼子，這下我們成了替罪羊，他們用「老子反動兒混蛋」的謬論欺負、歧視無辜的我們。

天剛亮的小街，尿把我憋醒，悄悄出門上便所時，每天早晨的景，兩個中年男女在忙乎，那些帶泥的黃瓜、豆角、香菜、茄子、土豆、洋柿子經過夫婦倆的收拾澆水，好像換容顏了，變得油亮，水靈靈，綠瑩瑩，陣陣沁人的菜香讓我忍不住停下，看熱鬧的奼紫嫣紅的菜車，那一刻我倆第一次見面，王玥從屋裡出來幫助父母往車上裝菜，然後推出去賣。

六十年代初，中國小人書的世界豐富多彩，到處有小人書攤，花花綠綠的小人書吸引了愛看書的孩子們，拿一分錢可以看一本小人書，有時花錢看，大多數的時間站在人家後面看小人書，有時看到，有時被趕走，看著坐在台階上正看小人書的小朋友戀戀不捨的離開，明天下午還來。當有一天又站在人家後面看小人書時，王玥奇跡般的站在蘭眼前，讓我一起看書，頭一回有人請我看小人書，而且肩並肩坐在台階上，然後念給我聽，她的聲音眞好，像早晨森林裡的小鳥甜美富有感情，兩人的愛好也一樣喜歡古代的、蘇聯的以及歐洲的小人書，她和我一樣都是異色，同樣的顏色使我倆成了朋友，見面的地點總是在琳琅滿目的小人書攤前，一起看書，下雨天領我到她家玩。王玥比我大一歲，蘭稱她爲姐姐，她的家很大，也是終年不見陽光，王玥的母親正在炕上做棉衣，看見我讓往炕裡坐，然後誇母親中國話好，第一次這麼近和大娘說話，讓我看清了她的容顏。大娘年輕一定是個大美人，現在還能找出曾經的紅顏，普通母親沒有的滋潤，雪白的皮膚，像宋慶齡一樣的墨黑盤髮，更確切的說像我崇拜的電影明星上官雲珠，黑黑的大眼睛像月亮，充滿憂傷、無奈，還有更多的逆來順受。夫婦倆不管酷暑嚴寒，像螞蟻似的忙乎，而且把菜攤擺得好像花壇，但紅五類們也不領情，還昧著良心說：「把菜弄得水靈、好看是增加份量」，這個惡霸地主還剝削人，天長日久，王玥的父親拿老婆出氣，罵大娘幹活慢，但大娘從不還口，還是默默的擺菜壇，這下子王玥的父親更變本加厲的罵，漸漸大娘手不停的抖，動作遲緩，目光呆滯，不斷的自語好像念經，她的頭髮不再那麼墨黑了，變成白毛女，衣服上也全是吐沫、鼻涕。大娘再也不忙乎了，她整天把自己囚在不見陽光的屋裡，對著鏡子看自己的臉，哭、笑、唱，累了坐在炕上又開始自言自語，好像電影的屋裡，每天招來小孩們擠著趴窗看。

大人被烙上歧視的黑色，很快也傳染到小孩中間，以前在一起玩的她們，如今誰也不趴窗叫我了，被孤立想不開爲什麼會變成這樣，越來越苦惱走不出難受的我，鑽到床底下，不知道爲什麼今天特別喜歡床底下，渴望在黑乎乎好像避風港的世界裡迷迷糊糊的睡著了，在夢中忘記煩惱、歧視、差別。

只因解放前，有地家有錢，
廠主或當官，被定黑成分。
出生解放後，子女也烙黑，
差別與歧視，伴隨二十年。

鑽到床下睡覺後的我心情好了許多，也想開了，還是自知知明，量體裁衣，找和我同類的王玥玩最合適，也許從我發鏽的腫眼裡王玥知道了外面發生的事，她說以後咱們團結起來，又把躲在家裡的小芳找出來領到她家。王玥給我一把削鉛筆的小刀，小芳一雙筷子，搪瓷盆裡放半盆水，我用小刀削肥皂，小芳用筷子攪，王玥把調好的肥皂水往茶缸裡裝，然後找出幾根麥管分給我倆，哇啊，原來是吹氣泡，我和小芳高興的喊起來，三個女孩拿著裝肥皂水的茶缸，用麥管對著藍天吹，肥皂水變成了一個連一個的透明氣泡飄向天空，吹著吹著，無數的氣泡像戲法變成淡紅、藍、紫、粉的顏色，它們相處的多好啊，熱熱鬧鬧的各放異彩，把天空打扮得五彩繽紛。多想用飄到藍天的氣泡感動她們，以後帶我們一起玩，我挪到紅與黑的分界線上，王玥、小芳也跟著過來，三人開始比賽，看誰吹的最多，點綴在天空的美麗色彩終於把那邊的高丫、小芹吸過來，看著她倆，我們吹得更來勁了，歡呼聲，眼花繚亂的氣泡把剩下的小紅也誘惑過來要吹氣泡，她們終於和我們一起玩了。高興的王玥趕緊跑回家，把搪瓷盆、凳子、肥皂拿出來，盆裡裝滿水，大家一起用削鉛筆的小刀削肥皂，做肥皂水，然後圍著搪瓷盆往天上吹氣泡。

長春的夏夜很美，炎熱的白天過去，夜風吹來飄著絲絲涼意，半年門窗關得溜溜嚴的東北人，只有這個季節門開、窗敞，烀苞米的香味，燉得爛爛的、乾麵的豆角土豆、麵條的大碗裡放上蒜末、辣椒、黃瓜、香菜，最後舀上一大勺雞蛋炸醬，實實惠惠的坐在門口吃，聊天，窗台上籠裡的蟈蟈也被蒜香饞得直叫，人聲、蟲叫、美食，普通老百姓的生活。

那是一九六一年，吃完晚飯，月光下的小街，大人們繼續聊，小孩們有自己的樂趣，她們喜歡聽故事，來到月靚的地方和小芳坐在台階上聽王玥姐姐講故事，她的故事眞多，好像寶石箱，每夜不重復，總聽玥姐講故事，不知不覺我和小芳的聲音也變得甜美，而且她的故事能把夜變得異常的靜，我聽得入迷了，彷彿飄到月宮裡尋找天上人間的生活，三個異色女孩共同的心願。家家門口的板凳拿進屋裡，母親招呼我們，三個女孩各自回家，門把今天關上。

最喜歡夏夜的露天電影，那一天終於來了，白天就看著天，盼別下雨，夏季的天變化無常，如果有雨會把女孩的電影夢沖滅。喜歡夏雨，喜歡雨中三個女孩玩水嬉戲，沐浴著雨帶來的清涼，但今天盼別下雨，蘭願挺準天沒下雨。露天電影是在離家不遠的勝利公園，晚霞像杏色的霓裳衣飄在天邊，外面還很亮，蘭就迫不及待去找小芳和王玥，早一點去占個好地方。不花錢的電影，今個又是大晴天，很多和我一樣著急的人湧向公園，巨大的銀幕布，幾個人正忙著往樹上掛。三個女孩這下解放了，誰也不認識誰的公園，她們在草地上盡情的跑，然後看各種動物，直到電影開演。墨藍夜空下的電影吸引著孩子們，驚險反特的場面好像發生在身邊，緊張的三個女孩互相緊握著手，忽然手裡好像有什麼東西，借著銀幕的亮看是水果糖，王玥給的，姐姐心眞細，讓我們吃糖緩和一下害怕的心裡。捨不得吃糖，回家把它化成糖水，讓弟弟妹妹都能嘗到甜味，想到這，我高興的眞忘了緊張、害怕。而且突然刮來的一陣風把銀幕上的特務吹得歪歪斜斜，狡猾的面孔更加陰險，原形畢露，終於落入紅網，草地上一片笑聲，劇終。

送走了能讓窮孩子撿到碎香瓜、西紅柿吃的八月，又迎來薄衣難擋寒的秋天，滿城黃色的秋葉，這幾天不知怎麼了總是陰雨連綿，看著不晴的秋雨有一種不好的預感。太陽終於出來了，曬乾了小街，人們趁著難得的好天，曬白菜、大蔥等冬儲菜，我們也利用還沒上凍前聽王玥姐姐講故事，第一個坐在台階上，接著小芳來了，這台階也不像夏天那樣坐著舒服，感覺很涼，一陣傷感，也許是今年最後的一回。王玥來了，聲音不像每次那樣甜美，好像有什麼心事，講著講著沒有下文，月躲進雲紗裡，小街一片黑暗，我和小芳害怕的問姐姐怎麼了，誰又欺負妳家了，讓她快說，王玥哭了，然後小聲的說我們要搬家了，爲什麼命運總這麼殘酷的對待小蘭。

突然飛來無情棒，小玥最近要搬家。
彷彿做夢不相信，同命相憐三女孩。
不能繼續在一起，不願分離被迫離。
夜夜難眠無奈淚，人生多少悲歡歌。

三個女孩抱頭哭了，我連聲的問爲什麼搬走，沉思了片刻，王玥說媽媽的病越來越重，她家不適合繼續在這住下去，每天螞蟻似的忙，把鮮菜收拾得像美麗的花壇，吃飽他們的胃也沒得到原諒寬恕，失望的一家決定遠遠的離開這。夜涼無情，夜黑如墨，入冬前最後的一次聚會卻是這樣不願分離，要分離的無奈結局，那一刻小玥好像出遠門的姐姐，牽掛兩個妹妹，從今以後的日子，眼淚掉在台階上。

下星期姐姐就要搬走了，那幾天不知是怎麼過的，一直愛撕的日曆不撕了，不願意時間再往前走，但它還是無情的往前走。離別的日子越來越近，沒有辦法，沒有能力幫助小玥姐留下的我，從作業本上撕下三張紙，連夜趴在離燈泡最近的火牆上畫畫，一遍、兩遍……，當畫到夜半三更時，一張沾滿淚水，戀戀不捨，無可奈何，渴望在畫中三人永遠手拉手的畫完成了。把象徵著三人永遠手拉手的畫送給小玥姐姐做紀念，玥姐送給我們倆每人一本小人書。爲了能和姐姐多待一分一秒，每天放學後都到她家幫助整理東西。然後我寫了一篇「友誼」的作文念給玥姐和小芳聽，雖然從此以後我們再也不能在一起上學、看小人書、講故事，但是無論下放，流放到天涯海角，也割不斷我們之間互相的思念、惦念。明天姐姐就要走了，這夜王玥讓我和小芳到她家住，窗台上擺著鑲在鏡框裡的畫兒，映在窗前的明月光把畫兒照得栩栩如生，變得讓人不忍離去，好好的看它，三個女孩趴在窗台上看留在鏡框裡的畫，三人哭了，看著不能自拔還在哭的我和小芳，玥姐急忙擦乾眼淚說離別的明天，讓我們高高興興的回憶過去的時光，把天棚當作銀幕開始放映一冊一冊的畫卷。五月的草地上，從小街跑出的三個女孩，這裡是她們的天堂，盡情的喊、笑、跑，觀察花露水上的蜻蜓，前面不遠的草叢裡堆放著三個舊輪胎，它們成了蘭的藏身房子，貓在裡面，她倆著急的喊，我在輪胎裡偷著樂正得意呢，不許動，個高的王玥發現了我，也得意的用手當槍讓蘭出來，三個女孩高興的笑聲驚跑了草上的螞蚱，玩累了把輪胎當做凳子坐在裡面，仰望天邊橙、紅、紫、藍的晚霞，高興的談將來玥姐想當老師，小芳喜歡護士工作，我想到圖書館或者飯店工作，說完後三人激動的站起來宣誓，爲實現理想好好學習，如今隨著小玥姐迫不得已的搬家，給一個十一歲的女孩留下永遠的無奈、遺憾、難忘、思念。

多想永遠是鄰居，但是美夢如曇花。
趾高氣揚紅五類，低聲下氣黑五類。
只有搬家一條路，月圓月半古難全。
何況生在那年代，左右不了人生路。

天棚一片漆黑，最後一次聽姐姐講埃及電影「我們美好的生活」……送走他後預感不能和最愛的人永遠的女孩，站在窗前看他直到漸漸走遠，再也堅持不住的女孩拽著窗簾慢慢倒下。爲什麼美好的生活，時間總那麼短暫，觸景生情，想不開的三個女孩無奈的睡了。

馬的嘶鳴把我們喚醒，搬家的馬車已經停在門口，即將的離別讓小玥姐心慌手抖，包好的碗掉在地上，劃破清晨的碎聲讓我有一種不好的預感，可能此別是永遠。小玥姐坐在第二輛馬車行李的中間，我和小芳跟著馬車，哪怕是一分一秒我們也要在一起。

直到馬車奔跑漸漸遠去，也許這就是命運逃不出悲歡離合，酸甜苦辣的女孩。

馬上就要過中秋了，蘭和小芳忘不了小玥，她倆相約又來到那片草地上想過去的事，去年的夏夜我們坐在台階上聽小玥講嫦娥奔月的故事，聽著聽著好像飛到了天上變成玉兔，守著月宮和月亮相伴，她就是小玥。

仰望夜空思小玥，一遍一遍喚姐聲。
你在哪裡回來吧，聲音回蕩樹落葉。
草上露水似淚珠，顆顆傾訴女孩怨。
中秋盼圓月難圓，歲歲年年已暮年。
天涯海角三女人，只能信上憶童年。

抹不去的那段時光，有時怨她爲什麼一點消息也沒有，隨著漸漸長大，自己家門上的顏色越來越黑，我明白了小玥的苦處，她在新的地方可能也不如意，無限權的紅色下三人的目標太明顯，爲了保護自己互相離遠一點，減少不必要的麻煩，現在理解了小玥姐姐的選擇是對的，越老越思兒時經常在夢中夢見小玥和小芳，那個講顏色的時代有太多的無奈，這是四零後、五零後的命運，等到二十年後我們再相會時三人已漂泊到日本、美國、加拿大，扎根在異國永遠的望鄉，感嘆之後聯想父親那一代人年輕時的抱負是拯救中國，教育救國，而漂洋過海去留學，他們學成回國，百年的前撲後繼，如今經歷過特殊時期的國人。
改革開放三十年，霓虹燈下大酒店。
紅顏紅酒朱門宴，門外奔馳寶馬車。
吃喝玩樂有錢人，路上要飯乞丐歌。
輟學孩子夢上學，昂貴藥費手術費。
毒水毒菜毒奶粉，騙人坑人住宅樓。
所以國人變現實，出國留學幾人回。
命運注定中國人，天涯海角到處漂。
中國成為世界上，最大最多移民國。

電影戀

五十年代小城夏，露天電影公園裡。
藍夜下面大銀幕，草地坐滿孩子們。
璀璨星河開眼界，但是總看沒有錢。
影院門口等餘票，秋風蕭瑟夜空下。
冰冬到來白雪姬，執著女孩電影戀。

五十年代的中國流行蘇聯文學、詩歌、歌曲、電影等，其中年輕人最愛的是高爾基的詩歌「海燕」。八歲的女孩看不懂蘇聯文學和詩歌，但喜歡電影和歌曲，那時的電影眞是百花齊放，璀璨星河，蘇聯的、世界各國的都在影院放映。家離電影院很近，放學回家做完作業，空霉屋沒有留戀的地方，越待越餓，到外面去，電影院最吸引我，這裡是另一個世界，熱熱鬧鬧的入場口，巨大的海報在夕陽的映照下，上面的人彷彿向你微笑，而且好像在招呼、招喚戀上、愛上海報的小女孩，我也趕緊站在把自己顯得、比得更小、更矮的海報前，仰起頭看金髮碧眼，奇裝異服，擦胭抹紅的蘇聯媽媽。難怪中國人形容洋人長得人高馬大，連海報上的麵包、香腸都畫得特別的大，大得讓我垂涎三尺，也讓我想起老師在課堂上講的共產主義生活。不知是看得入迷、入神，還是五顏六色的海報變成我的閨密，感覺下午的時間好過了，而且又知道了西班牙、阿根廷、埃及等更多國家的電影。不知不覺天黑了，夜幕把海報變成黑色，我才無奈的離開給我夢想的海報。

每天看雖然好看，但海報無聲、不動，日久天長我又有了新的欲望與渴望，想聽從電影院門口看到的戴著船型帽的蘇聯軍人和姑娘們合唱的「莫斯科郊外的晚上」、「山楂樹」等優美、歡快的歌曲，還想看「靜靜的頓河」、「白夜」。我發現自己又愛上、戀上蘇聯電影，但沒有錢看電影，我著急的看著排隊買電影票的人，決定像哨兵一樣守著、看著、盼著，希望能遇到好人、好運。電影馬上要開演了，大部分人進去，有的人還在東張西望焦急的等約會的人。開演的鈴聲響了，等待的人還沒有來，機會到了，緊緊的跟著拿票的人，叫一聲叔叔、阿姨把票給我吧。電影的開演，影院前的燈全部熄滅，空曠的門口，他在著急，蘭還在等，終於把票給我了。門外靜了，影院裡也靜靜無聲，人們都在聚精會神的看電影，借著銀光對號入座，蘇聯的、埃及的、匈牙利的、西班牙的、意大利的、斯里蘭卡的，一個小女孩陶醉在電影星河裡，理解不了太多，但這些影片影響蘭的一生，時時在回憶它。喜歡五十年代的影院，巨大的銀幕，高大的星空，軟軟的椅子，當坐在那給你無限的遐想，夾在大人中的小蘭希望電影裡的生活有一天能在中國再現，銀幕出現劇終還沒看夠，工作人員在清掃地面，無奈的離開。

外國電影小粉絲，但是沒錢看電影。

幾個小時影院前，不怕害羞難為情。

乞盼乞求同情蘭，給我一張電影票。

大海報上殘月光，還在等票小女孩。

蘭戀上了電影，開始注意新片上映日期，阿根廷一個陌生國家進入視線，片名「大牆後面」難遇的拉丁美洲電影，早早來到影院旁，人們陸陸續續往裡進，我又開始盯上東張西望著急的叔叔，他等人我等票，秋涼無情女朋友來了，兩人進去，鈴聲響，蘭要哭了，蕭瑟的風打透了夏衣，明天是最後一天，拿出壓歲錢，頭一回開演前對號入座，銀幕上大牆後面再現我家，社會主義、資本主義似曾相似，蘭茫然了。

時間的針走到冬天，蘭最害怕的季節，冰鏡的路面，電影院門口昏暗的路燈下，空氣彷彿被凍僵看不清視線，電影迷的蘭還是頂著風來了，冰風中的女孩呆呆的望著拿票進去的大人孩子，他們眞幸福，有錢穿得又暖和。今天運氣不好，可能是太冷了，沒有人站著等人，只有我還在孤零零的等待一張多餘票，刺骨的北風越刮越急，打透了魚網棉衣，它變成了冰鐵衣，上下牙直打仗，快站不住了，把圍巾重新繫好，夜光眼還搜拿餘票的人，焦急的跺腳，電影開演了，茫茫的冰夜只剩下一個小不點影，又一個撲空的晚上，她的腿如冰棍好硬啊，最後望了一眼冰夜中的巨大海報，失望的離開電影院，淚凍成晶瑩剔透的冰珠，長時間的站，腳凍麻，狂叫的北風把積雪吹飛灑在冰鏡的路面上，長春城變成了溜冰場，鞋直打滑，我變成了冰夜裡的「醉女孩」。

鵞毛大雪北風嘯，馬路好似冰鏡子。
連摔帶跌腳凍僵，惡劣天氣無阻擋。
戀上電影小女孩，一場一場又一場。
渴望今夜遇好人，茫茫墨夜失望淚。

也許是五十年代的外國電影看得多，雖然沒有一般孩子那樣祖國花朵的生活，但還是很滿足，因爲我的文化生活也像花朵般的幸福，繼續在電影院門口執著的等待不花錢的電影票，但到了六十年代外國電影消失了，接著占領電影院的是地雷戰、地道戰、南征北戰、鐵道游擊隊等等國產電影。成爲外國電影粉絲的女孩接受不了突然的變化、單調，不甘心的我還在電影院門口看大海報等待好消息，但等來的是失望的春夏秋冬，做夢也沒想到愛電影會給自己帶來無盡的戀戀不捨，無盡的痛苦，與當時格格不入的我只能無奈的憋在屋裡邊，這樣的生活迎來了我的十三歲生日，也迎來了「早春二月」彩色寬銀幕電影，突然放映人們渴望的電影，不敢相信是眞事，我又到電影院確認一下，巨大的海報上紅色電影的劇照底下，寫著「早春二月」放映日期，據小道消息說要批判，不能錯過機會，管它是毒草還是批判，先看再說。和小芳一起去的，彩色寬銀幕上，國畫似的江南，五四時期學生們的革命熱情，讓悶在單調裡的我大開眼界，看不出毒在哪裡，看得感動，覺得整個影院的觀眾和蘭一樣都陶醉在好影片「早春二月」的芳香中，給灰暗的六十年代增添了一點彩色，滋潤了精神飢渴的人們，謝芳成爲我一生崇拜的偶像，毒草變成中國經典，可能以後這樣的機會不會再有了。趁電影演完後溜進便所貓起來，連續看了兩遍的女孩，記住了中國電影裡星河中三顆璀璨的大明星孫道臨、上官雲珠、謝芳。那以後斷續的上映香港電影，往日冷清的電影院這幾天人山人海，昏暗的桔黃色燈下徹夜的排隊人，寧可不吃飯，不捨好影片。那個時代的生活糧店、飯店、副食品商店、影院看不見尾的人流。

六十年代電影院，南征北戰地道戰。
英雄兒女地雷戰，突然傳來好消息。
早春二月要上映，不是毒草是鮮花。
滋潤飢渴中國人，一夜爆紅變經典。

「早春二月」成爲幾代人喜歡的經典，珍藏在心裡，我慶幸自己撿了便宜與這部影片相識，以後的十幾年再也沒有看見過他們，仰望夜空只有一顆紅星，璀璨的鑽石星群，「青春之歌」、「女籃五號」、「舞台姐妹」、「冰山上來客」、「邊寨烽火」都被鎖進倉庫，單調的六十年代，但我的心中那些名片時時給她美好的回憶，感謝謝晉、謝鐵驪、雷振邦、劉瓊等老一代導演、作曲家，感謝蘇聯，感謝世界名著，謝謝他們的作品、金曲支撐著我們度過那個時代，有了他們才有了我們的今天。

兒時春節

臘月雪花窗冰花，除夕夜裡樂開花。
油黑明亮大塊煤，紅焰火爐中華鍋。
木耳炒肉燉刀魚，白菜大油水餃子。
好看好吃涼菜花，凍成冰球秋子梨。
鞭炮燈籠壓歲錢，對鏡扎上紅頭繩。
準備完畢時辰到，大圓桌上美食宴。
用掉一月生活費，過完年後怎麼辦。
小孩不知大人愁，又撕日曆盼來年。

不知啥時能吃飽窩窩頭的我們最盼過年，因爲只有過年才能鬆開褲帶吃好東西，還能得到壓歲錢，記得兒時一看見窗外鋪天蓋地的大雪就高興要過年了，而且過年還多發半斤肉票、魚票、白酒、一條香煙。每戶可以用購貨證買到一隻雞或兔子，半兩黑木耳，這木耳夠炒一盤菜了，我們高興的搶著說：「三十晚上的桌子還缺餃子、燉魚、涼菜、秋子梨以及鞭炮、燈籠、壓歲錢、紅凌頭繩」。越說越高興的我們恨不得馬上到三十，盡情的吃，一年只有一次的美食宴，可是父母不願意過年，窮人的鬼門關。

大雪紅燈年風景，卻是窮人鬼門關。
冰凌窗裡父母愁，渴望紅包孩子們。
逼上梁山豁出去，滿足孩子一年夢。
除夕夜裡鞭炮鳴，高興過後無盡愁。

母親在算帳紙上寫滿了過年的支出，還有給另外那個家庭的錢。窗外鞭炮劈劈叭叭，屋裡母親下了決心，算來算去錢不會從天降，先過年給孩子置年貨。用嘴的熱氣哈出圓圈的冰花窗戶，看熱熱鬧鬧。充滿年味的窗外人家的孩子跟著媽媽買年貨，但我們的媽媽出不去，她沒有出門的衣服和鞋。看著窗玻璃的霜圈越哈越大，不願離開窗戶的情景，母親答應我們明天一起買年貨。那夜母親把衣服洗了，洗完後爲了快點乾又使勁的擰衣服，沒想到由於用力過度把衣服擰破了。母親心疼的看著破碎的衣服，悔恨自己不小心，不想讓孩子們失望，滿足孩子們年年的盼望。母親在爐旁烤衣服，然後補衣服，我們也圍著母親，多想補好衣服，但擰破、擰碎的地方太大了，越補越寒磣。看著弄巧成拙穿不出的衣服，母親再也不敢修理鞋了，等待和媽媽買年貨的計劃又落空了，我們呆呆的看著藍色、黑色、灰色補丁的衣服。晚上父親只吃了幾口飯，等我們睡覺後父親和母親說：「眞對不起你和孩子們，跟我受這麼多的苦難。」母親急忙安慰父親說：「我們的婚誓不就是同甘苦共患難嗎？」第二天我們跟著父親買年貨，母親一直看著，看著我們走遠。

小街過年前風景，人家孩子跟媽媽。

買魚買肉買凍梨，鞭炮年畫紅綾綢。

多想和她們一樣，跟著媽媽買年貨。

但是母親沒衣鞋，年年在家等我們。

今年和往年不一樣，比我大六歲的哥哥也去，跟著父親來到長江路，哇眞熱鬧，眞好看啊，花花綠綠，吃的、玩的全都有，一個攤床接著一個攤床。買年貨的黑壓壓的人群，一年只有一回眼花繚亂，品種齊全的東北特產山珍海味，經過炒、燉、煮、蒸，做出除夕夜的美食、美宴。

豬肉牛肉羊肉攤，凍雞凍鴨凍兔子。

粉條黃蘑黑木耳，刀魚鯽魚黃花魚。

變成冰球秋子梨，晶瑩剔透凍柿子。

冰糖葫蘆酸甜脆，熱熱鬧鬧年貨攤。

一年只有一回的眼花繚亂世界，眼睛不夠看了，瞅啥都好奇，摸一下碰掉地，惹得狗皮帽裡的小販直瞪眼，趁著父親和他討價還價時，我們幾個溜到別的攤位，眞痛快誰也不認識誰，解放的小黑們盡情遛達，冰天雪地的吆喝聲，孩子們凍紅的臉，大人的講價聲把年味推向高潮，而且小販們會做買賣，賣糖葫蘆的和賣竈糖的挨著，饞得小孩們不肯走，管父母要錢買糖葫蘆、竈糖。這裡不是我們待的地方，弟弟們去看鞭炮，我跑到賣年畫那，這裡的年味最濃，喜慶的大紅紙上繪著中國傳統的才子佳人、胖娃騎鯉魚等等，剛印出來的畫嘎嘎新、亮，還帶著新紙特有的香味，看這張，想那張，忽然二弟喊姐姐快來看賣燈籠的，頭一回看見這麼多的燈籠，可能是和人的對比，把擺在地上的燈籠顯得更加小巧玲瓏，燈籠上的各種花鳥也畫得栩栩如生。爲了吸引更多的人買燈籠，賣燈籠的老大爺又想出了實在高的辦法，他把燈籠裡的小洋蠟一個個點著，然後把打燈籠的小木棍齊刷刷的向著圍看，路過的人們，那一刻一排排的燈籠一齊忽閃忽閃的跳躍著，如果夜來臨不知是否在人間的我，彷彿穿越時空，飛到月宮裡看燈，和西方的聖誕節一樣給小孩子們盼望的紅夢。一年只有一回的好日子，讓我決定不買年畫了，挑了一個帶鳥的燈籠，但願再過幾年也像鳥一樣飛翔。只剩下哥哥了，他對鞭炮、燈籠不感興趣，看紅年畫也是一掃而過，轉來轉去停在一處年畫攤上，一張藍色的天鵝湖畫映入眼簾，它特別的醒目，藍色的湖面，白色的天鵝在翩翩起舞，這時的哥哥緊跟時代，喜歡蘇聯。從這張畫開始知道它是柴可夫斯基的「天鵝湖」，哥哥終於找到了自己喜歡的畫，鞭炮、燈籠、年畫都是在夜裡給人一年的快藥，小孩們望著熱熱鬧鬧的年貨樂開了花，多想天天過這樣的日子。剛才是父親掏錢給我們買東西，這回他把錢交給我們，每人兩個五分的硬幣還是新的，父親爲了我們高興，特意從一年的開支裡攢出來的，好亮啊，還閃光呢，越看越高興。父親讓我買紅凌子，我沒有買，用紅毛線扎頭也挺好的，窮人的孩子會算帳，把錢攢起來留著買小人書，兩個弟弟用錢買了一串饞了一冬的糖葫蘆，哥哥也沒動，可能攢錢買書。年貨買全，我們高高興興的回家。

明天就是三十了，我和哥哥急急忙忙把天鵝湖畫貼在牆上，沒想到天鵝湖畫的蔚藍色，讓陰暗的墨苔屋變得亮堂了，有了家的感覺，有了年味，雖然不能和人家的年味相媲美，但我和哥哥還是很知足、滿足，每天看不夠牆上的天鵝湖畫，從來記不住外國人名字的女孩，卻記住了爲天鵝湖作曲的柴可夫斯基而且終身難忘。爲了再錦上添花，我又把小紅燈籠擺在窗台上。夜來臨，忽閃忽閃燭光裡的天鵝湖畫讓我陶醉、感動，也成爲柴可夫斯基的忠實粉絲。

冰凌窗裡小燈籠，忽閃忽閃小洋蠟。
映紅大雪三十晚，我家也有年味了。
歡歡喜喜貼年畫，高高興興包餃子。
窮人孩子就盼望，好吃好看大過年。

噹噹噹，又是我家第一個奏音樂，它太長太長，菜墩上急促的剁菜聲，菜太多了，刀又不快，不切直接剁，不時的看著裝菜餡的盆什麼時候能滿，又惦記著外面，小街上鞭炮齊鳴一片煙霧，頭扎紅凌蝶的女孩在朦朦朧朧的煙霧中跑來跑去，高興的笑著說著今晚的壓歲錢，難忘的今宵，有錢又有好吃的，趕緊離開窗戶，又開始剁，蘭變成了機器，白菜變成了餡，一點一點的裝滿了大盆，六個能吃的孩子好像素餡的餃子白菜是主角，所以尙家剁得最早最響，剁完了白菜又開始剁蔥，眼在流淚，不知是女孩的淚，還是辣的淚，趕緊擦，大年三十的淚花晦氣。終於剁完了全部大蔥，小街已在暮色中，白雪染成墨藍，閃閃的小燈籠在游動。午夜的美食這時開始競演，噹噹噹的剁肉聲，大鍋碰勺的響聲，溜、炒、炸、煎的香味不斷的往外溢，燉菜也不示弱，小雞燉蘑菇、豬肉燉粉條、燉黃花魚，好吃又實惠，再過幾個小時，眼花繚亂的大盤東北菜像魔術一樣擺在大團圓桌上。

尙家的除夕簡單，只包餃子和拌涼菜，蘭的剁菜任務完成了，學電影白毛女的鏡頭，北風吹，雪花飄，照鏡戴花盼午夜，可是母親又讓我把白菜餡用屜布擰乾。我從鏡中出來不高興的問母親，爲什麼咱家除夕夜也總是這麼多菜，連過年也吃不起肉餡餃子，冷不丁問素餡餃子的事，母親沉思了一下，然後把我領到離窗戶遠一點的裡屋，頭一回看見母親這麼提高警惕，小心，而且小聲的說你已經不小了，告訴你素餡餃子的故事，但絕對不許到外邊說，也不能讓你爸爸知道是媽媽告訴你尙家的事情，知道事情的嚴重性，我趕緊點點頭，可母親又反悔了，她不講吃素餡餃子的來歷了，害怕我嘴不嚴，說出去惹禍，但母親說了半截的話，好像那午夜的壓歲錢特別渴望早點得到，我不甘心的跟著母親央求她快講出來，看著執著的女兒，無奈的母親只好把和好的麵、麵板、擀面杖、拌好的餃餡拿進裡屋，一邊包餃子，一邊聽媽媽講，尚家祖先是中國歷史上有名的藩王，順治六年（1649年）官封尚可喜爲「平南王」。他爲大清帝國征戰四十餘年，馳騁大江南北，屢建戰功，從皇太極到康熙大帝大年三十奉旨保衛邊疆。

團團圓圓除夕夜，藩王奉旨去征戰。
生死離別出征路，多少少年藍旗兵。
朝馳戰場夕永眠，新婚洞房紅顏淚。
才有無疆大中華，國泰民安康盛世。
父親不在除夕夜，兒子已經四十歲。
尚家含淚立規矩，年年三十素餡餃。

大中華的除夕夜，尚家四十餘年的悲歡離合，我明白了吃素餡餃子的感人故事，可尚家這段光榮的歷史卻因爲處在那個史無前例的時代，我遵守和母親的諾言，把自己家的眞實歷史隱藏了五十六年。直到二零零五年中央電視台播送的國寶檔案節目裡介紹尚可喜的畫像，尚家可歌可泣的歷史才重見天日，我也堂堂正正的公開了自己是尚可喜的後代，我感嘆人生三十年河東，三十年河西。

葡萄美酒夜光杯，欲飲琵琶馬上催。

醉臥疆場君莫笑，古人征戰幾人回。

把這首唐詩獻給偉大的祖先平南王尚可喜，我爲是尚可喜的後代感到驕傲，中國現在之所以這麼大是尚可喜一生戎馬保衛邊疆的功勞，他是中國歷史上，也是清朝歷史上一顆璀璨的明星。尚家的歷史講完，餃子也包好了，我又和母親準備拌涼菜的材料，煠辣椒油、切蒜，母親又把貯藏在外屋地的白菜、胡蘿蔔、青蘿蔔、紫心蘿蔔切成白、橙、綠、紫色絲，然後再加上乾豆腐絲後放在大盆裡，只等封頂的肉絲、蒜末、辣油、醋、鹽這幾種香、辣、鹹、酸調味料在餃子煮好時再往上放，省得大盆裡的涼菜花蔫了。年夜飯準備好，這回我開始忙乎，先把礆化了再加水洗臉，然後拿出洗好的衣服，昨天刷的鞋，由於天氣太冷鞋沒乾，可是天助我也，爲了孩子們歡歡喜喜過個年，母親破例買大塊煤了，我趕緊往壓著的爐子裡添大塊煤，然後捅著再使勁的用書煽，煽著後烤鞋。越來越近的午夜，我高興的穿上衣服、鞋，又照鏡子戴絨花，是麻花辮上的這朵妍麗的紅絨花，使我有了自信，勇敢的站在扎大紅綾綢、粉紅綾綢的蝴蝶結，穿新衣的女孩中間。

每天踮腳撕日曆，終於盼到過年了。

買袋顏料染衣服，剩下藍水塗鞋面。

烙鐵熨乾弟妹衣，鹼水洗臉溜溜光。
毛線頭做紅絨花，忙忙乎乎窮孩子。
就為大年三十晚，餃子鞭炮壓歲錢。

打扮好的小蘭和弟弟往碟裡倒醬油、醋，哥哥把一盤盤餃子端上桌，團圓的除夕夜，我們幾個往奼紫嫣紅綠的涼菜上撒肉末等調味料，一朵圓圓的彩涼花在霉屋綻放，高興的喊起來，捨不得吃它，先吃餃子，三十晚上隨便吃，母親給孩子們的驚喜，雖然菜多但餡裡放了很多大油，熱氣騰騰的餃子蘸醬油醋就著大蒜怎麼那麼好吃，一個接著一個，看著從餃子裡淌出的香汁，剁白菜的怨氣變成一年只有一次隨便吃的幸福，彩絲涼菜也瞬間消失，這涼菜另有一番風味，它不但好吃、好看，還省錢、省火、省肉，酸、甜、脆、辣的口感還美容，隨便吃的年夜飯撐得肚子鼓溜溜的，就等著父母的紅包了，跪在麻袋上給父母磕頭，然後母親給每人一個紅紙包，裡面裝著一角錢，那個高興，翻來覆去的看，和餃子涼菜一樣有一股濃濃的年味。年飯吃飽，紅包到手，盆裡的秋子梨又在等著我們，這些梨平時只是在凍攤上看看，徘徊的淌口水，今天放在眼前一日口福，黑乎乎的凍梨像石頭一樣硬，把它放在水裡泡，不知什麼時候梨穿上一層薄薄的冰衣，透明的冰衣把梨變成一個個冰球，輕輕的把冰衣剝下，害羞的梨娘變得異常的溫順滋潤，咬一口一股酸甜梨汁流出來讓你感動，白白的果肉只有東北大地這地方才有它，任何水果都代替不了梨王秋子梨，那冰、酸、甜的梨香陪蘭一生一世，如今再也找不到當年的酸甜感覺了，只有在夢中，在淚水中找兒時的凍秋子梨，如果有來生還願意脫生在大東北，尚蘭寫不下去了。

異國寫作淚如雨，彷彿回到兒時光。
鵝毛大雪冰凌窗，我們東北除夕夜。
家家戶戶包餃子，門外小孩放鞭炮。
哺育遊子三十年，夜夜夢裡回故鄉。

梨也像戲法一個沒剩，都進了等了一年的肚子。蘭和弟弟開始換燈籠裡的紅蠟，把半截的拿出來，年夜的燈籠要打一陣子的，準備完畢等那一刻排山倒海響遍大地的鞭炮聲，好像出弦的箭。拿著燈籠想出去，哥哥阻止了我們別著急，一年的盼望就是午夜的感動，如江河呼嘯，萬馬奔騰，這一刻終於等來了，衝出去，大人、孩子手裡的鞭炮好像激戰前線的槍聲，叭叭叭叭叭映紅了天空，大地籠罩在硝煙中，看熱鬧的人們捂著耳朵看竄向夜空的二踢腳[5]，打燈籠的孩子們也不示弱，我們聚在一起排成行，那是五千年的中華美，煙花雪夜下閃閃的小燈籠宛如一條小龍時隱時現，還像耀眼的人工星河。

---

5 二踢腳：是鞭炮的一種。

銀雪除夕醉北國，天空絢爛地上龍。
歡歡喜喜鬧午夜，一年高興那瞬間。
人越聚越多，他們仰望著太空高興的歡呼，神祕午夜推向了最高潮，又一陣鞭炮鳴，燈籠舞，最後的二踢腳聲劃破冰夜。
煙消花散蠟燃盡，相約來年這時刻。
火樹銀花小龍燈，可惜好景如曇花。
以後連續災害年，感動瞬間不再來。
那個年代除夕夜，留下一生難忘時。

小孩高興的春節五日天上人間生活，二踢腳的火藥味還殘留在地上，可是我們的粥透明得像玻璃湯，幾粒高粱米花在鍋裡漂來漂去，孩子們都搶了，望著只剩下水的鍋，它圓得彷彿天上的明月，圍著大鍋找來年的春節，平時寧可喝湯也要五日大年，難忘的兒時春節，父母又在愁上哪借錢堵上下半月。

母親的病

春夏秋冬沒太陽，陰暗潮濕北面屋。
一天到晚織毛衣，路遙路滑拉煤車。
兩半棉鞋乞丐衣，月子三天就下地。
生火做飯洗褯子，日久天長病襲來。

在妹妹一歲時母親癱瘓，那一天來得太突然，早晨母親還好好的，父親上班，我、兩個弟弟上學，母親在床上給人家織毛衣，小弟、小妹在旁邊玩。織到晌午時下地熱飯，這時意想不到的事情發生了，母親站不起來，不相信、不甘心的母親，一遍又一遍的想站起來但白搭。四歲的小弟弟和妹妹眼睜睜的看著連續要倒的媽媽，不知道怎麼辦，無助的母親，站在凳子上也夠不著母親藏在碗架上面窩窩頭的小弟、小妹無奈的依偎著母親，等放學回家的哥哥、姐姐夠窩窩頭、救媽媽。

那時尚蘭十一歲，擺在面前家情況。
母親不會走路了，不知危險小弟弟。
一歲妹妹到處爬，父親上班得掙錢。
哥哥馬上考專業，作為長女怎麼辦。

不相信母親連站起來都不可能的現實，給弟弟妹妹拿窩窩頭後，不死心的我扶母親想站起來，願奇跡出現母親能走了，但母親撲騰跪在地上，無能爲力的我只好把母親背到床上，然後和精神崩潰的母親說：「別著急，我爸爸馬上下班了」。爲了讓等待的時間快點過，也是作爲長女的我必須面對的家庭現狀和照顧好弟弟、妹妹，讓母親安心養病，別胡亂想，爭取早一天站起來，我學做飯，問母親蒸窩窩頭用幾碗麵，放多少水和麵，然後生爐子，想不到生爐子這麼難，費勁著急。便宜的次煤塡在爐裡不燃燒，只冒乎乎的黑煙，沒辦法，我把破襪子脫下來當手套掏爐裡的石頭煤，又從煤堆裡挑輕的黑亮煤重新點爐子，再用掃地的大笤帚煽風，爐子終於點著了，但我也變成煤黑花臉逗樂了弟弟、妹妹。這時和的苞米麵也醒好了，趁著紅焰的火爐趕緊蒸窩窩頭，蒸上後我又拿著母親給的一角錢到商店買疙瘩鹹菜，東北的六月正是水蘿蔔下來的季節，而且水靈、味美，看著妍麗的水蘿蔔開始動搖，雖然一個疙瘩像變戲法能切出一大碗鹹菜條，但它一年四季都有，而水蘿蔔是曇花一現的蔬菜，於是我自作主張買水蘿蔔，一角錢只能買一把，人多水蘿蔔少，不夠一人一根蘸醬吃，無奈從地上撿掉下來或扔的蘿蔔纓子。又急中生智決定做水蘿蔔湯，用蔥花熗鍋，湯開以後漂在上面的水蘿蔔片、蘿蔔纓子好像池塘裡綻放的睡蓮，又用剩下的蘿蔔纓子醃鹹菜，端上來的一大盆睡蓮花湯，翠綠的蘿蔔纓鹹菜把破舊不堪、單調的飯桌變得豪華起來，看著女兒做好的飯菜，苦惱的母親終於有了笑容，母親又把我和放學的弟弟們叫到床前說：「等一會你爸爸回來千萬不要馬上說媽媽不能走路了」。然後編造謊言媽媽感冒了，頭暈得厲害，今天發生的事等吃完飯再說，我們趕緊小聲的說記住了。

窗外終於傳來父親的自行車鈴響，從今天開始家裡的變化讓弟弟們變得成熟、懂事。父親一進門，大弟弟馬上代替母親把在屋裡穿的鞋擺好，因父親捨不得在家穿上班時的鞋，父親對我們的忙乎感到奇怪，小弟弟馬上說媽媽感冒了，父親急忙問母親的病情，然後表揚我們早當家。睡蓮湯雖然沒有油星但味美，父親又幽默的把湯比喻成莫奈的名畫「睡蓮」，從那以後我知道了偉大畫家莫奈。

十一女孩早當家，盼望母親能走路。
做出一鍋美味湯，好像池塘睡蓮花。
色彩金黃個又大，不夠分配水蘿蔔。
蘿蔔纓子醃鹹菜，加進麵磙窩窩頭。

以前連醬油瓶倒了都不立起來，也不管家務事情的父親，如今爲了讓我早晨多睡會覺，父親起來做飯，但我不肯，悄悄起來幫助父親，把母親弟妹的午飯做好，放學早早的回家，窮人的孩子懂事早，妹妹非常聽話，吃完以後總睡，利用妹妹睡覺時間寫作業，侍候母親的大小便，煮母親喝的中藥。最怕生爐子總點不著的石頭煤，但又離不開它，爲了省事做飯時基本上用柈子，柈子用的很快，那個年代的柈子[6]都是大塊的，買回家後自己劈，平時都是哥哥的活，現用時哥哥還在學校呢，馬上要做飯了，沒有辦法自己劈，這有什麼難的，不就是一塊大木頭嗎，把木頭放在地上，拿著斧子劈下去，沒劈開亂崩的木頭渣正好打在眼睛上，疼得直揉，眼睛是我的全部。

黑色成分家又窮，低人一等很自卑。

眼睛再瞎怎麼辦，每天希望鏡中她。

在這樣的日子裡，被烙黑色的小女孩唯一的安慰是我的眼睛比同學們大。尤其是早晨洗完臉後，照不到破衣服的小鏡子，卻照出一雙水靈的大眼睛，那模樣好看得好像電影「五朵金花」裡蝴蝶泉邊唱歌的金花。雖然成分不好，但鏡子裡的紅色模樣讓我知足了，也讓我更加愛護眼睛再也不敢劈柈子了，也知道簡單的活實際也很難，小女孩可能天生不是劈柈子的命，如果能像伐木

---

6 柈子：柈子就是生火爐用的短小木材。

工人那樣砍出一大片樹木多好啊。劈不了柈子，我開始專門煮中藥，咕嘟咕的藥湯給我希望，母親每天按時喝藥總有一天一定能站起來，中藥裡的配方山楂乾成了我們爭著吃的果品，雖然煮得已經沒有酸甜味，但山楂特有的饞人紫紅色讓小孩淌口水，管它有味沒有味，害怕藥裡的蚯蚓，看見彎彎曲曲的蚯蚓就想弟弟的脫腸，勾起四年前的往事，每天煮中藥，屋裡彌漫著藥香。

咕嘟咕嘟煮藥鍋，各種中藥大集合。
紫紅顏色山楂乾，好像紅糖藥變甜。
彎彎曲曲乾蚯蚓，形狀可怕但救人。
煮好藥湯給媽媽，盼望明天好消息。

有太陽的日子和大弟弟把母親扶到南面小芳家窗戶下曬太陽，直射的陽光對腿有好處，兩年以前在這晾被，現在又在這烤癱腿，不知道這北面的霉屋以後還會得什麼病，光天化日的烤，母親的菜臉有點紅潤，褲子上的濕氣也在蒸發，那一天又是第一個衝出學校，走到窗口就聽見弟弟妹妹的哭聲，這聲音異常，急忙推開門，看見母親跌倒在地，旁邊的屎尿桶倒了，沾滿屎、尿、灰土的母親，想收拾髒物，但動彈不了，無能爲力的小弟弟、妹妹嚇得直哭，慘無忍睹的眼前景，讓我著急，但也束手無策，怎麼辦，整不好我唯一的一件衣服也會弄髒，先把母親的褲子脫下來，那一刻我呆了，由於每天躺在潮濕的褥子上，母親的皮膚已經潰爛，眼瞅著床就在旁邊，但是十一歲的女孩沒有辦法把腿癱瘓而身體像泥一樣軟乎的母親扶上床，母親已經在潮濕的地上好幾個小時了，還是把母親背到床上，這時也顧不得會把衣服弄髒，我跪在地上終於把母親背到床上，沒有褲子穿的母親只好用被蓋腿，我又趕緊把褲子脫下來。看著女兒的褲子也沾上屎尿，母親連聲的說：「媽媽對不起你」。不知說什麼好，怕母親看見我強憋的眼淚，我轉過身從缸裡舀水洗褲子，感謝上蒼幫助我，用母親的圍巾當裙子代替褲子，可是我和母親的髒褲子，把洗衣盆的水變得好像綠苔，而且臭味難聞、薰人，但我必須馬上洗出來，要不然明天上學沒有褲子，而且母親也不能大熱天總捂著棉被，無可奈何的女孩鼻子不敢出氣，放礆的水滑溜，屎尿褲子也滑溜，它好像兩條死蛇泡在綠苔水中，讓我不願再睜開眼睛洗褲子，彷彿盲人一樣在搓板上瞎搓。但沒想到我的手也沾上了臭味，而且特別的臭，用清水洗好多遍才不臭了。過後恨自己的嬌氣，耽誤了那麼長時間，而且屋裡變成廁所，雖然母親沒有吱聲，但我知道錯了，髒褲子今天洗得透藍，然後把門打開讓褲子快點乾，正好也把憋在屋裡的臭味放出去，原想開窗戶，但窗戶把窮家的隱私暴露，蘭不願意讓對面的樓上像看電影一樣看我們。離做晚飯還有點時間，我趕緊寫作業，可是寫不下去，苦惱的事太多了，馬上要放暑假，我的學費還沒有交，全班只剩下我一人，蘭成了不交學費的慣犯，沒人照顧的家裡又充滿危險，祖國花朵的明天在哪？望著已經住了六年的霉屋想，蘭好像上帝派給尚家的，和哥哥差六歲，和大弟弟差兩歲，和另外兩個弟弟妹妹差的更多，

我的年齡那麼微妙，好像命裡注定十一歲的我必須得承擔一個接一個，沒完沒了，越來越多的家庭重擔，想不開，想不通，想哭，但又怕母親、小弟弟、小妹妹看見，我只好借故上便所，躲在便所裡哭出怨氣。

臨放假的前夕不願上學，難爲情，難堪，最怕老師問學費的事，夾在老師和父母中間的孩子左右爲難，怎麼辦，羨慕的看著和自己一樣班上的另一位同學，她今天也交上了學費，不敢再瞅了，好像要藏起來，低頭擺弄著書包帶，夢想有一天第一個把學費交給老師，再也不怕老師的催促，感覺擺脫了苦惱的女孩繼續做美夢來安慰自己的自尊心。

像教堂裡彩色玻璃的晚霞映在窗戶上，把我做的菜窩窩頭變成黃色，西葫蘆湯變得油汪汪，沒想到豬食變成美食，弟弟們忙著拿碗筷，母親小聲的和我說「白天的事情不要告訴你爸爸」。母親不想讓父親再操心，惦記，我趕緊說「媽媽，知道了」，然後和母親琢磨如何讓父親不知道今天的事，最後決定說，今天天氣好把褲子洗了，反正證據已經隨著清水洗掉了。剛才母親的一番話提醒了我，把休學的想法暫時不和父親說，反正已經要放暑假了，到秋天再說。

和老師好像捉迷藏，看見他進來裝作上便所想躲到鈴響回來，但剛一進教室老師就讓我放學時到教員室去一趟，同學們的眼光羞得我眞想哪疙瘩有縫鑽進去。

一年兩回鬼門關，六元學費交不起。

最怕老師留下我，放假前夕教員室。

哀求老師等一等，床上癱母幼弟妹。

有口難開家現狀，左右為難怎麼辦。

要下雨了，鋪天蓋地的風沙打在臉上，挺痛快，我和鬼哭狼嚎的風聲一起吼叫，把交不上學費的苦惱發泄出來，還覺得不過癮，又把頭繩解開任憑風把頭髮吹得亂七八糟，這下吹得挺爽，讓我鼓足了勇氣不再爲難自己，和母親要學費。那一刻雨彷彿瓢潑似的，把天地間變得漆黑，把我澆成落湯雞，衣服緊緊貼在身上，幸虧天漆黑助沒有穿褲衩的女孩，但又愁明天穿啥啊？夏天的火爐點的時間短能烤一會，把衣服穿上，用自己的體溫把衣服烘乾，想到這不在雨中徘徊，趕緊回家。推開門，小弟弟正在刮鍋裡的嘎巴，刮不出來他開始舔鍋，夠不著鍋底乾脆把頭伸進去舔，看著餓急眼的小弟弟，我把要學費的事憋回去，和老師的保證又不能兌現，一年又一年的學費關。

東北的夏天是小孩們最高興的季節，能塡飽肚子，商店門口剛從郊區拉來的香瓜、洋柿子有不少被壓碎的，那流出的金黃瓜瓤讓我死死的盯住它，等機會撿。用墊香瓜的草擦泥，最幸福的暑假，和弟弟們分吃，它讓蘭一生忘不了甜蜜的脆香瓜，肚子還空，又轉到洋柿子堆前，剛摘下來的，帶著露水的西紅柿，個個滋潤得溜光明亮，它特有的靚麗大紅顏色、酸甜味道饞得我們直流口水，它又像紅玻璃易碎，外面薄薄的一層裡面全是汁肉，滿車的洋柿子用鐵鍬撮、擠瘪、壓碎、兩半、裂開、爛的營業員把它們挑出來堆在一旁，這下子機會來了，想吃洋柿子的孩子迅速把它收進盆裡，跑回家一眨眼工夫把西紅柿全吃了。好像大肚蟈蟈，裂瓜、瘪柿子裝滿了胃，省了一頓飯，也省了點爐子，吃飽的弟弟妹妹趴窗看小街，拎柿子聞香瓜的行人，我開始給母親揉腿，然後扶牆練習走路。有我整天在家照顧母親和弟弟妹妹，家有了家樣，父親也安心的上班，美好的日子總是那麼短暫。天漸漸涼了，大自然變成黃色，人們穿上秋衣，暑假剩的日子也不多了，弟弟們加緊做作業迎接新學期。

暮色的屋裡，我在洗尿桶，臊臭的桶這時洗最好，趁著夜色人少趕緊倒屎尿，去便所的途中想開學的事，想床上的母親、小弟、小妹，擔心以後的日子。東北的冬天來得很快，密封的屋，總壓得爐子充滿危險，扔下母親和幼小的弟妹不放心。而且一夏天敞開門、窗的家家戶戶現在都關上了，街上由於西瓜、香瓜、黃瓜、豆角、苞米、西紅柿的罷園也變得冷冷清清，所以根本不知道家家發生了什麼事，再說誰敢幫成分不好的尙家。今天開學做好早飯以後我開始檢查帶的東西，暑假作業、削好的鉛筆、橡皮、鋼筆水，沒缺啥，又看一遍母親還需要什麼東西，囑咐五歲的弟弟好好看妹妹，聽媽媽的話，母親催我快走，突然弟弟抱住我的腿不讓走，哥哥姐姐都上學了，把家交給五歲的弟弟實在殘酷，但當姐姐的又無奈，哄著弟弟說：「放學給你買寶石餅乾」，急忙走出去，弟弟妹妹又跑到窗戶前喊姐姐、姐姐，敲玻璃，不放心的看窗戶，他倆貼在玻璃上哭，我快步的往學校走，路上已經沒有學生了。

同學們都穿得暖乎乎的，只有蘭夏天的衣服還沒來得及縫裡，在一群暖花中她特別的顯眼，那四季總穿的一件衣已經掉色了，窮得顯眼，成分顯眼，交不起學費顯眼，這麼多的顯眼，還有母親的病讓我扛不住，休學的想法又一次折磨她，十二歲女孩的選擇，本子上寫滿了怎麼辦、怎麼辦。老師發新學期的書了，我翻開了嘎嘎新的書，聞紙的香味，一頁一頁好好的看它，可能短時間內再也聽不到老師講課了。那夜的晚飯蘭特意做了父親愛吃的涼菜，快到中秋了，最後一茬黃瓜很便宜，買了一大堆，黃瓜絲放點辣油，它的絲香醉天上的明月，它彷彿走來掛在窗戶上，月光如銀，引起了父親的酒興，但沒有酒，父親把藏在床下的酒精找出來對水喝，喝著「美酒」，吃著女兒拌的翡翠涼菜，父親高興的說好似天上人間，我趁機把考慮很長時間的話全說出來，但父親不同意，慈祥的臉突然變得很難看，是啊，天下的父母沒有同意自己的孩子休學的，但是家裡的現狀，總交不上學費的孩子想緩和一下困難的家裡，她不是永久不上學，蘭決定和父親磨，直到他同意爲止，父親不讓我做飯洗碗了，他下班幹，可能怕女兒再提休學的事，但生活已經把父親壓得越來越瘦，如果父親再有病我們怎麼辦？蘭是早晨八九點鐘的太陽能挺得住，而且家庭的現狀也不允許我像一般女孩那樣花朵養在溫室裡。夏天的衣服終於縫上了裡了，過一個月它又要像戲法一樣變成棉襖，趁現在把它染成藍色正好，買了一包染料，夾襖放進染料水盆裡煮，咕嘟咕嘟的藍水中，舊衣變成了新衣，看著它觸景生情。

小蘭衣服好像皮，一年四季長身上。
風吹雨淋太陽曬，掉色變成白花旗。
沒有辦法染衣服，好像新衣但不洗。
怕洗露出破綻來，同學面前難為情。
朝思暮想新衣夢，可是年年難兌現。

和別人一樣有新衣服了，可是髒了也不能洗，怕露出眞相，好像皮不離身的衣服，有一股味，同學們都躲著我，最埋汰的女孩，孤零零的站在玻璃窗前看操場上玩的同學，上凍前決定把母親摔倒在屎桶旁的事告訴父親，還有我在學校的苦惱，請父親理解蘭的心情，倔強的女兒沒有辦法，父親勉強同意了。馬上要休學了，忽然對它充滿無限的眷戀，特別珍惜那幾天學校的生活，再一次好好地看看學校，操場、課堂、同學，夕陽裡樹旁的紅磚小樓從來沒有這麼仔細的看過，聽過教室裡的朗讀聲、唱歌聲，今天聽起來好像小鳥的聲音悅耳好聽，不知是後悔，還是戀戀不捨，我又踮起腳看教室裡的同學們，看著、看著，好像粘在牆上。

母親勤勞的形象不知不覺的影響著我，從這天開始把家務活全承擔起來，第一回知道母親的偉大，買不起好煤，煙道總不暢通，爐膛也該重新盤了，父親是書呆子，找人修得花錢，以前這些活都是母親自己幹，如今蘭找誰去，手彎曲得更像爪子了。

一遍一遍點爐子，結果還是不好燒。
滾滾黑煙霧霾屋，滿臉煤灰小女孩。
怨恨自己年紀小，不能幫助家掙錢。
住上朝陽大房子，爐子天天紅焰焰。

爲了母親休學在家，她都看在眼裡，爭取早一天能站起來，女兒重返學校，母親練習走路的次數增加了，弟弟妹妹在左右跟著，我扶著母親。姐姐在家，他倆可高興了，不再害怕母親摔倒，一天最高興的時間，看母親喝中藥湯，我的心願盼母親早一天能走路，煮完中藥的山楂片是我們的美食，撿到碗裡每人三片。

後院鄰居有一台撿破爛的手推車正好下午不用，讓母親吸外面的新鮮空氣，用車推溜達溜達，拿出哥哥給我借的小人書，鄰居家的男孩和我是同學也喜歡看書，拿書交換，蘭借他書，他借我車。簡單的收拾一下車，鋪上被，上面蓋上蘭的圍巾，因爲它太髒了，我推著母親，妹妹、三個弟弟跟著，不知不覺來到斯大林大街，高大的樹下我們變得更小了。落葉好像一條黃色的地毯鋪在晚霞的林蔭道上，這裡很靜，遠離人們的眼光讓我不再感到寒磣。從霉屋裡放出來的弟弟們盡情的在樹之間跑，妹妹來到這世界上第一回看斯大林大街，她高興的拍著小手直樂，然後來回的跑，怕她摔倒跟著，但跟不上解放的妹妹，她還盡情的跑。我找了一塊能射進陽光的地方，和弟弟把母親扶到台階上，看著在樹之間跑、藏的孩子們，母親很高興，樹好像也在爲我們加油，沙沙的落葉聲匯成一組美妙的音樂，難得沐浴金夕陽的我們，望著西邊，希望它烤好母親的腿。

命運喚她來中國，好日瞬間苦難路。
三十二歲水牢屋，三十九歲腿癱凌。
四十三歲那一年，趕上文化大革命。
兒女下鄉夫牛棚，一生好似電視劇。

窮人最怕的冬天終於來到了，它把東北凍得地上冰雪，窗上冰花絢爛，門上門下冰溜子、水道管裡堵滿冰，嗖嗖的北風打得不能包裝的臉蛋死辣辣的疼，小街上沒人了，上班的大人、上學的孩子，那瞬間看著沒人的街上，忽然特別的難過、難受、難堪、難熬，學校生活一幕一幕浮現在眼前，去年的這時背著手聽老師講課或舉手爭先造句，念給老師同學們聽，那是蘭最驕傲的時間，如今趴在窗戶上望通向學校的路，蘭想跨過這傷心的上午，但時間像和我作對慢慢的走著，急得你自言自語，坐立不安，但還得忍耐。因爲我是長女必須得逆來順受，想開後心情好多了，看著玩得高興的弟弟也讓我眼前一亮，給五歲的小弟弟當老師。母親的腿雖然往好的方向發展，但還是不能走路，無奈時想起了自然災害的六零年，我肚子疼時母親炒的小鹽袋，靈機一動。每天癱腿放上熱乎乎的鹽袋，也可能讓腿早點走路，想到這趕緊找出小口袋，把炒熱的鹽裝在口袋裡，兩條腿上兩個小鹽袋，我不知道它到底能不能起作用，但是給蘭很大的希望。每天我們爭著炒鹽，黑暗的水牢屋鍋裡的水晶鹽和火熱碰撞產生了奇妙的現象，跳躍的鹽粒閃閃的銀光，好像夜空的繁星，讓來到這個世界上大多數時間都在霉屋裡的妹妹高興的說出了第一句話，哇，爲什麼鍋裡有這麼多的碎玻璃。一歲多的妹妹把鹽當成碎玻璃，她每天囚在屋裡，玻璃窗是她的朋友，玻璃像電影映著太陽、藍天、熱鬧的小街，所以妹妹只認識玻璃。我高興的抱起妹妹問她想吃什麼，慶祝妹妹會說話，改善生活，三個弟弟想喝苞米茬子粥，但苞米茬子是窮人家的細糧，長到十二歲也沒喝過幾回，一聽弟弟們說出苞米茬子粥幾個字，腦海裡立刻出現了粘乎乎黃燦燦的苞米茬子，嚥了一下口水，趁炒鹽的爐子今天豁出去了，大吃一頓，家裡沒有苞米茬子，向母親要了糧證，推開掛滿冰溜的門向糧店跑去，爐膛裡的煤今天格外的紅，把苞米茬子煮得稀爛。鍋端到地上它還咕嘟咕嘟的冒泡呢，計劃的拌鹹疙瘩絲現在改變了主意，賊鹹的疙瘩絲喝粥，那一鍋粥不能夠，沒油的肚子像無底洞。忽然眼睛盯在水缸旁邊的蘿蔔上，自己醃鹹菜，鹹淡能掌握好，拌了兩樣，白的部分切成條，紅皮切成絲，撒上鹽醃半個小時，這期間蘭把給父親單留的豆腐用了，做了一盤蔥花點蝦油豆腐，蘿蔔和皮醃得差不多了，擰去多餘的鹽水裝在盤裡，然後放上蒜和辣椒末。

妹妹會說話，尤其是小女孩特有的甜美聲音讓家裡亮堂了，也感染我別再多愁傷感，從此應該開朗點。恰巧這時收音機播送的新聞給我啓發，把收音機當做課本學習，而且最近一個月天天播送國家主席劉少奇和夫人王光美、外交部長陳毅和夫人張茜及隨行人員訪問東南亞四國的新聞。尤其是早晨剛睜開眼睛就傳來廣播員好聽、動聽的聲音，劉少奇和夫人王光美、陳毅和夫人張茜等在印度尼西亞受到當地人民的熱烈歡迎。和以往不同的新聞，和一般女性不同的名字王光美、張茜讓我眼前一亮。整個早晨心情好極了，還知道了印度尼西亞、緬甸、柬埔寨、越南屬於亞熱帶國家，而且風光明媚、風景迷人。看著愛上收音機，新聞的女兒，父親又給我更大的意外驚喜，把單位看過的報紙全拿回來，裡面的參考消息是一般人見不到、看不到的，是專供共產黨幹部看的內部報紙。雖然比一般報紙小一半，但是世界各國的新聞都刊登在這小小的參考消息上，一天最幸福、最高興的時間。侍候完母親，幹完活看參考消息，讓我在參考消息上知道世界形勢及發生的事。吉田阿姨又來看母親了，還給母親帶來了毛衣活，朋友的雪中送炭讓母親的心情好多了，話也多了。講她少女時代因害怕孤獨，所以經常到書店看書，眞羨慕日本的書店讓書迷隨便的看書，可中國的書店把書放在玻璃櫃裡，或營業員後面的書架上。

在家快兩年半了，我的侍候，弟弟妹妹們的懂事，母親的腿有了好轉，不用扶自己也能站一會，黑暗的隧道終於見到了一縷陽光，傍晚吃完飯後我們又推著母親來到了斯大林大街。

月光下面推母車，終於推出好消息。
母親病情有好轉，扶牆能走一米遠。
為期不遠上學日，這天來得不容易。
整整兩年苦惱日，寫在女孩作文裡。

墨藍夜幕下散步的人們都變成了一種顏色，而且互相不認識，這下子可好了，我們敢喊、敢唱、敢跳、敢大聲笑了。那一天終於等來了，爲了這一天我整整等了兩年。清晨想起來，父親讓女兒多睡一會他做飯，但睡不著了，和弟弟們一起聽廣播電台的報時起來，忙自己所應該幹的活，然後吃飯，稀溜溜的苞米麵粥一下滑到肚子裡，再吃兩口腐乳，送弟弟們到門口，新的一天開始了。窗戶外面蔚藍色的天空上，一朵朵白雲簇擁著冉冉升起的紅太陽，這難得的好天我預感有什麼好事要發生，趁著這吉祥的預言趕緊洗碗收拾屋，然後扶母親練習走路，練習兩個來回時，母親突然說：「不用扶了，我自己走走。」蘭使勁的擦眼睛怕眼花，但感動的事實就在眼前，母親扶著牆、床走，兩歲半的妹妹第一回看媽媽走路，她高興的也跟著走，我怕母親站不穩時把妹妹碰倒，她說：「不要緊。」母親想把兩年半的路全走回來，看著高興的母親，我在旁邊當護衛，把好消息趕緊告訴父親，可是窗外的太陽還一動不動的掛在東邊，兩年半的霉屋，坐在床上看外邊的藍天，今天把它都找回來。

母子四人走出家門慢慢的走著，補回失去的陽光，它暖暖的照在我們身上，弟弟妹妹像放出籠的兔子連蹦帶跳，我和母親激動的看著早晨的小街，休學的女孩，以前的上午對她來說是傷心的時間，長長的街上，老人、婦女和蘭，太不好意思了，家裡要溢出的髒水桶等下午倒出去，以後好了，母親能走路了，我也開始學校生活，和母親感覺路好像短了走不夠，笑聲的霉屋，媽媽在做午飯，我忙著整理上學的東西，不知不覺到了下午，小亮、小明放學回來看見能走路的母親，他們高興的圍著。我趴在桌子上寫作文，把兩年半的苦惱和最感動的今天，以及十二歲女孩體驗天下主婦一生圍著鍋台轉的生活全寫在一頁一頁的紙上。

夕陽的桔黃光終於射進窗裡，我們聚在窗前盼父親回來，父親的自行車騎進了小街，小亮跑出去，我們在門裡排成兩行，小亮拉著父親一進屋，母親馬上把父親的提包和帽子接過來，不相信眼前的事實，父親激動得說不出話，背過頭摘下眼鏡說眼睛迷了。

爐紅鍋沸菜板響，有媽做飯幸福夜。

桔黃燈下團圓桌，窩頭菜湯格外香。

幸福重新來臨，飯後的燈下，父母在商量我重返學校的事，然後母親跪在床上謝謝父親，託人配的中藥和兩年來的辛苦，玻璃上的抹布窗簾好像銀幕放映著感動的場面，雖然家裡一無所有，但那個時代的真愛，現在找不到了，日本女性的賢惠、順從影響著我和妹妹的一生，那一夜我們搶著在母親身邊睡，明天開始不起早了，下星期開始上學，一連串的好事，我願以後的路充滿陽光。

苦惱煩惱兩年半，終於盼來這一天。
重新回到學校去，校舍依舊樹長大。
還是熟悉那教室，同桌擦掉分界線。
老師同學歡迎我，感動女孩淚花流。

三年自然災害買糧記

三反五反五二年，公私合營五六年。
反右鬥爭五七年，大煉鋼鐵五八年。
飢餓飢荒五九年，直到六一年結束。
正在成長一代人，個子沒有父輩高。
已經建國十二年，百姓幾天好日子。

大煉鋼鐵的一九五八年過後，緊接著是三年自然災害，憑證供應的糧食、豆油，憑票供應魚、肉也有時不兌現，不夠吃，由於長期的飢餓開始流行、漫延、傳染性肝炎、浮腫等病。我家更是雪上加霜，除了父患肝炎、母浮腫、弟肚大外，黃水瘡又向我們的頭部襲來，癢得難受用手撓，撓得滿頭都是瘡，沒錢看病，黃水凝固成高粱米粒大的硬疙瘩，密密麻麻的藏在頭髮裡，頭髮變成膠水，頭粘乎乎的，其中三弟和小弟最嚴重，窮人的辦法只有剪髮病能快好，我不剪的哭聲中，母親剪去了弟弟的頭髮，他倆腦袋光光的，小疙瘩也暴露在光天化日下，不能出去撿垃圾站的菜根了，弟弟又傷心了，那白菜根多好吃啊，好像燉土豆，哄著兩個弟弟說：「別著急，晚上戴帽子去撿」。兩個弟弟轉悲爲樂，不時的照鏡子、看禿頭，然後學小和尚做阿彌陀佛，做夠了又玩起「竟將嘿」，輸者被彈腦袋，玩了幾下沒意思，互相嫌髒，而且彈爛頭也疼。無奈時結冰的窗戶引起弟弟們的注意，他們找出攢的啤酒瓶子碎片，當墨鏡看結冰然後喊起來，見此情景我也過去看，哇眞好看，啤酒瓶的碎片彷彿萬花筒，把冰凌的窗戶映照得千姿百態，意想不到的絢麗色彩，比單調又花錢的電影強多了。可太冷了只好上炕披被，這一捂身上癢起來，兩手不夠用乾脆把衣服脫下來撓、抓，腋下縫接間是虱子、蟣子集中的地方，亮晶晶的蟣子好像花邊整整齊的鑲在縫線中間，上面的虱子一個個鼓溜溜的，黑亮透紅的肚裡裝著我們的鮮血，面對密密麻麻還在爬的虱子有活幹了，我抓住一個虱子然後用雙拇指掐死。漸漸掐死虱子的響聲、脆聲讓我來勁了，來癮了，手也狠了，看著被虱子的鮮血染紅的指甲，我沉浸在只有窮人家的孩子才能經歷，才能享受的快感、快樂中。

過後把掐死的虱子裝在火柴盒裡，想知道這一冬到底掐死多少虱子。這時天漸漸黑了，趕緊洗手。漫長的黑夜，小街的垃圾支撐著我們，到那扒白菜根、蘿蔔根，回家洗淨煮了，蘸鹽，比烀土豆還好吃，給兩個著急出去的弟弟武裝，他們的爛頭先用布包上，然後再戴棉帽，省得把帽子弄髒了，一頂棉帽四、五塊錢呢。黛色的天幕群星特別的亮，夾著銀雪的垃圾堆上，幾個孩子像兔子迅速的扒著，我們的願望是今夜炣一大鍋「土豆」吃，離夢太遠了，手扒僵了也沒扒到多少，我們又到幹部大樓的垃圾站去扒。

窮人的孩子早當家，上專業的哥哥很忙，母親沒有衣服出不去門，買東西都是我去，這時我也被傳染了，頭上的髮裡全是粘粘的黃水，最害怕不見尾的長蛇隊，怕人家看出頭髮裡的祕密，而且也不好意思在眾人面前撓頭，但又不能剪髮，在一九五六年以後的歲月裡，每天的安慰、快樂就是呆呆的看著小鏡子裡扎著紅頭繩的麻花辮。

女孩閨密小鏡子，每天高興洗臉時。
鏡中映出小春妮，明眸皓齒麻花辮。
微微笑容似花開，呆呆看著鏡中她。
多想永遠鏡中人，不知飢餓與歧視。

再說哪有女孩剃禿子的，這些原因小辮留住了，但遭罪的也是自己，頭髮上的皮膚病有一種熱的感覺，黃水也不時的流，用紫藥水拔乾也不見好。

每月一號是放糧日，孩子們最喜歡這一天，因爲臨近月末的十幾天裡沒有一粒糧食，全家把裝苞米麵、高粱米的口袋拿出來，來回的抖落，也抖不出十幾天的糧食，它只抖出一頓透明的糠湯。母親到處借糧，我們向遠處的垃圾站進軍，對付到一號，前夜就高興的睡不著，冰月彎彎的掛在天空，蘭已悄悄起床先排號去，路面的雪像地毯，一行小腳印伸到糧店門口，挺高興能排到前十名，這長長的大街上只有幾個排隊的人縮著脖子、跺著腳，給白銀的雪夜漫長的等待帶來暖氣，我也加入了跺腳的行列，下身是暖和了，但上身被冰風打得透涼，眼毛上的霜簾弄得視線不良，用僵手擦霜，爲了精神點像風箏來回的晃，眼睛直盯著糧店的大門，天亮了，四面八方來的人排成彎彎曲曲的黑藍長城，父親也來了，一眼認出了他的眼鏡，高興的喊著：「爸爸，我在這。」順著聲音父親走來，緊緊的拉著父親的手，盼著快到八點大門開，那扇門終於開了，但隨之衝來的餓流也把我和父親甩到一邊，白起的大早，號已經沒用了，又一股急流我被人推倒，人們紛紛往前湧、踩，想爬起來，只見大人的鞋來回的晃，好像無數青磚不停的搬運，身上好說有棉衣做盾牌，臉赤裸裸的露著，被踩得的鼻青臉腫找爸爸救我，但不知道他在哪，什麼也不想了，死的恐怖，求生的欲望，爬不起來，眾人腳下的女孩發出了最後的吼聲：「救命啊，救命」。聽到女兒的喊聲父親才知道我的位置，父親失聲的喊：「這下面有孩子，別擠了」。還沒等話說完，父親也被衝倒，眼鏡危險，父親使出全身的力量爬到牆角，但上衣袖口卻被撕開了，顧不得狼狽相，父親又來拉我，這時一位叔叔幫助父親從縫中把我拉出來，死裡逃生，那一刻如同一生的等待，哇的一聲哭了。別哭了，父親用衣角給蘭擦淚，然後說趕緊謝謝叔叔，給救命恩人深深的行了一個禮，這混亂的店裡店外說話聲根本聽不見，只聽見哭聲、喊聲、罵聲，找人、找帽子、找鞋，藍黑流的吼聲，誰都想第一號，誰也買不上。剛開的售票小窗口又關上了，餓流悶在糧店裡，搖搖欲墜的糧垛被捅破的麻袋，高粱米像自來水不斷的淌，但沒人敢撿，怕蹲下被人流踩死，人亂、店亂，口臭、煙臭、頭臭、體臭，各種味也來參戰，它好像電影「林家舖子」的翻版。糧店外也被藍黑長城包圍，出不去又買不到糧食，困在店裡的我害怕的看著焦急的等著放糧的人們，終於有人敲售票的小窗戶了，一人領頭眾人敲，它好像要糧曲，使窗口裡的人不得不伸出大頭喊：「你們排好我們就賣」。「放屁！」憤怒的人們要把窗戶砸了，大頭嚇得縮回去。售票的小屋被巨流推得要倒了，這時糧店的負責人慌忙的出來大聲的喊：「同志們靜一靜，別擠了，有糧食，你們看，這成垛的袋子都是供應大家的。」聽到這句話，餓流才從危險中重新排隊。

自然災害那三年，每月一號糧店前。
彎彎曲曲人長城，為了排上第一號。
夜半三更就起床，八點開門往裡衝。
鞋丟帽飛號作廢，那個時代買糧劇。

起早排的一號已經沒用了，巨大的餓流，誰擠到前邊誰是一號，瘦父小女只好任人擠，擠到哪排在哪，人海裡看不見頭，蘭怕人家看到爛頭，幸好人們都把眼睛盯在開票的窗口，盼快點買到糧食，我更著急擠，癢忍不住撓頭，手沾滿了粘乎乎的黃水，終於買到了糧食。怕買不到的人眼氣、眼紅，羨慕父親背著糧食，我跟著趕緊走，家裡等著這袋糧食呢。

屋裡火爐通紅，高粱米粥在咕嘟咕嘟的響著，我趕緊梳頭，早晨的買糧，頭繩不知丟在哪，髮變成一堆亂麻，鏡中頭上的黃水已變成了琥珀液凝在頭上，害怕得不知怎麼辦，越梳面積越大，找父親，孩子們都傳染了，不能再耽誤了，父親在紙上寫上藥名，我拿著紙單到附近的藥店，白紙包裡紫黑色的小顆粒像碎玻璃渣，一種從來沒有聞過的味道，小顆粒放到水裡立刻像花一樣在水中綻放，然後像夜空的焰火變幻成紫、紅、藍三色，滴答、滴答，母親用紗布蘸藥水給我們洗黃水瘡，好舒服啊，一冬了，頭上長得粘粘的小疙瘩，終於一點一點的洗掉撥乾，紫紅藍的藥水像戲法引起我們的好奇，最喜歡洗頭的時間看水中瞬間的開花，聞救了我們的化學藥味，黃水瘡被擊退了，頭不再癢了，亂麻變成了瀑布髮，看著閃閃發光的紫黑晶體小顆粒，一生感謝它，那個時代的常備藥，它就是高錳酸鉀。

晶體形狀小顆粒，放在水中紫紅藍。
好似絢麗焰火花，魔術藥水專殺菌。
虱子蟣子黃水瘡，每天用它洗皮膚。
那個時代常備藥，高錳酸鉀紫藥水。

從幹部大樓的垃圾站撿來的白菜根、蘿蔔根、土豆皮洗淨後摻在高粱米裡做粥，出乎意料的好喝、粘乎，但不夠喝。入冬以來連續的零下三十度天氣，讓流感像海嘯一樣襲來，危急時母親用蒜預防流感，半拉蒜、一把鹽做了一大鍋湯，越喝越熱乎，擊退、抗住了流感，還讓喝了一肚子湯的我們感覺不餓了。

喝大蒜湯填滿了餓空的肚子，讓我們愛上了大蒜，又不時的聞大蒜的香味帶來的快感，還一瓣一瓣的往嘴裡送，又脆又辣，我們把它當梨吃，互相用嘴吐香，好像在吃大蒜宴，扒完了蒜開始搗蒜，把蒜泥和辣椒末混在一起拌在切好的白菜裡做朝鮮的辣白菜，再加一道蔥花湯，用大蒜、大蔥、辣椒預防感冒，流感的方法使我們變得皮實、結實。

半粒大蒜半顆蔥，一滴辣油一把鹽。

一鍋白水來做湯，喝得全身熱乎乎。

喝得肚子鼓溜溜，填滿飢餓空肚子。

變得皮實又結實，那個時代感冒藥。

喝大蒜湯、吃生蒜，總不見油星的女孩又開始胡思亂想，假如一口大蒜、一個餃子，多香、多好、多幸福啊，但遺憾的是一年中能吃到餃子的好日子只有「五一國際勞動節」、「十一國慶節」，再就是過年，可是距離北風吹、雪花飄的陰曆年，還有一個多月呢，無奈盼望大年三十晚吃餃子就大蒜的女孩一下子把日曆撕到陰曆年那天。

對吃的執著

門窗敞開隱私露，早早圍著飯桌子。
做好窩頭瞬間光，招來窗外人恥笑。
那幫孩子沒規矩，好像十年沒吃飯。
對吃執著不丟人，只能證明她無情。

一九六三年糧荒已經過去，恢復小康生活的百姓每天都吃饅頭，再看人家吃也是白搭，我失望的回到家裡，弟弟、妹妹已圍著桌子用筷子敲碗，看他們著急的樣子，我趕緊坐下，但也趕不上手急眼快的弟弟妹妹，母親端上桌的窩窩頭被他們搶了，然後狼吞虎嚥瞬間吃進肚，盤裡只剩下搶碎的半個窩窩頭，我急忙拿起窩窩頭塞進嘴裡省得又沒了，但根本不夠吃。正恨自己動作慢時，母親叫我到商店買菜，原來每天晚上母親給父親單做飯，快下班的商店把曬蔫的茄子、黃瓜便宜賣，這下給家省錢了，多買了幾斤。回到家，母親正在揉麵準備烙發麵餅，看見我買的便宜菜高興的誇我是媽媽的貼心小棉襖。父親要下班了，母親開始烀茄子、我扒蒜，最後熗蔥花做湯，咕嘟、咕嘟的烀茄子，搗蒜溢出的香味讓弟弟們也跟著忙起來，擦桌子、拿碗筷，在準備好了的歌聲中迎來了父親的自行車鈴響，我們最盼望的聲音。十五瓦的燈泡下，一盤蒜茄子、一碗黃瓜湯、兩張發麵餅，圍著桌子的孩子們，也許這樣的夜晚是父親最高興的時間，讓他感到老婆、孩子熱炕頭的幸福，用白麵摻苞米麵烙的發麵餅在燈光下油汪汪的饞著我們，想不看但還是盯著它。我知道父親的習慣，他總留下一張給我們，母親把餅切成五塊，還沒等分已經拿起自己那塊，雖然只是一口香，但還是細細的品嘗過年都吃不到的餅，又胡思亂想要是能吃到一張餅多好，父親只剩下一張了，一米七八的個子能夠嗎？但父親高興的看著我們吃，天下的父母都是這樣，父親是爲我們掙錢的，以後這個時間出去我們已經商量好了。

門窗全開的夏天無意中往外看，有些吃飽撐的，閒的女人們又在說壞話、恥笑我們，但敢怒不敢言，如果得罪了她們，她們會總整你，而且吃飯快，吃飯時對眼也不犯法。爲了生存得臉皮厚。當時穿軍大衣和棉大衣代表工農兵的形象，父親的呢子大衣再穿就讓人家知道你解放前的身分，解放後的成分，不穿可惜，留著麻煩。無奈的父親只好忍痛割愛把它拿到寄賣店賣了，讓孩子們飽餐一頓。

那個年代流行穿，藍色草綠軍大衣。
呢子大衣已沒用，格格不入太顯眼。

解放以前你身分，尤其不是紅五類。
更得低調小心點，不穿可惜留著怕。
不如賣了換點錢，滿足孩子饅頭夢。
一舉兩得好主意，終於放心也安心。

賣掉大衣父親輕鬆了，還得到錢又是休息日，父親問我們吃什麼，今天改善生活，我們異口同聲的說：「要大饅頭燉肉」。父親領我去的，沒有在家附近商店買，那熟人太多。來到永春路副食品商店用肉票秤了一斤肥肉，然後到新民胡同的飯店買饅頭，把它裝在糧袋裡，遇上熟人以爲買的糧食呢，好像背著發報機回家，急急忙忙把門劃好，拉上窗簾，拿出饅頭和豬肉。早已點著的爐子，母親趕緊熗鍋炒肉，我又重新檢查門窗，看有沒有漏的縫，防止香味跑出去惹他們的嫉妒。屋變成了防空洞，這回安全了。桔黃色的燈下，渴望喝肉湯吃饅頭的孩子們守著爐子盼快好，漸漸屋裡飄滿了肉香，看著沸騰的肉湯天眞的想，這樣的生活每星期一回多好啊，肉湯裡的白菜和粉條變成了油亮透明的金色，終於燉好了，母親把它盛在大碗裡。燈下密室的世界，我們紅眼了，好像在搶，由於吃得太急連聲的咳嗽，把肉飯噴出來，還燙了嘴，可能太快眨眼間菜全光，肉鍋空，但饅頭還有，我拿出兩個藏起來，準備明天帶飯盒。第二天午間，我的飯盒大大方方的擺在書桌上慢慢的吃，研究爲什麼中國的饅頭這麼好吃，好日子只有兩頓，從此家裡再沒有賣的東西了。

片片落葉鋪小城，一場秋雨地薄冰。
西伯利亞寒流來，長春披上銀雪裝。

鋪天蓋地的寒流像一條巨龍怒吼著，掀起一層層雪浪，學校放假了，頂著風來到副食品商店等每週一次的運魚車。如同冰窖的冬天，把天地間凍僵，解放牌大汽車上一筐筐的魚凍得硬邦邦、滑溜溜，卸魚的工人也抗不住這鬼天氣，魚筐亂扔小魚掉，這些小魚、墨斗給我們帶來葷味，爲吃到它補鈣在等時機。

為吃小魚車旁等，一筐一筐車卸空。
躥到車下撿魚蝦，路面如鏡直打滑。
汽車周圍太危險，等車一走開始搶。
但是女孩搶不過，那些手快男孩子。

雖然沒有那些男孩子撿的、搶的多，但也知足了，沒有白來、白等、白凍一上午。把魚烤了這樣變脆的魚刺、魚骨、魚頭都能吃了。烤魚過後彌漫在屋裡的燒烤味，最喜歡聞它，想把空氣中的魚香全吸到身體中，而且感覺特別舒服，讓我滿足一陣子後還找魚味。但找不到，可那香味讓我忘不了，不甘心，抱著希望閉著眼睛吸早已讓我們吸淨的魚味，無意中撞到了牆上，疼得睜開眼睛，也找到了代替魚味的食品。眼前大霉牆上的石灰正在溢香，原來小弟弟、妹妹每天舔牆、摳牆，那大霉牆留下了無數個坑，不時的往下掉灰，看著密密麻麻被摳的牆眼，想那石灰一定好吃，要不然弟弟妹妹怎麼把它當成午飯充飢呢，一想到能充飢、能吸香味，不知不覺走到牆邊也用手摳石灰吃，但牙磣。著急時想，乾脆像吃藥，和水一起灌到肚裡，我好像在折磨自己。弟弟妹妹又在那聞香、吸香，他們的舉動提醒了我，也開始趴在牆上聞牆灰，眞舒服啊！感覺這石灰味是世界上最好聞的香味，賽過母親五十年代初用過的香水味，我開始後悔，早幾年摳牆、舔牆就不會坐立不安，一大碗、一大碗的喝水了。離不開的石灰香味，我和弟弟妹妹排成行舔牆、聞牆、摳牆。那大霉牆好像薄了，牆眼越來越大了，但解決了我們身體需要的鈣，塡滿肚的欲望。每天離不開石灰的我，有時饞豬肉燉粉大饅頭時，愛看肖紅描寫吃的小說。

祖國花朵成長期，身體需要魚肝油。
可是窮人買不起，牆灰當作鈣片食。
摳牆聞牆吃牆灰，讓我陶醉牆灰味。
好像嫣紅罌粟花，朝朝暮暮離不開。

多想夢想成眞，吃上一口肖紅小說裡的東北美食，但實現不了，無奈從夢中走出來，睜開眼睛已經到了早晨，十五瓦的燈泡下，母親正在給父親做飯盒，雖然父親的飯盒比不上人家的飯盒，但母親的手好像魔術，把苞米麵變成窩窩頭，白菜變成辣白菜，土豆變成土豆絲，尤其是不放醬油的土豆絲，又把土豆絲變成玉絲，而黃色的窩窩頭、紅色辣白菜又讓父親的飯盒變得好看、好吃。

看著母親把飯盒裝在手提包裡，羨慕的想快長大也帶這樣的飯盒，走到畫身長的牆邊再量一次，還是原來的線上，這長個怎麼這麼慢啊，遙遠的長大夢又盼快到西邊太陽落山的時間。最近父親的飯盒總剩下一半，發現了祕密，這個時間哪也不去，等著。

太陽終於落山了，父親下班走進屋。
我們爭著拿飯盒，惦記裡面窩窩頭。
一個窩頭五人分，飢餓女孩渴望著。
朝夕吃飽窩窩頭，不知何日能實現。

終於吃到了總想、總饞的窩窩頭，好吃、好香的幸福，讓我又惦記明天的窩窩頭，我知道父親是故意留給我們的，他高興得了懂事孩子的濟。事情還得從三年前說起，自從到文具廠上班以後，每天早晨父親六點鐘從家走到鐵北文具廠，遙遠的上班路，瘦弱的父親走了兩年，可是下班後他還把捨不得吃的東西分給我們，父親的一舉一動感動著孩子們，做點事讓辛苦的父親高興，還是大弟弟聰明，知道父親最需要自行車，但家裡的現狀不可能買自行車，他把我和小明找到一起商量給父親驚喜，我和小明趕緊問有什麼辦法，大弟弟說：「這兩天反復琢磨決定撿煙頭。」我問：「父親不是有煙抽嗎？」這和給父親驚喜有什麼關係。大弟弟說：「咱們撿煙頭，把父親買煙錢節省下來，日久天長一定能買一台舊自行車。」小人的弟弟有這麼好的想法，蘭特別贊成，我們分開撿煙頭，兩個弟弟在一起，我自己行動，到公共場所去，那裡人山人海，一定煙頭多，而且也沒有注意我這個小人，害怕，不好意思，不存在，只要注意點安全就行了，撿的挺過癮，衣口袋要滿了，聞著手上、衣服上的煙味，我明白了抽煙人對香煙的執著，它挺香，而且聞慣了，好像有了精神寄托，感覺舒服。

回到家把各自撿的煙頭拿出來放在一起，我又犯愁了，然後怎麼辦啊？大弟弟神祕的笑了，他說有辦法，拿出父親看過的報紙，用剪子剪成小張後，放上煙絲卷成煙卷，我看呆了，問他從哪兒學來的，大弟弟說：「上同學家玩，看同學的父親卷煙。」他學會了，我高興的把弟弟卷好的煙卷放在報紙上，他卷煙時的樣子讓我一生難忘。

今天特別的坐立不安，因爲興奮的我們盼父親下班，給他高興，給他驚喜，回來的父親還沒反應過來今天是個好日子，大弟弟已經把點著的卷煙送給父親，父親以爲是母親卷的，我告訴父親是大弟弟卷的，然後把我們的想法告訴父親，把買煙的錢攢起來，爭取早一點買自行車。聽我們說完，父親心疼的握著弟弟因撿煙頭而發黃的手說：「別再撿了」，但不想半途而廢的我們撿得更來勁了。

我們爲父親早日騎上舊自行車繼續撿煙頭，那麼注意怕熟人發現，但有一天還是被熟人碰到，那天正當我低頭撿完地上的煙頭站起來的時候，發現小街上的熟人像勝利者站在我面前，她的恥笑故意擋道，羞得我滿臉通紅，她還在看我的笑話不走，但我離開了，傷心的路上越想越憋氣，不想再撿了，回到家看兩個弟弟還在卷煙，那個帶勁，他倆的技術越來越高，卷出來的煙好像雪茄，再看看自己覺得難爲情，碰見熟人有什麼怕的，我光明正大的撿煙頭，也不是偷。那以後撿煙頭時鼓勵自己向父親學習，他活得多難啊，被烙上異色成分，欠一身債，六個孩子。父親又有病了，躺在霉牆下的潮木板上，腮幫腫得像乒乓球，小米粥還在桌子上，父親卻一根接一根的抽煙，咳嗽聲加劇，看著憔悴的父親，我知道運動又開始了，而且兩個弟弟的處境不見得比我好，但他倆很樂觀，我們堅持的撿煙頭，再加上借點錢，父親終於買了一台舊自行車，看著每天早晨擦自行車的父親，我也爲他高興，因爲那個多事的時代，侍弄自行車、抽煙、看孩子們的成長是父親活下去的希望，那個時代是父親的歷史，也是我們這一代的歷史，還是中國的現代史。最愛的父親已經去世，他留給女兒最大的財產是引導我喜歡書，走向文學。因爲有留洋的父親，影響我喜歡日本、美國電影，和父親的照片說話，久久的看著慈父，也許能好受點。

如果有來生，再來生還做您的女兒，圓上前生太多的遺憾。，看京劇「貴妃醉酒」、「穆桂英掛帥」，看電影「靜靜的頓河」、「白夜」，看名著托爾斯泰的「戰爭與和平」，聽您最喜歡的貝多芬的交響樂「命運」，和父親一起編寫，還原尚家的歷史，然後旅行看祖先馳守五十年的中華大地，來生的中國會更加百花齊放。

父親逝去十八年，似夢非夢難接受。
歲歲年年清明時，陷入無盡思念中。
多想回到少年時，充滿書香屋子裡。
朝朝暮暮父身旁，陰晴圓缺古難全。
悲歡離合東坡詩，觸景生情淚長河。
人生無奈遺憾多，慈父墓前發誓言。
但願來生再來生，還做您老大女兒。
誓言感動蒼天淚，化雨傾瀉天地間。

冬天

探照燈下撿煤孩，墨夜星星陪著她。
人家孩子熱被窩，我卻凍成冰雪人。
暖熱家裡玉手沒，一樣來到人世間。
只有小蘭四季忙，漫漫冬夜雪中扒。

春夏秋冬無緣孩，每個季節她都忙，又到了冬天是我最害怕的季節，它殘酷無情。破舊屋裡穿著破成布條單衣的女孩，沒有辦法的站在爐筒旁，靠爐筒的微熱暖身，離爐筒再近一點，她要貼在爐筒上了，也許就這樣的睡了，在不知道遭罪的世界裡時間能快點過去，我慢慢的閉上眼睛盡量夢好事，如果東北也像南方那樣四季如春多好，我就少遭一冬生不如死的罪了。但夢想離我太遠了總夠不著，像大餅子似的總貼在爐筒上是稍微暖和了胸前，但爐筒畢竟不是棉襖，暖和不到的背後還是冰涼。而且十三歲的女孩已經懂得難爲情了，多想，渴望，乞盼有一件棉襖，哪怕是破的、舊的、髒的也能助我暖暖和和的度過冬天，也能助我不再憋在家裡羨慕的看著窗外。

人怕冷，水也怕冷，長春市一半的自來水管道凍成冰龍，破門上掛滿了冰溜，它彷彿是水晶項鏈，窗戶上的冰凌凍得像女孩鈎的百花簾，把一切凍成冰，凍癱瘓的冬天，不燃燒的爐子不頂用了，無奈的我們只好，只能蓋被服，但已經變成魚網的憶苦思甜被褥根本不暖和，而且嗖嗖的刺骨北風又從窗縫、門縫鑽進來，使水牢屋變成冰窖，把頭伸進被子裡，身子縮成蝦米也被凍醒的我們，只好鑽進爸爸、媽媽的被窩裡，全家擠在一起熬到天亮，夜夜被凍醒、夜夜難眠，母親害怕疾病又襲來。

東北人的冬天生活，冰凌窗戶裡紅膛膛的大火爐，暖烘烘的大火炕，大火牆，多想我們的冰窖屋也點燃日夜紅，暖的火爐、火炕、火牆，但沒有錢，想來想去還是求朋友，母親穿上大弟弟的衣服，包裝自己太破舊的衣服。我又把自己的棉鞋遞給母親，我知道家裡只有自己的鞋媽媽穿上正好，那個時代男女老少不分的服裝救了我們，母親穿著孩子們的衣服走出家門。外面嗖嗖的北風吹亂了母親的頭髮，風雪裡的借錢路，我拿著手套跑出去追母親。

門上冰溜窗冰花，寒冷冬天又來到。

身上單衣難擋寒，只好繼續靠煙筒。

無能為力女孩子，盼望今天好日子。

母親借到二十元，好買柴米油鹽煤。

再砌一面大火牆，暖熱冰窖大屋子。

頂著大風雪終於挪到吉田阿姨家，開門的阿姨見是母親又高興又意外，急忙讓母親進屋掃淨衣服上的雪後，把壓死的爐子捅著，又搬來椅子讓母親坐在爐旁，看著忙乎的吉田阿姨，母親感覺過意不去，但在舉目無親的異國他鄉只能求親如姐妹吉田阿姨的幫助，大雪中的來訪，她讓母親不要客氣，有什麼事盡管說，吉田阿姨總是那麼熱情，走頭無路的母親這才說出要借錢，吉田阿姨問母親借多少，母親把想砌火牆、搭火炕的事告訴吉田阿姨，要借二十元錢，吉田阿姨聽母親說完後立刻進了裡屋，不一會把二十元錢擱到母親手裡，然後說：「不用著急還」，母親接過錢感激的說：「盡量早點還」。她也不是那麼有錢，阿姨還有一個病孩子呢。吉田阿姨送母親到門口，天地間的雪彷彿鏡子照得母親原形畢露，寒磣，見此情景，阿姨讓母親等一會，她急忙進屋拿出一條厚厚的圍脖給母親繫上，然後說打醬油，拉著母親進了商店買了一大包麻元給母親，母親說不要，她硬塞給母親，冒著大雪走了，望著漸漸走遠的吉田阿姨，母親還站在那，感謝幫助我們的朋友。

寒冷紅大地，同是異鄉人。

難時見真情，朋友互相幫。

從哈出圓圈的窗戶看見母親拎著包越來越近，我們像猴子躥到地下爭先開門盯著布包，看著急的我們，母親連圍脖都沒解開，急忙打開包，意想不到的麻元，驚呆又樂開花，鼻子也解饞了，甜香味撲鼻而來，一人六個，怕把包麻元的白糖衣捂化了，還是怕掉糖渣，瞬間全進肚，還想吃，但紙包已經空了。無奈的我又聞包麻元紙袋上的甜甜香味，還不過癮的女孩又想起了吃到嘴裡就化的棉花糖，烤得軟乎乎，直淌糖稀的地瓜，饞得淌口水了，不知不覺把包麻元紙袋上粘的糖渣舔得一乾二淨。

從此告別冰窖屋，我們也能在暖烘烘、熱乎乎的火炕上寫作業，躲過寒冷的冰冬，盼了七年的夢終於實現，砌火牆的叔叔來了，敲開門看到的是互相依靠取暖的孩子們，張口說話時嘴裡冒出一圈圈冷氣。

牆上掛滿雪花霜，地上一層玻璃冰。
馬上要放寒假了，盼望有個大火爐。
熱熱乎乎大火炕，躲在屋裡寫作文。
寫上女孩多年夢，紅焰爐上烤地瓜。

頭一回給這樣的家幹活，叔叔很震動，母親準備好的煙和茶他沒有動，馬上開始幹活，合灰、砌磚、抹灰，我們也幫著忙，傍晚時火牆砌好了，高又長散發出一股石灰味，最愛聞的味，用鼻子吸身體需要的鈣，然後急忙點火，嚓的一聲，火柴點燃柴禾，它像火車轟轟直響，填上煤片刻變成紅寶石，一閃一閃的，我們緊緊的圍著火爐子，母親感激的給他遞煙倒茶，喝茶時叔叔問家裡的情況，這麼多的孩子把女兒送人吧，又是我躲不過的女兒命，爲什麼總要我不明白，從搬到這個破家，家裡的電各處的修理，房產局來人時看到家的慘景，那些叔叔阿姨總讓母親把孩子送出一個，而且總提出要我，如今又是蘭，我是長女，如果把我送人家怎麼辦，再窮也要在一起，不敢再往下想，蘭含著淚躲在火牆那邊聽他們繼續說，知道母親不同意才放心地走出來，送走叔叔，我撲在母親的懷裡哭了，我緊緊的靠著母親，怕有一天把我送人，雖然家一無所有，但蘭喜歡這充滿書香的家。

坐在桔黃燈泡下，父女陶醉小說裡。
看到夜半三更時，兩碗白水是夜宵。
雖然肚裡全是水，但是腦裡全書香。
寒窗少女飢餓肚，年年作文第一名。

次日叔叔又來搭火炕，火牆連著火炕，嘎嘎凍的傍晚，直往洞眼竄的紅焰證明火炕好燒，叔叔笑著和弟弟們說：「這回你們不用搶被了。」叔叔要走了，母親把兩天的工錢給他，他從錢裡拿出三角錢給我，頭一回有人給這麼大的錢，蘭高興的連聲說：「謝謝叔叔」，叔叔走了，全家在門口送他，直到看不見他身影。七年來一直是冬天一件單衣或披被，頭一回享受暖和屋，我們高興的烤著。

鵝毛大雪天地間，冰凌窗裡紅火爐。
慶祝屋子暖和了，一半乾菜窩窩頭。
酸菜大油凍豆腐，東北美食酸菜湯。
好像過年除夕夜，那個年代真實事。

冰窖生活結束，厚厚的火牆是挺暖和，什麼都緊張，憑證、憑票供應的時代，煤不夠燒，也沒有錢，火龍一樣的牆正吞沒著最後一鍬煤，爐灰不斷的往下掉，往外撮堵在爐門口的灰時，突然眼前一亮有辦法了，離家不遠的地方有很多幹部宿舍，這些樓都有暖氣，每天鍋爐房扔出的煤灰像山一樣堆在樓外，那裡一定有煤核，我像發現了新大陸，急急忙忙的縫口袋，破爛衣的前後經母親的巧手，一個適合蘭的口袋做好，拿著口袋走出家門但又返回來，這大白天太亮了不好意思，也有損祖國花朵的形象，還是清晨撿吧，人們都在睡夢中，而且大樓外巨大的路燈像探照燈把灰堆照得如同白晝，山一樣的灰堆蘭一人獨占多好啊，準備好明天用的東西，凌晨正是覺最香的時候，但我已經登上煤灰堆扒煤核，嗖嗖刮的北風，彷彿電影「夜半歌聲」飄蕩在靜靜墨夜的煤灰堆上，意想不到扒煤核也這麼難。獨占墨夜的興奮，浪漫想法變成害怕，但又不能白天來，我鼓勵自己別害怕，有天上的冰月，煤灰堆上的探照燈照亮，作伴呢，而且沒人起來的凌晨能扒到好多煤核暖和家裡，想到這來幹勁的我乾脆跪在煤灰堆上，頂著寒冷、刺骨的北風，用凍僵的小手撿未燃盡的煤核。

天寒地凍北風嘯，人家還在睡夢中。

已經起床小女孩，煤灰堆上扒煤核。

爭取天亮半口袋，卻把指甲扒掉了。

漫天雪花似淚花，一雙爪手一生怨。

有了煤核，大火牆又熱乎了，而且撿的煤核比買的煤好燒，母親的表揚可高興了，也喜歡上只有我能享受的冰夜。又到了凌晨，我爬上煤灰山，屋暖外冷的溫度差，人家的墨黑窗戶，讓我也戀起被窩，趕緊扒回家再睡一會，扒得太快了，我忘記了人手不是動物爪子，小女孩的手怎能抗住在硬硬的煤灰堆裡扒，手指在疼，可是不能白起早，繼續往四處扒，探照燈下越下越大的雪壓在、蓋在我的身上、頭髮上、眉毛上，也把我變成「小白毛女」，還執著的跪在煤灰堆上扒煤核。漸漸天寒地凍，北風呼嘯，鵝毛大雪的凌晨，讓小女孩不由得想起家，想被窩，想熱乎乎的苞米麵粥，那一刻凍僵的「小白毛女」淚水凝成冰淚花。

像狗一樣冰夜下的跪、扒，這樣的日子也沒有維持到多久，幹部大樓裡的壞小子們發現了我，他們埋伏好幾天了，正在找合適的機會侮辱蘭，但我什麼也不知道，口袋裡的煤核又鼓溜溜的，坐在煤灰堆上，差不多了，站起來背著口袋正準備走的時候，突然從黑暗的角落裡躥出三個人把蘭圍住，然後喊「小日本偷煤了」。聲音劃破冰夜在四周迴蕩，其中一個壞蛋趁機搶過口袋要檢查，「給我口袋，給我口袋，尙蘭沒有偷煤」，想奪回口袋，但一個女孩對付不了步步逼近的三個小子，兩個看著我，一個把口袋裡的煤核倒在雪堆上，銀色的雪夜，巨大的探照燈一清二楚的證明口袋裡的是煤核，不是大塊煤。檢查的他們還不相信，倒殘留在口袋裡的煤核，然後氣得踩、踢煤核。我哭了，一個多小時扒的煤核就這樣讓他們踢得到處都是，還誣蔑我偷煤，我不顧一切的想撿回口袋，惱羞成怒的他們往我臉上揚煤灰，用煤核打。我沒有惹他們，他們爲什麼這麼壞，捂著眼睛想回家，但是出不去，其中一個小子拿著口袋說：「就是不給你」，幸災樂災的獰笑著。冰凍的墨夜，冷酷無情的他們，沒有愉煤的女孩雖然有理，但面對著咄咄逼人，越來越囂張的他們依仗自己是吃香的紅五類，有這頂紅色帽子，紅色名牌的保護、庇護，他們可以隨便的欺負、誣蔑、陷害你，但我眞的沒有偷煤，看你們把我圍到何時。漸漸他們堅持不住了，打噴嚏、打盹兒，沒想到穿得像棉花包的他們，實際卻是個大草包。見此情景，我奪回口袋趕緊跑，可是我的反擊讓他們精神了，像飛人一樣追上我，圍上我，後用腳踢、踹，還覺得不解恨，不過癮的他們，又使勁的拽住我的麻花辮罵小日本看你再跑。

仰望夜空嘆，為何這世道，

一張成分表，把人分紅黑，
改變人命運，垂頭不敢言，
差別與歧視，淚凝半生怨。

痛疼讓我跑不動了，盼望天亮眞相大白，可他們以爲我害怕了，罵得更來勁了，許多罵人話，說不出口的全從他們的臭嘴裡噴出來。下雪了，它在沖洗這些說不出的髒話，大樓的門開了，燒鍋爐的出來倒爐灰，看見人來，心虛的他們比兔子還跑得快，倒爐灰的老大爺好意的說：「姑娘趕緊走吧」。蘭沒有走，跪下一塊一塊的撿被扔的煤核，那一刻女孩的眼淚止不住掉下來，撿起的煤核少了很多，不能這樣白起早回去，趕緊再扒點，手變成了狗爪子往深處刨，裂傷的手碰擊著凍灰，指甲劇痛難忍，原來受傷的指甲掉了，手和指甲是女孩最寶貴的東西，想到這著急的跪在灰堆上找指甲，想立刻貼上，但茫茫的墨夜雖然路燈雪亮，可小小的指甲找不到，無奈的女孩把扒掉指甲的煤灰捧到路上，一點一點的扒拉煤灰找指甲，然後又回到煤灰堆上繼續找，漸漸融化的雪淚模糊了視線，刀子似的凛烈北風瘋狂的割著凍臉，再在冰夜裡找，我也變成了賣火柴的女孩，害怕的站起來，但還是不死心找不到指甲，把煤灰用圍巾包起來。

離家越來越近，趕緊擦凍淚，然後急中生智用煤灰當消炎粉，掩蓋血糊糊的手指頭省得父母看見，滿屋朦朧的霧氣救了我，但煤灰已經沾在掉了指甲的血肉裡，沒時間了，也怕疼痛，急忙洗剩下的九個手指頭，可洗不出女孩最重要的玉手，還我玉手。不相信指甲就這樣丟了，每天拿出用破布包回來的煤灰一遍又一遍的找，多想找到指甲。

每天凌晨撿煤核，跪在灰堆四處扒。
拿手當耙指甲掉，手背裂傷裂口紅。
手心變銼劃衣服，年年冰夜手變爪。
不好意思拿出手，玉手群中她特別。

冰夜裡的撿煤核拿手當爪，指甲丟了，我能咬緊牙關忍受，忍耐活生生扒掉指甲的劇疼，但著急，羨慕上課時同學們爭先恐後舉手發言，自卑的我怕纏著血布條不能伸直的粗糙傷手，破壞同學們水靈靈嫩手的美麗畫面，比不起同學們的手，我只好不舉手發言，自己的強項，驕傲出口成章的造句。由於爪手讓我難受、難過、難爲情，憋在肚子裡的造句裝不下了，多想堂堂正正的舉手發言，寫字，我開始注意保養手，不願意撿煤核了，一天總洗手，沒曾想弄巧成拙，把掉指甲的右手指弄感染了，越來越爛。突然的不舉手發言，現在又像傷員總不見好流膿的手指頭，急眼的老師不分青紅皀白的批評我不講衛生，埋汰。老師的幾句話引起了同學們的注意、好奇，那以後大家在操場上玩時她們都不願意和我手拉手，怕我的銼手劃傷她們的玉手，被孤立要臉的女孩知趣的躲在便所裡看書，或站在教室看窗外熬過差別的時間。盼望放寒假長出新指甲，可現實總是殘酷無情，後長出的指甲好像爪甲扣在手指上。再也找不回天生的指甲，我只能想開點，沒有同齡人的玉手，不好意思舉右手發言而舉左手，我用出口成章的造句和他們比學習，只有這樣我才能和他們一樣平等了，一雙手是人生眞實的經歷，選擇不了命運，出身的女孩，她的手在訴說少年時的生活。

六三年人們的生活已經好轉，但我家的生活卻是越來越困難，那個時代不漲的工資，可大自然的規律，孩子的年齡像算術的加法一樣再加，阻擋不了的孩子成長，東西也不斷的在壞，髒水桶漏了，壞了，像笊籬存不住髒水，買不起新桶，把接水的桶兼用髒水桶，夜裡又變成了尿桶，遙遠的便所沒有燈的裡面，兩米深的糞坑，四面牆上鼻涕、髒物，害怕的我們只能蹲在水桶上尿，不能再這樣對付了，到鋸缸鋸碗那修比買新桶便宜，水桶和髒水桶終於分開了。每天洗臉用礆代替肥皂，礆便宜，那個時代的名牌，它像魔術變出各種用法，用礆洗衣服、洗頭、洗臉，高粱米粥裡放礆，粥立刻變成好看、好喝的姹紫嫣紅色，米也像花一樣在粥裡競相綻放，競相爭妍。不一會粥又像魔術變得粘乎乎，滑溜溜，而且用面礆洗衣服也比肥皂好使，它能洗掉我們衣服上的汗味、臭味、髒物。早晨用溫水把礆化開，然後再加上涼水感覺不錯，臉和手都洗乾淨了，而且臉特別的光滑，窮人每天離不開麵礆。可是現在一想後怕，臉沒燒壞，臉沒得皮膚病，可能是窮孩子皮實，結實吧。

凌晨撿煤核，勉強對付的鞋掉底了，沒有辦法穿母親的鞋，母親把女兒的鞋用鐵絲把鞋幫和鞋底綁上，在家穿什麼都行，反正沒人看見，可是母親的鞋也很破，只是沒張口，而且小，總撿哥哥鞋穿的蘭腳變成了男孩的腳特大，對不上號的鞋走得慢，上學的同學都超過了我，要遲到了，無奈的孩子只好趿拉著鞋追趕同學，誰都比自己強，放學回家說什麼也不穿母親的鞋了。父親耐心的說：「等幾天休息時一定給你買鞋」。每天上學的路上，一個女孩趿拉著鞋盼父親星期四的休息，她高興的數著還有三天、兩天，明天父親休息。母親的鞋今天趿拉到頭了，盼望放學時間，眞想飛到家裡看新買的鞋。又是在破爛市上買的，我不高興的看著鞋，又無可奈何，別太爲難父母了，這雙鞋挺新的，比以前那雙強多了，黑面的棉布很柔軟，嘎嘎新的白塑料底，好像沒穿過幾回，鞋底的花紋沒沾上泥土，我也有「新鞋」了，把鞋放在書包上等待明天上學穿，弟弟們也羨慕的看著它，但沒想到這雙塑料鞋是苦難路的開始。原來這雙鞋在冰雪上寸步難行，穿新鞋的第二天我們到鐵北工廠參觀，學校距離鐵北很遠，整齊行走的隊伍，但鞋也漸漸變硬，途中被大樓遮斷沒有陽光的地方，厚厚的冰雪貼在路面上，蘭的「新鞋」開始露餡丟人，它在冰雪上直打滑走不了路，我的行動弄亂了隊伍，同學們奇怪的看著我，好像在說你出什麼風頭洋相，有誰知道這個世界都在欺負窮人，過去無數回和父親去破爛市場買舊鞋，從來沒有遇見這麼新的鞋，原來塑料是一種對冷熱敏感的材料，夏天見熱它就軟，冬天見冷它變硬，所以人家不要了。不知情的父親以爲用便宜價錢買了好貨，可坑了女兒，鞋底如鏡，接連摔，出盡醜，蘭不能跟同學們一起走了，他們的棉鞋在冰雪路上暢通無阻，老師也生氣的讓我回去。眼睜睜的看著那些全副武裝只露出眼睛的棉花朵們雄赳赳、氣昂昂的奔向鐵北，而我卻往反的方向回學校，一人行的返校路，蘭不知，不知道是否能回去，呼嘯的北風刮來的積雪像白麵灑在冰雪的路上，無法行的我害怕摔倒，捂著腦袋戰戰兢兢的探找冰少的地方，連續的摔倒產生了靈感，道路兩旁一幢幢的樓，蘭變成剛學會走路的孩子，扶著樓走，一條崎嶇的冰路走得眞難，但終於到了學校。靜靜的走廊，狼狽的女孩想躲開人的目光，但還是遇到了有些老師歧視的目光，他們都知道我的母親是日本人。從六歲起在周圍歧視下長大的孩子已經習慣了，蘭不在乎別人臉色，我是爲了學知識而上學的，拉開教室的門，空曠的空間只有我一人，那一刻難受、難過後自言自語的說命裡注定我一人在教室，一人在冰夜裡撿煤核，但苦也讓人成器，想到這好受多了。

捉弄窮孩子的冰冬過去，春暖花開大地綠，燒鍋爐的季節過去沒有煤核了，那雙塑料鞋也聽話了，變得軟軟的，但也不能穿了。春天了，誰還穿棉鞋，收起來明年再穿。我是早晨八九點鐘的太陽，要走的路很長，以後的冬天，那雙遇冰雪走不了路的鞋還捉弄她，何時能有一雙眞正的新棉鞋，我乞盼著，因爲太害怕那雙塑料鞋像電影「紅菱豔」裡的舞鞋永遠不停的滑！

紅閨怨

破爛市場買舊鞋，價錢便宜沒好貨。
鞋底邦硬寸難行，連摔帶滑上學路。
無可奈何剎不住，再現電影紅菱豔。
歲歲年年少年時，冬季到來地獄路。

那個時代的飯盒

一天高興晌午飯，飯盒裝在書包裡。
高高興興上學去，早晨開始盼中午。
打開飯盒蘭最少，小黃窩頭紅腐乳。
瞬間吃完躲出去，不看他們大飯盒。

重返校園的生活過得很快，轉眼四年級了，開始帶飯盒，長個的尙蘭更能吃飯，爲了讓孩子們吃飽，窩窩頭裡的白菜幫、白菜葉更多了。我帶飯盒給家雪上加霜，清晨朦朧的蒸氣中飯盒已做好，香水梨大的兩個窩窩頭、一塊腐乳，現在的女孩一定很高興，量少吃了不胖，但那個時代沒有油水的肚子，成長期的孩子根本不夠吃，但也挺高興，中午有飯吃了，而且是乾貨，小心把飯盒裝在書包裡上學去。每天最高興的時刻是午間休息吃飯，有了目標時間過的很快，不知不覺到了中午，打開飯盒看母親的傑作，可愛的「香水梨」黃燦燦的立在那，乾吃窩窩頭和腐乳口渴又不實惠，把窩窩頭和腐乳放在飯盒蓋上，拿飯盒打點水，但從過道往外走時蘭感到了貧富之差。

六三年糧食已經不那麼緊張了，和我的飯盒形成鮮明的對比，別的同學的窩窩頭特大，而且還有炒菜，有的還是饅頭，滿滿的高粱米乾飯、煎魚、鹹鴨蛋，香味不斷的鑽進鼻子裡，我不知道怎麼走出去的，在水房裡待了一會，不想再看同學們的飯盒。

滿滿飯盒同學們，香味饞我無奈何。

不看周圍低頭吃，一塊腐乳小窩頭。

成長孩子不夠吃，為了飽肚喝涼水。

祖國花朵天天盼，豐衣足食那一天。

越聞香味越眼紅，同學們各種各樣的飯盒，但又無可奈何，無能爲力的我只好用書擋著閉上眼睛睡覺，這樣好受點能忘掉，麻痺挨餓的肚子，而且即使老師、同學們看見也以爲尚蘭刻苦學習累了，那段時間就是用這種方法熬過難受、難堪、難過的午休時間。有時也傷感同樣的青少年時光，人家吃大飯盒，我卻日日挨餓無奈睡，不想回到現實中。那天午間有個同學的飯盒太香味撲鼻了，饞得我睡不著而像貓銳利的黑眼睛直盯她的飯盒，被她看見後和別的同學說我的母親不會過，她不知道家裡的詳細情況，看似八口人，實際是十口人。

全部財產破飯桌，濕地霉牆沒人來。

班裡數蘭兄弟多，不知為啥還在生。

寒酸飯盒時有無，同學面前難為情。
每天第一她吃完，離開教室操場上。
明天午間何處去，長長大街徘徊走。

爲什麼尙家總這麼窮，第一次和母親吵起來，一個女孩的反抗，把怨和恨全哭喊出來，引來鄰居小孩趴窗往裡望。母親小聲的說：「別哭了，看你的眼睛都哭小了。」眼睛大有什麼用，又不管飽，但還是不哭了，眞怕哭腫了眼睛。沒有紅五類成分，家又窮的女孩唯一能和她們比的是，我長得好像電影裡的「紅孩子」，所以我很在乎給我自信、安慰的眼睛、臉蛋。

傍晚父親下班回來，母親把我的委屈告訴父親，蘭用被把頭蒙上和誰也不想說話，但在偷聽父親說話，他們決定給女兒帶大飯盒，父親的量分給我一些，母親把乾白菜葉子放在水裡，等幾小時後吸進水的乾白菜幫變軟，變多，用它做包子省苞米麵，還量大，而且包子讓我感覺過年了。

第二天母親早早起來，爲了菜多油少的包子好吃、好看，又剁了很多蔥，還在包好的包子上點紅椒絲，忙乎了一早晨的包子做好了，感動的看著裝得滿滿的黃紅色包子飯盒，它賽過同學們的饅頭、乾飯、魚、蛋飯盒。因爲巧母親的智慧做在飯盒裡，那些同學的飯盒雖然盡是好吃的，但不好看，他們的媽媽不會色彩搭配。媽媽做的飯盒多好啊，別具一格的黃紅顏色，還有營養。把沉沉的飯盒裝進書包裡，父親把我送到校門口才走。回頭看爸爸我自責，我是長女，除了哥哥最大爲什麼耍小孩脾氣，要大飯盒好吃的，我的大飯盒是全家的糧食，乾白菜幫的包子費油又吃油，夠做好幾天的菜了。父親是爲全家掙錢的，身體垮了怎麼辦，飯盒雖小沒有好吃的，但蘭有很多知識，因爲生活在充滿書香的家，受父親的影響很早接觸書，讓我愛上書，沉浸、癡迷在書的世界裡，這是一般女孩們沒有的愛好，是我的驕傲，想到這，飢餓帶來的難熬、難受好多了。從此我不再爲難母親了，窩頭小不夠吃，但蔬菜不憑證、憑票供應，而且很便宜。尤其是傍晚時買菜，一角錢能買上好幾斤青蘿蔔，更給你驚喜的是菜刀像魔術把一個青蘿蔔切出一大堆蘿蔔絲，然後把切好的蘿蔔絲放到涼水裡，不一會蘿蔔絲晶瑩剔透得彷彿綠色玻璃絲，不但脆，還挺甜的。往蘿蔔絲上放點鹽、醋，再把窩窩頭放在飯盒中間，當作涼菜的蘿蔔絲像綠葉簇擁著向日葵似的窩窩頭，看著做好的飯盒，我認爲自己的飯盒最好吃、好看。

從那以後不再看別人的飯盒，打水時向前、向前一直走，可教室裡溢出的香味鑽進鼻子裡。同學們的飯盒又變樣了，因爲總聞香味能分辨出饅頭、包子、魚、蛋的味道。

天天早晨喝稀粥，疙瘩鹹菜死拉鹹。
喝不飽肚還想吃，鍋空桌淨惦飯盒。
趕緊上學走出門，途中偷偷打開它。
蘿蔔涼菜窩窩頭，越吃越香午飯光。

無可奈何天真想，何時吃飽窩窩頭。

午間休息了，同學們紛紛打開飯盒，一小時時間不好意思看別人吃飯，我出去了，到哪兒去能熬過午休的一小時，在校門外徘徊，無奈時想起了長江電影院，到那去看海報，加快了腳步。長江路距離長春車站很近，是一條繁華的長街，各種風味的飯店排成行，中午正是吃飯的時間，各家飯店好像在比賽。

菜刀快、大勺響、紅焰爐、溜炸炒，香味彌漫的美食街，讓我看不下去電影海報，而不知不覺的走到飯店的大玻璃窗前往裡看，溜肉段、溜三樣、木鬚肉、醬肘子、涼菜、水餃，貳大碗的白酒，熱熱鬧鬧吃香的喝辣的有錢人。

熱熱鬧鬧美食街，大紅幌子排成行。

餃子燒雞木鬚肉，白酒啤酒豬頭肉。

吃香喝辣有錢人，路上飢餓女孩子。

望穿雙眼也白搭，人家飯店只認錢。

失望的我又來到斜對面的副食品商店，站在人群中看櫃台上的醬豬頭肉、豬耳朵、豬肝、香腸、燒雞、雞絲卷等應有盡有的熟食品。人群裡顯眼站著的女孩，最後還是竹籃打水一場空，快到點了，我離開了副食品商店回學校。

不願到午間休息時間，但還是到了，不想到長江路去了，決定從今以後到車站的西道口那人少，長長的鐵道，飛馳的火車，吃著帶來的大蔥葉，雨天、冬天到候車室，廣播裡從北京開往哈爾濱的二百五十五次列車已經進站，拎著大包、小包上下車的人群，喧鬧的候車室，比反復看，家喻戶曉的紅色電影「地道戰」、「地雷戰」、「南征北戰」，有意思、新鮮、好看，這些同齡人沒有的經歷，是那個年代一個女孩的飯盒故事。

沒有飯盒女孩子，為了躲開午休時。
今天長江電影院，反復看著大海報。
明天商店飯店裡，畫餅充飢來解餓。
後天車站西道口，看著火車在飛馳。
寒冷冬天大雪天，候車室裡一小時。

那個年代的四季

大地雪化春天到，大樓不燒暖氣了。
馬上失業女孩子，開始尋找新工作。
省委途中空場地，堆放很多粗大樹。
眼前一亮有活了，樹皮能當柈子燒。
墨藍群裡小木蘭，騎在樹上戧樹皮。
衣上樹膠洋拉子，十二女孩春天裡。

冰冬過去，春天到來，大樓不燒暖氣，煤核也沒有了，我又開始了新的工作。離我們家不遠去省委途中有一條電車道，過了電車道，勝利公園對面有一片很大的空地，那裡堆著很多砍下來的樹，樹上有很多樹皮。柈子問題解決不用花錢買了，這時的我鍛煉得比男孩還皮實，天不怕，地不怕，什麼苦都能吃，家裡為我買了一把戧刀，我又戴上大弟弟的帽子，把麻花辮塞進帽子裡藏起來，還用鍋底的黑灰把眉毛描粗，把自己包裝成男孩，省得在藍一色的人群中顯得各色，難爲情。準備好了嗎，時刻準備著，每天一放學唱著電影「紅孩子」的主題歌跑到堆木場，找有大樹的地方戧樹皮，如果去晚了樹皮被別人搶完，白跑一趟。

每天放學上木場，騎著樹木戧樹皮。
樹皮好燒活難幹，受傷手指血淋淋。
衣服沾滿樹膠油，腿上爬行洋拉子。
臉上汗水似鹽水，彷彿少女無奈淚。

山一樣的木頭場，藍一色的人群，把我顯得更小，羨慕人高馬大的他們，能輕鬆的戧到一大麻袋樹皮，比不起他們眼紅的我，找了一塊離他們遠一點的木頭堆，騎著木頭戧樹皮。他們的說話聲越來越近，得趕緊戧，要不然這地方的樹皮也讓他們戧光，我戧不到一麻袋樹皮怎麼辦啊，不知哪來的勁，好像在削一個巨大的鉛筆，樹皮一片片的掉，也顧不得粘乎乎沾衣服不掉的樹膠油，照樣拼命戧，可能戧到洋拉子窩了，密密麻麻，又粗又大的洋拉子向我爬來，有的沾在粘乎的油膠褲子上做垂死挣扎。無可奈何的我趁往麻袋裡裝樹皮時，拿樹皮當鞭子趕牠們，而且拉巴的手，這下更血肉模糊，就是這麼幹也追不上他們，但終於夏季到來了，瓜翠果紅的八月，大地四季中它最美麗。

八月到來小城景，烀烤苞米脆香瓜。
花皮豆角燉土豆，高粱水飯蒜茄子。
西紅洋柿炒雞蛋，綠豆粉條黃瓜絲。
沙瓤西瓜甜蜜蜜，沒錢女孩夏天怨。

傍晚的街上小孩玩，大人聊天乘涼，夜市瓜攤上的瓦斯燈閃閃的藍苗和天上的明月輝映，似乎給人間帶來絲絲的涼意，人們聚在瓜攤前敲瓜、聞瓜、掂瓜、買瓜、吃瓜，瓜瓤甩一地。買不起瓜的我離開了夜市，坐在台階上不想回家，因爲夜難熬，榻榻米、破木板床藏滿臭蟲，夜半牠們全爬出來吸我們的血，癢得睡不著直撓，無奈打開燈抓，太多了，抓也抓不盡，而且燈一亮牠們消失了，讓我們捏死的都是肥大、動作慢的臭蟲，捏得血染紅了指甲。

墨色夜裡臭蟲群，貓在破木床眼裡。
夜半三更牠天堂，專吸孩子身鮮血。
個個鮮紅肥大身，抓不絕牠無奈夜。
人窮誰都欺負你，每年夏天夜難熬。

爛木板床上的大眼是臭蟲的窩，這些眼在什麼地方我早已瞭如指掌，閉著眼睛也能摸出來，把放在牆角的六六粉堵在眼裡，不知是藥味還是天亮臭蟲沒了，入夏以來最香的一星期覺，但過後命大的臭蟲密密麻麻的爬出來，好像示威遊行，抗議我殺死牠們的同伙，臭蟲咬得更狠了，逃得也更快了，想抓牠的時候沒了，留給我們的是臭味和全身的癢，還有紅腫包，沒錢買藥，紅腫包變成了亮晶晶的水泡，一個接一個好像袖珍的透明氣球，癢得難受用手撓，水泡破流出粘水，我變成了夏天的爛瓜，連弟弟、妹妹都嫌我有味，但蒼蠅卻喜歡我。

姹紫嫣紅夏季景，大牆後面悲慘屋。
蒼蠅臭蟲數不清，難眠黑夜無奈想。
為啥錢少牠們多，已經解放十二年。
夏天臭蟲和蒼蠅，冬天虱子黃水瘡。

還好學校放假，但夏天的衣服讓我的爛腿暴露在光天化日下，只好等到晚上出去放風。夜幕終於降臨，它又像一片藍紗把我包裝，憋得太久的女孩好像得到了名著，那個感動，高興的跑出去，不知不覺來到貳商店後面，這沒有熟人是逃避遭罪長夜最好的地方，放心的坐在台階上，把對面的人民電影院當做寬銀幕，回憶五十年代的蘇聯電影。想著想著，腦海裡浮現了坐在草地上談笑風生的蘇聯軍人，記得看完電影後老長一段時間，他那英俊的形象在我的心中揮之不去，多想有一天能到嚮往的蘇聯大地，但這個願望是否能實現，因為中蘇關係已經由牢不可破的友誼發展到敵對，想到這失望的站起來，不想再觸景生情，但也感謝人民電影院，對電影的熱愛從這開始，讓我永遠回憶他。還是不願回家，又來到斯大林大街，坐在電影發行公司外面的台階上看對面的水利廳大樓，我喜歡月光下的水利廳，在斯大林大街洋式的建築中，它別具一格的中國風，讓我陶醉的墨瓦、紅檐、灰牆。兩個小時的看著，但躲不過今夜的臭蟲咬，床眼裡密密麻麻的臭蟲，擠又直晃的床排著六個孩子，沒有空間，小、擠、熱、癢、臭的不眠夜，我們爲自己爭地方，你推一下，我打一下，反正也睡不著，半夜的決鬥誰輸誰滾下地睡。

夏天的水泥地涼快，我把它當做涼蓆床，用窗簾當褥子，而且不用害怕掉到地下，還有一個意外的發現，天生愛在爛木板眼裡做窩，隱藏的臭蟲，不喜歡溜光涼的水泥地，這下能減輕蟲咬，不再挨弟弟們的踢，我決定到水泥地上睡，還自言自語的說：「水泥地好像炕蓆眞涼快，舒服」。信以爲眞的小弟弟、妹妹立刻從床上跳下來搬到水泥地上，也許躺在水泥地上潰爛的身體好受點，他倆打起呼嚕來，從窗戶灑進來的月光映照著全家的睡顏，那一刻好像再現電影裡的難民收容所，但也知足了，因爲有時咬得嚴重，癢得生不如死時在水泥地上蹭，雖然把皮膚蹭得血肉模糊，但好受些。

可能是水泥地的陰、濕、涼，還是天亮我被尿憋醒上便所，途中人家的孩子正在給魚缸裡的金魚餵食，牠們眞幸福這麼早就吃飯，我看著鼓溜溜的金魚羨慕牠們養在有錢家，吃好的，住在那麼大的玻璃缸裡，夏天在陰涼地方避暑，冬天搬到朝陽的屋裡，過著冬暖夏涼的生活，而我別說吃早飯，想吃大香瓜，眼看要罷園了還吃不起。不想了，趕緊上便所躲開家家的炊煙，和劃破靜悄悄清晨的烀苞米，剛出鍋的賣苞米喊聲，冒著熱氣像金色珍珠的烀苞米，甜蜜的脆香瓜，讓我不甘心夏天就這樣遺憾的過去。那些賣烀苞米的大娘、大嬸都住在郊區，穿上能蓋住爛腿的長褲子，在旁邊等著烀苞米賣完，然後偷偷的跟著她們到郊區去，趁人少時溜進青紗帳掰苞米，這時才發現做賊心虛的我忘記了帶裝包米的書包，不能白走這麼遠路，我藏到青紗帳深處，開始狼吞虎嚥的啃苞米，直到苞米漿濺滿胸前。我又去香瓜園，爬滿地的綠蔓上結滿了「頂心紅」、「白糖罐」等等大香瓜，但看瓜的人像哨兵在窩棚裡，急得我變成偵察員把啃完的苞米棒向他的臉上扔去，趁他捂臉時摘瓜，由於緊張，好容易摘的瓜在跑的路上掉地上摔碎了。

東北夏天特產品，瓜中之王大香瓜。
金色珍珠烀苞米，窮人孩子變動物。
鑽到地裡啃苞米，偷摘瓜園大香瓜。
逃跑路上瓜掉地，多少遺憾兒時夏。

遭罪、遺憾的夏天過去，東北迎來了秋天。

白菜土豆捆大蔥，紅蘿綠蘿紫地瓜。
花瓣大蒜串辣椒，家家準備醃菜缸。

秋季到來東北人，忙忙碌碌藍蟻群。
只有我家冷清清，人口最多菜最少。
土豆地瓜冬天夢，菜幫曬乾一冬菜。

別人家忙得滿頭大汗，白菜堆山，土豆、地瓜成袋，尚家冷清清，陰森霉氣飄的屋讓放學回來的我難受，走出屋站在門口羨慕的看著人家窗下曬的地瓜，胡思亂想，突然一陣甜甜的糖稀味把蘭吸過去，順著甜味看鄰家的兩個孩子正拿著煮好的地瓜剝皮呢，地瓜露出饞人的琥珀色，和煮地瓜無緣的女孩，只能聞、吸、夢它。東北的地瓜，走遍天之涯，還是它最甜，水分大，外邊一層薄薄的紫紅色皮，裡面是金黃色，把地瓜擱在鍋裡後添上適當的水，鍋開以後小火慢慢烀，裡面的金色變成透明的琥珀色，將它從鍋裡拿出，熟地瓜披上了糖稀衣，誘人的糖稀順著地瓜往下淌，甜甜的地瓜象徵著長春的秋天。

人家屋裡地瓜山，烀完地瓜烤地瓜。
糖稀甜味溢小街，我家瓜皮都沒有。
只看人吃吸甜香，琥珀糖色忘不了。
多少遺憾多少苦，寫成自傳紅網怨。

家家冬菜儲滿屋，窗戶溜上報紙條，全副武裝棉包衣，長春迎來了漫長的冰冬。放寒假了，躲在屋裡寫作業的，雪街上打雪球的、堆雪人是東北孩子們的樂趣，女孩不想太瘋，蘭到同學家串門，熱氣騰騰的屋裡，她的媽媽正在準備晚飯，從冰窖似的外屋缸裡撈出酸菜，切酸菜絲，旁邊火爐上煮白肉，和同學看書，蘭的眼睛不時的看她媽媽做菜，大約一個小時白肉煮好，撈出，這時肉湯裡放上蔥花、薑片、花椒麵、酸菜絲。煮白肉也涼了，把它切成紙一樣的薄片和粉條，鹽一起放進鍋裡煮，然後用喝湯的小勺往碟裡舀韭菜花。冬天的夜來得很早，才四點多鐘外面已經黑了，我趕緊起身告辭，北風吹的路面上，人家冰凌花的窗戶被熱氣融化，走不動了，我像雕像望著窗裡的酸菜粉條汆白肉，聞不夠的韭菜花香。

窗外鵝毛大雪飛，屋裡火爐團圓桌。
高粱米飯一大鍋，小碟裡面韭菜花。
天下美食酸菜宴，象徵東北冬天到。
年年遺憾無奈淚，不堪回首少年時。

如果有塊肥肉，我們今晚也能喝上酸菜湯了，可是家裡的肉票全換糧票了，望著一無所有的家不想再待下去，它只能讓我陷入無盡怨中，走出家門到永春路去。露天的自由市場裡，排成行的對面攤床，冰氣彌漫，人來人往，眼花繚亂的凍肉、凍魚、凍梨、凍柿子、糖葫蘆，讓我停住腳步，盯著一塊肥得像豆腐似的豬肉，這塊肉真好，香，解饞，又能補上缺油的肚子。正胡思亂想時，有人也相中了那塊肥肉，她和賣肉的小販磨，想再便宜一點，兩人好像在論戰，但終於成交，她高興的把肥肉放在準備好的大包裡，然後到旁邊的攤床買蘑菇、粉條。而我總是看著、羨慕人家的美好生活，刺骨的北風裡，大木板攤床上的肉越來越少。

萬家燈火窗，路上飢餓孩。

吃力向前走，風雪吞沒她。

把嚴寒東北一道眼花繚亂，熱鬧的自由市場，當做小說每天看它，爲了不失望，失落的回去，在看攤床上貨的同時，腦海裡開始琢磨、研究、想像肥肉的新吃法，在煮好的肉湯裡用蝦油當鹽，然後給它起個好聽的名字「海鮮汆白肉酸菜湯」，把東北女孩最愛的糖葫蘆比喻成釉裡紅的簪花，年年過年也吃不起的凍柿子在我的想像中，輕輕的剝下它的外衣，把外衣當做花瓣，裡面的果肉是花蕊，再往下想，一朵晶瑩剔透的金牡丹綻放在我的日記裡。充滿想像力的每天，永春路自由市場彷彿望梅止渴，幫助飢餓女孩度過那個時代，也讓我今天成爲美食家。

喜訊

每到月末鬼門關，愁眉不展父和母。
突然傳來紅喜訊，日僑每月全大米。
它是尚家救命糧，大米一斤倍糧票。
機關宿舍挨家問，新民胡同下一站。

粥越來越稀了，它變成了透明的湯，日曆上的阿拉伯數字告訴蘭又到了鬼門關的月末，糧袋已經抖不出來了，這月上哪借十多天的糧食，父母在燈下商量，它好像學生的考試，太難了答不出來，只聽見月末霉屋裡的發愁嘆氣聲，母親愁了月月年年。

公安局外事組臨時給日僑開會，什麼事這麼突然、神祕，母親帶著疑問去公安局，一個半小時後母親回來，帶著滿臉的喜悅，開什麼會那麼高興，我們好奇著急的問母親。原來公安局招集日僑開會是傳達周總理的指示，照顧日本僑民，每月憑證定量供應的糧食從今以後全是大米，意想不到的好消息，這樣的待遇是共產黨十三級以上的幹部本人才能享受的，那個時代他們的特權。六十年代的長春，普通中國人每月僅供應幾斤大米，供應日僑的大米是尙家的救命糧，父母想出了和有錢人用一斤大米換二斤粗糧的辦法，不用拿糧袋再到處借了，看著從困境中解放出來的父母，蘭也很感動。日本侵略者占領東北十四年，但中國人不記仇，在最困難的六十年代還尊重日本人的習慣，政府對日僑的深情厚誼，在長春的日僑永遠感謝周總理。

以後的月末家裡也有糧食吃了，我們著急的盼著下月的一號，父親也找好了換主，是他過去的朋友，換糧那天父親帶我去的，自行車後馱著大米經過四十八中，然後大下坡來到兒童電影院附近的胡同裡父親的朋友家。燈光下成交，二十五斤大米換五十斤糧票和大米錢，謝謝叔叔，走出了他家門。這樣的好日持續了三個月爲止，那位朋友不換了。茫然的父親盼窩窩頭的孩子，這樣的生活也這麼難，父親拿著最後換來的糧票，夜，被黑色呑沒，看不清前面路，拉著父親的衣角緊緊的跟著，無奈的父親，無能的女兒默默的走著。到四十八中了，墨色中蘭看見了熟悉的柵欄，無言的路感覺很長，終於快到家了，我突然喊起來，父親愣了一下，可能一路上他在考慮事情，女兒的喊聲才知道快到家了。父親的話多起來，誇我走得快，爸爸跟不上，然後小聲的跟我說，剛才在人家聽到的下個月開始不換糧票的事，暫時別告訴你媽媽，知道了，說完這些話忍不住流下眼淚，爲有這樣的父親感到驕傲。家雖然極貧，雖然被烙異色，但父母之間的感情是那麼忠貞不渝，像婚誓不論貧與富，不離不棄永相隨，讓我感動老一代人的愛情觀。

那夜失眠我也開始愁以後，日曆又撕到月末，無奈的父親這才告訴母親，下個月開始朋友家不換大米了，安慰母親已經想出新辦法，這回到機關幹部宿舍，第二天一號在眾人驚奇的目光下從糧店買回大米，傍晚來到事先偵察好的機關宿舍，這樓眞大，墨色裡家家的燈光更亮了，敞開的走廊門，熗鍋炒菜的香味不斷的向外邊飄，父親讓我在走廊門口看大米，他一家家的敲門問，這個時間外面行人很少，靜靜的，害怕天空的黑，把頭轉向走廊，那走廊眞長啊，天棚上的燈被油煙薰得昏暗混濁，廊裡一排排藍瓦瓦的煤氣卻在跳躍的燃燒，媽媽們好像比賽手快勺響，炒菜、燉魚、饅頭、大窩頭被一盤盤的端進屋，香氣彌漫的熱屋，樂開花的孩子。走廊上焦急等的女孩想到了自己，想到了家裡的弟弟妹妹，兩個世界的孩子，這不是我待的地方，再看下去她要搶人家的開花饅頭了，把頭轉向外面焦急的望著樓上，父親走來，可能沒找到換主，失望的樣子，走廊靜了，家家關上了門。只有餘香還飄在我的頭上，饞得肚子更叫了，把大米重新綁在自行車後面。大街兩旁一排排的樓，燈光閃爍，長春城由飄香變成閉香關門吃飯的時間。

夜色長春城，家家團圓飯。

父女無言走，此路走何時。

這是三年自然災害後小城的夜景，望著人家的窗戶，嚮往何時也過上那窗裡的生活。第二天晚上換了地方，還是父親挨家的敲門，今天是個好日子，敲到一樓第二家的時候門開了，出來的是和藹可親滿面笑的阿姨，父親把大米換糧票的事和她說了，阿姨讓我們等一等，進屋問愛人去。叔叔出來了要我們進屋說，他很爽快的同意了，用二十斤大米換四十斤糧票及大米錢，沒白跑的晚上，這個月的鬼門關順利過去，我高興的笑了。

兩條辮子垂腰間，濃眉大眼圓圓臉。
小麥皮膚牙更白，笑像花開小春妮。

叔叔阿姨救了我們，蘭連連的鞠躬，日本人的習慣，母親的一舉一動影響著我，阿姨高興的和父親說：「這孩子眞好，滿臉的福相。」然後從桌上的瓷盤裡拿一把糖給我。這眞是甜甜的夜晚，順利，又得到阿姨的誇獎，還有糖吃，又是鞠躬謝謝，臨走時好心叔叔告訴父親，挨家挨戶敲門不合算，一般的家庭誰在家裡放幾十斤糧票，到飯店去換，這辦法怎麼自己沒想到，遇上好人了，雪中送炭。

皎潔的月光灑滿回家的路，我惦記著阿姨給的糖，從口袋裡拿出一塊放在嘴裡含著，靜靜的路，蘭變成了世界上最幸福的女孩，水果糖太甜了，甜得讓她忍不住還想吃。可是口袋裡只有四塊，給弟弟、妹妹留著，糖含在嘴裡的我，又高興的在月光下看糖紙，這才發現印在半透明糖紙上的香蕉、蘋果、大鴨梨比眞的還水靈，饞得我發誓，如果有錢那一天我一定買十斤水果隨便吃，直到撐得吃不下去爲止，不知啥時能兌現的美夢，使我再也捨不得一下子把糖含沒了。渴望每天有甜味的我，趕緊從嘴裡拿出糖包好，等饞得忍不住時舔一下。

自行車又吱啦，吱啦的直響，但今夜感覺那聲音特別好聽，因爲我還陶醉在水果糖的甜味中。回到家看見異常高興的姐姐，覺得有好事的弟弟、妹妹立刻圍上我，我趕緊拿出糖分給他們，比過年還好的夜晚，捨不得馬上含沒的弟弟、妹妹坐在炕沿上聞水果糖，然後說：「自己的糖是蘋果味、桔子味……」。這爭先恐後顯示自己的糖最好吃的場面好像是一張經典廣告，紀錄六十年代的孩子們。弟弟、妹妹終於剝開糖紙，把糖含在嘴裡，妹妹又把我們的糖紙集在一起，然後用手當熨斗，把糖紙壓得整整齊齊夾在本子裡。每天聞它的甜香味，漸漸不知道是時間長了，還是甜味被我們吸盡，水果糖紙不溢芳香了，爲了繼續吸、聞，我們開始撿糖紙、攢糖紙。

那個時代最盼望每月的一號，它是領糧的日子，也是我和父親到新民胡同找換主的日子，還是終生難忘能吃飽的日子。

夜幕下面胡同裡，大紅幌子排成行。
酒肉飄香飯店前，背糧父親女孩子。
走進一店又一店，上前問人換不換。
二斤糧票斤大米，小蘭含淚乞盼著。
遇到好人好店主，父女不再失望歸。

走不盡的坑坑洼洼泥濘胡同，留下我少年時的春夏秋冬，和父親挨店問的一號夜，有高興，有失望，還有尚蘭比一般孩子們經歷過的太多苦難，這些也是我的財產，因爲有了如同賣火柴女孩一樣的遭遇，讓我寫成二十多萬字的小說，感謝那位叔叔、阿姨的指點，讓我和父親少走了很多失望的酷暑嚴寒日。

租書少女

為了交上學費錢，下定決心去租書。
人多地方影院旁，但是好景不常在。
欺負我是女孩子，光天化日書被偷。
白白租了半個月，賠進四本小人書。
失望傷心掙錢夢，丟書女孩無奈淚。
夏季到來賣蔬菜，茄子土豆大黃瓜。
香菜青椒洋柿子，不怕害羞不好看。
太陽升起夜來臨，麥色少女叫賣聲。

已經四年級的女孩，已經二年級和一年級的弟弟們飯量超過大人，可貧窮卻像幽靈一樣總纏著尚家不放。我家的財產還是一缸水，隨便喝，樹皮已經沒有了，那裡的大樹已經撤去，窮人的孩子早當家，不能這樣浪費每天，我在想幹點什麼。家附近有一個自由市場，每天人來人往熱鬧興旺，在市場的入口有一幢灰樓，樓下有一家小人書鋪。自從王玥搬走以後，我把戧樹皮、撿煤核得來的幾分錢全在那裡看小人書了，書鋪裡的書眞多啊，眼花繚亂，反特的、戰爭的、古代的、神話的，還有各種中外電影版的小人書，莎士比亞的「奧賽羅」、法國「茶花女」都是我在這家小人書鋪看到的，開始喜歡這兩本小人書，兩本書影響我的一生。

小人書鋪幾小時，一遍一遍來回看。
眼花繚亂書架上，各種各樣外國書。
讓我終生難忘它，世界名著茶花女。

蘭在小人書裡求知，多種小人書吸引了很多大人、小孩，小人書鋪生意興旺，屋裡一排一排的長凳上坐滿了人，一天人不斷，看樣子掙好多錢。開小人書鋪是個女的，離婚了，爲了生活出租小人書，每次去看書那阿姨都吃好的，滿員的書鋪，滿嘴的油，蘭眼紅了，也產生了租小人書的想法，但我家不行，潮牆，水地人不來，而且也不是鬧區，到熱鬧的地方去租，一定能掙錢，而且還能看到小人書，不用再往小人書鋪扔錢了，信心十足的我把想法和父母說了，父母擔心我小，還小我已十三歲了，而且身高馬上要超過個矮的母親，尤其是牆上的鏡子證明我已經長大變成少女了。

看女兒堅決，父親用湊齊的錢買了三十本小人書，哥哥還做了一個擺小人書的折疊書架，拉著裝書的小車來到事先選好的地點，電影院旁邊。第一次租書緊張又高興，我終於能掙錢了，可能是新小人書顯眼，漸漸台階上坐滿了人，感覺兜裡越來越沉，拿出錢幣在地上數，一分，二分，越數越高興，一共是一角五分錢，照這樣下去學費能掙出來，以後再租書的錢可以幫助家裡，想到這來幹勁了，招呼想看的人，一分錢看兩本書，爭取天黑以前再掙五分錢，第一天租書來個滿意的開門紅。聽說一分錢能看兩本書，很快達到目標，初日租小人書的順利，感覺以後必定是好日子，這樣的生活過了兩個月，太陽下的女孩變成了小麥少女。

最盼放學鈴聲響，趕緊回家掙錢去。
冰棍攤旁影院前，每天到那去租書。
日久天長出名了，為了掙出學費錢。
租書少女臉皮厚，人言可畏不在乎。

早晨起來上便所，朦朦朧朧的途中就聞到一股香味，原來是家家門上掛的艾蒿，明天是端午節，人們都在忙著包粽子煮雞蛋，賣艾蒿的喊聲迴蕩在小街上。今年的端午節能吃上粽子，把希望寄托在這兩天的租書上，終於盼到了放學鈴響，趕緊回家，我在考慮地點，不能總在老地方租書了，到二商店對面去，那一帶小孩多，爲了吸引他們早一點來，把好書拿出來單獨擺在顯眼的位置讓人注意它，這一擺小人書熱鬧起來，彩色封面上的人物栩栩如生，大放光芒，自己這麼忙乎就是爲了能吃上粽子。

粽葉似香衣，裡藏棗粽子。

晶亮滋潤身，白糖煮雞蛋。

門上艾蒿香，端午之風景。

年年她無緣，留下半生怨。

終於有兩個男孩來了，看樣子像幹部家的子弟，穿得很乾淨，臉色也好，其中一個很大方的拿出兩角錢，一人一本小人書，頭一回碰到這麼大的錢王，我兜裡五分錢是最大的，而且只有一張，得找他一角八分，我認眞的數著，別找多了，掙錢不容易，在數錢的過程中，看書的男孩突然拿著書跑了，等我找錢的男孩看同伙偷書成功他也不要錢了，撒腿就跑，我的書，還我書，蘭喊著，但他們是男孩，而且那一帶熟悉鑽進迷宮胡同，無影無蹤，小人書攤還在那裡，沒人管，不能再丟書了，沒有辦法只好回來，望著空書的地方，知道他們偷走了四本書，後悔爲什麼當時不注意，拿著大錢就可疑，但有誰想到有錢家的孩子們也幹壞事，竟敢光天化日之下偷書，也可能尚蘭是女孩好對付。望著他們逃跑的胡同哭了，我選擇這地方租書的理由，這住的人比我們那有錢，而且不遠的地方是高幹住宅區，孩子也多，人人穿的可眞是名符其實的祖國花朵。

臉色乳白衣乾淨，天地之差蘭和他。

他是花朵我是草，為何還幹缺德事。

四本書太大的數字想不開，爲什麼要偷蘭的，這座城裡最窮的家，爲了每學期的學費，赤日下租小人書，她呆呆地望著四本書的地方心疼、後悔，但有什麼用，書不會回來了，可還得打起精神挺住，不能白來，掙一分多一分，剛才讓兩個壞小子鑽了空子，這回提高了警惕，不收一角以上的大錢，邊等著人來，邊整理剩下的書，給它們擦灰，平褶，才發現他們偷走的是上甘嶺、董存瑞、柳堡的故事，岳飛傳，這四本好書，那一刻我徹底崩潰了，因爲這幾天租書掙來的錢全搭上才勉強夠四本小人書的本錢，不知道爲什麼我總這麼倒霉，被命運捉弄的我看著最愛的小人書，強憋的眼淚掉下來。

每天放學去租書，只想掙錢交學費。

可是好景不常在，丟了四本小人書。

盼著但沒人來，只有蹲在路旁看我咪咪叫的貓，牠可能和我一樣饞人家屋裡飄出的香氣，別再等了，把書架合好裝在車上，剛拉出幾步書掉出一半，而且風把小人書吹得一頁一頁來回的顫抖後吹跑，圓形的大馬路中間我急忙收拾書，蘭和車被包圍在下班的人流中，如果再不趕緊走感覺臉紅，因爲我淹沒在連續自行車鈴響中，擋礙的女孩以最快的速度拉車突圍，躲到人行道上，這時才想起回家怎麼和母親說丟書的事，我開始害怕起來，腳步也慢了，不能這樣回去，我得找書，他倆一定在二商店後面的幹部大樓住，正好順路，我拉著車來到大樓前，從打鬧玩的孩子群中找他倆，但沒有，不甘心重新一個個的仔細看，也沒找到，那些人衝著我怪叫、起哄、嘲笑，沒辦法趕緊離開這是非之地，幸虧天越來越墨，沒人注意垂頭喪氣的女孩。

家家的粽香，朦朦朧朧的月光，拉小人書的車輪聲劃破了墨夜的寧靜，街上沒有人了，只有我在想回家怎麼說丟書的事。但不會說謊的女孩想不出蒙混過關的辦法，無可奈何過後只能怨自己今天倒霉，那一刻心情好多了，也下定決心和父母實話實說。回到家把車和書架放到外屋地，推開門母親正在包粽子，見我回來，妹妹拉著我的手說：「明天咱家也吃粽子。」看著弟弟妹妹圍著母親包粽子的高興情景，把丟書的事憋了回去，一想到傷心的下午，沒心看母親包粽子，父親也還沒下班，肚子又不餓，我借故上便所出了家門，母親快點回來吃飯的聲音甩在黑暗中。六月的長春夜晚還是涼，但顧不得了又來到幹部大樓前尋找那兩個壞小子家的窗戶，墨夜裡家家的燈光彷彿是探照燈，晃得看不清窗裡，又白來了，看著大樓的燈火輝煌，生氣、委屈。

命運總在捉弄她，租書時遇壞小子。
光天化日下偷書，然後迅速逃跑了。
如果長大那一天，拍拍良心問自己。
誰家花朵去租書，不知窮人之難辛。

兩人動物都不如，欺負租書女孩子。

哭有什麼用，人家走廊的燈光都比咱們家亮，而且他倆是計劃好的瞬間偷，別在這瞎找了，父母可能在家著急呢，用袖子擦淨眼淚往家走。屋裡父母正在等著我，原來小亮看出姐姐的異常，最近總念叨粽子的姐姐，今晚看見粽子也沒有高興的感覺，而且出去那麼長時間，好像有什麼事，弟弟告訴了下班的父親。看著父母，眼淚刷的奪眶而出，然後一五一十的把下午發生的事和父母說了，幸虧穿的是褲子，掩護我發抖的腿，但父母沒有責怪我，女兒早已哭腫的眼睛，他們還能說什麼呢。人家的姑娘在「讓我們蕩起雙槳，小船推開波浪，海面倒映著美麗的白塔，四周環繞著綠樹紅牆……」的歌聲中過著花朵般的生活，而自己的女兒那雙飽經風霜的銼手見證著她的一年四季，父母覺得欠我們的太多，但有什麼辦法呢，只能怨自己粗心大意讓兩個壞蛋鑽了空子成功的偷走四本小人書，想到這又陷進悔恨、仇恨中。交學費的事又得延期了，班裡又剩下我一個人了，那一刻著急、焦急的我又哭了，把一個十三歲女孩所承受的苦與怨全哭出來，這樣好受點。母親拿來手巾給我擦淚，父親讓我休息幾天。

第二天的端午節母親破例買了白糖，晶亮，香氣饞人粘粘的紅棗粽子坐在白糖碟裡，每人兩個，吃得高興的小弟連聲說：「眞甜」，可我沒有吃。昨天丟書的事還轉不過彎來，心裡充滿了苦澀，沒心吃。見姐姐不吃，弟弟在等我的粽子，還自言自語的說：「正好一人半個」，見此情景把粽子給小亮，他用白線把粽子切成兩半，省得多了少了。

門上的艾蒿乾巴的失去清香，家家的媽媽把它摘下來，端午節過完了，生活照舊，可我不願回到以前，不想再租小人書了，害怕鋤禾日當午，害怕漫長的下午，害怕還丟書，害怕觸景生情，害怕過路人好奇的眼光，看得她無處可藏，我想過一般孩子們的生活，誠可貴的日子總是那麼快，轉眼快放暑假了，高興又不敢聽，每到月末父母的愁聲、嘆氣聲、商量聲，不知道爲什麼月末總是尙家的鬼門關。放學後我的衣服、褲子變成母親的服裝，她又到朋友家借錢和糧票去了，不能再把自己當花朵了，家沒落到這樣，還得想辦法掙錢，幹什麼呢，忽然大醬碗旁邊的香菜、大蔥啓發我，賣菜成本少又適合我。

朝露夏蔬菜，姹紫嫣紅綠。
裝在大筐裡，馬車運進城。
把菜買回家，放在陰涼處。
等待晌午後，賣個好價錢。

怕拉車的聲音驚醒夢中的小街，我拿著小車來到市場買了一車菜，回家把菜放在水盆裡，省得露水蒸發乾巴了，但還得等一會，人家賣完菜拉著小車來到自由市場，鋪上報紙就地分把分堆等人買，好像受氣的，蹲在那不好意思抬頭，人來人往的人沒有問，我著急了，鮮菜不像小人書，它是有生命的，時間長賣不出去，失去水分和靚麗顏色的蔫菜更沒有人買，要賠本，第一天賣菜要像夏天的太陽那樣開門紅，我站起來把口渴準備喝的玻璃瓶裡的水澆在菜上，然後招呼行人，這一招挺好，水靈的彩蔬菜，麥色的女孩，東北的夏季風景，行人站住看問價錢，然後再看別的菜攤，最後又轉回來把菜買走，這以後賣得挺順利，蘭也由小麥少女變成了炭少女，牙更白了。她的小菜攤就缺豆角，因爲豆角貴，沒有那麼多本錢，旁邊菜攤上堆成山的豆角誘惑著我，不時的看它，八月的豆角最好吃，綠皮上紫紅的祥雲，東北人稱它花皮豆角，花皮裡鼓溜溜的豆好像豐滿的奶頭，要從翡翠衣裡掉出來，蘭最歡豆角，爲了美美的吃上一頓，蘭的喊聲更響了，她在攢錢，小菜攤也爲我加油，香菜溢香，茄子的紫皮明亮，大紅色的洋柿子，大綠的黃瓜，大蔥。看著爲我加油的蔬菜，能早點吃上燉豆角，又想出了好辦法，從床底下翻出撿煤核的袋子，把它拆了，洗淨，然後用黑顏料染黑，乾了以後它變成一塊新布，菜擺在上面，黑布好像黑土地，把紅綠紫的蔬菜映得色彩豔麗，市場上只有蘭的菜攤別具一格，它彷彿是一幅圖畫，畫中的炭少女正做著豆角夢呢。又是我第一個賣完，十五瓦的燈炮下她在數錢，能不能掙出學費，什麼時候吃上一頓土豆燉豆角，高粱米乾飯，她在等待，炭少女的夏天過去。

秋去冬來，除了撿煤核還賣瓜子，賣瓜子比撿煤核辛苦多了，撿煤核跪在煤灰堆裡扒，不用說話，而且總換地方，感覺時間過得快，賣瓜子站在冰雪街上等人買。

凍僵大地北風嘯，路面好像滑冰場。
冰雪彌漫路燈下，盼望有人買瓜子。
目標掙到五角錢，茫茫墨夜幾人來。
再現安徒生童話，叫賣火柴女孩子。

又到了晚上，不願走也得走，長江路的胡同裡被冰氣凍僵的昏暗路燈下排滿了賣東西的小販，找好位置後，把麵袋口折起來放一個杯量瓜子，路燈下瓜子又大又鼓溜溜的，來往的行人光瞅不買，可能是賣瓜子的人太多了，但我還是耐心的等待。墨空下賣東西的人好像站隊看齊，冰氣從嘴裡一圈一圈冒出來，像煙霧把夜凍得朦朦朧朧，路燈越來越暗，不看齊了，從人行中出來往前挪，我不能白來，著急賣瓜子，又不如那些人抗凍，人家全副武裝。

頭戴狗皮帽，身如棉花包。
腳上棉膠鞋，手上暖手套。

可是我還沒站到兩小時，就在北風中抖個不停，好像變小了，把腦袋和嘴縮進棉襖裡，凍僵的嘴說話困難，用手來回的往杯裡裝瓜子，沙拉沙拉的響聲引起了人的注意，生意來了，一連賣了五杯。這冰夜怎麼那麼漫長，還得堅持一會才能回家，蘭的目標是十杯，胡同沒有人了，只聽見小販們的跺腳聲，這樣不行，達不到目標，我離開了胡同，來到長江電影院門口等散場的人買，離學校近，怕有認識的人，用圍脖把嘴和鼻子捂上，額前弄上留海只剩下眼睛。全賣光了，高興的回家路，突然一陣無情的北風刮得我打一個噴嚏，這下壞了尿褲子了，由瞬間的一點到不知不覺一晚上的凍尿全出來了，它順著褲子流出來，謝天謝地幸虧是夜沒人看見，趕緊回家，但五個小時的冰夜站著腿已經不聽使喚了，而且破棉鞋也快走不了，途中掉底怎麼辦，托著冰腿一步一步往家挪，挪到青島路小學附近，褲子已凍成冰褲又硬又涼。漆黑的幢幢樓不知道是怎麼到家的，只感覺淚變成了一粒粒冰珠掛在眼睛下。

棉褲棉花七年餘，好似魚網薄又糟。
難擋嚴寒風雪夜，一聲噴嚏尿出來。
著急上火怎麼辦，明天上學沒穿的。
萬家熄燈尚家亮，女孩爐前烤褲子。

在寒冷的冬天，爲了掙錢，爲了堅持下去，漸漸有了防凍方法，晚上弟弟們都在家，戴小亮的棉帽，把兩條長辮塞在棉衣裡，然後戴上口罩，只露出一雙黑眼睛，女扮男裝挺暖和，以後的夜能好過點，我出發了。賣瓜子的人太多了，渾濁濁的燈光下隊伍排得更長了，只看見冰氣在黛夜亂舞，今夜可否賣出去心裡沒底。但是一想到無力的父母，等著、搶著給我開門，端洗腳水的弟弟、妹妹，而且他們每天最高興的是在燈下看姐姐數錢，離買雙鞋的錢差多遠了，爲夢我得堅持下去。

從此，爲了能兌現給弟弟、妹妹買新鞋的許諾，我敢喊了，喊聲讓旁邊的同行嚇了一跳，一排藍黑色中冒出了一個小女孩，蘭的喊聲引起行人的注意，這瞬間凍冰的墨夜一個女孩賣瓜子，他們大吃一驚，又好奇的圍著看我，但不買，白來，白喊了一晚上，感覺更冷、更餓、更失望的回家路。

冰雪朦朧夜長春，昏暗路燈淒涼光。
賣瓜子人排成行，夾在中間小木蘭。
叫賣聲音露破綻，人們認出是女孩。
大吃一驚還好奇，圍著看我但不買。
今夜又是難兌現，朝思暮想新棉鞋。
沒完沒了苦日子，好似一朵苦菜花。

糊藥盒

每月最怕到月末，沒錢沒糧煤柴光。
朋友介紹糊藥盒，十三女孩屋裡忙。
冬冰屁股夏蒸籠，做出藥盒小長城。
身烙異色盒倒霉，回回檢查不合格。
路滑風吼盒刮跑，一年四季拉車路。

牆上的藍蠟筆線越來越高，我已經畫到十三歲了，但家裡還是二十號開始就沒錢沒糧，父母又在商量能對付到下月一號放糧的辦法。小芳家的親戚進城辦事，並且帶來一塊肥肉，切肉的時候才發現是痘肉，嚇得她家不敢吃了，怕人也長痘，但我不怕，趁她家扔到垃圾站的時候撿回來，用高溫煮痘肉，然後加白菜做湯眞好喝。看著什麼都吃的孩子們，父親趁著我們上學時把留下的痘肉湯倒了，然後出去想辦法。幾天後，經朋友的介紹，母親給製藥廠糊藥盒，看著母親拉回來的紙殼，好像見看月末的十天能吃上窩窩頭了，我也開始幫助母親糊藥盒，先用刷上漿子的紙條把折好的紙殼固定成盒型，母親又開始往白紙上刷漿子，然後我把盒型放在刷好的白紙上，迅速的包好，輕輕的用手撫平，防止起泡。囚在屋裡的下午，做好的藥盒好像新建的一幢幢高樓，擺的滿屋都是，最後的一道工序包好的盒裡墊上一層能伸縮像扇子式的軟紙殼，一個個藥盒終於完成了。母親開始做晚飯，我又回到了第一道工序上，用漿子條把折好的紙殼固定成紙盒型，漸漸半成品的紙盒多得沒地方放了，應該休息了，我停止了手中的活，然後呆呆的看著映在窗戶上的夕陽。晚飯前的小街熱鬧得要沸騰，喊聲、笑聲交織在一起，他們的每天下午時間，出不去的我用那些盒牆擋住眼紅的窗外，也許這樣能好受點，不惦記外邊。兩個世界的孩子，這樣的生活一天一天的往前走，走過了一年四季，春秋好過，不冷不熱，最害怕是冬夏。

冰冬來臨冰雪城，水道結冰開水澆。
門窗掛上水晶柱，劣煤不燃冰窖屋。
學校放假活增加，早上開始夜來臨。
好像機器手不停，嘴裡冒氣腳麻木。

一層玻璃的窗戶不斷的向屋裡輸送冷氣，爲了身體暖和點，我變成機器，紙盒好像從手裡飛出來，晃得眼睛發暈。和母親說話都嫌耽誤幹活，無聲的囚屋，一天最高興的時間是睡覺，自由了，離開束縛她的藥盒凳子。

糊好的藥盒越來越多，沒地方放了，準備明天把它們送到藥盒檢查站，這又是道難關，不願意在光天化日之下拉車，和檢查員那張找茬的嘴。緊張睡不著的我又強制自己睡覺，因爲我是一個愛做夢的女孩，在夢裡可以忘掉生活中的煩惱、苦惱、無奈、想不開，還可以圓現實中的遺憾，把我帶到難忘的五十年代。因爲沒錢錯過看蘇聯電影「靜靜頓河」的機會，今天在夢裡終於看到了嚮往已久的「靜靜頓河」，信以爲眞的女孩高興的樂了、醉了。

但夢醒後回到現實中還是迫不得已的送紙盒，把藥盒放在事先鋪好的藍花布上，然後繫好，它們享受新娘的待遇，母親小心的把藍布包放到車上，她在後面扶著，我在前面好像小馬拉車。從家出發，經過二商店，三馬路、二馬路，這條路像萬里長征，越想快拉，老天故意和蘭做對，風衝著我猛吹，和它鬥，唱著：「向前、向前、向前，我們的隊伍向太陽。」不知是凍的還是行人的目光，覺得臉上火辣辣的，羞得低下頭想假如拉的小車變成當時普遍的運輸工具手推車多好啊，我就不用在光天化日下像馬拉車一樣難堪、難爲情了，再也不想抬頭走，頭更低了，母親看出了女兒的心事說：「再堅持一會，就要到了。」聽了這句話馬上抬起頭，那幢小樓就在眼前，不知今天能否平安無事，藥盒檢查站是卡子，檢查員好像刁老婆婆，黑色窮人沒有辦法，爲了吃飯只能低聲下氣。她們眞有福，烙紅的成分，讓人羨慕的工資，冬暖夏涼花窖一樣的大房間裡熱著溢香的飯盒。

冬暖夏涼大房間，裡面有個檢查員。
依仗出身紅五類，亂用權力整黑色。
尚家錢途她手裡，低聲下氣硬擠笑。
藥盒無罪別看人，它和紅黑無關係。

我們白天黑夜的幹活，無奈的拉車女孩，到了這裡也挺不起胸。她們不是檢查藥盒，是查成分。和母親小心的把藥盒包拿下車，走到門口往裡望，眞倒霉又是那個白麵臉，可能吃得好，和我的營養不良臉比，她顯得更白了，好像塗了一層白麵粉。門口的偵察有一種不好的預感，我和母親洩氣了，怎麼辦，想躲開，但她已經看見我們，三人的視線對上了，沒有辦法，母親抱著紙盒，我在後面跟著進去，打開藍花布包，解開繩，小心的把紙盒獻上等她檢查。那一刻，不知是否能合格、過關、過去的女孩，突然心直跳、腿發抖、臉發燒、眼迷了，怎麼也控制不了的極度緊張，感覺時間好像停在那一動不動，但也得故作鎮靜等她發話。

白麵臉翻來覆去的看，然後抬起頭說一半不合格，她把不合格的推了過來，蘭心疼的看著被檢查推過來的紙盒，和母親趕緊一個個擺好，望著紙盒堆要哭了，爲什麼？爲什麼？我們家的藥盒總過不了白麵臉的紅色關。

終於到了檢查站，又喜又怕女孩子。

渴望今天好運氣，順利過關小藥盒。
可是紅色檢查員，百般刁難找毛病。
母女敢怒不敢言，低聲下氣陪笑臉。
最後還是不合格，無可奈何拉車回。

一上午就這樣白搭了，想和她討個說法，母親小聲阻止了我，怕「白麵臉」報復，丟了工作錢途怎麼辦。無奈的女孩只能在心裡和她說理，你不就是有那點權力嗎？有什麼了不起的，你已經夠紅了，別太紅得發紫，把返回的紙盒重新繫好，抱著布包不知道怎麼從檢查站出來的，覺得外面的天空更加灰暗，失望的拉著車，遙遠的回家路，好像有一口氣出不來。沒有講理的地方，憋得難受的我突然像脫韁的馬在風中奔跑起來，把母親遠遠的拉在後面，任她怎麼喊也不停下，也不顧街上行人好奇的眼光，我只想在痛快的大風中發洩壓抑，但忘記了車上輕輕的紙盒包，被無情的風刮得盒飛、眼迷，無奈的我揉著眼睛，頂著黃沙、暴風拼命的追藥盒。但風越來越大，把我吹得也要飛起來，嚇得再也不敢追紙盒包了，抱著電線桿子衝著昏暗的天地間喊：「媽媽，你在哪？」

那個時代我們家，屋檐下面求生難。
利用權力白麵臉，張口一句不合格。

判決母女又白拉，忍氣吞聲回家路。
風吼車跑盒全碎，連續打擊還得挺。
這條錢途救尚家，度過月末鬼門關。

被拉在後面的母親已經跑來，母女倆擰成一股繩，頂著風又繼續追，我們的紙盒，紙盒，著急的聲音被風吞沒，自己闖的禍沒看住紙盒包，我也害怕了，命運喚我奔向前方，奔向前方。被逼得無奈的我只能豁出去了，終於追上了被馬路台階截住的紙盒包，默默的把紙盒包放在母親拉來的小車上。望著精疲力盡，臉色煞白的母親，突然覺得對不起爲了我們而放棄回日本的母親。禁不起再折騰了，怕不服的紙盒還反抗逃跑，母親乾脆抱著紙盒，但瘦小的母親怎能抱住比她還大的紙盒包和直迷眼睛的風沙走路，還看什麼，自責的我趕緊從寸步難行的母親手裡把紙盒包抱過來，然後用繩子把紙盒包捆在小車上。當拉紙盒的小車拉到人多的地方，母親馬上過來自己拉，讓我到人行道上走，看著拉車的母親，心裡不是滋味，但沒有勇氣拒絕，因爲我怕碰上同學，也害怕他們人言可畏的嘴，而且不願意太多的同學知道家裡的貧窮。

終於到家了，把包裡紙盒拿出來才發現很多都壞了，一盒盒女孩的傑作就這樣成爲眞正的廢品，如山的紙盒只好拆開重做。兩個弟弟看著眼前的慘景好像明白了很多，不再出去玩了，懂事的坐在木凳上做第一道工序，受傷的紙盒重做太費勁了，借著窗前的光我在摳紙，如果不摳淨，紙盒穿兩層衣服會顯得胖、大，不合乎標準不是傑作了。這活做得太冤，耽誤時間和錢途，這樣幹不是長久之計，也不合算。掛曆上的一字啓發我，星期一去人多，檢查員也多，躲開她檢查的那行隊伍。

黑色吞沒長春城，十五度燈通宵亮。
母子四人糊盒忙，智鬥白臉星期一。
檢查員多避開她，別人檢查都合格。
同情女孩不容易，日夜霉屋糊紙盒。

在別的檢查員手裡藥盒順利通過，而且又發給我們很多材料，沉沉的小車，蘭拉它並沒感到吃力，拉得踏實，拉得高興，躲開勢利眼的白麵臉，以後的生活會充滿陽光。

這樣的生活過得很快，轉眼迎來了一九六四年夏季，我十四歲了，最不願意夏天糊紙盒，因爲外邊太熱鬧了，鬧得我終於忍不住，借上便所的機會看小芳她們玩「嘎拉哈」。母親爲了讓我專心的糊盒，乾脆把髒水桶放在紙盒堆旁邊不讓我再上便所，下邊的窗戶也用報紙糊上，也不開窗戶了，借口說怕外邊乾燥的熱風把紙盒變成月牙形，望著上面沒糊報紙的窗戶射進來的亮光，只能死心塌地的幹活了，但氣溫升，尿桶的臭味也來參戰。熱天的漿子一天不能做的太多，防止壞，漿子沒有了，母親重新做，難得的休息時間，用紙殼當扇子找涼風，涼快的時間總是那麼短暫，母親爲了節省時間，光用柈子煮漿子，我還沒歇夠呢，母親已經糊盒了，做漿子的爐子也火上加油，不斷的往屋裡放熱。

那個時代的女孩害怕身體發育，以爲是丟人，不光彩，而且雖然已經十四歲了也沒看見過胸罩，更不知道胸罩是什麼樣的，不好意思。爲難過後，我終於鼓起勇氣問母親怎麼做胸罩，意想不到女兒已經到了戴胸罩的年齡，母親急忙拿出錢讓我到附近的二商店買淡色的花布給我做胸罩。但母親不知道女兒的心事，我要的不是正好、合適，能襯出女孩美麗，有女孩樣的胸罩，而是要把胸部勒成平板，阻止成長、發育的瘦小胸罩，可惜的看著母親做的正好、適合我的胸罩，捨不得改小，但也必須改成瘦小胸罩，迫不得已的把繫胸罩的扣子往裡挪了一寸，然後重新釘上扣子，站在鏡子前試穿，胸罩好像嬰兒的衣服，終於放心了，也不用害怕了，改好的瘦小胸罩卡緊，勒住女孩的發育，使胸部變成平板、搓板，可我知道這瘦小的胸罩會變成「囚罩」，也明白這種殘酷無情的阻止發育會損害身體健康。但趕上美與醜顚倒的當時，爲了把胸部勒小、勒平、勒沒，成爲眞正的平板，我顧不上，也不願意想以後會發生什麼，反正現在不得病就行。可密封的火爐屋裡瘦小胸罩彷彿繩套越勒越緊，讓我難受得喘不過氣來，臉也通紅，而且感覺汗如水洗，濕透的衣服像紗巾緊緊的貼在身上，又像透視暴露出女孩祕密的小胸罩，這下子怎麼辦呢。再也不想戴緊勒、熱，阻止發育的胸罩，渴望解開胸罩，但衣服太薄包裝不了發育的乳房，而且還映出了乳頭，我開始怨自己是女性得經歷那麼多的煩惱，封建社會女人纏腳，新社會女人緊勒胸部，低頭看日夜勒，勒了一年遭罪難受的乳房，我豁出去了，那一刻好像砸碎枷鎖，終於解開胸罩。

中國女性苦難史，封建社會纏裹腳。
緊勒胸部那時代，好像上身戴枷鎖。
扼殺花季發育期，一日反抗解開它。
感覺自由真可貴，不知胸部勒何時。

解開的胸罩感覺涼快，再也不想戴它，可又不敢不戴，人言可畏，尤其身烙異色的女孩，必須處處小心注意後果，我才十四歲啊。無奈一日自由後又戴上胸罩，不知胸部勒何時，不想再遭罪的我終於想出了辦法，反正放暑假不戴了，穿哥哥的衣服掩蓋女孩的發育。

正當我們成長期，處處小心要注意。
被人指點不正經，資產階級壞作風。
緊勒胸部男孩服，像皮伴我十幾年。
人生幾回花朵時，那個時代女孩子。

穿上哥哥的肥大衣服，當時挺舒服，但漸漸覺得它和緊勒乳房的胸罩一樣熱，原來我穿的是哥哥秋天穿的厚衣服。因爲每人只有一件夏天的衣服，看著山一樣的紙殼，火爐般的屋裡發愁，怎麼辦啊？而且夏季天長，無可奈何時羨慕人家的孩子，他們多好啊，一早就到南湖游泳去了。七月的南湖是最熱鬧的季節，女孩子們的游泳衣像一朵朵荷花在碧綠色的湖面上綻放，男孩們更涼快，赤裸裸的上身，深藍色的三角褲衩，在乾字橋上跳入湖裡後，時而蛙泳，時而蝶泳，時而仰泳，時而自由泳，游累了坐在沙灘上曬太陽，他們的夏天生活。比不起人家的我把缸裡的水舀到大洗衣盆裡，然後用紙盒搭牆，擋住母親、妹妹的視線，這才脫下衣服用涼水擦身，「熱屋裡的涼水浴」，涼快了一陣子，又開始熱起來。但我是女孩，不能大白天總脫衣服袒胸露腹的擦身，這時晾衣服繩上弟弟的游泳褲衩讓我眼前一亮，把衣服弄濕，穿濕衣服糊紙盒保證能涼快到晚上。從那天開始每天穿濕衣服糊紙盒，這回夏季到來不遭罪了，窮人孩子的智慧。

夏季到來去游泳，金色沙灘碧綠湖。
游泳女孩水中花，蛟龍男孩湖中騰。
那是他們暑假期，和我無緣熱爐屋。
濕衣包身餿飯菜，夢見流油鹹鴨蛋。

爲了節省煤和柈子，夏天的爐子一天只點一次，雖然放暑假了但比平時更忙，母親表揚我無怨的堅持精神，改善生活買了茄子、土豆。給父親做早飯時連同一天的飯菜全做出來，中午吃沒事，可是留到晚上飯菜酸了，捨不得扔的母親重新點爐子，然後往高粱米飯裡加水放碱，煮開去酸味後，再用涼水泡，變成撈水飯。茄子燉土豆也同樣放餿，看著變得更黑的茄子燉土豆，怨母親定量分配，那新下來帶著黑泥的麵乎乎的土豆還沒吃呢，就這樣白瞎了。屋外臭油漆的馬路被曬成沼澤地，這樣的大熱天讓人想吃鹹鴨蛋、黃瓜、香菜、大蔥蘸大醬，桌上沒人動的飯菜，小弟弟要鹹鴨蛋的無休止哭聲，使母親不得已的拿出五角錢讓我買鹹鴨蛋、黃瓜……。高興的跑到商店，但只買了兩個鹹鴨蛋，讓小弟弟、妹妹吃，我們吃黃瓜蘸大醬就滿足了。夏夜的美食留下了一生的難忘，也留下了遺憾，只是夢見鹹鴨蛋，水飯也瞬間撈完，還想吃下一頓。

我們東北美食夏，奼紫嫣紅桌子上。

黃瓜大蔥蘸大醬，高粱水飯鹹鴨蛋。

牛奶柿子西紅柿，女孩為了吃到它。

糊盒屋裡夜長明，最後還是難兌現。

我們家的窗簾，夏天拿它當褥子鋪在地上，涼快又不招臭蟲，沒窗簾的窗戶一到晚上，對面二樓上的人家聚到窗前，好像在看阿根廷電影「大牆後面」，直到看累了他們才離開窗戶，我望著對面大樓一家接一家的閉燈，羨慕他們睡覺了，而北面窗裡的我爲了一個流油的鹹鴨蛋，隨便吃的撈水飯，春夏秋冬夜長明。

不用再穿濕衣服糊紙盒的屋裡，連綿的秋雨，告訴我夏天過去，忙乎了一暑假收獲不小，再添點錢下學期我也能交學費了，這兩天家裡忙著買白菜、曬白菜、儲藏冬菜，讓我休息了兩天，秋天的飯桌母親也不實行定量分配了，因爲白菜便宜還能撿到白菜幫，大白菜象徵著東北的秋天。把切好的白菜洗了放在大盆裡，再放點鹽、蒜末、辣椒，然後用手拌幾下就變成了辣白菜，而且大蒜的香味讓肚子沒底女孩忍不住用手抓著吃，漸漸空肚撐得好像汽球鼓溜溜的。

脆靈、辣鹹，當時感覺挺好，比空肚子強，但幾趟便所把肚裡的水分全尿出去了。外面的秋風抽打著窗戶，霉暗冷氣飄的屋裡。醃的一大盆白菜還沒等吃飯只剩下鹽水底，離晚飯的時間還有遙遠的幾個小時，我在找吃的，牆角的苞米麵袋子和趴在地面的高粱米袋子都是生的不能吃，不甘心的眼睛還在找，原來能吃的東西就在眼前，桌子上糊藥盒用的漿子它是用白麵做的，好像嬰兒斷奶時喝的粥，細細的、粘粘乎乎的饞著少女，弟弟妹妹早跑到外邊玩去了，我和母親兩人的世界，蘭在等機會吃它，母女倆好像做盒的機器，漸漸盒堆滿了桌子，我還故意把盒往母親那放，母親停止了工作，找放盒的地方，機會來了，趁母親背過臉的瞬間拿出準備好的勺吃，舔漿子，當母親擺好盒，我已經又像機器一樣低頭糊盒呢，頭一回偷吃漿子感覺不錯，止不住了。母親在家做案不容易，盼母親上便所，那個時代也有好處，便所離家很遠，這充足的時間原形畢露，守著盆吃，漿子一下少了，害怕的離開，規規矩矩的坐在凳子上糊盒。但爲了滿足胃，偷吃的習慣已經收不回來了，怎麼辦?爲了讓母親看不出破綻，一回只吃二匙、三匙，我以爲自己的做法高，實在的高，可是心細的母親早已發現了漸少的漿子，只是沒有吱聲。濛濛亮的凌晨，弟弟妹妹們還在熟睡，父母小聲的說話聲，蘭醒了，母親在說漿子的事，父親不相信小蘭吃漿子，那不是人吃的東西，每天用的刷子很髒，不可能是我女兒幹的。父母的對話，臉燒得我像烙鐵，用被蒙臉也許能好受點，好像什麼事也沒有發生，母親用自家白麵做漿子，淚在眼睛裡憋得難受，我知道自己錯了。爲了餓肚，她在吃家裡的白麵，那白麵對尙家來說貴如油，裝漿子的大盆還擺在那，剛做出來的好吃，還冒氣呢，但我的肚子已經飽了。爲了不再偷吃漿子防止餓，在糊藥盒以前強制自己喝三大碗水，鼓溜溜的肚子讓我感覺不餓，也不惦記漿子了，這樣的生活一直到文化大革命開始。

一九六四年夏天，迎來暑假學生們。
做完作業解放了，女孩看書鉤花簾。
男孩郊外逮蟈蟈，他們日日是好日。
我卻日日是地獄，好像火爐密室裡。
日出月落糊藥盒，顆顆汗水滴盒上。

那個年代的中日生理用品

剛戴上勒緊發育的瘦小胸罩，十四歲的女孩又迎來初次月經，感覺那地方濕乎乎的，以爲尿褲子的我趕緊到裡屋解開褲子看，才知道來月經了。那一刻害怕、害羞、不適應、嫌麻煩，也朦朦朧朧、隱隱約約的知道自己長大了。買不起衛生紙和新布做月經帶，又不好意思和母親說來月經的事，還得趕緊找代替衛生紙、月經帶的東西。洗臉用的毛巾挺好，軟乎、吸水，但太貴了，一條手巾四角多呢，那個年代的四角錢能買好多吃的東西。失望過後繼續找，終於找到了一件破秋衣，可又爲難，犯愁，如果拿秋衣當衛生紙用，秋季到來穿什麼？褲子裡越來越濕，著急的女孩終於想出了辦法，用剪子把破秋衣的袖子剪出兩寸，然後再把袖口剪開，兩個秋衣「衛生紙」出來了。它不但軟乎、厚實，而且秋衣的藍色像魔術使月經不那麼鮮紅、顯眼，剪掉兩寸的秋衣袖子雖然短了，可是有外衣掩蓋，看不出來。美滋滋的把秋衣「衛生紙」墊在褲衩上，可新的問題又來了。那個年代的褲衩和衣服一樣不分男女，又肥又大，盡管慢走、注意，可是不大一會還是歪了、掉了，而且月經染紅了褲子、褲衩，又失敗了，怎麼辦呢？這時火炕上的破被服讓我眼前一亮，靈機一動，拿破被服裡的棉花「堵」流出的月經，我偷偷摸摸的奇怪行動，少了一塊棉花的破棉被讓母親終於發現女兒來月經了。現做女式三角褲衩不趕趟，也沒有合適、乾淨的布，急中生智的母親讓我先用她月經時穿的褲衩。第二天下午，母親拿洗得乾乾淨淨的舊布給我做三角褲衩，這回秋衣「衛生紙」不會歪了、掉了，而且放心了。接著母親給我講來月經時的衛生知識及注意事項，要勤洗、勤換衛生帶，要安靜，不要激烈運動。一個來月經還有這麼多講究、說道，還好極貧中長大的少女皮實、結實，同時也感謝母親及時、及早發現女兒用髒秋衣、髒棉花代替生理用品的無知行爲。

那夜我做了一個夢，夢見用粉色、白色玫瑰花紙包裝的衛生紙，而且衛生紙柔軟、朦朧，似絹、似紗，還帶著微微的芳香。本應該使用這樣好看、芳香、乾淨衛生紙的花季少女卻只能在夢中大飽眼福，大開眼界。

十八年後，在我三十二歲那年到母親的故鄉日本定居才夢想成真，而且更讓我驚訝的是日本的生理用品比我夢中的還要品種繁多，琳琅滿目，玫瑰花、茉莉花、鬱金香、康乃馨、向日葵、百合花……，還分爲白天用、夜間用、薄的、厚的，應有盡有，讓我迷失在眼花繚亂的芳香世界裡。

小街故事多

改朝換代新社會，從此異色不吃香。
為了生存塗紅色，五朵花中兩軍花。
草綠軍裝藍裙子，風光無限大紅門。
趾高氣揚呂家人，低聲下氣尚家人。
兩朵蘭花命不同，酸甜苦辣盡其中。

百家姓的小街生活著各種各樣的人，烙紅的家庭占上風，異色的我們家格外的顯眼，那個時代的政權給紅五類們無限權，各種侮辱人的語言在世界字典裡可以稱王。每天沐浴在小日本的罵聲中走出走進，忍耐的每天霉屋是天堂。躲在屋裡趴窗看小街，他們的世界，熱鬧的百家姓「趙錢孫李……」好像一部連續劇，愛和恨都發生在這裡。對面的南樓住著一戶姓呂的人家，蘭最羨慕的家庭，那個時代的成功者。雖然出身異色，男主人兩個老婆，但政治嗅覺靈敏，能及時把異色塗上紅色，全靠能說會道，善於交際的小老婆和大老婆會生，老大、老二都是千金，命運注定呂家的幸福路。兩個女人都愛自己的丈夫，爲了這個家，她倆齊心合力，大老婆賢惠能幹、老實、主內，能說會道的小老婆叢良主外，叢良把呂家未來的宏圖畫得紅透了。剛解放的中國缺大批人材，在政治上撈資本，把兩個女兒送到部隊參軍。

搖身一變解放軍，護身顏色好事來。

小街她家最風光，烙得太紅發紫了。

異色的家庭出了兩朵軍紅，從此日月生輝，每天都是好日子，受人尊敬神氣得很。她家最小的女兒叫呂蘭，和我一樣的名字，比我大一歲，但長得人高馬大。呂蘭和叢良一樣有政治頭腦，對異色的我們看不起，好像她天生就是紅五類，趾高氣揚活潑的她，愛傍晚時站在門口唱歌，摸出了呂蘭的習慣，每天那個時間站在窗前等她出現。羨慕的看她今天穿什麼樣的衣服，幾個紅孩子跟她唱歌、跳房子、跳猴筋、跳繩。雖然眼饞、眼紅、眼氣、眼瞅著、腳也站麻了，但還是不願離開窗前。

不願再憋在屋裡，眼饞看著窗外邊。

鼓起勇氣找她們，唱歌跳繩跳猴筋。

可是好景不常在，不知呂蘭說什麼。

她們紛紛離開我，小孩也分紅與黑。

我沒有得罪她，呂蘭爲什麼這麼做，蘭不是大人，也不會放毒，憑什麼你給定論管制尙蘭，裝什麼積極，你家已經夠紅了，還往上塗。知道自己不是她的對手，躲得遠遠的，在霉窗裡羨慕的看呂蘭，如今她還不放過我。

受侮眼淚被窩流，為何把人分紅黑。

無奈夢裡盼變紅，醒來還是異色蘭。

眼睜睜地看著小紅朋友們躲開我，知趣的回到家，委屈的想大人之間的紅與黑定論爲什麼也強加在新中國出生的孩子們身上，這樣的教育宣傳是否太殘忍了，被奪去玩的權利。把耳朵裡塞上紙團，不想聽見外面她彷彿勝利者的笑聲，但又忍不住把塞在耳朵裡的紙掏出，拿牆當電話聽外面的聲音，好像呂蘭在教她們跳舞，一二三的踏地聲，而我好像傳染病人被隔離在水牢屋裡，不知道哪一天她們能帶我玩。

呂蘭主演的連續劇每天在變，她的軍姐探親回來了，帶來了大城市的時尙，那件連衣裙經她的美步走好像喇叭花，連續的綻放，她驕傲的走著走著，我在屋裡看著看著，天眞的想如果也有像叢良那樣會塗紅的媽媽該多好啊！像畫一樣美好的家庭，有時也有女人之間的嫉妒，在生活對外問題上，兩人團結合作，但對男人叢良從不讓步，她和男人一個房間，晚上獨占他。有時的夜班也不許大老婆用，狡猾的她出門以後還不放心，趴在雜板之間的縫看大老婆是否鑽到她專屬的房間。她爲了那性福也眞夠損的，但叢良畢竟是一個人，看不住兩個人，何況大老婆才三十後半，早已忍不住叢良夜夜獨占性福。

夜夜空房大老婆，隔壁丈夫和叢良。
心裡不平找機會，她上夜班乘機入。
久旱女人床上欲，春夜性福冬天生。

看不住的兩人天賜給的福，大老婆的肚子漸漸的大了，看不住的夜，獨占的男人被偷睡，憤怒的叢良指著大老婆的肚子狠狠地說：「如果再生姑娘就掐死。」主內主外，平時親如姐妹的兩人在爭奪男人性福時，彷彿是敵人，叢良是不是太霸道了，你不在的夜晚應該輪到她的班了，但人家女人夜間的事有誰能說明白呢。老實默默主內的大老婆眞爭氣，呂家終於有傳宗接代的男孩子，呂家的紅圖越塗越完美，兩人又合作了。大老婆是高齡生產，生完孩子住院了，叢良帶著嬰兒在家，那孩子無休止的哭，她站在火炕上來回的走、哄，然後餵牛奶，孩子好容易睡著了，接著又開始洗換下的屎尿布。和小芳站在她家的窗前往裡看忙忙碌碌的叢良，這女人眞不尋常，侍候孩子也是好媽媽，呂家的寶貝兒子長得又白又胖。

小街的生活依舊，日曆像加法，我們在長，大人在老，呂家的大老婆有病了，叢良的黑髮也有了一半的銀絲，成了半老徐娘。昔日和平共處的她們，這時有了變化，呂蘭漸漸看不起小媽了，她要爲自己的母親爭位，在兩強的爭鬥中，大老婆死了，呂家開始沒落，靠嘴活了大半輩子的叢良如今要承擔家務。

柴米油鹽棉衣褲，不會做活總糊飯。

刀切玉手全是傷，沒完沒了女人活。

囚在屋裡一生轉，昔日女王今日衰。

追憶往事殘花淚，絲絲秋雨她離去。

溢滿水的盆裡堆滿了鍋碗筷盤，灑滿陽光的火炕上，冬天的棉活在排隊等她。叢良的眼睛好像玻璃珠一動不動，好像在想什麼，想過去，想大老婆，那時有爭，有嫉妒，但有家的感覺，她安心的在外上班，如今內外都靠自己，感慨失去美好的過去，蘭再也找不到兒時漂亮的叢良了。她本來應該有一個好的結局，沒人和她爭了，但沒人爭讓自己承擔生活，也不是每人做得合格的，何況呂蘭正在看她的笑話，也不和她爭了。

隔窗望對面，她在屋裡笑。

時而自言語，有時像木訥。

小街的太陽還是那麼紅，呂家的巨大變化人們漸漸不感興趣，忘記了她。瑟瑟的冷風夾著連綿的秋雨，突然的降溫，不適應的人們關上了門窗，躲在屋裡看掛在窗上的雨簾。突然南面傳來了哭聲，劃破了靜靜的雨街，叢良走了，人們又想起她，女人中的超群，從此的呂家過著平靜的生活，塗上的紅色牢固的烙在戶口本上，永遠的享受。囚在屋裡的放風時間又看下一集，在地球上南面總是陽光燦爛，按風水學當家做主的人也愛選擇南面的房子。南樓的裡面還住著一戶朝鮮人，一樣的外國人，日本人和朝鮮人地位天地之差，北朝鮮和中國都是紅色國家，五十年代初的朝鮮戰爭，兩國的兄弟友誼更加牢不可破，所以朝鮮人在東北很吃香。

搖身一變貼紅色，都稱自己北朝鮮。

走路挺胸傲氣足，受人尊敬一等人。

縮著脖子手插袖，弓腰身子頂風走，這零下的天氣凍萬物。地下室的水管道被冰堵住，用開水澆也不出水，拎著空桶回家，怎麼辦，水缸連一碗水都舀不上來，人還得吃飯，只有求她了，母親想起了南面的朝鮮老媽媽，南面的自來水安在個人家裡，所以不凍，都是異鄉人，生活習慣又相似，母親敲開了老媽媽的家門，說明來意，想借她家的自來水度過這兩天，自來水像小龍緩緩流進桶裡，母親在和老媽媽聊天，蘭好奇的看著她家，雖然簡樸但很溫暖，朝鮮人特有的乾淨，擦得明亮的鍋碗，讓蘭充滿了羨慕。老媽媽三個孩子，兩女一男，小女兒叫金香，比我大兩歲。

她的眼睛明又亮，兩條辮手垂腰間。

知道自己很吃香，每天夕陽站南邊。

好像綻放金達萊，朝鮮男孩圍著她。

她們的天下，金香也愛站在門口，笑、看、說可能美麗也是女孩的驕傲，她站的時間越來越長了，看著小街來來往往的人們，人們也看著幸福的姑娘。不知從何時起，金香家朝鮮族的男孩不斷，下午糊盒最盼望的時間等她，金香的出現給每天眼前是藥盒，地上像豬圈，牆壁長滿墨綠苔的黑白綠色屋裡帶來陽光，感覺時間過得快了。那天的新發現，金香戀愛了，男孩長得很帥，俊男靚女在夜下竊竊私語，他倆的親密讓我總出差錯，還不時的往窗外看，母親拉上了窗簾，我又回到了無奈的世界。刷紙的聲音裡聽出了母親的不滿，好像在說蘭幹活越來越不集中了，手也慢了。但嚮往的南面讓我離不開它，中毒在連續劇中，一樣的女孩，人家戴著北朝鮮的紅色名牌，前途似錦，她已經在紡織廠上班。

紅色中國紅朝鮮，牢不可破血友誼。
幸福國民很吃香，夕陽小街她天下。
月下私語愛情夜，天地之差兩女孩。
只因日本敵對國，嘗盡人間苦辣歌。

比不起金香特別的可惜，一衣帶水的兩國只差字典裡的兩個漢字「紅色」，假設日本是紅色，蘭的命運可能改變了，假設的事太多了，假設我們的課本像講抗日戰爭那樣詳細的講中國五千年的歷史，中國的版圖爲什麼那麼無疆，是誰的功勞，蘭就不會受人侮辱了，罵我們是小日本、日本鬼子。

開天闢地五千年，中國歷史英雄多。
暴君帝王秦始皇，統一中國築長城。
清朝三王畢生戰，大好河山才呈現。
中國版圖無疆界，千年分離清朝圓。

三百年以後，平南王的後代在外面低頭走路，小聲說話，很少出門，在屋裡羨慕的看著窗外，又到時間了，我聽到了金香的笑聲，不知不覺的抬頭看，她映在淡紅的霞光裡，臉好像含羞的蘋果，靚麗的大眼睛，垂腰的麻花辮，綠色的毛衣，這情熱的東北顏色把金香打扮得彷彿畫上人。她的帥哥終於等來，熱戀中的女孩喜歡墨夜，他倆還在私語，我呆呆的倚著窗戶看金香的美好夜晚，忽然一股酸酸的感覺讓我離開窗戶，再看下去只能帶來無盡的嫉妒。小街靜了，躲到墨雲裡的月亮，把夜晚變得漆黑，但我翻來覆去的睡不著，又一次來到窗前，看著屬於金香和戀人的兩人世界，他倆好像變小了，看人家臉色，彎腰走路，總在窗裡偷看外邊，低調活著的異色少女，渴望、羨慕、嚮往像紅色少女那樣在門口大聲的唱、笑、喊、說、戀愛，不知這一天要等多久？

除夕夜裡難團圓，保衛大清四十年。

清朝版圖無疆域，國泰民安康盛世。
誰知已過三百年，真實歷史不敢言。
不知何時見天日，父親逝去我等待。

一九五七年共產黨發動的「大鳴大放」整風運動，號召黨外人士、知識分子，群眾給各級共產黨幹部提意見，借此整頓黨風。原則是「不打棍子，不抓辮子」，「言者無罪，聞者足戒」。信以爲眞的黨外人士、知識分子、群眾在大會上對共產黨幹部的官僚作風，脫離實際的作法提出批評。有的人不提意見，黨組織做工作讓提意見，大鳴大放、整風運動如火如荼進行著。正在這時，整風運動突然改變方向，以「引蛇出洞」爲名對提意見的知識分子、黨外人士、群眾扣上借著大鳴大放攻擊共產黨，反對共產黨，不要黨的領導，外行領導不了內行等等。緊接著對這些提意見的黨外人士、知識分子進行反擊、批判、處分，然後一網打盡，定爲右派分子，對他們進行監督、監視，有的發配到邊疆、塞外或下鄉勞動改造。

對面樓裡的一位教師也被打成右派，從那一天開始再也看不到對面窗戶裡三個女兒等著父親下班給父親擺鞋、脫衣、倒酒。

一碟炒菜一盅酒，天上人間在此時。
右邊兒女左邊妻，每天月下團圓桌。

打成右派五七年，劃清界線兒與父。

殘月映在桌子上，無視無言二十年。

白天在學校掃地、掃院子、掃便所，黑天回家老婆、兒女沒好臉。桌子上沒有他的碗、筷子，天天孤零零的在廚房裡吃殘湯剩飯。

不久，更大的不幸降臨到李老師頭上，大女兒小萍處了三年的解放軍男友提出分手，突然的晴天霹靂，已經懷了孕的小萍將面對著道德敗壞、未婚先孕、丟人現眼、人言可畏的現實。爲了不讓人笑話、爲了要臉、爲了肚裡的孩子將來不被人們罵是私生子、野種，小萍不同意男方的分手決定，那位軍人成分是貧農，面對「黃土背朝天」的農村苦難生活，他不甘心，他想改變自己的命運。如果未來的岳父是右派，不但政治審查通不過，部隊也不允許解放軍戰士和右派女兒結婚，害怕連累自己留在城裡昇不了軍官，影響前途的男方對小萍下了毒手，騙小萍去散步，趁火車駛來時把小萍推下去，但蒼天有眼救了小萍，可胎兒沒有保住流產了，男方被送到軍事法庭，一步走錯接著步步坎坷，小萍後來也不幸福，結婚、離婚，三個孩子三個姓。爲了養活三個孩子，她去幹一般男人都幹不了的苦力活「推腳」，苦難奪去了讓小街的姑娘們羨慕的紅顏，垂到腰間的麻花辮。禍從口出，因爲李老師實話實說毀了女兒的一生，後悔莫及的李老師常常自言自語，沒完沒了的嘮叨不如把我發配到遙遠的塞外。

荒無人煙流放地，牧羊老人大聲嘯。

朝夕面對天地間，不問不想煩惱事。

對面窗裡發生的事，使父親知道了禍從口出的殘酷、殘忍，父親警告自己每天在單位少說爲佳，或不說話，省得惹事生非。

我們的小黑幫裡又多了一個伙伴，她就是李老師的小女兒小楠。

那個時代的小街，彷彿一部電視劇，酸甜苦辣、悲歡離合盡在劇中。

終生難忘的一天

朝朝暮暮六年間，教我寫字認識字。
老師期望沒辜負，愛看報紙寫作文。
終身難忘那一天，見到敬愛周總理。
感動淚水化作雨，直瀉春城天地間。

屋裡糊盒的時間過得也很快，轉眼已是六年級的學生了，馬上要報考中學，太多的回憶浮現在眼前。那是一所環境很美的學校，一棵棵茂盛的大樹簇擁著一幢幢紅磚小樓。明亮教室裡溢著木香沒有刷油的地板，胸懷遠大理想、奮發學習，即將東南西北行的同學，讓我更加戀戀不捨，念念不忘小學生活。

我的座位靠著窗戶，外面的樹遮擋著玻璃，使窗戶變成了一面綠鏡子，它成了蘭的最愛。因爲鏡子映出一個女孩的成長過程，歲歲年年的六年，教我寫字認識字的老師，還有激勵蘭好好學習的同學們的香飯盒。爭取考重點中學，然後參加工作，蘭的理想是圖書館，既能幫助家裡，又能看書，圓多年的夢，當一名記者。

放學的鈴響了，後座的張娟約我到她家做作業，爲最近總突然的考試做準備。好像再現尙蘭兩年美好生活的大屋，能照人的紅油地板，大窗台上的君子蘭，燈籠花被太陽的照耀，宛如一幅齊白石筆下的墨綠嫣紅的水墨畫，裡屋茶色的皮箱上蓋著那時流行的百花鉤簾，太陽還不斷的往屋裡灑金色，在這樣的房間裡復習功課、做作業、思考、聯想眞是天堂。但把蘭顯得更加寒磣，比不起張娟鉤花簾，吃肉餡餃子的生活，無盡傷感後，我只能在作文裡寫出對幸福生活的渴望、嚮往、羨慕、夢想。

人家女孩鉤花簾，我沒時間又沒錢。
粗繭雙手劃傷花，一無所有生活中。
女孩夢想作文裡，一間朝陽大屋子。
朝朝暮暮書海裡，閱讀唐詩三百首。

夢想裡的生活總是那麼短暫，寫完了作文又回到現實中，無可奈何的女孩用在校的時間讀帶去的書。她把書想像成世界最長，絢麗多彩的百花簾，簾裡的蘇聯文學、名著經中文的翻譯要我一生熱愛它，是它最忠實的粉絲。書好像魔術箱，在書裡走不出來了，漸漸作文有了進步，最喜歡上語文課寫作文。馬上要畢業了，學習進入了決戰，老師都希望我們考上一流中學，總考試。

那一天老師又神祕的拿出作文題考試，題目是「我最感動的一件事」，恰巧一年以前周總理陪同朝鮮客人到長春訪問，地方長大的尙蘭只是在報紙、紀錄片中認識總理，如今人人熱愛的總理就要來到長春，高興，感動，給還有一年結束的小學生活留下一生難忘的紀念，全校在沸騰。每天下午的時間都在操場上練習唱歌、排隊形，「長白山染遍血的足跡，鴨綠江水曲曲彎彎……。」歌頌金日成將軍的歌聲、口號聲、鑼鼓聲響徹校園的天空，練習完畢回到教室，老師開始講歡迎周總理和朝鮮客人的注意事項，沉浸在幸福中的我們背著手聽老師講，當講到對服裝要求時，心裡涼了一半，男生要整齊乾淨，女生盡量漂亮點，別的要求都能做到，可是衣服怎麼辦。

老師講完後，我們開始做歡迎周總理和朝鮮客人時用的花，用糨子把紅黃粉藍色的紙花一朵一朵的粘在樹枝上面。可衣服的事還沒有著落，夕陽西下，玻璃窗變成了墨綠鏡子，照著身穿的衣服，連自己都感到難爲情，太寒磣了。桌子、地板上面灑滿了剩下的彩紙，撿起幾塊想這要是布多好啊，犯愁的女孩子，不好意思爲了瞬間的感動向母親要錢做新衣服。可越來越高興的同學們又開始練習唱歌，受感染的我順手拿起剛才用剩下的藍紙做的花環戴在頭上。

總理陪客來長春，高興過後又犯愁。
沒有像樣衣服穿，無可奈何只有借。
小芳那條紅裙子，藍色花環戴頭上。

七年以來第一次，香皂浴身洗頭髮。

連夜刷鞋再烤鞋，為了歡迎周總理。

藍色花環戴在頭上挺好看，它啓發了我的靈感，想起了小芳的紅格裙子。蘭敲開了小芳家的門，說明來意，她很痛快的把紅格裙子借給我，她給自己選了一條藕荷色小花的裙子，爲了一生只有一次的幸福，我倆在鏡子前試穿感覺不錯，小芳看我的藍色花環好看，她又急忙到二商店買粉色的紙做花環。長春的孩子們用最美麗的色彩迎接周總理。

女孩想出好辦法，不用花錢也美麗。

自做花環借裙子，熱烈歡迎周總理。

貧窮的生活已經八年了，十四歲的女孩第一次有機會能穿幾小時漂亮的裙子，不甘心反正還有幾天呢，回到家再也忍不住了，劃上門把裙子穿上在那美，又愁了，裙子不是我的，怕弄髒又怕小芳看見，走到鏡子前看鏡裡那個穿紅格裙子的女孩，想長春的盛大儀式，我變成了眞正的祖國花朵，但這也是曇花一現。不願意偷偷摸摸害怕的穿著，還是等那天穿吧，戀戀不捨的再照一遍，然後不情願，迫不得已的脫下紅裙子。又檢查一遍那天需要的東西，才發現腳上的臭鞋、破襪子不合格，和靚麗的裙子對不上，但白天又不能洗刷還上學呢，只有等晚上刷洗再用爐烤。一切準備好，只剩下還沒洗澡，趁這時候要，母親一定給錢，而且快一年沒去澡堂了，我又得寸進只要買香皀，母親沒有說什麼拿出了錢，她知道女兒已經夠節省了。我約了同班的王蕾一起去的，長長的浴池放滿了水，我先洗頭，她先泡、洗，因爲蘭身上的污泥像一層黑皮貼在皮膚上，等王蕾洗完我再進去。身上經過泡、搓，把澡堂裡的水弄成黑泥湯，放掉水再接乾淨的，然後拿出買的香皀擦身，從來沒有過的舒服。

今天終於洗澡了，朦朦朧朧熱氣中。

芳香溢人小香皂，洗掉身上一年髒。

頭髮裡面虱子窩，包裝完畢女孩子。

歡歡喜喜等待著，敬愛總理到長春。

明天就是周總理訪問長春的日子，把裙子疊好放在褥子底下才放心的睡覺，母親早起來了，爲了這一天特意做了一鍋高粱米乾飯，每人一個鹹鴨蛋，還有湯。小街的家家這天早晨燈都亮得很早，先上便所走出家門，我被眼前感動，那萬家的桔黃燈泡組成一條金龍在墨色的夜空裡閃耀。這座城裡的人們和我一樣徹夜難眠，早早的奔向、湧向斯大林大街，搶、占最能看清楚周總理面容的位置。

好像是過節，春城家家忙，

對鏡扎紅綾，洗臉用香皂。

穿上紅格裙，戴上藍花環。
乾飯鹹鴨蛋，歡迎周總理。

準備好了，十四歲的女孩迎來了難忘的一天，上學校的途中和同學們匯合，越來越多，再也控制不住激動的心情，我們開始跑了，爭取早點到學校。老師又一次點名，講注意事項，出發前最後的檢查，然後排著整整齊齊的隊形來到斯大林大街，各學校指定的地點。那一天長春市是陰天，但斯大林大街卻被熱情的人們打扮成鮮豔的世界，紅旗、彩花、鼓聲、歌聲來回的起伏。他們的熱情感動了上蒼，那一刻終於來臨了，長春變成了最幸福的城市，震耳欲聾的熱烈歡迎聲，長白山連綿的森林的歌聲飄在空中，絲絲細雨中，總理的敞篷轎車緩緩駛來，看得那麼清楚，身穿灰色中山服的總理慈祥的向我們揮手、微笑，激動的我們哭了。

一生難忘那瞬間，總理轎車駛過來。
激動感動同學們，多想時間停在那。
敬愛總理看不夠，熱淚盈眶化作雨。
長長大街花海洋，還在雨中歡呼著。

車已經過去，淚花流的人海還不肯走，這是總理經過的地方，一生的紀念高興的還在喊，雨澆濕了衣服，澆濕了手中的花。熱烈歡迎周總理的人海匯成了一條看不見尾的龍，又彷彿萬里長城，還在雨中揮動著花束、彩旗，難忘的一天，長春人民感動、激動的淚水化作雨。

總理的轎車往南湖賓館駛去，目送到很遠很遠，然後我們才離開斯大林大街。幸福的瞬間像一張珍貴的照片留在記憶中，我最感動的一件事在畢業作文考試中得了第一名，它也是老師的驕傲。回憶六年的小學生活，從對漢字感到好奇然後喜歡它，用學的字寫我的蘭夢。馬上要考中學了，語文良好，算術太差，這樣下去希望的三中考不上。暑假的前半期，老師爲了給我們算術差的補課乾脆不回宿舍住，把辦公桌拼到一起當床，我們也從半天上學改爲一天，細高清秀的老師這時更瘦了，他的廢寢忘食，我的努力，算術有了很大的進步，再加油考三中沒問題。

一切為了考中學，與世隔絕兩星期。
關在教室算答寫，昔日圓臉今變長。
不知已經立秋了，山楂樹上結滿果。
師生辛苦傳喜訊，考上長春第三中。

小學最後一次家長會老師念了我的作文，表揚六年級的孩子寫出這麼感動人的作文，家長會是父親去的，在全體家長面前念女兒的作文，父親很高興，極貧的尙家女兒的優秀可能是對父親最大的安慰。回頭望父親也很感動，沒有力量幫助家裡，只能好好學習，爭取寫出更好的文章報答父母。

窗外秋高氣爽，我深情的再次好好看看它，操場、教室，太多的回憶像電影一幕一幕，週一到週五背著手坐在教室裡聽老師講課。週六的下午，我們從緊張的學習中解放出來，蘭最喜歡的時間，一週的教室要大清掃，桌子、椅子全挪到後邊，一群孩子們打水刷地，他們不怕髒，蹲著認眞的刷，直到把泥土地板刷到木的原色才罷休。文化大革命前的學生，那種對學校、教室的愛護，讓蘭總留戀那段生活。

怎能忘記小學校，學制裡面它最長。
每個週六放學後，不用老師在教室。
一群學生大掃除，不怕埋汰不怕累。
地板乾淨窗戶明，文革以前良校風。
留下傳統給下屆，戀戀不捨離開它。
一群孩子集操場，小學最後金夕陽。

來到操場站在圍牆邊，感動的看著夕陽裡的小樓，用大塊玻璃拼的大窗戶映著我六年的成長，從不識字的女孩到喜歡外國文學、電影和關心國家大事。在即將離開之際，感謝天津路小學老師們對我的教育，感謝文化大革命前的校風。

東北的四季涼菜

兒時最愛雪花飄，一年盼望馬上到。
母親忙乎年夜飯，感受感動那瞬間。
白菜好像大戲法，切出一盆白菜絲。
肉星蒜末乾豆腐，父親除夕下酒菜。
我們喜歡它量大，東北美食涼菜花。

每當在異鄉做涼菜，思念會把我帶到故鄉，兒時，尚蘭的自傳童年，少年時已經寫完，在寫中學校園以前，讓在東北生活了三十二年的我把故鄉的四季涼菜介紹給讀者。隨著年齡的增長，我知道了陰曆年比陽曆年好，有壓歲錢，有錢買條紅綾子、打燈籠，比陽曆年多三天好吃的。又像電影放映著一下子變得熱熱鬧鬧，喜氣洋洋，紅紅火火、花花綠綠的外面，這時最高興的是男孩還沒到午夜就開始放鞭炮，冰天雪地上紅焰的火柴讓「二踢腳」瞬間飛上天，又在空中爆炸發出巨響。接著放一掛掛的「小鞭炮」，把它放在地上然後迅速的點燃，刹那間辟辟叭叭的小鞭炮好像火龍在地上舞動、跳躍，讓圍看的小孩害怕過後是一片歡呼聲，大顯身手，震耳欲聾的鞭炮竟演滿足了盼望一年的男孩。與男孩相反，女孩對鏡扎紅綾、貼年畫，和母親忙乎年夜飯，此時家家戶戶包餃子、燉魚、炒菜，街上的各種香味、香氣，把除夕夜推向高潮。母親拿出藏了一冬的白菜，我又拿著購貨證跑到商店裡破例的買了二斤乾豆腐，我們雖然總吃不到人家過年的溜炒燉，但三十晚上母親做的年夜飯賽過那些魚肉雞宴。鍋裡開水溢出的朦朦朧朧熱氣，使母親手裡的大菜刀好像戲法，一眨眼切出一大盆白菜絲。接著用切好的菜絲做花，母親先用翠綠的白菜葉絲做花邊，然後是白菜幫絲，緊接著是乾豆腐絲，最後放上辣椒絲，和人家不一樣的年味屋裡，中國的國花又大又圓的牡丹在冰夜盛開。沒有鞭炮的三十也這麼熱鬧，好看，弟弟們不再趴窗看硝煙彌漫的小街景，圍著母親看中華鍋噴出的紅焰火，驚奇的喊起來。看著高興的孩子們，母親特意把澆醬油醋、撒鹽、點香油的活讓弟弟們去做，把他們的怨，來年放鞭炮的夢都撒在牡丹花的涼菜上，它實惠好吃，占了整個圓桌，而且酸、辣、鹹、甜、脆，五味俱全。這時，用豬油、白菜餡包的餃子也煮好了，望著一年只有一次好吃的除夕夜，我們等不及了。

趕緊拿碗筷，接著鬆褲帶。

然後搶位置，眨眼圓桌空。

肚子才半飽，窮孩在渴望。

啥時能實現，天天吃涼菜。

兒時的好日子總是瞬間，還沒過夠呢，也難怪三百六十五天的日子裡只有五天，聞著漸漸遠去的香味又在盼春天的涼菜，東北的春天來得遲，各種鮮菜還沒下來，這時人們把對綠色的渴望全灑在涼菜裡。

綠豆牙帽美玉身，晶瑩剔透土豆絲。

翡翠衣服紫紅芯，甜脆水靈青蘿蔔。

儲藏蔬菜大集合，做出一盤涼菜花。

酒精兒水當白酒，滋潤春天東北人。

東北特產涼菜省油又好吃，而且像美玉似的綠豆芽已經漂洋過海成爲國際品牌，春天的涼菜講完，夏天的涼菜更加鮮豔，它好像孩子們祕密小盒裡的彩色玻璃溜溜，清晨的菜市場沐浴在朝露裡的大紅柿子，帶刺的黃瓜，明亮的茄子，鼓溜溜的花皮豆角，坐在車裡看人笑，我拎著菜籃等車卸完撿便宜，那些菜雖然擠破、傷皮、兩半，但味道不變。買回家把它們放在水缸底下，那又潮又涼，等晚上父親下班回來一起吃，離晚上的時間還早呢，爲了買便宜菜起得太早，不知不覺睡著了。

夏天到來救窮人，便宜價錢買一堆。

擠碎黃瓜洋柿子，刀下黃瓜變玉絲。
加上嫣紅小柿子，拌成一盆涼菜花。
父親吟酒蘭作詩，良辰美景幾回有。

睡了一覺，拉短了到晚上的時間，那夜和母親一起做涼菜，看著弟弟、妹妹們爭先恐後的搶，我爲自己的早當家驕傲。夏天的涼菜講完，開始吃秋天的涼菜，它更讓人陶醉，桌上的涼菜和窗外的明月給落葉菊花綻放的長春增添了天上人間的感覺，最留戀的五十年代。秋天白菜是主角，它的大、水靈、翠綠給即將到的冰冬帶來熱熱鬧鬧的氣氛。

家家門口白菜堆，它是冬天生命線。
涼菜酸菜包餃子，生在東北我的福。

那輪明月掛在遙遠的天空，它好像一張水墨畫給孩子們無盡的夢想，能吃到花生芝麻紅綠絲餡的月餅了。人家的孩子夢想成眞，他們像月宮的兔子把月餅咬得只剩一點，那餡掉在地上了，我嚥了一下口水無奈的回到家。母親正在用切好了的白菜絲做涼菜代替中秋節的月餅，但是弟弟們不幹，他們想吃一塊紅絲、綠絲花生餡的月餅，但是今年的中秋節偏偏趕上父親開支前的二十幾號，沒有錢買月餅，無力讓孩子在一年又一年的中秋節吃上一塊月餅，覺得對不起孩子們的母親，用僅剩的一點金貴白麵做月餅。看著媽媽和麵，小弟弟轉哭爲笑，我也高興唱著「人家的姑娘有花戴，我爹沒錢不能買，扯下二尺紅頭繩給我扎起來」的歌，觸景生情的電影「白毛女」插曲，啓發母親把蘿蔔的紅蕊、綠皮切成絲代替月餅裡的紅絲、綠絲，然後把平時捨不得吃憑證供應的糖精舀一點點拌在紅綠絲裡。經過母親的巧手，六個代替月餅的餡餅烙好了，母親又急忙往單調的涼菜上放紅綠蘿蔔絲，哇！我們家的中秋節也能和人家的中秋節相媲美了，而且比人家的更有詩情畫意。你看在明月下涼菜水靈得讓人不願離去，又彷彿萬花筒不斷的變化，綻放，讓你眼花繚亂，母親用巧手把東北的大白菜、大蘿蔔做成美食，它賽過月餅葡萄大鴨梨。

秋天蔬菜大集合，東北特產大白菜。
翡翠褶裙豐滿身，水靈味美菜中王。
綠皮紅蕊大蘿蔔，各種各樣食用法。
色彩妍麗涼菜花，還能切出紅綠絲。
滿足小孩月餅夢，別具一格中秋節。

過不起元宵節、端午節、中秋節，羨慕、嚮往、眼饞、眼紅人家孩子有好吃的二十年間，讓我的自傳裡大部分是寫吃，而且涼菜部分最多。沒辦法，這是經歷過那年代的女孩對吃的執著，而且像戲法似的變成涼菜的黃瓜、肉絲、香油又彷彿夜裡的焰火，雖曇花一現，只能年節吃到。以爲這一輩子注定吃飯要糧票，買糧要糧證的供應生活，讓我愛上有好吃、能吃飽的過年、過節這四個漢字。

如今在海外漂流的遊子每天離不開涼菜，補上兒時、少年、青年時的遺憾，也感謝生在這片黑土地上讓我永遠愛東北的涼菜。

異鄉月下桌，紅酒涼菜宴，
夫婦吟酒歌，人生有幾回。
花好月圓夜，觸景生情淚，
遊子思故鄉，只能夢裡歸。
如果有來生，還做中國人，
像那樹纏藤，天長地久守。

故鄉的冰糖葫蘆

冬天一道風景線，金色麥人鬧市站。
壓頭簪上串山楂，含羞藏在糖衣裡。
等待你來買一串，吃到口裡那瞬間。
讓我一生最愛它，故鄉美味糖葫蘆。

天下最美蘭故鄉，我忘不了東北的春夏秋冬，那裡留下她半生的眷戀，也留下半生的遺憾，最遺憾的是在東北三十二年間沒吃過幾回。冬季到來，讓孩子們高興的冰糖葫蘆，太貴了沒有錢，徘徊的看著它，賣糖葫蘆的也盼人買，他已經凍成了霜雪人。

狗皮帽子冰溜鬍，那邊女孩直跺腳。
兩人對視乾著急，他想掙錢我想吃。
冰糖葫蘆無奈何，只能等在冰雪裡。
墨夜來臨喊聲遠，年年冬天失望回。

冰雪長春城，一串串紅豔豔的糖葫蘆讓有錢家的孩子高興，讓我無奈，越想它離得越遠，眼睜睜的看著晃在刺骨寒風裡。見凍就樂的小孩們包裝得好像棉包花，堆雪人的、抽冰猴的、打雪仗的，在這白雪皚皚的世界裡，冰糖葫蘆顯得更加耀眼，玩累的他們掏出了錢，那疙瘩的冰糖葫蘆讓你感到生在東北的幸福。美美的拿著糖葫蘆的伙伴讓蘭羨慕眼饞，流出的口水凍在嘴邊，再站下去也是看那些棉包花吃，我離開了。

眼瞅著要過年了，小街的垃圾站越來越高，我的糖葫蘆夢就在這裡，蘭看見了灰堆裡露出的牙膏皮，撿破爛賣，以最快的速度把牙膏皮撿起來。新中國出生的五零女，她兒時的牙膏皮是用鋅做的，大白天撿破爛難爲情，我準備好清晨撿，爲了不讓人發現我是女孩，也是爲了安全，我把自己包裝成狗模樣。穿的藍衣服沒事，夜色下藍衣服能以假亂眞，和狗的黑毛差不多。又戴上弟弟的狗毛帽子，這下子有點像狗了，爲了更逼眞又學狗走路，實際是爬行，還用爐灰把臉塗黑。

路燈變成探照燈，它在幫助蘭把垃圾堆照得雪亮，喜出望外的女孩跪在堆上一點一點的扒找寶，刷牙的人太少了，只扒出一兩個，偷偷摸摸怕熟人看見。裝成狗模樣的我白起早了，改變了戰略，不光找牙膏皮，能被收購的破爛都撿。

躲開人言人眼睛，夜半三更撿破爛。

煤灰塗臉學狗走，夜色把衣變黑色。

好像狗皮實在高，腦袋戴上狗皮帽。

為了一串糖葫蘆，女孩扮成狗模樣。

終於有一天攢了一堆破爛，裝在口袋裡用手拎挺沉的，掙出買糖葫蘆錢了。但賣又成了問題，我是女孩不好意思去賣，那是大人的世界，在收破爛車那繞了幾回也沒敢去，站在遠處發愁。呼嘯、刺骨的北風越來越猛，像鞭子打得我抖個不停，太冷了。我重新把口罩戴上，這樣能暖和一點，忽然有了靈感，飛快的跑回家，把弟弟的帽子借來，麻花辮藏在帽子裡，女扮男裝勇氣來，背著口袋來到收破爛的手推車前，把扒的東西倒在秤上，老大爺用凍僵的裂髒手從包裡摸出四個五分的硬幣給我，那個高興，趕緊謝謝他。剛才的緊張害羞，沒太注意老大爺，現在細看。

銀白世界雪花飄，好似東方聖誕節。

茫茫雪街收購車，雙手插袖老大爺。

冰溜鬍子眉掛霜，棉帽下面慈祥臉。

聖誕老人在等她，紅包裡面兩角錢。

終於夢想成真了，有錢買串糖葫蘆。

我也有錢買糖葫蘆了，再一次謝謝老大爺。往市場的方向跑，那一排排金色麥人身上插的糖葫蘆在冰天雪地上格外的耀眼，好像小孩們喜歡的紅玻璃溜溜，晶瑩剔透得讓我不知買哪串，只是挨個的看終於能買得起的糖葫蘆，最後我選中了一位老大爺的冰糖葫蘆。因爲點綴冬天的紅色，從老大爺那買會給喜歡聖誕節的蘭帶來神祕和好運，我掏出錢交給老大爺，當他看到我凍裂出血的拉巴手時，老大爺好像明白了什麼，他心疼的說：「拿住」。

冰糖好似玻璃片，太脆易碎容易掉。

聽了老大爺的話急忙把包山楂的冰糖吃了，省得糖片掉地甜夢碎，然後再一個個吃山楂，冰酸甜全送進嘴裡，那個幸福，還不夠吃，我來回舔竹棍上的酸甜，今年冬天滿足了。一個女孩沒有太高的要求，只希望年年的冬天吃一串冰糖葫蘆，但以後總搞運動的祖國越來越窮，垃圾堆裡一無所有，站在街口聽從凍僵大地甩出的叫賣聲，我走了，因爲不敢聽又甜又脆又酸那幾句淌口水的東北話。一個女孩的吶喊多想再吃一串糖葫蘆的夢，讓蘭做了二十多年，如今能買得起了，中國也迎來了盛世，但多病的她已經回不了冰雪的長春，回家過年了。

那個時代沒有錢，如今錢夠病纏身。
命運總在捉弄她，無可奈何蘭一生。
如果時光能倒流，還想回到少年時。
冰糖葫蘆吃個夠，來生再世東北人。

二十多年的遺憾已經過去，沒有辦法，誰讓我是新中國的長女，只能認命。一生最美好的時光被奪去的女孩，那段苦歌是尚蘭完成小說的動力。三十三年的遊子生活使她更愛那片無疆的大地，對故鄉美食的眷戀全寫在這部自傳裡。糖葫蘆是這些美食中最偏愛的，誰讓蘭是東北女孩了，忘不了的鄉音，那疙瘩長大的尚蘭對糖葫蘆的讚歌只能寫到這裡，因爲水平有限，下一篇開始寫短暫的中學時代。

短暫的中學生活

東南西北集三中，陌生面孔少男女。
一切都從這開始，教室沐浴好學風。
將來都是國棟樑，憧憬明天理想夢。
紅色海嘯毀一切，中學生活一年餘。

戀戀不捨的告別了小學生活，馬上就要上中學了。變成少女的我也越來越愛面子，莊嚴的第一天入學不能像小學那樣太寒磣了。我趕緊用藍顏料染衣服，過後又愁已經變成爪子的雙手怎樣包裝才能讓舉手發言時不在一群好看的玉手中顯得各色。絞盡腦汁，想盡辦法，突然小芳家窗台上綻放的菊花，讓愁眉不展的我眼前一亮，用接近皮膚的淺粉色菊花做花露汁掩蓋我的黑褐色指甲。而且斯大林大街到處是花壇，有不少被風吹掉的花瓣，趁著月色撿花瓣，又用淘米的米湯洗拉巴，像銼的手，乞盼變成人家那樣玉手的女孩子。

渴望的莊嚴的第一天上學，我的形象終於不寒磣，不各色了。感動的坐在教室裡，從這裡開始了中學生活。桌子、椅子、黑板都比小學大，和窗戶有緣，坐位又是靠窗戶，蘭照著窗鏡子美滋滋的想，但願中學的三年窗戶和她作伴，像小學那樣紀錄我成長的過程。窗外操場上好球的喊聲打斷了蘭的美夢，我被吸過去看外面。下星期開始帶飯盒，剛解決衣服和鞋，這回又愁飯盒，上中學的第一次飯盒還得要面子。母親起大早做高粱米摻蘿蔔的乾飯，把夢蘿的紅皮去掉，裡面是白心，把它剁成小碎塊，等高粱米乾飯快好的時候放進去，然後再燜一會，冒名頂替的高粱米和大米的二米飯做好，屋裡飄著蘿蔔剛熟的香味。

冒名頂替二米飯，顏色挺美紫白色。
大醬燉豆開門紅，打開飯盒難為情。
蘿蔔臭味襲教室，無縫可鑽羞紅臉。
從中悟出一條理，別再虛偽窮就窮。

母親早晨費盡心思做的飯盒給我帶來難爲情，空肚的早晨等待午間的飯盒，最愛聽一節一節下課的鈴響，離午間越來越近了。當上午最後一節下課鈴響，迫不及待的從書桌裡拿出飯盒，本性難改，此時蘭忘記了小街有人恥笑我家吃飯的狼狽相。只想吃飯，打開飯盒的瞬間，一股刺鼻的蘿蔔味跑出來，好像放屁，原來做好的蘿蔔，當時溢香，一上午捂在書桌裡變味了。幸虧我趕緊把飯盒蓋上，所以蘿蔔的臭味沒擴散，但再也不想打開放臭，放毒了。到哪去，拿著盼了一上午的飯盒走出校門，沿著回家的路來到勝利公園的南側，柵欄前，它的對面是省委長長的灰圍牆，那靜，白天很少有人經過，偶爾有一對戀人在公園裡的涼亭親熱的吻嘴，蘭坐在落葉的台階上，難爲情的臭飯盒，在這裡可以大膽的吃，但咽下的是淚飯。

無奈走出去，到公園後面，
那裡沒有人，不用難為情，
孤零我一人，一年餘時間，
在這裡度過，何時熬出頭，
飢餓女孩淚，灑在天地間。

窮就是窮，別再虛榮了，以後的飯盒又和小學時一樣，飯盒大，窩頭小，遠看好像山楂糕的腐乳就一塊，可是自從上中學以後有了希望。每天的最愛是看日曆，看今天幾號了，盼一年快點過去，再堅持兩年，等中學畢業後工作幫助家裡，一想到即將實現的理想，好像回到小學三年級戴上朝思暮想的紅領巾時那麼感動。

不久又有了好消息，國家照顧生活困難學生的助學金我夠條件，找老師把家庭情況說了，沒有多久，雪中送炭的助學金發下來。拿到錢的第一件事做了一件新衣服，那件染的衣服像皮總穿，日久天長有一股味，這回好了，有衣服換穿，很珍惜它。放學馬上脫下來疊好，爭取穿到中學畢業。

冬是棉衣春夾襖，夏天單衣秋添層。
窮人智慧像魔術，一件衣服穿四季。
虱子喜歡那味道，趴在身上咬女孩。
今天終於得到錢，買塊新布做衣服。

七年來第一次不爲學費苦惱，更刻苦學習了。三中的學習風氣很濃，尤其是我們這屆，大多數是小學的尖子，課本上的數學題根本難不倒他們，教室好像戰場，老師總考試。

陽光教室如戰場，今天老師又襲擊。
緊張答卷學生們，人生目標上大學。

我不敢觸摸那些美好的明天，只想順利地念完三年參加工作，老師拿著考試卷走了，像軍營的一天終於鬆了一口氣。靜靜的教室突然活躍起來，同學們跑出教室衝到夕陽的操場上，男生打籃球，女生排隊打乒乓球，那邊高年級男生的籃球賽被圍得水泄不通，球打高了，好球的喊聲、笑聲、加油聲讓我好像走進五十年代蘇聯電影的校園生活，感動、大開眼界。可是我不能繼續看、玩，因爲母親在家裡等我糊盒呢。趁太陽落山到教室取書包，像一片牆的玻璃窗戶映照著越來越熱鬧，塵土飛揚的操場，我情不自禁的來到窗前看最後一眼，然後離開了學校，但在路上，正處在思春期的女孩想不幹活了，想痛痛快快的和同學們在操場上玩。終於反抗了的女孩轉身往學校走，這時眼前像銀幕浮現了母親在十五瓦燈下唱著思鄉歌糊盒的情景，那一刻我知道自己錯了，著急的恨不得插上翅膀馬上飛到家。

早晨從家出來上學，經過斯大林大街、勝利公園，沿途樹上紛紛落的黃葉好像一條黃色地毯，而盛開在秋天的翠綠嫣紅花壇，把斯大林大街繪成一幅天下最美我故鄉的油畫。

秋風落葉遍地黃，花壇盛開嫣紅花。
匆忙上學同學們，長長大街油畫中。

到勝利公園門口了，往左拐，再往前走看見水樓的標誌，三中就到了。加快了腳步，趁著第一個到校，復習總跟不上的數學課，同學們也陸續來到，文化大革命前的學校，一生最留戀的一頁，鈴聲響，教室滿，各就位，挺直身，眼睛目視大黑板，今天第一堂課是生物課，講穿衣的學問。

朦朧花季走進你，女孩美麗不知道。
羨慕天生平板胸，走過無知九年頭。
老師講課闊視野，一件衣服學問多。
學會搭配線條美，影響一生生物課。

生物老師是一位四十多歲的女性，和她講課的內容一樣，穿的衣服雖然是那時流行的布衣，但她搭配得與眾不同，穿得像個女人，穿得美麗，驚訝在飢餓色彩中她的顯眼、大膽。她講課有趣，圓臉、體型胖的人穿豎條衣服顯得苗條，長臉、瘦人穿橫條衣服顯得豐滿，每天生活在人言可畏中的女孩緊勒胸部，褲衩肥大，感覺成長期畸形又充滿矛盾，別開生面，意想不到的一課大開眼界，也懂得了穿衣的學問，它影響我的一生，像現在的整形能彌補人的缺點，把人變得美麗、自信、幸福。不久蘭有了好朋友，她們是我的前後桌，王雲、杜娟，杜娟是我上學的伙伴，王雲是我學習的伙伴，也是我的偶像。杜娟的父親是夠級的革命幹部，父母工資很高，她家好像天天都在過年，桌上盤裡裝的醬肘子要塌了，旁邊開花的大饅頭也擠得要倒了，還有保姆呢，忙前忙後的侍候紅色公主。天和地的兩個女孩，我也像僕人立在旁邊，那大肘子醬得眞好，亮晶晶的茶色在顯示革命幹部家庭的美食桌和房間。

全部細糧高工資，冬暖夏涼大屋子。
好像天天在過年，饅頭肉菜溢滿桌。
保姆侍候紅公主，亭亭玉立杜娟花。
紅與異色兩女孩，天地之差官和民。

她家的生活眞是老師在課堂上講的讓我們等待的共產主義，但這樣的生活只有少數人，大鏡子映著我和杜娟，我的陪襯，她好似出水芙蓉，超群的一米七零的身高，性格也特別活潑開朗，相比之下，蘭的臉色更加菜黃、個小。上學途中經常碰上，性格相反的兩人正好互補，我倆成了朋友。

父親高幹女兒傑，和她一起借點光。
杜娟活潑蘭內向，性格互補正合適。
她像公主我像奴，不能改變紅與黑。
社會主義好現實，只能不想向前看。

多感的年齡，有意思的中學生活過得很快，轉眼東南西北集在一起的同學共同走過了幾個月，尙蘭的語文優秀，缺點總是那件衣服。在她們眼裡我是髒女孩，這樣的歧視眼已經受了七年，臉皮厚了，不在乎，隨便怎麼講究。蘭是爲學習而念書，大伙走到一起相識，寒磣的衣服裡包著一位有夢的女孩。下星期下鄉勞動，頭一回的集體生活，高興的趕緊到浴池洗澡，衣服也洗了，家裡的被褥也優先我一人，母親把它拆了漿洗。準備好了的我高興的盼著長這麼大第一次的下鄉勞動，集體生活，而且還能吃到新苞米楂子粥、大餅子。最早來到學校等同學們到齊，然後步行到車站，飛快的列車窗外，一望無際的青紗帳裡垂頭的高粱、苞米好像在歡迎我們。到站後接我們的馬車經過一片又一片的坑洼地顛得我直吐，好容易到達住處，精疲力盡的同學們急忙上炕，然後在自己選好的位置上放行李。怎麼也沒有想到我將面臨差別、歧視的一星期，一個挨一個的長長火炕上，只有我的左右空著，她們誰也不肯挨著我，不去，不去的聲音越來越大，那一刻臉紅得發燒，感覺她們把我當成傳染病患者隔離。她們的歧視我只能出去，天黑了摸不著東南西北的大地，一個和天地間一樣顏色的影子，任憑瑟瑟的秋風吹打著，挺痛快把我的憋氣、委屈吹散。回到住處，我默默的拿著被褥到靠牆的地方，讓她們在一起挨著睡，被迫、被逼，挨著不會說話的牆，它和我作伴。

貧窮異色女孩子，遭到歧視與欺負。
誰也不願挨著我，左邊躲我右沒人。
默默離開到牆邊，分界線上紅與黑。
長夜難眠月光淚，七天好似一年長。

無奈時想起了杜娟，如果她來我不致於被孤立，但因爲家裡有事她沒有參加下鄉勞動。看著熟睡的她們，我卻翻來覆去的睡不著。我知道自己根本不髒，但我沒有她們衣服多，與紅五類成分，被傷害了十二年的女孩怨誰呢？選擇不了貧與富，紅與黑色，被排擠在紅小幫組合外的我只好把無言的牆當作閨密，或寺院的佛像，晚上休息時把臉向牆看著它，靜靜的瞑想忘掉下鄉勞動帶來的煩惱。而且它教導我做人要有修養、教養、涵養、忍耐、忍受的精神，這樣今後才能不陷入苦惱、麻煩中。

也許是第一次看連到天邊的黃紗帳，激動、興奮的同學們趕緊鑽到黃紗帳裡面掰苞米，接受昨晚的教訓，我不再往前去，而是在她們後面撿拉下的苞米，偶爾抬起頭羨慕的看著說笑的她們，愣在那，天眞的想要是能變成她們該多好啊，也享受大家在一起的快樂時間。黃紗帳越來越密，王雲來了，敢怒不敢言的昨天晚上，此刻利用她們光顧說笑的機會，小聲的說：「別跟她們見識。」她的幾句話使我敞亮了。

幾天的太陽曬，看著牙顯得特別白的黑臉，聯想到沒有黑色哪有滋潤的大地，度日如年的一星期終於熬到最後的晚上，照不亮的牆邊，最怕看見又圍坐在亮堂堂的炕中間沒完沒了說話的她們。此時的我已經由羨慕變成嫉妒，反復的告訴自己想開點熬過最後的晚上，但難熬，她們沒有睡覺的意思，還繼續的熱乎著。沒有辦法的我只好裝作上茅房出去，外面漆黑、空曠的大地，衣服單薄的女孩頂著瑟瑟的秋風，不知窗戶裡，油燈何時滅。

人言可畏紅小幫，自稱自己很乾淨。
潔衣包身心骯髒，出口傷人不臉紅。
女孩敢怒不敢言，躲開她們移炕梢。
土墻伴我度長夜，下鄉勞動一星期。

要回長春的上午，生產隊[7]為感謝幫助秋收的學生們，分給每人五斤海棠，第一回得到這麼多的海棠，我感動的看著它想，水果世界多好啊，它們天生一種顏色，但人的顏色自己卻左右不了。載著我們回城的馬車終於走出洼地，望著越來越近的長春，想弟弟、妹妹看見海棠時的高興，覺得雖然是痛苦的七天，但值得。

沒有貧富與差別，人間苦惱它無緣。
天生一樣翡翠衣，靚麗小果脆甜酸。
秋季到來它滿園，滋潤人間每個人。
被壓女孩羨慕它，來生願做綠海棠。

七天的苦日，但有一個美麗的女孩走進蘭的身旁，留下難忘的友情，從此我知道班上有一位聰明活潑，長著一雙大眼睛，她和我一樣都喜歡看書。

聰明活潑大眼睛，玉鈴笑聲傳過來。
美麗少女與才女，而且愛好又一樣。
喜歡文學看小說，相見恨晚蘭和雲。

7 生產隊：在大陸上世紀六、七零年代，農村最下層的集體生產勞動組織。

中學生活一年餘，蹉跎歲月學生怨。

我們的校園生活一年多，以後的再教育和王雲在大西北生活了六年，女孩最美好的時光和流沙一起度過。

初戀

夕陽操場他身影，一見鍾情蘭初戀。
不知姓名幾年級，只能站在人群裡。
偷看多看他一眼，感動幸福癡少女。
但是不敢接近他，中學校園單戀歌。

和這些數學尖子在一起感到吃力，雖然現在能跟上，但也覺得不踏實。大教室的窗鏡子映著低頭復習的女孩，這樣的生活已經持續很長時間了，也習慣了，很喜歡一人的世界，獨占這靜靜的空間，累了。窗外的夕陽是一張最美的油畫，同學們盡在畫中玩，那一天窗外異常的熱鬧，好球的喊聲使我再也學不進去，不知不覺來到窗邊往外看。籃球比賽中一個高大的男孩進入視線，全身好像觸電，有一種力量推著我奔向操場，溶入到加油的隊伍中，塵土飛揚的操場上雙方在激烈的爭奪籃球，那個大個男孩中籃率最高，同學們爲他拍手歡呼。總打籃球的原因，他曬得很黑，可能是他健美的體型，吸引看打籃球的女生越來越多，他好像蘭崇拜的電影明星劉瓊，不知是幾班的，那以後我經常到操場看籃球，成了他的粉絲。突然感覺刻苦學習有方向了，但我從來不打聽他在哪班，女孩的心願只想在窗前、操場看到他，守著他。認識籃球王子又不想驚動他，雖然是單相思但也知足、滿足，才知道愛情的女孩，回到家後迫不及待的把我見到他的感動寫在日記裡。由只想遠看爲他加油漸漸變成渴望和他說一句話，讓他注意我，蘭發現單相思已經囚不住自己了，爲了馬上看見他，一種不可阻擋的力量推著我，每天準時到夕陽操場看籃球，短暫的一小時，多想時間永遠停在夕陽裡。

每天等著那時刻，夕陽操場籃球賽。
渴望馬上見到他，哪怕只有一瞬間。
知足滿足女孩子，明知自己單相思。
白日做夢一場空，還是戀戀不捨他。

讓我激動、感動的時間總是那麼短暫，天黑了，墨色吞沒了操場，球賽結束了，同學們都各自回教室準備回家，怕同學們知道我的祕密，也收好課本準備走，在走廊上和回教室的他相遇。日夜的想念，第一次兩人對視，蘭緊張的腦裡一片空白，說不出話，只是點了一下頭笑著走開，但又後悔了，爲什麼錯過說話的機會，他到底是哪班的，羨慕和他一班的女生多好啊，在一個教室或者和他同桌，借口問他不懂的作業，多看他幾眼，多說幾句話，多想朝朝暮暮的守著他。癡情的女孩陶醉在單相思的美夢中。數學有了很大進步，又多了一個目標，爲那個人不管他將來是誰而學習，感覺下午的時間快了，盼望的時刻越來越近。他總是第一個到球場練球，我總是在窗裡看他，直到人漸漸到齊我才下樓站在人群裡，看他打籃球。那一天又等來那個時刻，但他沒有出現在操場上，不甘心還在等他，盼望奇跡出現，他突然來了，但他沒有來。再也沒心繼續在操場上看籃球，回到教室也沒心思學習，而且腦海裡全是他，再也坐不住了，我走出教室，挨個教室看也沒有。失望的走出校門，到處瞎走，想讓一夜如同一世長的今晚變短，快點到明天的夕陽時間，也許這樣好受點，敞亮點。城裡的萬家燈火熄滅，觸景生情的女孩把思念變成夜半歌聲，那瞬間止不住的眼淚奪眶而出，做夢沒想到單戀、相思這麼苦惱、痛苦。

還有幾天要過生日了，又長了一歲，我希望自己盡快成熟起來，明明知道那是命裡注定不可能的初戀，爲什麼還要不放棄，陷入無盡的苦惱中，「一夜如同一世長」的等待他。我是學生，把精力用在學習上，這段初戀雖然是永遠的單相思，但我知足了，感謝上蒼賜給我與他相識。他還在操場上打球，但我不再出現在夕陽的操場上，只能這麼做的女孩，也許忘掉是最好的選擇，我在一點一點的努力，決心在生日那天把這段曇花夢、曇花戀忘掉。那一刻我不知道、不知道，自己得用多少年才能眞正忘掉他！

馬上要過生日了，又長一歲女孩子。

希望自己能成熟，別再繼續單相思。
很多事情是命運，有情無緣我和他。
注定今生難成全，初戀少女無奈淚。
不知需要多少年，才能真正忘掉他。

再會

異鄉漂泊三十年，小城依舊歲無情。
紅顏少婦暮年婆，正當少年夕陽紅。
歡聚一堂同窗會，百感交集熱淚流。
共同回憶那時光，鴉雀無聲教室裡。
刻苦學習同學們，感嘆人生一瞬間。

趕上史無前例時代的少女，無可奈何的命運讓我們分離，從此各奔他鄉。時隔三十年，遊子的尚蘭踏上日夜眷戀的故鄉長春，它已經不是三十年前那樣貧窮、藍、黑、灰、綠的大地，變化太快了，感覺陌生、遙遠，不敢相信西方、日本的母親節、情人節、聖誕節、同窗會都傳入中國。好奇的看著故鄉，它像魔術一樣讓我眼花繚亂，迷失在長春的大街小巷。

看著現在的長春，我感動得說不出話，它領著我奔向好友杜娟家，一切太晚、太遲。歲月不饒人，走時的少婦，如今已經夕陽紅，太多的話不知從何處說起，止不住的淚水讓我倆只能緊緊的握手，互相久久的望著，重溫學生時代的友情，補回離別三十年天各一方的思念。也許對一個被奪去、失去學習機會而留下終身遺憾、可惜的學生來說，那段只有一年多的中學校園生活是人生中最閃光、難忘、驕傲、留戀的青春之歌。

多想時光能倒流，重新回到學校去。

奪發學習圓夢想，教師醫生科學家。

臉上的皺紋，用染髮劑掩蓋的白髮，在述說我們到了暮年，而且總是被命運捉弄，下鄉、下崗，坎坷人生。一年一度的同窗會，這麼多年的遺憾只缺尚蘭，杜娟一個一個地給同學們打電話，告訴我回來的消息。一年二班再開一次同窗會，我看著紙上同學們的電話號碼，眼淚一顆顆地掉下來，作夢也沒想到的再會，封存四十年的校園生活重新翻開，一群少年、少女胸懷理想、抱負從長春市各個小學校考進三中。趁還有時間趕緊回酒店換衣服，讓她們看看四十四年前被侮髒女孩的今天，那一刻不知是激動，還是意想不到四十四年的同窗會，同時也是出氣、出息的一天，我把皮箱裡的衣服拿出來試穿，然後沐浴、點香水。打扮完了看著鏡中的自己，我終於能和她們相媲美了。

熱鬧的屋裡突然靜了，同學們驚奇的望著走進來的我，她們眼裡的髒女孩，如今好像月下的君子蘭，雖然多年後綻放卻變成花王。餐廳顯得有些小了，她們把我圍住問長問短，可能已經忘記過去發生的事，是啊，我們都是夕陽紅的老人了，何必翻老帳，那時我們畢竟年輕，四十四年的再相會，我們有說不完的話，大家共同的心願，如果有來生還願在一年二班，彷彿回到那時光唱起紅歌，幽暗的霓虹燈下大家熱淚盈眶，訴說四十四年前短暫又充滿激情的校園生活，陷在回憶裡的同學哭得不能自拔，不知誰唱起了難忘今宵，我們才振作起互相擦淚。最害怕的時間到了，今日分別何時見，無奈的我和她們緊緊的握手。四十四年來的第一次握手不願鬆開，她們不嫌我髒了，我感謝三十年河東，三十年河西的名言，我們還有幾回這樣的同窗會，我不敢回頭看不散、不走的同學們。

四十四年同窗會，感覺歡聚一瞬間。
殘月西落蠟燃盡，觸景生情人一生。
多少遺憾多少怨，無奈遊子無奈淚。
但願明年中秋時，月下校園祝酒歌。

戀戀不捨的離開同學，我不想馬上回賓館，借著醉人的干紅，我無目標的慢慢走著，還不斷的自言自語，你在哪裡，我知道今生再也見不到他，但並不後悔，這座城市留下我的三十二年，讓蘭與他相識，使我更愛長春。找不到的單相思，永遠的帥哥、靚妹互相看不見的白髮，滿臉的褶，我滿意這樣的結局，故鄉的月更圓了，忽然醒悟感動我的長春，現在中國眼花繚亂，百花齊放的書海，就是我的初戀。

三十餘年故鄉行，初戀畫卷重翻開。
夕陽操場籃球賽，墜入愛河單相思。
有情無緣難成圓，歲月流走人青春。
流不走的初戀歌，這片土地他身影。
喚我永遠勿忘它，天涯海角思故鄉。

醒悟的我在即將離別之際，再一次好好看看它，黛夜中省委長長的圍牆，水利廳的紅檐灰樓，東北特有的自然香味飄在林蔭道上，找過去的感覺。每天早晨趴窗看人民廣場，雖然窗外只是急急忙忙上班的自行車海洋，但對於我來說是海外遊子三十年來的思念，目不轉睛的看著、看不夠，多想變成雕像日夜的看著人民廣場。又羨慕廣場上的蘇軍紀念塔永遠的守著長春，這纏纏綿綿的無盡鄉戀，讓我更加珍惜在故鄉的日子。沿著人民廣場往通向三馬路的方向走，途中一幢幢破舊不堪的樓房，塵土飛揚，坑坑洼洼的路面、胡同，久別的鄉音把我帶到少年時，我站在樓前久久的看著。十天的故鄉行賽過任何經典電影，漂泊的遊子永遠看不夠故鄉，滿載著感動登上飛機，當飛機離開地面飛向高空，那瞬間望著一望無際的東北大地流下眼淚。少年、青年時代都在這片大地上開始、結束，坎坷的三十二年怨、恨變成愛。

鄉怨

身在異國三十年，才知故鄉最美麗。
油墨畫中林蔭道，吉林省委灰圍牆。
華燈初上長春城，岸邊垂柳南湖月。
果紅瓜翠八月夏，巴黎羅馬不想去。
只想日夜守長春，鄉愁魂牽遊子蘭。

文化大革命中的睡少女

史無前例大革命，排山倒海來勢猛。
革命無罪紅衛兵，瞬間大地亂亂亂。
中華文明砸碎毀，牛鬼蛇神戴高帽。
他們爭權被利用，瘋狂十年誤幾代。

我在長大，但越來越不適應六十年代否定文藝作品的政治空氣。大人們整天在收音機、報紙上批判，而且很多書都扣上有問題或是大毒草，看著連「苦菜花」、「迎春花」都不放過的形勢，不明白它們到底毒在哪？這些書都是描寫革命的，也曾經是紅得發紫、紅極一時的暢銷小說。那一刻有一種不好的預感，以後精神飢餓比肚子飢餓更可怕，因爲肚子飢餓熬到過年、過節時還能憑票吃頓餃子，可是精神飢餓得忍耐到何時才能看到中外小說、中外名著。

從報紙上的批判演變到無產階級文化大革命，那是一生最不願意回憶的歲月，它太瘋狂、狂熱、血紅，堪稱史無前例。剛開始挺高興，這下暫時不用上學了、自由了，沒人管我了，而且從來沒有經歷過這麼大的運動。今天親眼看見那些高年級的學生鬧革命，越來越熱的天氣，越來越狂熱的學生緊跟著北京，到處都是批鬥會場。往日的學校這時被「革命無罪，造反有理」的學生們占領，學校正門兩側的牆壁上貼滿了大字報，老師們變成被批判、批鬥的對象。七月的紅日下又黑、又粗、又大揭露老師罪狀，罪行的標題格外醒目，我停在一張大字報前看著，看完後也沒找出老師在課堂上散布資產階級思想的罪行，相反羨慕高中的同學遇上愛文學的老師，他們在感動的中外名著中度過高中三年級的生活。但有誰能說明白瘋狂的七月，還是少說爲佳，無能爲力、無事可做的少女每天到處看大字報。

但漸漸感覺不對勁，我的日子也不好過了，建國十七年來烙在紙上的家家紅黑成分表這回晾到光天化日下，走在馬路上鋪天蓋地的藍色、灰色、草綠色的國服裡，沒有紅袖章的我難爲情、難受，各色的夾在耀武揚威、颯爽英姿的紅色巨流裡感到自卑，有史以來最大的顏色差別，使我不願意出門，把自己關在屋裡。最初的幾天感覺黑屋是避風的港灣，但漸漸受不了，無事可做，好像時間停在那，第一次嘗到了度日如年的痛苦，也嘗到了社會、學校癱瘓對一個人的摧毀。無盡愁的女孩選擇了睡覺，它能忘記世間發生的一切，能讓時間變短，有時還能做美夢，我變成了睡少女。

打打打打熱熱熱，天紅地紅口號紅。

席卷中國紅海嘯，牛鬼蛇神又遭殃。
耀武揚威紅衛兵，翻江倒海打砸鬥。
老子黑色子靠邊，無事可做睡少女。

從來沒有午飯的中午，我一直睡著，窗外鬧哄哄的聲音把我吵醒，又回到現實中，無奈的起來走到窗前往外望。昔日乘涼、聊天、講故事、看小人書、玩耍的小街如今變成批鬥會場，被牽來的黑五類們站在灼熱的太陽下，可能是圍觀看的人不多，著急的紅衛兵想出了吸引人的辦法，當場把他們的腦袋剪成陰陽頭，這侵害人權的損招挺靈，人越來越多，好像在看動物。滿臉得意的紅衛兵，被人耍的黑五類，熱風、熱浪把他們烤得衣服濕透，而大量的汗水像熱油又像鹽煎著，殺著遍體鱗傷的牛鬼蛇神，但紅衛兵們根本不管牛鬼蛇神的死活，他們繼續揮著拳頭高呼「革命無罪，造反有理」的口號。可能是掛的木頭牌太沉，還是長時間的太陽下，有人在發抖，眼快的紅衛兵一腳把他踢得跪下，和紅衛兵們的父親一樣年齡，踢得傷心，踢得自尊沒有了，他搭拉著腦袋再也沒有抬起來。

一九六六年夏天，紅衛兵們無限權。
到處都是批鬥場，黑五類們被牽來。
脖上掛著大木牌，頭髮被剃陰陽頭。

鞭痕衣服露傷身，誰敢不服噴氣式。

對女性不用武力，使用更損的招，在人格上侮辱她，用「事實」說話，她的脖上掛滿了破鞋，美麗的荷葉髮型被剃成陰陽頭，在七月的紅日照耀下，她的陰陽頭好像奇形的黑白條西瓜。紅衛兵們覺得折磨得還不夠勁，又用印泥硬把她的嘴唇塗紅，然後把白襯衣灑上藍墨水，裙子剪成一條條，露出雪白的大腿，讓圍觀的男人們看呆了。我認識那位阿姨，是附近醫院的護士。二弟脫腸時她忙前忙後，身上帶著一股淡淡的香水味，因爲她穿了和一般女人不一樣的服裝、髮型特別，長得漂亮、有氣質，在小街格外的顯眼，所以惹上麻煩，被扣上資產階級思想破鞋的帽子，看你還敢臭美，委屈的眼淚、汗、印泥把她變成花臉，往日的大美女今天變成了妖怪，惡作劇的孩子們捂著鼻子往掛在脖子上的破鞋裡放石子，還不斷的罵著：「騷×」，不敢言的可憐女人脖子更沉了，臉羞得更紅了，雪白的大腿像戲法變成了黑色。

眾人面前侮辱她，脖子掛著一串鞋。
美髮被剃陰陽頭，嘴唇硬塗紅印泥。
白色襯衣墨水汁，裙子剪成一條條。
露出大腿無處藏，往日美女今妖怪。

窗外的景讓我發抖，也不敢相信他們爲什麼變得無情、殘忍。人們被烤黑，眼睛看累，腿也站崗，圍觀的人散去，他們也收場了。我還站在窗前，沒想到紅色海嘯這麼快衝到小街，已經撕了十年，盼初中畢業工作的日曆，在一九六六年的夏天作廢，沒有學校、沒有地方去的女孩，此時只有聽收音機，但播出的全是將無產階級文化大革命進行到底的文章及社論。有人撐腰的紅衛兵正瘋狂的砸碎燒毀中華瑰寶。

那場運動世之最，排山倒海紅衛兵。
亂抓亂鬥亂扣帽，打死整死折磨死。
砸碎燒毀五千年，國寶青瓷碎花葬。
字畫名著化黑蝶，頌歌伴唱忠字舞。
每天必喊萬萬歲，幾人天上民地獄。

砸大中華的文明，然後連老百姓也不放過，往日掛在牆上，壓在桌子上玻璃板底下的婚紗照及老照片如今全部消失。還有代表資產階級思想生活方式的西服、呢子大衣、旗袍等等都迅速的轉移、扔掉、藏起、燒毀，人人都把自己扮成無產者，表示緊跟，省得找麻煩。我家沒有太大的行動，屋裡的東西和憶苦思甜的展覽品一樣，唯一有毒、有罪的是天鵝湖年畫和日本雜誌，可是自從一九五六年開始經歷過傾家蕩產，飢餓與歧視的女孩，天鵝湖年畫和日本雜誌好像閨密陪伴我、支撐我。記得五年前在母親的朋友家第一次看見雜誌時那個感動，如獲至寶，如飢似渴的看著日本雜誌，羨慕上面美麗的衣服、美人、美景、美食，日本雜誌讓我大吃一驚，知道了一衣帶水的海那邊眞實生活。我陶醉在日本雜誌裡，愛不釋手，見此情景，吉田阿姨把雜誌送給了我。如今捨不得，不忍心把日本雜誌、天鵝湖年畫扔了、撕了、燒了，不想離開它們的女孩決定找保護、保管、保存雜誌、年畫的地方。被服裡、褥子裡、棉袴裡都不安全，最後我把目光停在棉襖上，雖然破舊，雖然夏天蟣子還是密密麻麻的貼在棉襖裡，可是處在危險、危急、危難時，爲了最愛、心愛的年畫、雜誌只好委屈求全，馬上拆開棉襖裡子把年畫、雜誌放進去，而且棉襖後面放雜誌，年畫正好，然後把棉襖裡縫上。還不放心的我又把棉袴放在上面，萬一父親廠裡的造反派們來抄家，用破臭的棉袴掩護雜誌、年畫。

日本雜誌、年畫藏在棉襖裡，無事可做的女孩在紅色口號、紅色標語、紅色歌曲、紅色海洋中忍受、忍耐和它們不能相見、相會、相依爲命的痛苦。外面熊熊的紅焰中，小說、雜誌、字畫化成黑蝶在空中掙扎。砸碎的青花瓷讓人可惜、無奈、哭泣，那一刻大中華的國寶有多少在史無前例的一九六六年毀掉。

一九六六那一年，牛鬼蛇神打倒後。
這回輪到老百姓，迫不得已眼睜睜。
中外小說老照片，名畫字畫化成灰。

砸碎粉碎青花瓷，無可奈何仰天嘆。

十年文化大革命，史無前例大浩劫。

紅色風暴的巨大威力，人們把過去的舊物銷毀以後，家家牆上主席像，每天禱告三忠於，男女不分戎裝束，手捧毛語錄，大街上跳忠字舞。我家也緊跟形勢，在天鵝湖畫的位置上換上毛主席像，頭一回這麼近距離的看著毛主席，不知是激動還是傷心，我哭了，十六歲的女孩就這樣每天在他的畫像下長睡。母親也失去了糊盒工作，家裡的生活更困難了，他老人家還是微笑著，可能他也管不過來了。喝水充飢的肚子尿多，但我憋到傍晚，墨夜把人變成一樣顏色，趁著這難得的時間上便所，遙無期放假的學生、半癱瘓的工廠，可能是閒人多了，上便所也得排隊，而且進去的人很長時間才出來，我站在尾後等著，無意中聽見了前面兩個人的對話，聽說沒有，著名電影明星上官雲珠跳樓自殺了，而且我們喜歡的明星趙丹、白楊、秦怡、張瑞芳等等全被打倒了，聽她倆說完，我的尿意也沒有了，離開了便所。連走連望著夜空找耀眼的鑽石星，但夜空如墨，再也找不到往日那璀璨的靚夜空，連人們心中的偶像功勛演員也不放過，支撐我活下去的小說、電影、電影明星，如今什麼也沒有了。我不知道自己是五零女，還是因爲愛書、愛電影，所以招來無盡的苦惱，我開始後悔自己的愛好，它可能一生纏著我。

經典電影璀璨星，感動幾代中國人。

如今全被扣毒草，打倒批鬥一大批。
這個國家何處去，以後我們怎麼辦。
沒有紅色沒學校，度日如年無事做。
除了禱告就睡覺，蹉跎歲月盼上學。

水牢屋裡，我開始在作業本上記睡覺的日子，已經記一個月了，到底記到何時，看著本子上的三十號，我茫然的坐著。熬不過去的時間，越想越痛苦，再想我要崩潰，還是繼續睡，漸漸我戀上了睡覺，它好像鴉片很舒服，忘掉自己是異色、忘記餓、忘掉塵世的煩惱，時間也過得快。最大的幸福是在夢中過一九五六年以前的生活，還夢游到一生嚮往的俄羅斯大地，我在夢中笑了，不願回到現實中的女孩，多想永遠在睡夢中。

月月年年晝身長，長大掙錢幫助家。
可是命運捉弄她，趕上文化大革命。
無事可做女孩子，睡覺打發花年華。
多想永遠睡夢中，活在陽間痛苦多。

已經睡了一下午，傍晚父親的說話聲，我醒了，知道父親被單位的造反派扣上了日本特務的帽子，早晚發生的事，父親沒有害怕，很冷靜，讓母親注意可能這幾天抄家，我睜著睡腫的眼睛檢查屋裡的特務證據，可找不出來，只找到憶苦思甜的證據，破桌子、破花被、破碗架、水牢地、霉牆，還有放臭味的泥鞋、髒衣。我又把藏日本雜誌、年畫的破棉襖拿出來，用圍巾包好，放到夏天不燒火的火牆裡。然後到二商店買紅紙，母親用毛筆寫上祝毛主席萬壽無疆！萬壽無疆！的標語貼在毛主席畫像的兩邊。希望用這些紅色道具表示我們無限忠於毛主席、保護尙家，但還是害怕，造反派不會放過父親。解放十七年來父母頭上的帽子，由異色、日本鬼子，這回又給扣上日本特務的帽子，這些莫須有越來越高的黑帽子，嚇得母親整天劃門，弟弟妹妹跑得更遠了。他們不肯被迫在屋裡睡覺，而且紅黑顏色差別的袖章還沒觸及到小學生、小孩子，所以他們成天在外面看熱鬧。如今一聽說要抄家，他們嚇得早出晚歸，我也不敢睡覺了，守在母親身旁緊張的等待著，但一想到前些日子批鬥的場面，腿開始發抖、坐立不安，眞想逃出去，可看著和我同樣害怕，中國話都說不好的母親，心軟了，非常時刻，保護這個家，保護母親是我的責任，想著這些我不再縮小，很坦然的準備著，看他們何時來，能抄出啥？

亂定罪行亂扣帽，五十年代末開始。
地富反壞右分子，文化大革命開始。
牛鬼蛇神大特務，以後不知啥罪名。
非常時期那年代，陷害多少無辜人。

長春市最窮的家，父親的單位早已了如指掌，來也是白跑一趟，他們沒有來抄家，窮了十年的家此時免遭災難。

從緊張害怕中出來還沒到五天，我被門上激烈的響聲嚇醒，怎麼回事，起來站在窗前偷看，原來街道上的孩子們往門上扔石頭，終於輪到尚家了，我出去制止他們，剛一開門就被當成靶子，雨點似的石子向我飛來，日本鬼子被擊中了，他們歡呼著，一溜煙的跑了。雞蛋不能碰石頭，他們的天下，還是忍耐吧，我捂著腦袋進屋拿垃圾桶，默默的把地上的石頭、石子收到桶裡，門上被石頭打得密密麻麻的坑，它像一張紀錄紅色海嘯中像我們這樣人家遭遇的照片掛在滿是傷痕的門上。緊接著又是大人噹噹砸門聲，讓母親好好管教弟弟們，說他們不老實，他那瞪圓的眼睛好像廟裡的凶神惡煞，讓我感到紅五類的可怕，我們異色家庭的可憐。街道上的紅色圍攻讓我不敢再睡了，而且耳朵裡塞滿了紙，包在破被裡，捂了一身臭汗，但還是聽見了外面順口溜的罵聲。這水牢屋也不是避風港了，我擦乾汗水準備出去，把哥哥的大衣服找出來穿上，我一下子變矮了，又特意把前面的頭髮剪成留海，照鏡子，小學生的形象出現在鏡子裡，這下出去沒問題，起碼在陌生的地方我能快樂、自由，變裝好的女孩趁他們罵累、散了，最好的機會，我溜了出去。一個多月沒出門，感覺外面特別的亮，晃得我天昏地轉、想吐，捂著嘴趕緊走，我實在怕那些歧視的眼睛，捲土重來的罵聲，到哪兒去？雖然這座城市哺育我十六年，但只熟悉斯大林大街、五商店、勝利公園、長江路這幾個地方，還是到斯大林大街去吧，那適合我。往日寧靜充滿歐風情調的兩旁大樓，一個月沒來大變樣，如今建築物上掛滿了將無產階級文化大革命進行到底，祝毛主席萬壽無疆的標語，以前國慶節才掛出的橫幅紅布口號，從一九六六年開始，不分節日終年掛，連建築物也不放過，也得無限忠於毛主席，天紅、地紅、樓紅、人紅，這鋪天蓋地的狂熱紅色吞沒了長春的寧靜和綠色環境。又一撥遊行隊伍過來，我目不轉睛的看著，突然發現了小街上的人，她把長辮剪成短辮是當時的潮流，那身戎裝，腰間緊束皮帶，揮著毛主席語錄的動作，好像是從紅色宣傳畫上下來的模特兒，颯爽英姿得讓我眼紅。同樣的女孩，我卻把自己變成小學生夾在人群裡混時間，我真怨漢字裡的紅黑兩字，決定孩子們的天堂和地獄的命運，不知道這種殘酷的現實何時能取消。

人生總是殘酷多，紙上烙黑今表面。
綠色戎裝紅袖章，界線分明紅與黑。
自卑少女被逼急，穿上哥哥大衣服。
巧裝打扮小學生，躲開他們侮罵聲。

街道上的女孩往前行進，我目送她，浩浩蕩蕩的隊伍匯成一條綠身紅爪的巨龍，口號聲一浪高過一浪，也許我和他們是兩個世界裡的人，不適應久看這種要爆炸的紅色狂熱，我離開了人群，來到林蔭道上。這裡沒有大專院校，也不是長春的主要街道，所以還是像以前那樣寧靜，遮太陽的樹林把道路擋得特別的涼爽，沐浴這靜靜的綠色，心情好多了。我沿著省委的圍牆走，不希望這條路有盡頭，想在這讓一天過去，要不怎麼能減少無奈的歲月。我不知道自己到底在等待什麼，但堅信這種狂熱不會永遠。天漸漸黑了，遊行的隊伍也消失，只有我還在繞圈，睡少女的苦惱在這裡解脫，我靠著八大廳的樓牆看夜色中的斯大林大街。

墨色帷幕掛夜空，紅色標語銀月光。
互相輝映夜很美，紅黑兩色也一樣。
組合一起很協調，和平共處國富強。
但是現實很殘酷，紅色稱王不容黑。

窗戶好像紀錄片講述了街道上家家的日常生活，悲歡離合、酸甜苦辣，也是無事可做，度日如年的睡少女，睡醒時高，實在高的辦法是看窗外消磨時間。好幾天了沒看見樓上的王大爺，一星期過後弟弟聽別人說，王大爺被造反派關起來又死了。不相信，不願信那麼一位鮮活、滿面笑容、平易近人、和藹可親的王大爺突然死去的噩耗，窗外人們還在說王大爺的事情。再也睡不著的我出去擠到人群裡聽鄰居講王大爺死的經過，能把柏油馬路烤軟乎化的夏天，何況簡陋的廠房。可是造反派們卻在糖稀大鍋上放一塊細長的木板，接著高呼：「革命無罪，造反有理」的口號，逼著身穿藍色勞動布工作服，脖子上掛著資本家大黑字，大木牌的王大爺在上面走。身體肥胖的王大爺把木板壓得直顫悠，見此情景，幸災樂禍的造反派又把大門鎖上，窗戶堵死，然後飛一樣的跑出廠房，用自來水擦身，嘴裡唱著「大海航行靠舵手，萬物生長靠太陽，雨露滋潤禾苗壯，幹革命靠的是毛澤東思想」。可是他們卻跑到沒有太陽的北面乘涼去了，這時廠房裡的溫度像煉鋼爐那樣灼熱，再加上大鍋裡熬的糖稀熱得變成、匯成一股巨大的熱浪，把連續被批鬥的王大爺折磨得、熱得、蒸得、烤得汗水如雨，死去活來，叫天不應，叫地不靈，生不如死的王大爺終於支持不住了，掉到沸騰的糖稀大鍋裡，救命啊，救命的慘叫迴蕩在廠房裡，直到越來越小。王大爺就這樣被活生生的煮了，煮熟了，一半會涼不了的糖稀大鍋，等到撈王大爺的屍體時已經煮爛得殘不忍睹。

糖稀好像魔術變出甜甜的水果糖，而且那個時代買糖的糖票比糧票、肉票、魚票、布票還要金貴，吃不起水果糖的孩子只好撿糖紙、攢糖紙、聞糖紙，水果糖是窮孩子夢中的渴望，夢中的遺憾。如今做出那麼多花花綠綠、五顏六色、好看好吃水果糖的王大爺卻是這樣的結局，而且那麼一大鍋糖稀就這樣白瞎了。

王大爺的三個兒子大學畢業後都分配到外地工作，長春的家裡只有多病的老伴和小女兒，女兒不願把父親慘死的消息告訴母親，她強忍著巨大的悲痛撒謊說：「父親到哈爾濱大哥那串門去了。」

兒時坐在台階上，對面樓上窗戶裡。

丈夫看書妻縫衣，相濡以沫三十年。

如今此景已逝去，家破人亡六六年。

夜夜難眠站窗前，不知夫君何時歸。

害怕苦惱的日子一天天的走著，轉眼到了十月，我睡覺的每天暫時告一段落，這時全國掀起了革命大串聯，我們這一代人像決口的黃河排山倒海的湧向北京。那天好朋友王蕾也來找我到北京串聯，眞是意想不到的好事，這下子睡少女從水牢屋裡解放出來，而且還是到嚮往十年的北京天安門見毛主席，我激動的流下了眼淚，和王蕾決定後天走。這天在家洗衣服、刷鞋，沒有像樣的衣服，但也得乾乾淨淨的到北京，一切準備好了，向母親要十元錢，但家裡哪有十元錢，著急無奈的我再也不想待在這個窮家了，我跑了出去來到車站，這時的車站已被人山人海包圍，我看著被墨色吞沒不見尾的興奮人海離開了車站。去找王蕾，告訴她不去了，她著急的問爲什麼，那一刻馬上眼淚流出來，王蕾看我哭腫的眼睛，似乎明白了我的苦處，她安慰我別哭了，和她媽媽商量借給我五元錢。然後不讓我回家，她到我家和母親說明天早走，所以今晚住在我家，擔心的母親從被服裡拿出五元錢交給王蕾，你拿去，路上注意安全，王蕾回來把錢交給我。此刻很後悔，長女的我最清楚家裡的情況，爲什麼還和那些帶十元、十五元、二十元的同學比，我高興的串聯去，家裡怎麼辦，反正王蕾答應借我錢了，和王蕾商量一會就走，在去車站的途中我回家。折騰累的小街已經進入睡夜，輕手輕腳來到窗下，把錢塞進被打碎的窗眼裡，然後和王蕾消失在墨夜中。

也許那時我們正當年輕時，雖然是女孩，但是我倆還是擠進了層層的綠色長城，被擁到列車上，在水泄不通的過道上，好像粘豆包，立著蒸了二十多個小時。到達北京時已是晚上，一下車展現在眼前的是一群紅衛兵押著黑五類們返鄉，昏暗的路燈下紅衛兵們罵著，趕著踢著有些走不動的老頭、老太太，也許我心太軟，不忍心再繼續看下去，還是紅衛兵的行動已經是家常便飯，無能爲力的我拉著王蕾走了，但很難受。這殘酷的場面，老太太走不動的小腳，中國現代史的見證人、受害者，我將把這段眞實深深的烙在心裡。

找到了住宿的學校，第二天吃完早飯後和王蕾來到天安門。這就是毛主席接見百萬紅衛兵的廣場，不知感動，還是感慨，和王蕾在天安門待了一上午。想像曾何幾時的紅色狂熱，又照了一張相片留做紀念，住宿的學校每天提供白麵饅頭、大米粥、炒菜、鹹菜，這有吃有喝的一星期感覺好像天上人間，比過年還好。七天過去了還沒有毛主席接見的消息，再等下去錢不夠了，我倆決定不等了回去。奪去一個女孩人生最美麗的十年中，在北京的一星期是一段幸福的回憶。

一年以後形勢發生了意想不到的變化，想當初排山倒海的「革命無罪，造反有理」的紅衛兵們，這回不鬥牛鬼蛇神和走資派了，而是紅衛兵內部發生矛盾，分裂成兩派，都稱自己是造反派，攻擊對方是保皇派，雙方由舌戰轉化爲武鬥。銀幕的槍聲在一九六七年的夏天親耳聽見，激戰的場面親眼看見，置身在危險的日子裡睡意也沒有了，嚇得不敢再出去，站在窗前看外面。

子彈全城飛，家家門緊關。

窗戶釘棉被，人人貓屋裡。

偏偏這時父親有病了，惡心嘔吐頭劇痛，害怕的母親給難受的父親捶背，我忙著收拾吐在地上的菜水，妹妹嚇得直哭，還是大弟弟沉著，說趕緊上醫院。把父親扶到離家最近的醫院，我們像遇到了救星，看病的大夫是過去父親的熟人，他聽完父親說的病情後又簡單的檢查一下，然後沒表情的說是胃病。回家以後，吃他開的藥，三天了也沒有好轉，不能進食的父親沒有力量走路了，危急時弟弟背著父親上醫院。不知怎麼回事，平時挺近的醫院，此時遙遠，父沉。心疼的看著步子漸漸慢的弟弟，不知哪來的勇氣，我上前背父親，吃力的向前挪著，女兒臉上流的是汗還是淚，母親看不下去了，她要背父親，但是和弟弟一樣瘦小的母親怎能背動高大的父親，見此情景，弟弟說他休息好了。這時有氣無力的父親讓我和弟弟扶著走。

終於把父親扶到醫院，扶到診室，請大夫再給看看，他好像是冰做的，硬得連眼皮都不願意抬的說：「吃藥也不能馬上好。」然後招呼下一個人。來時的希望變成失望，無奈的把父親扶出診室，淚在眼裡轉，但不敢流出來，怕旁邊的母親和弟弟看見更加上火，不知道他為什麼對我們像嚴冬一樣殘酷無情，還不如對待陌生的患者。回頭望他的門診室，心裡暗暗的罵，這個穿白大衣的勢利眼不配穿白大褂，他把白色沾污了，他不是救死扶傷，是見死不救的二百五大夫，醫術不高，政治嗅覺靈敏。

人生好似大舞台，各種各樣人表演。
昔日有勢宅門擠，如今落難都躲你。
如同陌路不相識，多想此時有人幫。
可是雪中沒有炭，這場文化大革命。
把人變成勢利眼，無助無奈母和子。
病重父親怎麼辦？欲哭無淚路茫茫。

從醫院出來，我們在門口徘徊，不知往哪去？父親已經耽誤兩天了，再這樣下去危險，但沒有辦法。離家不遠的長春市醫院也被紅衛兵占領，此時的長春已經陷入半癱瘓狀態，還是先回家吧，母與子無奈、無言、憋氣、生氣的回家路，路遙、路茫茫。突然兩派的宣傳車狂喊、對罵，這交織在一起的震耳欲聾聲音，嚇得父親又開始劇烈的頭痛，弟弟趕緊把父親扶到進不去宣傳車的胡同躲一會。看著越來越重的父親，我們不知道該怎麼辦，失望、茫然的一家引起過路人的注意，她過來問父親的病情後，告訴我們省醫院還看病，沒想到在這遇上好人，我們連聲的謝謝她。今天不趕趟了，省醫院很遠，而且是一條危險的路線，對立的兩派喜歡下午開槍，在沒有救護車的時代，還是明天早晨走安全。

回到家，弟弟檢查自行車，明早讓父親坐在自行車後面。幾天來和父親一樣，我們也吃不下飯，好心過路人的指點，母親好像看到了希望，破例做一鍋乾飯，讓我們吃飽明天好趕路，可我心裡還是沒底，如果再碰上看人下菜碟的大夫怎麼辦，無盡愁的女孩夜難眠，瞅著墨牆發呆。

第二天天剛露出藍色，我們起來，拿出準備好的棉帽、棉衣，全副武裝，防止流彈。兩個弟弟把父親扶上自行車，我們出發，一行好像難民，急急忙忙的向前走著。漸漸，棉帽、棉衣裡好像桑拿，身上全是汗，臉熱得像八月的西紅柿，但沒有辦法，爲了安全，熱也值得。到二商店了，把帽子摘下、棉衣脫掉，由小明連同自行車一起帶回去，電車來了，母親再三的囑咐小明回去好好照顧弟弟妹妹，母親擔心留在家裡的兩個孩子，夜半起來蒸了一鍋沒摻菜的窩窩頭，切了一大碗疙瘩鹹菜，又把窗戶用被釘上，防止流彈飛進來。電車往紅旗街方向開，小明還在向我們揮手，直到看不見。

一九六七恐怖夏，自相殘殺紅衛兵。

百姓遭殃流彈飛，破屋破窗掛破被。
整個城市半部癱，頭戴棉帽身棉衣。
推著父親去醫院，凌晨路上母和子。

省醫院到了，小亮把父親扶到走廊的長凳子上，我和母親去掛號，經醫生的診斷，父親患的是青光眼，需要馬上手術。幾天的害怕擔心，今天終於鬆了一口氣，也幸運碰上了好醫生，母親留在醫院看護父親，我和小亮回去照顧弟弟妹妹，長這麼大頭一回父母不在家，而且還趕上國亂人心慌，流彈不長眼的非常時期。

一九六六那一年，排山倒海紅衛兵。
可是過了一年後，整個城市冷清清。
砰砰槍聲暗處來，家家戶戶防彈窗。
屋裡變成防空洞，互相攻擊紅衛兵。

父母不在家，我的睡覺生活暫時停止，有事幹了，給弟弟妹妹做飯，而且母親還給我兩張大票，五角錢和兩角錢。最初的三天我還計劃的花錢，買半拉的，爛的黃瓜醃鹹菜吃，但吃到第四天，弟弟妹妹不幹了，要吃一頓東北夏天的菜王，豆角和土豆。雖然一到八月份豆角和土豆像山一樣堆在攤床上，但我們家從來沒有買過，只羨慕的看著人家大鍋裡麵乎乎的燉豆角土豆，一年又一年，流走十年頭，就剩下四角錢了，如果買豆角，剩下的三天怎麼辦。不管怎麼辦了，先滿足弟弟妹妹的要求，我破例的買了三角錢的豆角和土豆，看著翡翠般的豆角、帶泥的土豆，弟弟們可高興了，他們爭著煽爐子，等著姐姐燉豆角，爲了這一大鍋豆角燉土豆，我還做了一大鍋高粱米乾飯，密室裡我們實實惠惠的大口吃著。沒計劃的改善生活過後，糧袋空了，還有三天只剩下一角錢，把高粱米袋、苞米麵袋子拿到鍋上來回的抖，然後添水做糠湯喝，這樣維持了一頓，再也抖不出來了，沒辦法，我們開始在掛破被的防彈屋裡睡覺，可是到了傍晚睡不著了。出去找吃的，沒有錢的我們等到商店關門，肚子還是空的，正失望的想走時，旁邊兩人的聊天進入耳中，他們說槍戰最激烈的市醫院，長春飯店一帶已經人跑樓空。餓急的我們聽到這個消息後立刻回家，商量到長春飯店找吃的，但此刻不行，兩派的紅衛兵還沒睡覺，只好先等著，終於等到了墨夜靜悄悄，萬家燈火都熄滅。

我們又穿上了棉衣，戴上棉帽當防彈服，小亮領著兩個弟弟，我領著妹妹悄悄的溜出家門，沿著牆角黑地方走，終於摸到長春飯店。銀色的月光灑進大玻璃窗裡，它好像手電筒，讓我們看清了巨大的華麗的餐廳。飄來的香味讓我們找到了大饅頭、醬肉、香腸、汽水等等，反正人都睡覺了，沒人管的我們變成了野人，坐在地上啃醬肉，狼吞虎嚥的吃大饅頭，一氣喝掉一瓶瓶汽水。紅衛兵們窩鬥的一九六七年八月讓我們冒著生命危險，添飽了餓了十年的肚子。水足飯飽後，我們又參觀了空曠的大飯店。走著、走著，突然的響聲把我嚇得躲到一邊，細看才知道是麻袋漏了，裡面的大米像自來水嘩嘩的流出來，這是在犯罪，不能讓大米再浪費了，我用口袋裡的饅頭把漏眼堵上。看著垛得像牆一樣高的大米袋子，它彷彿是堡壘，大吃一頓的長春飯店，讓我們這些少年、少女好像走進了兒時看的戰爭電影世界裡。回家也沒有人，有得是時間的我們又來到距離長春飯店五百米左右的市醫院，這裡更大，而且一走進去撲鼻而來的是藥水味，暗淡的燈光把牆壁映得陰森森的。全副武裝的我們好像小分隊，也許是深夜裡刷刷的腳步聲顯得特別的響，小弟弟、妹妹嚇得跌倒在溜光的大理石的地面上，我趕緊扶起妹妹，兩個弟弟推開旁邊的門。月光下醫療器具和手術刀明亮閃光，其中有幾把手術刀還血淋淋的，嚇得我碰掉了東西，這寂靜的夜半裡嘩拉嘩拉的響聲好像爆炸。我趕緊拉著妹妹和小弟弟跑出來，忽然二弟弟又逼眞的說：「太平房裡的死人愛在夜半炸屍。」聽到這句話我和大弟弟說：「咱們趕緊走吧。」我不想在這和死人一起守著這空曠又像魔宮的大樓，又怕天亮紅衛兵們來，這周圍又變成危險地帶，趁著殘月的光我們跑了。

不知道怎麼回事，一直不相信迷信的我，自從夜遊市醫院以後，一到晚上就害怕，想我們夜間打擾了太平房長眠人們的休息，以前最喜歡的夏雨，如今害怕晚上下。因爲雨聲、雷聲、風聲、槍聲交織在一起，好像鬼哭狼嚎，瘋狂的敲打著窗戶、門，摸不著、找不著燈泡開關的黑屋裡，害怕的我們用被子捂住耳朵，也許在聽不見、看不見的被窩裡安心，放心的睡了，忘記風雨交加、槍聲不斷的黑夜，如果難眠會更加想念還在醫院裡的父母。

父親住院一週了，感覺已經很久了。
五個孩子在家裡，鬼哭狼嚎風雨夜。
兩派槍聲打雷聲，窗戶掛被防流彈。
不知何時能太平，才感團圓最可貴。

父親出院了，我又開始了度日如年的生活，除了禱告，還是睡覺。忽然有人叫我，不情願的睜開眼睛看，是久別的王蕾，好像觸電，我騰地坐起來問她的近況，羨慕的看著她威武的軍裝。水牢屋裡的破炕，讓王蕾沒有地方坐，還是出去走走吧。這時的長春武鬥已經結束，有穿軍裝的朋友覺得挺自豪，我故意在門口提鞋，炫耀一下。外面鏡子似的藍天晃得我難爲情，囚犯式的臉，但今天好容易有伴了，雖然是天地之差，已經不在乎了。我們盡情的說著，不知不覺走到了省委，如今它已經成爲紅衛兵的總部，有一種望去陌生的感覺。正想離開時，忽然有人喊我倆的名字，奇怪的往喊的方向望，還看不清，直到她過來才認出是同班的趙晶，和她一年多沒見面了，我們好像重逢的遊子，三人很激動的說對方的名字，從交談中知道她在這裡工作，而且很驕傲的領我倆到樓裡看看。吉林省省委長長的灰圍牆裡，宮殿式的淺茶色樓房被翠綠的松樹環抱著，顯示出它是吉林省的最高權力機關。以前只是在衛兵守衛的大門外看，如今隨著紅衛兵的同學可以自由的進去。不知道他們要占領多久，這種無政府狀態何時結束，我跟在兩個戎裝女兵的後面，趙晶好像忙不過來，不斷的和來往的人打招乎，而我什麼都沒有，每天用睡覺打發一天又一天。

已經到中午了，食堂傳來燉肉的香味，趙晶留我倆吃飯，她買來三份大米飯和肉燉粉條白菜，沒想到借紅衛兵同學的光，又一次天上人間生活，不等趙晶和王蕾的互相客氣，我已經低頭吃飯。趙晶看我吃得那麼香，又打來一份，不好意思的讓她倆也吃，別光顧說話。

那夜失眠了，總想白天省委食堂的飯菜，十七歲的女孩已經過夠了每天喝水充飢，睡覺的生活。第二天我去找趙晶求她給找份工作，但他們的頭頭不同意，沒有辦法我又把王蕾找來，這次趙晶也長了心眼，領我倆去找和她處得挺好的頭頭，他同意了。我終於告別了快一年的睡覺生活，而且還有午飯吃，囚在紅網裡沒有辦法，沒有太高要求的我，高興的對著牆上的毛主席像唱起了當時流行的頌歌「毛主席啊，您是燦爛的太陽，我們像葵花……」。

明天開始工作，和王蕾的任務是往各大專院校送材料，晚上趙晶到我家，把她姐姐的軍裝借給我，雪中送炭的軍裝讓我跟上了形勢，也給自己塗上了保護色。

紅色海嘯一年多，終於塗上保護色。

紅色袖章綠軍裝，軍帽軍鞵毛像章。

不是情願但無奈，為了肚子不睡覺。
只有緊跟這條路，借用軍裝混飯吃。

綠軍裝，毛主席像章，黃書包，用紅色名牌包裝自己，它像皮不離身，和王蕾奔跑在省委和大專院校之間。

有一天在吉林市工作的哥哥來信，春節要帶女朋友回家，紅色海嘯襲擊以來，意想不到的好消息。在我的自傳裡關於哥哥寫得很少，他比我大七歲，所以和哥哥在一起的時間很少，他有才，長得又帥，一米七八的身高，中日兩國的優點都具備在哥哥身上，修長的身材，筆直的腿隨中國人，一臉鐵青的鬍子，酷隨日本人，他對文學的愛好影響著我，他的才華是父親的驕傲。

六顆紅藍靚寶石，最大藍色是哥哥。
才華橫溢美男子，無奈趕上那時代。
家庭貧窮黑成分，戀愛結婚路遙遠。
把人分成紅與黑，害了多少年輕人。

看完信高興的父親讓大弟弟把配給過年的白酒打回來，燈下辣、澀、香的白酒在敘述著哥哥的坎坷青春路，多想繼續念高中，然後上大學，但家裡的情況沒有能力供哥哥上大學，在沒有地方打工，施展不了作爲的時代，哥哥的大學夢就這樣破滅了。以後哥哥上了專業學校，但隨之而來更大的打擊，初戀的女孩因爲她父母的堅決反對和哥哥分手了。在專業學校畢業後，哥哥被分配到吉林市的工廠，這期間談了幾個對象，都因家庭貧窮，異色成分，複雜而失敗結束。現在和哥哥戀愛的女孩很有主意，雖然她父母和四個哥哥反對，但她態度堅決，哥哥也一樣，盡管她家人不歡迎、無視、無理，但哥哥還是忍耐，兩人已經發誓「海枯石爛心不變」。今天的白酒爲什麼這麼醉人，父親還一遍一遍看信。

一封佳信父難眠，吉林兒子報喜訊。
春節領她回家來，一遍一遍看兒信。
意想不到大喜事，憂愁眼睛放光芒。
人生幸福兒結婚，月下老父吟酒歌。

外面的雪越來越厚，哥哥回長春的日子正在逼近，高興過後無盡愁。沒有錢歡迎在家住一星期的女孩，拿什麼掩蓋窮到底的破家，本來春節是尙家的鬼門關。母親呆呆的望著窗外熱熱鬧鬧、忙忙乎乎、高高興興、歡歡喜喜買年貨的人家，可是自己今天到哪借錢去？

最起碼家裡得有兩個衣箱，今天我沒有去省委，和母親拉車到日本朋友家借衣箱，然後擺在火炕上，油亮的衣箱把墨苔的牆壁、被服、爐子、飯鍋顯得更加寒磣。爲了哥哥的人生大事，歡歡喜喜的迎接未來的嫂子，全家動手包裝水牢屋，先刷牆壁，這時大弟弟又想出省錢的方法，說咱家不用像人家那樣刷得雪白，省得又和屋裡的東西不協調。省錢、省時間刷出的牆壁出乎意料的美觀、色調柔和，給人一種溫馨的感覺，就剩下地面了。這終年是水的地面怎麼包裝也沒用，水還是往上滲，大家圍著爐子商量怎麼辦？忽然二弟弟站起來去捅爐子，還說：「得把爐子捅得旺旺的，要不然牆壁一半會乾不了。」當看到嘩嘩直掉的爐灰，我們異口同聲說：「有辦法了，把爐灰鋪在地上吸水。」然後在厚的爐灰上鋪炕席，但新的問題又來了，炕席不夠，而且有些地方還得剪才能和地面對上，大弟弟和二弟弟買炕席去了，我拿如鋸的剪子絞炕席。大家齊心合力的傑作，淺黃色的炕席底下軟乎乎的爐灰，好像歡迎那個女孩的金色地毯，而且外面的幹部大樓前爐灰如山，感覺還缺點啥，母親又用白線鉤花簾。

終於盼來這一天，兒子也有對象了。
母親摺臉樂開花，趕緊趕快收拾屋。
借錢借糧借箱子，日日夜夜鉤花簾。
朵朵玫瑰母心願，盼兒早點娶媳婦。

母親鉤好的百花簾蓋在衣箱上，屋裡立刻耀眼，可還缺點大喜的顏色，我趕緊出去買了一張紅燈記年畫貼在牆上，李鐵梅的紅花衣服讓屋裡熱鬧起來，有了紅紅的年味。

看著煥然一新的屋子，二弟弟最高興，他還在忙，往蓋百花簾的衣箱上放收音機，我告訴他把收音機放在衣箱上，開多費事啊，二弟弟笑著說：「這衣箱是擺給人看的擺設，開它幹什麼，裡面是空的，沒有衣服往裡放。」聽了弟弟說的話，我的臉羞得通紅，感覺他長大了，是啊，那借來的一對空箱子就是擺給那女孩看的，二弟弟巧妙的把收音機放上，一舉兩得，既好看，又發現不了眞面目。用綠色軍裝保護我的異色，今天又用各種顏色包裝這個家，我發現這個世界全是假的，但又不能捅破它，捅破眞實將會家破人亡。

油亮的空衣箱上放收音機，可以掩蓋尙家的極貧，但弟弟妹妹身上的破衣服卻亮在光天化日下，還得用顏料包裝，爐子上的臉盆冒著咕嘟咕嘟的藍氣，染了十年衣服的女孩有經驗，所以由我負責染衣服，染完衣服的藍水也充分利用，用它染鞋。看著染得透藍的衣服，妹妹高興的鉤起了紅絨花，配她的藍衣服，妹妹還要給我鉤一朵，我沒有要。十七歲的女孩已經不適合戴花了，尤其在這不愛紅裝愛戎裝的非常時期。用錢的地方太多了，平常我們把麵礆當肥皀洗臉，這回必須得買香皀，還有雪花膏。從哥哥郵來的照片上看那女孩長得可水靈了，好像從畫上下來的，別因爲用麵礆把她的臉洗粗糙了，而且買香皀也是掩蓋家裡的貧窮。被褥也不夠，平常父母一雙，三個弟弟一雙，我和妹妹一雙，想把我和妹妹蓋的被褥洗了給她，但十七歲的我怎能還和弟弟們一個被窩，再說讓她看見也不好，她畢竟第一次來，只能做新被褥了。還有年貨的事，起碼要稱三斤肉，三十晚上肉餡餃，以後的六天酸菜粉，拌涼菜也得見肉星，但是錢從哪裡來。無言的屋裡，兩個弟弟出去了，直到傍晚才回來，而且凍紅的臉上滿是笑容，母親急忙問他倆到哪兒去了，小亮說：「到車站看賣換紀念章的。」文化大革命搞了一年多，這回又流行戴毛主席像章，而且這次不是紅衛兵專用，而是國人都得戴，表示對毛主席的忠心，那段日子億萬人民的國服上都有一枚紅光閃閃的毛像章，它好像紅太陽照耀著我們，但越照越單調。

由戴紀念章演變成想擁有各種各樣的，爲了它，人們開始收集，當時來回演的八個樣板戲，可是毛主席紀念章的種類卻是琳琅滿目，四通八達的長春車站廣場變成了露天交易所，零下二十幾度的天氣，藍、灰、綠的人海裡，眼花繚亂的毛主席紀念章讓你大吃一驚。紀念章的愛好者們集在一起顯示、交換、買賣、討價還價，都希望在這裡得到與眾不同的紀念章，都希望成爲收藏王，有的愛好者癡迷到彷彿守衛車站廣場的戰士目不轉睛的看著，等待新樣式的毛主席像章，那個時代部分中國人的執迷、執著，讓我感到毛主席他老人家的威力。回想一年以前，紅袖章、毛語錄、忠字舞、頌歌取代了中國五千年的歷史和世界名著，如今又搞起了人人必戴毛主席像章，每天忠於他的狂熱。看著不顧冰天雪地、北風刺骨、縮脖跺腳、執著、等待、發現、緊跟新樣式毛主席紀念章的人山人海，眼紅的弟弟們好像看到了掙錢的希望，他倆決定把攢的紀念章賣掉幫助家裡，明天早晨到車站去，飯桌上三十多枚毛主席紀念章已經夠亮了，但弟弟們還在擦，好像在和紀念章聊天、話別，說出每個紀念章交換的日期，又一枚一枚的擺好，燈光下那些紀念章突然紅光閃閃，讓你捨不得離開它們。見此情景，弟弟們急忙低下頭，好像在鑒定，眼睛要和紀念章粘上了。經過這場空前絕後文化大革命的我，理解弟弟們的心情，突然的不講紅與黑色成分，人人必須戴毛主席像章的紅色潮流，讓憋得難受的弟弟們振作起來，不能失去這意想不到的人人平等機會。弟弟們莊嚴的戴上紀念章，表示對毛主席的忠誠、忠心。

戴毛主席像章的驕傲，讓弟弟們特別愛護像章，晚上脫衣服時必須摘下像章怕把像章磨了，爲了讓紀念章更加耀眼生輝、奪目，他倆特地用藍顏料把衣服染了。當穿上染得透藍的衣服在鏡子前戴紀念章那個感動，久久地看著鏡子裡用毛像章包裝的自己。過後弟弟們不滿足只有一枚紀念章了，他倆想擁有更多枚，拿出冒著風險保存下來的小人書和攢紀念章的人交換。那情景驚險得彷彿電影裡地下黨接頭的場面。漸漸，弟弟們的紀念章攢到三十多枚，這下子有事幹了，他倆一天到晚看紀念章，擦紀念章，守著紀念章，又想出新的靈感，每天換戴紀念章。昔日的歧視、排擠，今日弟弟們超群的無限忠於毛主席的行動，讓鄰居的孩子們跟著弟弟看每天變換的紀念章，然後互相交換，互相比賽，看誰攢的最多、最大。弟弟們展示自己新換來的紀念章時那個高興，如今爲了哥哥和那個女孩的長春行，弟弟們忍痛割愛，眼睜睜的看著唯一的保護、安慰、樂趣都被奪去的弟弟們，幫不上忙的我也拿出攢的紀念章，那夜不願和紀念章離別的我們，把被淚水染得更紅的紀念章戴上，希望留下永遠的紀念、回憶。

天亮了，大弟弟把小明叫醒，兩人出發，斯大林大街的華燈在閃耀，弟弟們在跑，趕緊到車站，這時警察少，還有好客人。

北風呼嘯長春站，冰雪路面兄弟倆。
胸前掛滿紀念章，為了掙錢變模特。
看得清楚吸引人，今天目標全賣掉。
再買像章做買賣，十代少年早當家。

那天從省委出來沒有直接回家，到車站看弟弟們，暮色中的弟弟跺著腳還在等待人來，看我喊他們，兩個弟弟很驚訝，我也加入了他們的行列。從弟弟的書包裡拿出像章別在胸前，墨冰夜裡女孩胸前的一排紀念章紅光閃閃。我不知道自己是賣像章，還是變成胸模特讓人看，但顧不得了，我鼓勵自己把胸前閃閃的像章當成紅項鏈，這樣才能堅持下去，可能是到了晚飯的時間，人漸漸沒了。賣了幾天的弟弟有經驗，他說再等一會，那些吃飽飯的人還會回來買紀念章的。不再喧鬧、擠，變得靜悄悄的廣場，突然感覺它異常的大，刺骨的北風也欺負三個窮孩子，瘋狂的打在我們的臉上，疼得我把臉縮、藏在圍脖裡。但兩個弟弟遭罪了，捨不得花錢買口罩，男孩的帽子只能擋腦袋的寒冷，他們在北風中挺著、忍耐著，但無情的風更加殘酷的抽打著弟弟，爲了互相暖和點，兩人背靠背的站著。原來弟弟是這樣熬過每天每夜的，我心疼的讓二弟趕緊到車站候車室暖和一下，但二弟不肯去，他要幫助家裡掙錢，沒辦法，我握著他的手不知說什麼好。沒想到十二歲的二弟卻不好意思的說：「我們還是背靠背的互相取暖吧！」看著早當家的弟弟，我忽然明白了他不想讓姐姐爲他裂開花的臉、凍傷的手傷心、難受。無能爲力的我此刻願自己的身體像牆擋住寒冷保護弟弟，可殘酷無情的墨冰夜總是欺負天下的窮人，還不見人的空曠廣場。一分一秒彷彿也被凍僵不往前走，也許閉上眼睛可以讓你忘掉遭罪、漫長、焦急、盼望、等待、無奈，背靠背的姐弟三人閉上眼睛，漸漸變成冰雕像屹立在廣場上。劃破夜空的火車長鳴，讓我們睜開眼睛，眼前的墨黑冰夜空好像銀幕，浮現小弟弟和妹妹說今年春節眞好，能吃上兩頓餃子、酸菜粉，而且這幾天他倆天天到商店看賣肉，就等著哥哥們掙到錢買相中的那塊肥豬肉。小弟弟和妹妹對兩頓餃子的渴望，讓我和弟弟精神了，耐心的等待。終於有人來了，二弟高興的喊起來，我趕緊露出臉停止跺步，並以最快的速度用圍脖擦亮紀念章，然後和兩個弟弟站好，盼望他們買紀念章。也可能好奇我們把紀念章掛在胸前的發明與創舉，他們好像在檢閱紀念章，看得很仔細，又離得近，嘴裡的味全鑽到我的鼻子裡。爲了他們買紀念章，也可能肚子餓了，感覺他們嘴裡的味挺好聞，好像是韭菜花、酸菜汆白肉的香味，東北冬天的美食。圍著姐弟三人能擋寒冷的他們的軍大衣，讓我眼紅的離他們再近一點。可能大弟弟也被看紀念章的人薰餓了，他急忙從書包裡拿出手電筒照二弟胸前的紀念章，像探照燈似的手電筒，把紀念章照得一齊放射出紅色光芒，彷佛霓虹燈般的景色白天是看不到的，驚喜、興奮、高興的三人每人買了五枚，數掙來錢的感動，讓弟弟們把書包裡的紀念章全掛在胸前，但也招來鐵路警察，趕緊跑，在暗處著急、焦急的盼警察走，渴望再賣幾枚毛像章，弟弟們好像鐵道游擊隊活躍在夜間的車站廣場。

白天是弟弟們最喜歡的時間，人多、警察看不過來，而且胸前排隊的紀念章還得到大人們的表揚。看這孩子真是無限忠於毛主席，弟弟胸前的紀念章又像廣告，吸引了毛主席紀念章的粉絲們，跟著弟弟交換買走。

冰雪小城靜悄悄，家家還在睡夢中。
此刻被窩最幸福，可是弟弟已出發。
但願今天好運氣，多賣幾枚紀念章。
好上市場買年貨，團團圓圓過個年。

大弟弟把掙來的錢交給母親，母親心疼的握著弟弟的手說：「真對不起你們。」一星期的生活費夠了，別再去了。冰窖式的外屋凍豬肉柈子，掛在牆上的蘑菇、蒜瓣、串辣椒，缸裡的酸菜，準備好了的年貨，迎接明天回來的哥哥和那個女孩。

做夢也沒有想到這麼好看、水靈的姑娘到尙家，好奇的鄰居爭先恐後的看買東西回來的哥哥和她，這麼多年一直羨慕人家有親戚的我們，今天終於也有親戚了。

愛好文學讓哥哥和她相識、相愛，由於哥哥在工廠上班，她是小學老師，而且她家裡人堅決反對兩人談戀愛，所以雖然在一個城市裡，但是一個月或半個月一次的約會，讓兩人相見時喜別時難，無奈的兩人把朝朝暮暮的思念、想念寫在沒郵出去的信上，漸漸兩人之間的信多得、厚得好像一本短篇小說。

這次春節回家探親，終於每天在一起的哥哥和她談喜歡、喜愛的蘇聯文學。十年來第一次有客人住在家裡，第一次這麼歡歡喜喜、團團圓圓、熱熱鬧鬧的氣氛，讓我們不願、不想出去，聽哥哥給她講蘇聯電影「攻克柏林」好長，好久沒有聽到這麼驚險、危險吸引人的故事。蘇聯電影好像雨露滋潤我和大弟弟飢餓、飢渴的心田，意想不到我們這些五零後也喜歡、喜愛蘇聯文學，哥哥大吃一驚，又很感動、感慨、感嘆，但哥哥不想讓我和大弟弟知道、懂得、聽得、看得太多，害怕禍從口出。尤其像我們這樣的家庭更得小心，當哥哥的責任是保護弟弟、妹妹別出事、惹事、鬧事。

哥哥不能、不想繼續在家裡談文學，可是當時的電影院又翻來覆去的上映紅燈記、沙家浜、智取威虎山等八樣板戲已經看夠、看膩。這時哥哥想起了斯大林大街，史無前例的文化大革命能破壞、毀壞中華五千年的文明，但對大自然卻無可奈何。冬天的長春是一個很美的季節，從長春車站開始的斯大林大街被厚厚的銀雪覆蓋，宛如一條通到天邊的白龍。等到夜幕降臨，華燈初上更給你驚喜，斯大林大街沉浸在朦朦朧朧霧的詩情畫意中，沿途低垂的晶瑩樹掛彷彿新娘頭上的簪花等著哥哥給她戴上。陶醉在斯大林大街夜色、夜景裡的哥哥和她，不知不覺來到吉林大學∞門前，停住腳步目不轉睛的看著想考、想上、想進，如今夢碎、夢滅的大學，失望、絕望的離開。

夜越來越靜，霧朦朦、夜朦朦、月朦朦，只有兩人的世界，再也不用忍耐、忍受，哥哥和她緊緊的依偎著對月發出愛的誓言。

紅色恐怖下，只能忍耐著，
夜半無人時，盡情地抒發，
天地當教堂，白雪當婚紗，
樹掛當簪花，對月愛誓言，
無論黑與窮，天長地久隨。

一星期的長春行明天結束，短暫的七天給十七年盼望有親戚的我們帶來歡聚一堂的喜悅。不願意和哥哥、文漪姐姐分別，屋裡鴉雀無聲，母親給她戴上織好的紅圍脖，還拉著她的手捨不得放開，我勸媽媽，哥哥和文漪姐姐也說，以後我們會常回家看您的，我們快步的走出家門。哥哥

∞吉林大學：是吉林省一流大學。

和文漪姐姐坐上開往吉林的列車，眼含淚水看著漸漸遠去的列車。回家的路上突然下雪了，那紛紛揚揚的雪好像茉莉花，我把它接在手裡，把潔白的雪當成王冠送給文漪姐姐，但願她做我們未來的嫂子。

借來的衣箱完成了它的使命，也到了期限，和母親把箱子還給日本朋友。放衣箱的地方空了，父母在想辦法，怎麼熬過錢沒糧光的下半月，這樣的場面我已經看了十一年。

人走箱還過完年，屋裡露出真面目。

糧光錢沒我們家，剩下半月怎麼辦。

鋪在水地上的炕席也撤了，用抹布擦淨，還是鋪在炕上，露出眞面目的家只有牆上的紅燈記年畫還在耀武揚威的舉著紅燈讓我緊跟著毛主席，可也是不緊跟上哪兒混飯吃，混時間，還是現實點，又回到了省委。但好景不常在，紅衛兵組織解散，十七歲女孩混口飯吃的生活結束，又回到了喝水充飢睡覺的每天。

這樣的生活也不長，上面又有了最新指示，開始清理階級隊伍，天黑了也聽不到父親的自行車鈴響，我預感終於輪到尙家了。無限權的羣專愛在深夜抄家，我們趕緊整理屋裡，把哥哥寫給父親的信燒毀，又把日本雜誌重新藏到床底的深處。這裡最安全，有數不清的潮蟲當衛兵，沒人願意鑽到床底去搜證據。墨夜裡外面的一點聲音嚇得我們縮在被服裡，可能知道家裡的情況，他們沒來抄家，一星期了父親還沒有回來，母親突然老了很多，她站在窗前，望小街的路口，等待父親的自行車騎進來。一天、兩天，母親變成了窗前的雕像，看著可憐的母親，我決定去看父親。鐵北的窪路怎麼那麼漫長，還是心急，感覺父親的單位很遠，走不到，天茫茫、地黑暗，看父心切的我恨不得變成孫悟空，五個跟頭降到關父親的牛棚。終於看見了工廠的大門，用袖子擦臉上的灰，整理一下軍裝，潤潤嗓子，走進大鐵門，說出姓名，可能是我的軍裝起作用，羣專挺客氣，把我領到關父親的地方。一進去首先看到的是不大的屋，牆上坦白從寬，抗拒從嚴的標語特別的醒目，桌子上放著交代問題的紙和筆，但原封沒動。見我進來，父親感到意外，日夜的惦念，那一刻不知怎麼回事說不出話來，感覺父親的頭髮、鬍子長了、白了，臉色也不好。坐在凳子上的父親問我家裡的情況，我說挺好的，現在的心情只想和父親多待一會。看著老實的父親，不明白他們爲什麼胡說八道留學回來是特務。突然羣專喊時間到了，馬上的離別，父親站起來送我，這才發現父親的腿受傷了，此刻才明白爲什麼父親一直坐著，他怕我告訴母親，怕我們更加擔心。雖然近在咫尺，但無能爲力的女兒只能眼睜睜的看著一瘸一拐的父親被殘酷無情的大門關在裡面。然後羣專和我說別不知足，這已經是照顧你了，讓你進去看父親，但我並不領他們的情，因爲我堅信父親不是日本特務，也不是漢奸，可是跟他們講理沒有用，人家是有權的紅五類，爲了父親早點出來只能忍耐。

清理隊伍一大批，預料之中輪班抓。
硬給扣上各種帽，日本特務大漢奸。
如果不服繼續囚，牛棚見父那瞬間。
眼淚奪眶掉下來，頭髮白了腿也瘸。

回到家我只能撒謊說父親挺好的，我們現在能讓父親堅持下來的就是母親注意身體，家裡別再出什麼事，我們耐心的等待，有一天這個國家會給尚家一個說法的。

從古到今，很多事都在夜間發生，墨夜把人變成影，給某些鬼鬼祟祟的人提供了機會，他們乘機行動。解放以後一直沒有來往的親戚突然來了，好像電影裡的特務，帽子拉得很低，還不是戴口罩的季節，但他用口罩掩蓋他的臉，然後小聲的和母親說，讓父親顧全大局，在裡面說話注意點，說完後迅速的離開。第一次看親戚，但給我留下的是傲慢的聲音，無視我們的存在，拉低帽、戴大口罩的印象。十七歲的女孩感到了世間炎涼，如果不是紅色海嘯襲來怕牽連他家，這個親戚永遠不會到我們家。

初次看見親戚來，還是墨黑夜色中。
拉低帽子大口罩，好像書中小特務。
幾句警告匆匆走，怕你連累他家庭。

株連九族紅海嘯，六親不認勢利眼。

變裝的親戚走後，母親徹底絕望了，本想見面敘敘舊，找十九年前的親情，在這舉目無親的大地上聽到一句安慰鼓勵的話。但墨夜裡的來客卻是劃清界線的絕情話，傷心的母親把我和大弟弟叫到身邊商量，明天要到父親那告訴他親戚來過，我不同意的說，爸爸不是那種叛徒類型的人，他不會株連九族，做缺德事，再說剛看完父親，羣專們不可能讓母親和父親見面，而且連續去，他們會懷疑尙家眞的通風報信。聽完女兒的話，母親打消了去的念頭，也放心了，她相信丈夫的爲人。

父親被關，母親失去糊紙盒的工作，風華正茂的我無路可走，無力幫助這個家，每天的工作還是睡覺。

那天吃晚飯時，大弟弟突然和我說：「聽外邊的小道消息，可能最近又有新的指示。」聽完弟弟的話有一種預感，這回再革命的目標就剩下我們了，因爲從一九六六年開始，每年都不消停亂搞、亂批、亂鬥，剛步入青春女孩的命運，我再也睡不著了。到杜娟家去，十三級幹部的女兒能知道最新指示。不出所料，她早知道了。輪到我們到農村去接受貧下中農再教育，我只有七年文化，想不通爲什麼是這樣的結局，還嫌新中國的長男、長女不夠苦，他們的少年、青年、中年時經歷了國家最困難的歲月，我們沒犯錯誤、犯罪啊！

新中國生長男女，祖國花朵美帽戴。
一生卻是苦難河，成長期間大飢荒。
十六歲時紅海嘯，異色成分靠邊站。
無奈淚裡睡少女，如今又是再教育。
再現昭君塞外行，荒涼西北六年餘。

終於睡到頭了，趁著學校還沒開始動員六八屆，臨行前的最後一面，我拿著母親給父親的煙和衣服來到父親的單位。

迫不得已下鄉路，臨行之前探望父。
給他捶背梳頭髮，以後不能盡孝順。
盼父自己多保重，女兒下鄉父囚禁。
一九六八年初冬，悲歡離合再教育。

颼颼的北風無情的刮著，剛掃淨的院子又被嘩嘩落下的枯葉鋪滿，父親開始重掃，但掃不完。樹上的枯葉好像在捉弄父親，一大片一大片不停的落，那熟悉的乾柴式的身影給灰濛濛的秋天帶來無限的淒涼，給即將離開的女兒帶來無盡的牽掛、擔心。我走過去小聲的說：「爸爸。」父親抬起頭，兩個星期不見，父親老了，眼睛變成玻璃球，沒表情的和我說，你先和羣專打一聲招呼。

我來到收發室，他們正拿著大茶缸說笑著，看著高興的羣專想他們眞壞，明知這樣的天氣不能掃地，但和落葉一樣捉弄父親。沒辦法的我強忍憤怒，把母親帶給父親的兩盒煙，給他們一盒，起作用了，羣專不讓父親再掃下去，我和父親進了關他的小屋裡，父親的眼睛突然亮了，充滿慈祥，和外面彷彿兩個人，那一刻我明白了，爲了這個家庭，父親只能扮演小說紅岩裡的華子良，等待放他出去的那一天。扶父親坐下，給他捶背、梳理亂白髮，父親問我什麼時候走，再也忍不住的眼淚，掉在父親的白髮裡，心有靈犀一點通，父親知道我哭了，急忙說：「別哭了，再哭李鐵梅的眼睛小了。」原來上次看父親時有個好心的羣專，偷偷的和父親說：「尙老師的女兒像電影紅燈記裡的李鐵梅。」每天在暗無天日的囚屋裡，對女兒的誇獎是父親的驕傲，也是他堅持下去的希望。

父親好久沒有抽煙了，給父親點煙，幫他換上母親帶來的厚衣，以後不能盡孝的女兒，趁離開長春前把父親養育我十八年的恩情補上。父親讓我到農村好好幹，常給家裡來信，囑咐小亮、小明、小光、小琳聽媽媽的話，他很快會出來的。羣專的腳步聲越來越近，爸爸您注意身體。從囚屋裡出來，我沒有急於回家，因爲還沒從傷心中走出來，怕母親問父親的情況，忍不住要哭，有時間的我來到車站的西道口，這裡留下我十二年的回憶。望著飛速的火車想自己的今後，大勢所趨的形勢，左右不了的十八歲女孩，也許我走了，家裡的負擔減輕點，而且到農村去最起碼不會挨餓了，能吃飽大餅子，再說繼續長睡，睡到何時，也應該醒了。

回到家，母親正著急的等我，看我進屋埋怨的說：「怎麼這麼晚才回來。」然後擔心的問父親的情況，我說：「父親很好，送去的衣服及時，煙卷也是雪中送炭。」母親感覺女兒沒有說眞話，因爲從我哭紅的眼睛裡似乎知道了一切，她沒有再問下去，背過臉，可能母親不願意讓孩子們看她難過，丈夫還關著，女兒又最近走，水牢屋陷入無言中。爲了緩和氣氛，我打開收音機，裡面傳出革命樣板戲「紅燈記」，接著是「海港」，不知是收音機太破舊了，還是樣板戲沒完沒了，收音機突然發出吱吱呀呀的怪調，嚇得我急忙關上收音機，還是無言誠可貴。

十年文化大革命，萬壽無疆震大地。
排山倒海毛語錄，一天到晚唱頌歌。
無限忠於忠字舞，人人胸前毛像章。
八億人民八樣飯，反復重復十年餘。
空前絕後紅海嘯，幾人歡樂億人愁。

自從一九五六年開始極貧的生活，六歲的女孩在牆上畫身高，天天渴望，盼望快點長大工作幫助家裡。沒想到、沒料到熬到、盼到十六歲時趕上史無前例的文化大革命，女孩的夢想、理想就這樣碎了、沒了，但又無可奈何。無能爲力、無處說理，只好、只能服從命令、服從分配，白

紅綢怨

紙、藍字、紅印章，城市戶口被注銷。花樣年華，花似女孩迫不得已接受貧下中農再教育。

荒涼大西北，漫天黃沙舞。
無際鹽磧地，苦澀井裡水。
春天刨茬子，夏天鏟大地，
秋天割豆子，冬天刨糞堆。
更大不公平，招工只要男，
剩下女知青，繼續再教育。
一年又一年，紅顏已失去，
長夜孤燈下，紅綢殘花怨。

知青歲月

夢碎夢沒夢破滅，為何倒霉總是我。
趕上文化大革命，兩年之後再教育。
必須服從毛指示，白紙黑字紅印章。
城市戶口被注銷，迫不得已去西北。
酷暑嚴寒流沙裡，白天苦力夜紅書。
留下青春無奈歌，重男政策又黑色。
沒有後門又沒錢，人生幾回花季時。
十八女孩今大令，不知何時走出去。

離十八歲的生日還有一個多月，十二年來一直過不起生日的我，如今一九六八年的生日卻給她這樣一個無情的禮物，到農村去接受再教育，上面指示來得快，傳達也急，老師挨家挨戶的訪問動員，三中分配的地方是吉林省長嶺縣，一個遙遠陌生，從來沒聽說過的地方。長春市所有的中學屬我們學校分得最遠最窮，而且一年四季刮黃沙，爲什麼命運總捉弄我。十二年的畫身長，撕日曆，渴望好日子，眼看要出頭了，但做夢也沒有想到卻是不許個人選擇前途。那一刻排山倒海的紅衛兵和我們這些靠邊站的異色同一命運，往日靜靜的學校這時擠滿了人，同學們在組戶，紅找紅，剩下的異色也在找伴，我和王雲還有兩個異色女孩成了沒有男生的娘子軍。上面對知識青年上山下鄉有明文規定，其中一條必須是男女搭配，我們還在等待，離下鄉日子越來越近，焦急的老師到處給我們聯繫，終於找到了初三的男生組成完整的集體戶。睡少女結束了日夜眠，命運把她喚到那麼遙遠的地方，我開始失眠了，從來沒想離開家，和養育我十八年的長春市。

最愛夕陽裡看它，省委長長高圍牆。

鳥語花香林蔭道，岸邊垂柳湖中月。

兒時記憶停在那，墨冰夜裡扒煤核。

春夏拉車去租書，水牢屋裡糊藥盒。

苦難坎坷十二年，還是最愛我故鄉。

最愛撕的日曆如今停在那，不願再撕，也不想看日曆，因爲害怕日日逼近的十一月五日。我默默的準備帶的東西，洗十二年來蓋的被面、褥面，結果洗破了，用我和弟弟戴過的紅領巾補紅色的被面，被逼出的智慧省錢，以假亂眞。但母親不同意，她怕紅領巾被服惹禍，也不想再委屈女兒，可家裡能拿出的全是湊不上一元的硬幣。十二年的盼望，眼看著要夠著幸福的女兒，沒想到卻是這樣的現實，想不開的母親頭一次哭出聲來，恰巧被也想不開找母親說說話的杜娟的母親看見，觸景生情她也哭了。過後互相安慰向前看，又雪中送炭的借給母親十元錢，雖然有了錢，但能節約的地方盡量不花錢，鼓起勇氣向趙晶要借給我的軍裝，又把發白的舊衣染成藍色，兩件衣服就足夠了。大弟弟又把平時捨不得穿的棉鞋送給我，說他在家好湊合，我推著不要。馬上進入冰冬，父親、姐姐不在，十五歲的弟弟是家裡的頂梁柱，我腳上的鞋能湊合到明年開春，只買了不能再湊合的被褥布、棉花。母親還怕出遠門的我凍著，又用購貨證買了半斤棉花，絮在被褥裡，充滿母愛的新被、新褥像嫁妝坐在小車上，觸景生情想起小人書裡的王昭君，她無可奈何，不情願的離鄉到塞外的故事，再現一九六八年的初冬，中國古代、現代女性的命運，也不敢想爲我準備齊全的家以後的日子怎麼辦。

不撕日曆，時間也在走，日日逼的上山下鄉使我越來越想還關著的父親，多想坐在一起吃頓團圓飯，給父親斟上一杯酒、挾菜。

父親還在牛棚裡，即將離家赴西北。
女孩接受再教育，近在咫尺難相見。
無可奈何但願父，保重身體少說話。

一起等待天亮時，月下白酒團圓桌。

接受貧下中農再教育，但木箱還沒有落實，當時做箱子的木材短缺，而且突然成千上萬的知識青年上山下鄉，木材更緊張了，即使能買到木材，我家也買不起。最近家裡的變化讓大弟弟長大了，他和母親商量，父親還關著，姐姐也馬上走，再過些日子他也得走，人越來越少，大家都擠在火炕上睡，騰出床，用床板做木箱。但大弟弟不會做木箱，急忙到同學家看他們的爸爸、哥哥做箱子，然後回家把床板上的褥子拿下來才發現，床板已經被臭蟲嗑得百孔千瘡，而且由於我們兒時著涼總尿炕，尿滲到床板裡，當床板露出，見亮那瞬間，散發出嗆人的臊臭味。還抱著希望的弟弟決定借刨子，用刨子把臊臭味刨掉、刨淨，可這時的刨子也不好借，因爲家家都做木箱，一天後才借到。但刨子也刨不掉滲到床板、床眼裡的臊臭味，而且就是做箱子也拿不出手，也不結實，看著失望、著急的弟弟們，不想再爲難爲我忙乎的他們了，反正東西不是那麼多。我想好了，用做新被褥時換下來的舊被褥面當木箱，把舊被褥面糟的地方用剪子剪掉，然後把結實的地方對好縫上，拼在一起的各種顏色，雖然能對付包行李、日用品，但太寒磣了，母親要買新布，我沒同意，不想緊巴的家裡爲我花錢，還是老辦法，用染料被將褥面染成藍色，省錢又美觀。更讓人出乎意料的是，把日用品、衣服放在被褥面裡，用藍布捆挷包裝後，不但軟乎，還抗摔打、顛簸，而且像沙發，坐長途汽車還有依靠，窮人孩子智慧多。全部家當無言的坐在小車上，它意味著準備好了的女孩即將遠行，那一刻無盡的牽掛湧上心頭，父牛棚、日本母、大弟弟也得走、哥哥在吉林，剩下弟弟妹妹未成年。命運總在捉弄母女倆，尚蘭十八歲走，母親十八歲來中國，百年的苦難大地到現在也沒變。

時間走到一九六八年十一月四日，明天就走了，在長春的最後一頓晚飯蘭做，盡一個女兒對父母養育十八年的感謝。

迫不得已再教育，再現昭君出塞路。
茫茫大漠去安家，父親還在牛棚裡。
大弟馬上也下鄉，漢語半懂日本母。
弟弟妹妹未成年，十八女孩難啟程。

吃完飯後我用小刀削鉛筆，送給五十年代末和六十年代出生的小弟弟、妹妹希望他們的少年時這空前絕後的時代結束。那夜母親讓我睡在新被褥上，旁邊弟弟妹妹的被褥顯得更破，而我享受天上人間，多少年沒蓋上這樣暖和乾淨的被，但今夜不忍心睡在上面，讓給小弟妹妹，他倆從生下來還沒有蓋過這麼暖又軟的被褥，第一次蓋新被褥，他倆在被窩裡高興的聞著新布新棉花的香味。墨藍的夜空下，難眠的我看著映在窗戶上的殘月，不知不覺靠近了母親，久久的看著母親無奈的睡顏，和早當家的弟弟、妹妹。

墨黑夜半窗殘月，母親燈下生爐子。
弟弟為我捆行李，全部財產小車上。
分秒逼近送行路，不願離開我的家。
不知何年再教育，花季女孩紅網怨。

兩個弟弟在捆行李，我檢查有沒有忘的東西，捆好的行李坐在小車上，蘭的全部財產將伴隨青春女孩到西北，不知何日歸。我沒有堅強的性格，看著昔日擁擠的墨苕水牢屋，如今隨著父親進牛棚，我接受再教育，屋子突然大了，淒涼了，母親老了，但又沒辦法。

兩個弟弟勸我快走，媽媽您注意身體，小光、小琳聽哥哥的話，等父親回來。裝行李的小車由弟弟拉著，從家出發往學校去，無言的路上只聽見車輪吱啦吱啦的響，它好像哭了，哭自己，哭這家苦難的道路。兩年以前蘭拉著小車送紙盒，文化大革命中又拉著父親看病，如今它拉著我的行李奔向西北，我不知道，不知道它以後的命運如何。

離學校越來越近，送行的人也越來越多，往學校看黑壓壓的人群，一排排的解放牌汽車在寒風中等我們，難忘的一九六八年十一月五日決定這一代命運的日子。雖然晴空萬里，但人們的臉卻是陰天、沒表情。我和弟弟來到指定的汽車旁，把行李放在車上，不想像犯人一樣站在汽車上，等出發那一刻，在地上和弟弟說會話，天冷了，別感冒，多穿點，等著我回來。人們和我一樣沒有太多的話，只是默默的互相望著，哺育十八年的親情馬上被載我們的汽車割斷。離別的時間越來越近，王雲和別的同學也陸續到了，千叮嚀萬囑咐，難捨難分，哭聲、找人聲，藍黑綠的人群開始亂了。不想看眼前的場面，急忙上了車，站在車上讓兩個弟弟趕緊回去，他們不走，看著姐姐。初冬的太陽還是那麼亮，弟弟們的衣服在光天化日下更破了，臉色更加黃綠，再也忍不住，急忙下車從書包裡拿出母親給我的錢，硬塞給弟弟，我還有錢，你們放心。汽車動了，接著汽車無情飛走。姐姐、姐姐的撕裂聲音甩在後面，漸漸親人變小遠去。展現在我們面前的是閃電一樣的路，那一刻強忍的眼淚再也憋不住了，把臉用圍脖擋住藏在裡面哭了。但北風把圍脖揭開，展現在眼前的是沒有人、牛、羊、馬的荒無人煙地帶，汽車隊也開始分開向東南西北方向奔跑，載著我們的汽車繼續前進。前後沒有汽車了，這下風變成咆哮的黃龍跟著汽車呼嘯，在鋪天蓋地的風暴面前汽車開始減速，我們躲到行李和木箱之間保護自己。

知青再教育，汽車在奔跑，
黃沙在飛舞，北風在咆哮。
荒涼大西北，彷彿無垠網，
今後人生路，淚灑傾盆雨。

減速的汽車像在繞圈，又像陷在圈裡，看不到邊的天地間彷彿無垠的網，究竟啥時能看見屯子，茫然的我只好挺著，這下可遭罪、遭殃了。在這出不去的無垠、無盡的流沙裡，漸漸身體抗不住長時間的寒冷、寒風，害怕再挺著會凍僵的幾個女生急忙互相依偎、依靠，但還是凍得發抖。難忍、難受時看著像大棉包、大麵包的男生們，多想、眞想挨著、靠著他們，可才相見，相識十天。尤其那個年代的女孩只是無意中看他一眼都趕緊低下頭，沒勇氣、沒辦法的我只好站起來望著遠方焦急的乞盼，乞禱汽車趕緊脫出，衝出這充滿危險的沙漠地帶，而且眼瞅著夜色像黑布一樣漸漸遮住天空，陷入害怕中的女孩開始想家了，不由自主、不知不覺唱起了電影「冰山上來客」的插曲，「天山腳下是我可愛的故鄉，當我離開它的時候，好像是哈密瓜斷了瓜秧」。突然同學們驚奇、驚異、驚訝的看著我，那一刻才醒悟、清醒我在唱禁歌。但同學們可能也諒解、原諒我不是故意、有意的，而且在這荒無人煙的西北，誰都會觸景生情想家的。但是也提醒我從今以後管住、管好自己的嘴，想到這趕緊把嘴縮到、藏到、進到棉衣裡。

終於看見了沉在夕陽裡的屯子和呆看、呆笑的貧下中農，他們埋汰的大棉襖、大褲檔、大黃牙，姑娘的大辮子彷彿再現電影「白毛女」裡的喜兒和她爹楊白勞。接受貧下中農再教育的我看到了農村的現實與眞實。從汽車上卸下行李，簡單的吃口生產隊爲我們準備的大餅子、白菜湯。

入冬的第一場雪，我們休息，整理帶來的東西，女生的屋裡五個木箱並排的擺在炕上，沒有木箱的我，把衣服疊在被服裡。下午男女生集在一起學習毛主席著作，晚上生產隊開會歡迎我們，會後又單獨留下講生產隊的階級鬥爭，哪些人是黑五類，讓我們注意。與世隔絕的西北也緊跟毛主席，蘭佩服他老人家的偉大。開始幹活了，冬天的農活挖凍土，鎬刨下去，凍土像巨人連動都沒動，再刨幾下沒勁了，鎬也舉不起來了。下午分配我裝車，也是跟不上，那些農村人好像在揚場，幹得很輕鬆，尤其在我們面前更來勁了，好像玩耍。

凍僵大地如鐵板，鐵鎬下去地不動。
這種生活剛開始，度日如年又可惜。
風華正茂無處用，知識青年變現實。
無可奈何人命運，有朝一日脫出去。

那鐵鍬異常的大，好像農家的大枕頭，沉得手、胳膊賊拉疼，沉得讓我度日如年，終於熬到了下工時間，回到集體戶，什麼也不想幹，躺在炕上望天棚發呆。王雲過來安慰我想開點，咱們都一樣，正因爲什麼都不會才來接受貧下中農再教育。她的一番安慰話讓我心裡敞亮點，大餅子的焦香味在喚我吃飯，和王雲走到桌前正要拿大餅子吃，她推了我一下。三忠於還沒做呢，飯前的儀式對著牆上的毛主席像祝福，我趕緊放下大餅子等同學們到齊，目不轉睛的看著毛主席像，揮著語錄祝他老人家萬壽無疆！萬壽無疆！然後才能吃飯，桌子上的大餅子，紅椒絲拌的鹹菜，蔥花湯這黃紅綠顏色的組合，讓我想起兒時看見鄰居家灶王爺像下的供品，那一冬每天都是刨凍糞、凍土。

被毛利用青少年，最後成為犧牲品。

美其名曰再教育，流放茫茫大沙漠。

天上鴻雁南歸行，觸景生情女孩子。

不知何年回故鄉，仰天長嘆無奈淚。

被注銷戶口的棄民，只有拼命的幹，把自己當成農民，才能適應的快。轉眼到了初夏，春天播下的種子發芽，然後慢慢長大，把苗周圍的雜草除掉，讓它茁壯成長。到了鏟地的季節，長長的鋤頭和人的身高差不多。第一回鏟地跟不上，也不會鏟，想看看農民怎麼幹，人家已鏟到地中間，還在地頭晃的我一著急，鋤頭更不聽使喚，把苗鏟掉了。別跟他們比了，永遠的追不上，也不允許再把苗鏟掉，我像繡花慢慢的往前鏟，人家已經到頭了來接蘭，總算解了圍。

風吹日曬，我也入鄉隨俗，唯一區別的是滿口白牙，當地人沒有刷牙的習慣，滿口黃黑牙，但蘭很少笑，露不出眞面目。漸漸他們不把我們當成外人，原形畢露，幹活時打情罵俏話不時傳來。

害怕和他們幹活，嬉皮笑臉沒正經。

只好裝作聽不懂，或者躲開上茅房。

難適應的體力勞動，無聊的下流話，彷彿時間停在那，沒有辦法，只能裝不懂，他們得寸進尺高興的放毒，我也學會了忍耐偷懶，慢慢的幹活。一星期的飯班輪到我了，這下子解放了，最喜歡做飯，除了一天三頓飯還有點自由時間，空曠的集體戶坐在凳子上寫日記，把苦惱全寫在祕密小本上，然後藏在卷起來的被褥裡。窗外有人往裡望，是鄰居的李媽，她兒子從部隊來信了，讓我給念，然後又讓我代筆給她兒子回信，把所有母親對孩子的掛念寫在信裡，「讓他注意身體，爭取入黨，王淑芹也挺好的，只是盼望你經常來信。」把寫好的信簡單的念了，感激不盡的李媽急忙摘黃瓜給我，裝糧食的長木櫃上簇擁在籃裡的小白花，和從西葫蘆地裡摘的黃花，讓我想起李媽的女兒，婦女隊長劉桂蘭。事情還得從以前說起，剛選上婦女隊長的她，特別的積極能幹，總是把我們拉得老遠，這樣總一馬當先的春夏秋冬終於有一天出事了，幹活時把腰閃了。為了總當第一名，她沒把腰閃了當回事，結果耽誤了病情，縣醫院治不好，轉到省醫院。七十年代的三、四百元錢正經是一筆好錢，這筆住院、手術錢讓劉家賣豬，又到處借錢才湊齊。不久劉桂蘭出院了，本應該好好地休息，但父母卻急忙把她嫁出去，用財禮錢還債。婚後小兩口倒是恩恩愛愛，沒曾想生完孩子半年後病情復發死了。是貧窮，還因為是姑娘，讓劉桂蘭的父母變得殘酷無情，無能為力的我只能婉惜美人薄命。

有半年多沒洗澡了，緊勒的胸罩，厚布的衣服，大地的烤曬，做飯的油煙，身上的黑泥像皮，但沒有辦法。不回長春就永遠帶著黑皮，這流沙的西北沒有小河，有時實在難忍等待，夜半用井水擦身，洗掉黑泥的女孩，愛上夏天的月光浴。在這什麼都不適應的西北，小屯的茅房卻是我最愛的，下面的文章比較一下長春的便所和西北的茅房。

便所牆上鼻涕屎，幾個坑口蹲滿人。
蒼蠅亂舞臭味溢，趕上下雨大雪天。
糞坑漲水咚一聲，拉屎好像地雷響。
最怕夜半三更去，沒有手電沒有燈。
冬冷夏臭排隊等，那個時代的便所。

有時感覺那個時代的人偉大，長春城裡普通老百姓共用的便所用木板隔成幾個小間，間裡的牆壁已經看不出原來的顏色，厚厚的鼻涕髒物貼在上面，讓人進去不敢碰摸，便所裡墊的木板更是讓人難以蹲下，蒼蠅飛，臭味溢，下面是兩米深的糞尿坑。如果小便還行，大便時要趕上下雨下雪糞坑漲水，拉的屎掉下去好像地雷，咚的一聲，還好下面兩米深的坑，如果淺濺到人的屁股上可怎麼辦，那時的女人結實，如果現在又得婦女病了。早晨公共便所最忙的時間，附近就那麼一個便所，人們排隊等著。如果黑天去必須有勇氣，黑乎乎的天，黑乎乎的便所，黑乎乎的糞坑。

那個時代買不起手電，只能一點一點的摸進去，憑感覺確定蹲坑的位置，這是我在長春十八年的危險便所經歷。

最不願意去的長春便所，讓我最留戀西北的茅房，走遍天涯海角，任何充滿花露水芳香的便所也不能和它比美。單調的那段歲月流走了一個女孩人生最美好的時光，但西北的茅房卻給蘭帶來無窮無盡的樂趣，下面介紹一下大西北四季的茅房。

茅房好似望遠鏡，蹲在裡看天地間。
無垠冰雪已融化，地裡長出野菜花。
耕地點種刨茬子，忙忙碌碌庄稼漢。
盼望今年大豐收，年終多分幾個錢。

凍了一冬的無垠冰雪大地終於融化，露出的鹽磧沙地上稀稀拉拉的野菜裡夾雜的朵朵小黃花，象徵著春天來了。不用排隊、沒有髒木板牆，四周用苞米杆圍成一個小窩，苞米杆之間還有縫，蹲在裡面你可以看外面，但外面看不見你。人們忙著耕種，吆喝著牛，渴望春雨的盼聲彷彿是一部春天交響曲，我蹲在茅房裡好像坐在電影院，眼前的風景就是銀幕。而且更舒適的是淺淺埋在地裡的裝屎缸，不用害怕、不用捂鼻子，因爲你在天地間，臭味早已不知飄到哪裡。茅房四周的苞米杆經過風吹雨淋大雪，已經把上面的髒東西沖掉，留給人的是自然的芳香，賽過名牌香水香奈兒。茅房是避風的港灣，閉上眼睛慢慢的拉，瞑想。

那段知青歲月裡，唯一安慰蹲茅房。
仰望天上墨夜空，感嘆已來一年餘。
還得接受再教育，無可奈何紅網裡。
最愛夏天夜茅房，天籟之音蟈蟈鳴。

夏天的茅房更讓蘭高興，一天的勞累，悶熱的屋裡必須的三忠於，外面鄰居家自留地裡的蟈蟈鳴，讓我借口上茅房逃了出來，蹲在茅房裡聽天籟之音，看月光下農家院裡的飯桌。

高粱米飯大餅子，大蔥黃瓜蘸大醬。
東北風味桌子上，就為吃它一年忙。

夏夜茅房裡自我陶醉的精神，讓我忘記每天的單調、勞動的累，滋潤了生活，也支撐我堅持下去，滿足的出來，高興一天又過去了。

剛割下來苞米杆，用它圍牆暖洋洋。
好似金色小花轎，蹲在裡面很舒服。
細縫當成小窗戶，黃色大地收割忙。
農民最盼秋天到，空底糧倉裝新糧。

再上一趟供銷社，一年飢肚抓秋膘。

夏去秋來又輪到我的飯班，集體戶同學上工後我又蹲進了灑滿金香的茅房，再也不想出來，扒開細縫望黃色大地，收割的人群好似一條小黑龍，快速往前移動。盼了一年的人們都想年終多分錢，馬車裝滿糧食，車夫揚鞭奔跑，他也盼糧食快裝進自家糧倉裡，再上一趟供銷社。飽經風霜的臉這時樂開了花，那口黃牙在光天化日下更黃了。農民們一年四季中最高興的笑顏把我也感動，也羨慕他們年年有盼頭的秋天。而我呢，一個趕上空前絕後，禁止讀古今中外書籍，一無所有時代的女孩，爲了不被困傻、憋傻和遙無期的再教育，安慰自己別總照鏡嘆花落，又把茅房當閨密，和它可以隨便說，說出女孩的心事，不知何日能回去。

冰雪大地北風吼，加高加厚小茅房。
蹲在裡面如暖窩，外面看你朦朧朧。
這下可是好機會，放心大膽抓虱子。
擠死捏死快感聲，讓我陶醉抓上癮。
密密麻麻滅不絕，那個年代革命蟲。

冬天的茅房，我蹲在裡面扒開縫看冰雪大地，刺骨的北風如狂龍颼颼呼嘯，人把苞米杆加高加厚。晌午的太陽把茅房變成朦朧的暖窖，我喜歡這時候去，女孩的隱私可以大膽的發洩，藍天紅日給我照亮，再狡猾的虱子也逃不出我的指甲間，面對著密密麻麻的虱子們，低頭抓褲襠裡的虱子上癮了，捏虱子的脆聲讓我感到從來沒有過的快感，女孩陶醉在小茅房裡。怕別的同學發現祕密，今天到此結束。用苞米杆上的雪擦手上擠虱子的血，滿足的又開始看臘月香的小屯。要過年了，姑娘們結伴去買年貨，小伙子們選好日子娶媳婦。流鼻涕的小孩躲在大人身後看殺豬宰羊，到處彌漫著老祖宗留下的過年風景，滿足的從茅房走出來。那段歲月一年四季的茅房讓我不能忘記，喜歡蹲在裡面看天地間，喜歡在這裡看日月星辰，考慮女孩的將來，蘭愛小屯的茅房。

長春便所對比西北四季的茅房講完，現在言歸正傳，寫秋季的西北，跟不上的鏟地熬過去，秋收的季節來臨，流過的汗水換來一望無際的黃沙帳，那是農民一年最高興的季節，睡不著覺的農民夜半三更起來，頂著殘月、星星，自動的變成一條龍飛快的向前移動，恨不得一下子把庄稼割光，把糧食分到家心裡才踏實。

農民的鼓足幹勁帶動了我們，爲了年終多掙點錢拿回家，我們也來勁了，早出晚歸。平常躲在深閨裡的姑娘這時全都出工，小屯的出勤率那些日子特別高。地裡一排排拎著土籃的姑娘飛快的掰苞米，我緊跟著但趕不上她們。

手裂手傷腿疼痛，但是還得忍耐著。
為了年終多分錢，秤上五斤肥豬肉。

粉條蘑菇粘豆包，回家過個團圓年。

她們更快了，好像花蝴蝶在黃大地裡飛，追不上，洩氣了，看她們遠去的背影也不追了，看落後的我們，能幹的姑娘們終於停下，望著和我們一樣的身材，奇怪她們哪來的勁，荒涼的西北還出美女，姑娘們的眼睛很大，我的眼睛和她們比差老遠了。生產隊長休息的喊聲趕緊坐下，被眼前的景吸過去，沐浴秋高氣爽的姑娘們解下垂到腰間的辮子梳那黑亮的長髮，它宛如一幅「塞外仕女圖」。

瀑布長髮垂腰間，欲羞紅顏大眼睛。

楊柳倩影流沙中，宛如塞外仕女圖。

但她們卻難逃父母包辦的婚姻，用男方家送來的財禮錢再給她們的哥哥、弟弟們娶媳婦。一百年來，中國農村解決不了的現實坑害了多少嚮往自由婚姻的姑娘，看著不知以後命運的姑娘們盼早一點解放女性，別拆開青梅竹馬的她們和他們嫁到異鄉。也許預感到命運注定她們和他們要分離，從此只能在夢裡相思、相愛、相會的他們，還在互相看著、看著，直到開始幹活。經過我們的奮戰，地裡的苞米一乾二淨，東北特產，苞米高粱分進了家家的糧倉。然後把高粱、大黃米、苞米磨成苞米麵、苞米楂子、黃米麵，東北農村的一道風景。蒸豆包的紅焰大灶坑，窗外鋪天蓋地的大雪，放鞭炮的小孩象徵著要過年了。而且家家的豬從上秋到入冬，牠們的肚子也在過年，個個吃得肥頭大耳。集體戶的三頭豬也膘肥體壯，準備最近殺豬，在飢餓中長大的蘭盼望殺豬，想吃肥肉。一年好日全在這臘月裡，磨房前等著磨米麵的長蛇隊，通往供銷社的路上長鞭連甩馬不停蹄。

長鞭一甩馬車飛，購置年貨翠花娘。
一斤白糖醬油醋，一瓶白酒一盒煙。
一掛鞭炮二踢腳，小孩看著樂開花。
花哨新衣紅頭繩，殺豬宰羊莊稼漢。
東北農村大過年，天上人間正月裡。

一年的好貨都在這臘月買齊全，西北年味越來越濃，小屯在忙，集體戶也在忙，準備最近殺豬，我等了一年就是爲了這一天，要把十二年欠的肥肉補回來。

戶裡的女生誰也不願意趕在殺豬那幾天做飯，又髒又累，殺豬的慘景、吼聲、血腥的場面讓女孩膽戰心驚，但我不怕。缺肉的肚子盼殺豬，輪到蘭的飯班，我的想法露出去，男生知道了，決定把殺豬的日子定在蘭的飯班。那一天終於等到了，他們領來事先約好幫忙的屯裡小伙，楊子榮式的棉帽，黑黑的臉盤，黑黑的大眼睛，大黃牙，大高個，看樣子殺豬一定狠準快。幾個人來到豬圈，抓那頭要殺的豬，這頭豬是三頭裡最大最胖最能吃的，平常牠就霸道，聲音震天地，木槽裡的飼料泔水大部分都讓牠吃了，不怪全屯最大號的腦袋，很聰明，吃食時還時時防備人的不懷好意。當四個年輕人突然抓牠時，可能知道人要吃肉，末日來臨，牠在豬圈裡狂跑，吼聲讓人發怵，渾身黑毛全立起，那雙眼睛更加血紅，不讓人接近，人哪有發瘋的豬王有力氣，爲了保護自己想要傷人。抓不住豬王，幾個人改變了策略，兩人休息，兩人和豬溜圈，然後輪換，豬鬥不過人，牠累得呼呼直喘，動作漸漸緩慢，機會來了，得到充分休息的四人進行了最後的決鬥。屯裡的小伙子趁機在後面用繩子套住豬脖子，這時兩個男生也衝上來按住豬腿，豬王終於被小伙子們征服住，牠被抬到大木板上綁上四隻腿，但還在做垂死掙扎、吼叫，把木板晃得吱拉吱拉響要塌，而且繩子也要斷，還沒等人吃牠，豬要吃人了，牠的眼睛變成紅皮球那麼大，四個人不行，路過的人和我一起參戰。豬終於投降了，不得已的任人宰割，豬的脖子前放一個盆，屯裡一個小伙幹得很麻溜，一剎那間鋒利的刀已捅進脖子裡，豬還沒來得及叫，血就噴出來，裝滿了接血的盆，豬王動了幾下，漸漸不動了。看著血腥的場面，彷彿覺得人就是魔鬼，但爲了活著只能心狠心冷。

開始第二道工序，從後豬腳撕開一個口，往口裡伸進一個管子吹氣，把豬吹得鼓溜溜的，然後放在燒好開水的大鍋旁，用開水澆身，剃毛、開腹、掏內臟。臭味、腥味讓人噁心想吐，他們抽煙去了，我還在雜味中忙，把解體的豬肉分類，心、肝、肺、腸、肚、舌頭，放在大鍋裡煮，新鮮的血灌成腸，肥肉做酸菜湯，瘦肉包餃子。一天緊張的忙碌到傍晚，一大圓桌豬肉宴做好了。

白肉血腸酸菜湯，肉餡水餃韭菜花。
舌頭肘子豬頭肉，心肝肺肚大拼盤。
大碗白酒熱炕頭，東北美食豬肉宴。
終於吃進餓肚裡，過後折騰好幾天。

我留個心眼先到茅房尿尿，然後把褲帶鬆了兩寸，這才進屋盛上一大碗白花花的肥肉，趁大家連吃連聊天時，我卻狼吞虎嚥，肚子好像無底洞，還裝不滿，還沒飽，又盛了一碗瞬間吃光，還把碗裡的油星舔光，那一刻屋裡鴉雀無聲，大家都看著我。知道自己丟人現眼，但我也不明白爲什麼不知不覺的像狗舔碗，終身難忘的尷尬場面，滿足了不見油星的肚子。但過後遭罪了，好像感冒直吐，而且吐出的全是油，折騰過後吃了幾天鹹菜、苞米楂子粥見好。但肥肉已煉成大油裝進小缸放在倉庫裡，是一年的食油，還要等到來年吃肥肉，無奈時缸底的油縮子[9]啓發了我的靈感，那以後利用飯班之便一次摳一塊吃，還不時的瞅門口防備被人看見。

好日都在這幾天，農活不多開會可多，夕陽的路上一個個腆著肚子，黑壓壓的人流慢慢向生

9 油縮子：煉肥豬肉成油後，產生的渣子。

產隊移動。

夕陽斜照小路上，狗皮帽子大褲襠。

裝滿肥肉酸菜湯，腆著大肚開會去。

在門口望著滿足的村民，不願意從夕陽畫裡出來，一年只有臘月的幸福景，農村人不像我們想得太多，他們沒讀過書，不知道天外有天，只乞盼來年大豐收，臘月殺頭大肥豬。

大塊肥肉大碗酒，油光明亮大肘子。

大圓盤裡水餃子，大鍋燉菜大餅子。

大蔥大蒜大口吃，大圓桌上美食宴。

我們東北喜歡大，所以中華才無疆。

好日子總是瞬間，轉眼冰冬過去，又到了忙的季節，來這裡兩年多了都彼此互相了解，戶裡的女生幹活也逐漸有了明顯的差距，我還是盡出事故，跟不上。相比之下，戶裡的田紅卻適應得很快，她母親是推車的，總幫母親去推車，百煉成鋼。優越的經濟條件使田紅特別有勁，也許天生適合大西北。一般的女生挑兩個大粗水桶打井水，挑時搖搖晃晃要跌倒，但田紅挑起來輕鬆自如，好像水桶裡的水是銀鏡子，映著她輕盈的腳步。最愛看她揚場，美麗的姿式揚出的高粱好像紫色的星雨在空中畫出扇形，引起在場人的讚嘆、喝彩。好像讓人欣賞她的倩影和垂到腰間的麻花瓣，又像在變魔術。田紅開始揚小麥了，用木栿揚出的小麥瞬間變成金色的雨花在空中閃閃發光。終年在外幹體力活，大地賜給她健康的膚色，臉像紅蘋果，可我是個大草包，順風也揚不高，而且眯了眼睛，不但沒有美的姿式，還盡出醜，要哭了，自卑的想眞是人比人得死，貨比貨得扔。

西北風沙她適合，藍黑群裡紅蘋果。
苗而不肥健康美，揚場挑水賽小伙。
兩人對比很痛苦，蘭是天生大草包。
人言可畏再教育，命裡注定紅勝蘭。

天生不是幹農活的材料，尙蘭的內向、異色，屯裡兩個無知的大黃牙開始盯上我不放，罵人的語言從此開始。再過半個月就是二十歲的生日，但沒有高興的感覺，想自己的十代路程，十六歲趕上紅色風暴，十八歲接受再教育，如今二十歲的大姑娘讓他們見面嬉皮笑臉的罵。也許十三年的被罵、侮辱，臉變成橡皮，抗罵，可心裡委屈，人的臉大、臉小是天生的選擇不了，他們爲什麼這樣無知、無情、無恥。

廣闊天地再教育，換來卻是六年罵。
幹活拉後總出醜，四肢發達當地人。
形成對比蘭和他，從此掉進侮辱河。

世上很多無奈事，左右不了那是命。

與世隔絕的小屯，每天沐浴在罵聲中的尙蘭更加羨幕超群的田紅，向她學習幹活，穿衣戴帽，在遠處有點像，差不多的身高，垂腰的麻花辮，但近處看一點也不像，她眼睛小，我眼睛大，她小圓臉，我大圓臉，她開朗，我恬靜，水火不相容。爲自己的做法可笑可憐，不比了，她是紅，我是蘭，沒人訴說的女孩，只能這樣安慰自己。沒坐過火車，還有沒見過火車的人們，由於我們的到來，他們可是大開了眼了，不愁沒錢坐火車進城看高樓大廈，看人山人海，逛商店，下館子，吃餃子。

史無前例再教育，知青下放大西北。
閉塞小屯沸騰了，好奇問樓有多高。
爭先恐後打手電，為啥能把夜照亮。
姑娘圍看雪花膏，為啥能把臉滋潤。
大開眼界屯裡人，何時才能坐火車。

迫不得已分在一起幹活，讓我更加沉默，他們也更猖狂，嬉皮笑臉的罵我是大餅子。茫茫的大地沒有躲的地方，而且把他們的罵聲顯得特別大，幹活的人都聽見了，下不來台的女孩多想變成傻子、瘋子，不知道人間的苦惱、煩惱，或者也破口大罵他們。但不可能的現實，我只好總躲、總忍、總憋、總怕，然後裝作沙子進了眼睛低頭擦淚、低頭幹活、低調做事，無奈、無能、無力女孩的選擇。

眾人面前辱，老實女孩子，

多想變傻子，什麼也不想。

和他們不是同類，我也有很多強項，肚裡的藍墨水，除了王雲敢和任何人比，重新發現有了自信。和大黃牙在一起幹活時用圍巾嚴實的包上耳朵，省得髒話飛進來，但我的內向、忍耐，他們變本加厲。那是一生永遠忘不了的日子，早晨生產隊長分配的農活是往地裡放苞米種子，一人挖坑，然後一人往坑裡放種子，再用腳埋上。慶幸今天是個好日子，活不累，不再度日如年，我高興的小聲唱起了「紅燈記」，但天有不測風雲，剛才還藍藍的白雲飄的天空，忽然被越來越多的烏雲包圍、呑沒，緊接著鋪天蓋地的狂風沙暴呼嘯著，把我們挖的坑、埋的土全部摧毀。還沒等跑，大雨又襲來，想找背雨的地方，可是連棵樹都看不見的流沙地，跑到最近的屯子也得澆成落湯雞，而且怒吼的風暴、大雨讓人寸步難行，困在流沙地中間，樂壞了屯裡的年輕人，他們互相用沙土打、鬧，我焦急的等著雨停。忽然飛來的沙土像子彈射在乳房上，找射擊的人，又是大黃牙，他倆正直盯著我的胸前，我羞得趕緊背過臉，才發現被雨水澆透的衣服緊緊的貼在胸前，沒想到大黃牙還是個色鬼，只好用辮子掩蓋胸部。大黃牙見我沒什麼反應，得寸進尺的走過來，報仇的機會到了，裝作繫鞋帶，趁機抓了一把土，狠狠地向他倆的眼睛揚去，看你還敢放肆的看，然後往屯子的方向跑去，王雲喊也不回來。

不願被人再欺負，雖然揚的是沙土。
但是終於反抗了，痛快女孩雨中泣。

傾盆大雨，暴風把東南西北攪得天昏地暗、迷失方向，哭泣的女孩突然解開辮子任憑風吹雨打，把頭髮吹得張牙舞爪但很痛快，我終於不再忍耐能站起來了。遠處傳來喊尚蘭的聲音，是王雲和戶裡的同學。但我不想停下繼續往前跑，多想有雙隱形的翅膀飛出紅網。

不想這樣去反擊，得寸進尺大黃牙。
逼我不能再忍耐，臉大臉小是天生。
左右不了人命運，拿人欠點侮辱罵。
刺傷女孩自尊心，是否良心過得去。
和你相識是緣分，應該珍惜互尊重。

屯裡的人和戶裡的同學大吃一驚，生活還是日出日落照舊，但我不再委屈勉強自己，如果他們再欺負我，會勇敢的罵出一聲大黃牙。

小屯的夜很長、很黑，最近的祕密等有些同學到老鄉家串門。我和田紅、李青立刻拉上窗簾，把油燈擰到最低，聽王雲給我們講看過的小說，也可能渴得太久了，還是她講得有聲有色，我連咳嗽聲都憋回去。怕影響聽入迷的田紅、李青，不知不覺圍上王雲沉浸在小說裡。感覺單調長夜變短，她像變魔術，每回都給我們驚喜，窗外有說話聲，串門的同學回來，聽覺靈敏的我們立刻各就各位，拿出事先準備好的毛著[10]、毛衣、棉活學、織、做，雖然是有機會的聽講書，但也滋潤了久旱的青年。

王雲講書的才華讓我對她崇拜得五體投地，也認識到得抓緊學習跟上她，可一無所有的非常時期沒有書，我盯上大隊的報紙。雖然人民日報上全是四人幫否定一切的文章、社論，但趕上史無前例時代的五零後，只要能看到報紙上的國際新聞就知足了，同時也相信四人幫搞的紅色革命是不會永遠的，我們在等待著。突然有一天的人民日報讓我久久的看著，報紙用特大的字、特大的照片刊登毛主席在中南海書房接見日本首相田中角榮，一直的等待。

翻來覆去看不夠，好像長春家來信。

如飢似渴手發抖，終於盼來這一天。

日中邦交正常化，以後日子好過點。

10 毛著：指毛澤東著作。

歧視圍攻十六年，最怕那句小日本。

我還在看報，忽然視線停在毛主席接見田中角榮的巨大書房裡，他老人家好像置身在書海裡，一排大沙發後面的書架上，擺滿了讓書渴女孩羨慕的書籍，這些書在偉大統帥的書房裡享受最高的待遇，免蓋大毒草的紅印，免遭吸毒的罪行，免遭燒毀。他老人家不用偷偷摸摸的看，而是光明正大的坐在最大號的沙發上廢寢忘食的看書架上的名著。可能是無聊的長夜，還是聞到了毛主席書房裡的書香，我把眼睛快貼到報紙上了，想知道那些書名，但排得密密麻麻的書，還是突出毛主席和田中角榮的大照片，無法知道他老人家到底看什麼書，也許作爲新中國國父的毛主席正在給他的兒女鑑別書，所以書房裡有那麼多書，而且一冊冊的鑑別需要時間，我只有耐心的等待書解放之日。

一九六六炎熱夏，紅色海嘯紅烈火。
書泣書焰書化蝶，毛的書房免遭殃。
排滿中外古名著，十年文化大革命。
八億人民八樣板，軍服軍帽毛像章。

不久，我們的隔壁搬進了一戶從長嶺縣下放的五七戰士，不知是書裝得太多了，還是那些書在招呼我，不願繼續在擁擠、黑暗、不透風的木箱裡遙無期的囚禁。從馬車上卸下來的木箱突然散架了，裡面的書全掉在地上，害怕的五七戰士急忙用衣服蓋書，眞是意想不到的場面。即將成爲鄰居的五七戰士把書保存下來，渴望看書，憋得難受的我對裝得滿滿的書箱眼紅了，想辦法要看到那些書。

五七戰士的母親小腳，人瘦弱如果風大走路要被吹倒的，所以她很少出門，兒子、兒媳婦都工作，可能是寂寞總想找人說話，我成了大娘聊天的伴。利用午間休息時間、飯班時，陪大娘坐在炕上和她一起絎被，幫助挑井水，這些細小的事讓大娘很高興，她離不開我了，每天快到晌午的時候都在窗前納鞋底等著，然後迎出來讓我趕緊進屋吃燉豆角。熱情、純樸的大娘哪裡知道現在我最需要的是書，但終於等到了機會，明天開始輪到我做飯，一個人的集體戶不用遮掩可以大膽的看。爲了盡快看到那些書，等同學們上工以後迫不及待的來到大娘家，沒想到我來得這麼早，大娘急忙拉我往炕裡坐，她好像永遠在忙乎，又開始做全家的棉衣，可是大娘的眼睛越來越花，手也發抖。最好的張嘴借書機會來了，趕緊從大娘手裡拿針線，看大娘高興的連聲謝謝時終於說出了要借書。那一刻屋裡的空氣緊張起來，大娘害怕的說：「不行，也不敢借。」看她煞白的臉不想再爲難大娘，幫大娘絎完棉襖的前身回到戶裡後，爲剛才冒失的借書後悔、後怕。可能大娘爲我的執著感動，她來了，讓我趕緊去取書，拿著準備好的書包急忙裝進兩本書。走時大娘再三的說：「小心點，絕對不許借給別人看。」知道事情的嚴重性，也不能給大娘和五七戰士添麻煩，失去借書的機會，趕緊向大娘保證一定小心謹慎。

回到集體戶，抑制不住借到禁書的感動，久久的看著小說，我們終於等了四年的再相會。忽然窗外傳來說話聲，緊張的我像驚弓之鳥急忙找藏書的地方，雖然都是一個集體戶的同學，但像我這樣的出身還是注意點好，別連累大娘一家人，而且戶裡有的同學正申請入黨呢。陷入找不到藏書地方的我，只好慌忙的把書藏到火炕上疊好的被摞裡。同學們回來吃晌午飯了，洗完手後坐在火炕上等開飯，我趕緊把貼在鍋裡的大餅子裝到盤裡端到屋裡的桌子上，才看見那個寫入黨申請書的同學正坐在我被褥旁，眼前的情景我傻眼了，不知如何是好。正在這時，王雲、田紅陸續把小米粥、炒土豆絲端到桌子上，我趁機招呼她吃飯才轉危爲安，鬆了一口氣，身在這樣的集體戶必須得處處小心。吃飯香的女孩今天感覺飯難咽，盼望她們幹活去，怕再發生意外。爲了安全起見，我乾脆不飯後洗碗了，而是像釘子坐在被褥旁看毛主席語錄，照這樣下去，晚上看書也不可能了。晚上的時間多可惜啊，但無奈只能等上工的鐘響同學們走後才從被褥底下拿出書，然後用紅書作掩護看禁書，趕上史無前例時代的知識青年終身難忘的經歷。

千金難買女孩笑，今天她笑如花妍。

盼望同學快上工，迅速劃門做準備。

為了安全不暴露，紅書掩護黑色書。

再現白色恐怖時，難忘經歷今寫書。

連上便所的時間都節省下來，陶醉在：

生命誠可貴，愛情價更高，

若為自由故，兩者皆可拋。

貝多芬的名詩中，它感動我立刻背下來，也成爲青年時代的精神寄託和一生最愛的詩歌。好書又像吸鐵石，吸引我在書的世界裡擴大視野，但也很矛盾，好像偷書賊。又想出來保護自己的辦法，看書時把窗戶當成碉堡瞭望口防備來人，以一天一本的速度看小說，因爲我的欲望是趕緊把囚在箱中的書看完，補上四年的空白。

青春太早不解渴，一天讀完一本書。

前看後看左右看，趕緊走進大娘家。

取完小說速離去，防備五七幹部眼。

為了看書變書賊，小心謹慎借偷看。

不久，看書的祕密還是被發現了，原來愛書如寶的五七幹部，把書做了登記，按順序排好隊的書讓緊張的我沒按順序放進去，弄亂了。他每隔一段時間整理書時才發現書少了，他大驚失色的問母親怎麼回事，被逼無奈的大娘說出了我借書的事，再也沒有安全的地方藏書了，也怕夜長夢多。五七幹部以薰蚊子爲借口，把書藏在草裡，趁人們上工時燒毀。隔窗看紅焰焚書，書化黑蝶，無能爲力救小說，不敢哭，不敢出去爲書送葬的我，只能摳牆用疼痛折磨自己，別再看哭泣、掙扎的黑蝶戀戀不捨的在窗前飛舞。那一刻我徹底崩潰了，藏在糧倉後用苞米堵嘴，偷著哭、偷著吶喊。一個女孩到底要承受多少這樣殘酷無情的忍耐，我開始恨自己的愛好，如果不是書迷，不會受不了八個樣板戲的每天，也不會有絕無期的痛苦。

多想繼續再讀你，度過無盡單調日。
但是多難五零後，看書祕密被發現。
為了大家都安全，只有忍痛燒毀書。
映天紅焰黑蝶泣，不能救書無奈蘭。
但願它們遠遠飛，飛到自由海那邊。
共同乞盼有一天，中外名著解放日。
看它一千零一夜，補上女孩十年怨。

又到了跳蚤瘋狂的季節，牠專咬城裡的女孩，把毒留在我的身上，剛開始皮膚發紅，腫、癢，然後變成亮晶晶的水泡，再經過手撓泡破裂流出粘水，過後感染的腿開始潰爛，這下把喜歡髒的蒼蠅招過來，牠們把我包圍想鑽進褲子裡放菌。看著趕不走圍著褲子亂舞的蒼蠅，嚇得我急忙解下頭繩把褲腿繫緊，不透氣的褲子變成微波爐，烤得腿像塗上一層膠水和褲子粘乎在一起。包圍我的蒼蠅嗡嗡叫得更歡了，而且大膽的叮在褲腿上，幸虧屋裡只有女生，但還是羞得滿臉通紅，在旁邊等我一起上工的王雲心疼的說：「尚蘭別再硬挺著幹活了。」但我捨不得工分[二]，和田紅換了飯班，等同學們走後再也忍不住了，拿起笤掃轟褲子上的蒼蠅，然後脫褲子，但脫不下來，因爲褲子已變成綳帶霑在腿上，害怕血淋淋爛腿的我用洗臉盆裡的水把褲子弄濕，再慢慢地脫褲子，輕輕的洗潰爛的皮膚，這樣能減輕遭罪，兩腿還留不下瘡疤。像葵花的太陽已經轉到西邊，同學們快下工了，蘭得做飯去，被解放的雙腿很舒服，再也不願意穿沾滿汗臭粘水的褲子。我想要腿快好，想要涼快，想要不摩擦，想起裙子，但沒有，把目光停在洗好的衣服上，用它當裙子，兩隻袖子做裙帶，衣服做裙後身，又找出圍巾當裙子的前面，比褲子強多了，後面是藍色，前面是棗紅。望著快速做成的魔術裙子又愁起來，這藍黑綠肥大衣褲的世界裡，我穿裙子是否太大膽了，怎麼辦，想不出對策，不管那麼多了，裙子限定在同學們沒下工時穿。又急忙把門劃好，省得來人時換褲子來不及，但還不放心怕開門慢，人趴窗往裡瞅又找藏身的地方。

永遠一條厚褲子，冬天虱子夏臭蟲。

二　工分：農民的報酬以工分計算後，折人民幣。

專咬花季女孩子，好像爛瓜臭味溢。
每天上工難為情，和戶同學換飯班。
脫下厚褲腿解放，再也不想包藏著。
衣服圍巾做裙子，女孩美麗那瞬間。

這跳蚤眞聰明，牠們再也不吸長滿硬嘎嘎的腿上血了，而是跳到上身吸新鮮的血，照鏡子看前後身密密麻麻的紅腫包，渾身發冷。

接受再教育的生活已經兩年了，集體戶發生很大變化，出身貧下中農的男生陸續抽到扶餘[12]油田，最後只剩下一個出身不好的男生和我們這些女生。但是剩下的人不甘心，還在執著的盼望有一天也會走出大西北，但等了兩年，全公社只有一個女生名額，還輪到另外集體戶的一名總演講、作報告，而且已經入黨的女生手裡。這股靠嘴甜，能說會道的風氣，漸漸也颳進戶裡，這下子有權決定我們回城進工廠，入黨的生產隊長，大隊書記成了香餑餑。最近他們總到戶裡來，受到了有些同學的熱烈歡迎，熱情招待，他們和書記聊得可熱乎了。不會溜鬚拍馬的我只好到外屋做飯，然後往屋裡端。有時躲出去到老鄉家串門，有時跑到沙丘上，不知是沙子迷了眼睛，還是難受，

12 扶餘：指地名。

我哭了，怨自己沒能耐，在這漆黑的夜晚孤零零的坐著。不知啥時他們吃完，我才能回到集體戶，有時機會來了，但結巴得不知說什麼好，礙眼的坐在大隊書記、隊長旁邊，幸虧那兩個會說的女生緩和了尷尬的氣氛，這時我忽然明白處在這種環境裡得學會那一套，要不然每天都苦惱，以後利用飯班的時間對照鏡子練習笑顏、說話，但和他們比差老遠了。無奈的我只能用「人比人得死，貨比貨得扔」的名言安慰自己想開點，耐心的等待把留在農村沒門，黑色的女知青抽回來。不久前七號公社傳來消息，某大隊的書記利用入黨，回城和多名女知青發生性關係，事件暴露後書記自殺了。

男女平等天天喊，可是現實難兌現。
男生優先進工廠，剩下知青娘子軍。
沒錢沒門沒紅色，溜鬚拍馬也不會。
沒有辦法只有等，年年失望絕望淚。

往日同學們吃飯的屋子，如今最後一名男生也抽走了，只剩下女生的集體戶突然顯得大、靜。意想不到的重男輕女政策，我接受不了，反復的在紙上寫「男女平等」四個大字，然後自然自語的說啥時能眞正男女平等。在這樣的日子裡，白天好過，因爲拼命的幹活顧不上胡思亂想，可是到了晚上飄蕩在空屋子裡的鬼哭狼嚎的風，彷彿夜半歌聲，夜夜嚇唬旁邊大屋子裡的女生，害怕的我留戀大家在一起幹活、吃飯的日子，那一刻傷心的女孩想家了。

刺骨寒風打門窗，鬼哭狼嚎空屋子。
昏暗淒涼油燈下，兩雙碗筷兩女孩。
還在農村再教育，可惜虛度花年華。
眼含淚水望窗外，再過半月過年了。
觸景生情想回家，茫茫流沙雪連天。
回家再現長征路，得等馬車去公社。
再攔汽車到車站，太平川站坐火車。
到達四平再換車，天寒地凍冰雪夜。
為了躲開檢票員，頂著大雪跋涉行。
北風割臉冰淚花，一路風險到長春。

幹了一年的活，到年終結算時又是白盼了，兌不了現，只分給我們一部分錢。原想用掙來的錢在長春的黑市買一角凍豬肉、二斤凍刀魚給盼過年的弟弟妹妹意外的驚喜，可現在計劃落空了。苦惱後決定把從白城子到長春的火車票錢省下來，想回家過年也是當時知識青年迫不得已的辦法，買短距離的車票。背著分來的三十斤苞米楂子口袋，坐在沒人願意去的離便所近，又靠著門口的坐位。飛快的列車裡聊天的、喝水的、打盹的、睡覺的，但我和王雲卻像偵察員一樣不敢放鬆警惕，時刻提防著查票的。但查票的列車員終於出現了，趁著還來得及，我和王雲分別行動，她躲到另一節車廂，我也悄悄的站起來以最快的速度溜進便所然後劃上門，正好也想尿尿。怕查票的列車員還沒走，我一直蹲著，直到屁股被火車底下颼颼的寒風吹得冰涼才站起來，但也不敢出去。又把身體變成煎餠，耳朵也緊緊的貼在門上監聽外面的聲音，約摸差不多了才伸出頭，再確定一下查票的列車員走沒走才敢出來。幸虧那個年代上便所的人不多，讓我獨占便所，讓我躲過查票的，也感謝遇到好人幫我看著行李架上的苞米楂子口袋。知青歲月裡那小盒似的便所是我青春的一頁，有緊迫、有緊張、有堅持、有堅強、有感動、感謝、難忘、勿忘。又有了新的智鬥法，專找有小孩的地方坐，助人爲樂混過關，藏來躲去又好像逃亡的通緝犯，從來沒有光明正大的坐在列車裡，總是一身冷汗但也高興。終於避過那一段查票到達四平車站，沒有車票出不去車站，又著急得趕開往長春方面列車的兩個女孩，只好背著年貨的麻袋沿著鐵道頂著直射的鵝毛大雪趕不斷鳴叫的列車，但墨夜裡鋪天蓋地的風雪打得睜不開眼睛，而且地變成雪毯。背著的麻袋被雪蓋得越來越沉，雪毯也越來越厚，好像陷在沼澤地裡，女孩在掙扎、在爬、在唱：「下定決心、不怕犧牲、排除萬難，去爭取勝利。」但無濟於事，只好卸下麻袋拉著走，是雪花？還是晶瑩剔透的冰淚。

沒錢知青躲查票，墨夜鐵道繞遠行。
好像陷進沼澤地，麻袋年貨千斤沉。
冰淚刺臉身雪衣，一聲長鳴車遠去。
這樣往返回家路，六年到頭回長春。

開往長春的列車，隨著一聲劃破夜半的長鳴飛快而過，失望的跪在雪毯上等下一趟車，在零下三十度左右下怕被凍僵，把麻袋當成小孩背著它來回的走，癡望著遠方。開往長春的列車駛進站台，著急的女孩搶先站在前面，怕再趕不上。萬里長征似的回長春，碰到倒霉時途中被趕下車，或者帶到車站辦公室罰錢，口袋裡只有買短距離票剩下的幾分錢。鐵柵欄的窗外，火車的長鳴，轟隆轟隆車輪的巨響，知道趕不上這班車了，含著淚望窗外飛馳的列車，不知道何時放我們回家，有時運氣好，碰到好心的列車員，他們家裡也有知識青年，觸景生情悄悄的放過我們，一路平安的回到長春。

過完了春節回到屯裡，支撐我堅持下去的精神寄託還是那份人民日報，想看最新的形勢，下工以後直接到大隊部。人民日報好像在等著我，剛走進屋就看見夕陽裡的它特別的醒目、耀眼、金光把報紙上的大照片映得彷彿是一張似曾相識，但又久遠的華麗明星照片。在這裡不方便貪婪的看著，也不想離開它，反正夜來臨，報紙的命運不是被當卷煙紙，就是攢起來糊牆，溜窗戶縫，或者當手紙。讓喜歡報紙的女孩讀，好好的待它，旁邊的老大爺看出了我的心事，他很痛快的說：「姑娘如果喜歡趕緊拿走，天快黑了路危險。」不知道怎麼感謝他，只是用微笑謝謝他，對蘭的照顧，報紙催著我快走，趕緊回去細看裡面的內容。燈下的報紙讓我發呆，整整一大版面刊登尼泊爾國王和王后的巨大照片，這是人民日報嗎？目瞪口呆不敢相信每天生活在土裡土氣、色彩飢渴的藍黑綠人民服裡，它的突然出現讓蘭眼前一亮，這單調的大地終於有一點美麗。

不敢相信能刊登，人民日報頭版上。
彷彿民國明星照，神祕山國尼泊爾。
國王身穿藍西服，王后華麗霓裳裙。
色彩飢渴中國人，眼前一亮開眼了。

很久沒有這麼感動，我如獲至寶，看完後小心的從人民日報上剪下照片，在旁邊記下一九七三年那個冬天，一生的回憶永遠抹不掉。

認識丁琳是下鄉的第五年，霉屋的生活已經突破十七年，它好像尚家的歷史一年不如一年，繼續在這住下去沒有未來，歧視的環境不得已離開生活十七年的霉屋，這裡留下我們的兒時、少年、青年時代。

有緣讓我和丁琳相識，夏天回城和母親到附近住的田中阿姨家串門，遇上和阿姨女兒是同學的丁琳。女孩之間共同的語言，互相留下好感和深刻的印象，有一種相見恨晚的感覺，我們成了朋友，丁琳和她的名字一樣青春靚麗。

黑辮垂腰走路美，苗條身材麗人影。
男多女少城市裡，引來小伙火辣眼。
似曾相識今生緣，相見恨晚蘭和琳。

丁琳比我小五歲，他們那一屆命運好點，趕上四個面向政策，她有幸分到工廠。難見面的兩人，把我回城日定爲中秋節，每天晚上都見面，今天丁琳休息，興奮的我們商量怎樣度過，最好的休閒異口同聲的說去散步，沿著鳥語花香的省委林蔭道。她講工廠的事，年輕人之間地下傳讀禁書，沒經歷過工廠生活的我羨慕的聽著，不知不覺走到重慶路，春城電影院揮拳瞪眼的大海報。五商店裡灰藍的肥大衣，新華書店紅一色的書籍早已看夠。長春飯店醒目的大牌子讓丁琳高興起來，她拉著我進去，第一次白天到長春飯店，選了靠窗戶的桌子，丁琳拿起菜譜點了一桌酒菜，以爲是白日做夢，我睜大眼睛看著意想不到的天上人間月宴。第一回知道的菜名「櫻桃肉」，擔心的問她錢夠嗎？丁琳指著放在椅子上的手提包說：「不要緊，每月攢的錢都在這裡。」讓我放心，誘惑人眼花繚亂的炒菜、涼菜使我不再客氣。第一回喝啤酒感覺像馬尿，丁琳不停的和我碰杯，醉紅的大齡女一陣傷感，自言自語的說：「啥時候能工作掙錢請妹妹。」然後呆呆的望著有戶口的城裡人。見此情景，丁琳勸我想開點。回家的路上，她又給我一個更大的驚喜，她從手提包裡拿出書。書渴的我迫不及待的找有光的地方，想馬上看名著，但墨色的夜晚把字變成黑乎乎，沒辦法只好問丁琳書的內容，丁琳說：「借到書就給你拿來了。」不知道說什麼好，再也止不住的眼淚一顆一顆掉下來，謝謝與丁琳相識，再也無心像以前那樣看夜色中的林蔭道了，趕緊回家看書。滋潤我多年來的書渴，我倆又嫌走得慢乾脆跑吧，後面好多人排隊等著呢。長春短暫停留的知青，所以優先、照顧我先看。兩天的期限讀小說「珎妮姑孃」，把自己關在小屋裡，看渴望已久地下傳播的名著，此時是最幸福的時刻。

一晃五年了，書還沒解放。

但也擋不住，愛書青年們。

偷偷在傳閱，中外古名著。

書渴女孩子，排到第五號。

美國小說讓我開了眼，水深火熱的資本主義社會居然能天天吃麵包、喝牛奶、吃巧克力。尤其是巧克力，在當時聽說只有空軍才能吃到巧克力，強烈的對比之下，我很茫然、矛盾，相信看過這本書的人會有同樣的感覺，但有什麼辦法呢？趕上非常時期的書迷只能裝木訥、無知。一晃五年了，還在等待百花齊放、百家爭鳴的我把書一頁一頁的用烙鐵熨平，然後還給丁琳，讓她馬上給排到第六號人手裡，書在地下偷偷的傳遞、傳送著。

明天走在長春最後的一夜，我倆又來到省委林蔭道上，它似乎更加幽遠，看不見前方。慢慢的走著，只想時間永遠停在此刻，不願意離開長春的女孩。

不知一別何時回，只怨相逢日太短。

不能朝暮兩個人，只能相望難相見。

無可奈何送行路，淚水化成彩虹橋。

相約年年七月七，林蔭道上來相會。

離別的不情願，沒盡頭的路不想再走了，想起兒時常去的草地，到那坐一會，沒想到這變化很大。三個堆放的輪胎沒有了，而且成了年輕人約會的場所，草地上坐著一對對的戀人，那沒人坐，但目標大沒關係，反正我倆是女的。竊竊私語依偎著的一對對，這邊我和丁琳誰也不說話，聆聽昆蟲的鳴叫，直瀉下來的月光映照著談情說愛的男女青年。如今電影、小說、報紙上看不到的愛情場面讓我在這裡看到，同時感到新鮮，看不夠，而且還不用花錢買票，可能高幹看的內部電影就有這樣的鏡頭吧，我如飢似渴的看著，但臉越來越紅，由於夜深了，戀人們開始大膽的摸、吻、抱，這讓我眼紅、眼饞的甜蜜蜜的場面不適合蘭和丁琳繼續待在這裡，太晚了，我們走吧。那一刻不知道自己是怎麼出來的，感覺好像逃，也不想再走林蔭道了，因爲那也有很多戀人推著自行車走進幽遠的深處，不屬於我倆的世界來到斯大林大街，這很靜，月亮像一盞玉色的檯燈把柔和的光灑向女孩。剛才不穩定的情緒漸漸靜了下來，借著這離別的前夜問丁琳爲什麼不談戀愛，最好的機會，男多的長春你可以隨便挑，她小聲的說：「我在等蘭姐。」不知道說什麼好，沒有長春戶口的女孩愛情在那遙遠的天邊，幸福不會從天降。

那時人們很現實，戀愛條件城戶口。

一無所有女知青，回城結婚夢遙遠。

蘭無奈的說：「別等了，我和你不一樣，沒有資格談戀愛，也沒人要，人家要的是城市戶口、工作、出身。」下放五年來總是夜半離去回來，夜間的列車查票不嚴，可是今天改變了計劃，丁琳爲我送行，不忍心太晚，她一人回去不安全。丁琳特意請了半天假，我們出發了，此別又是一年多，兩人放慢了腳步，離開了通往車站的大路，沿著家旁邊的鐵路走。西邊的紅太陽即將沉在朦朦朧朧的暮色中，兩人都在找高興的話題，我指著鐵道對面一排排的廠房說：「假如有那麼一天，我爭取在這裡上班，想到憧憬的一身藍色工作服變得很激動。」丁琳也觸景生情唱起了當時年輕人地下流行的蘇聯歌曲「山楂樹」，「歌聲輕輕蕩漾在黃昏水面上，暮色中的工廠在遠處閃著光，列車飛快奔馳，車窗的燈火輝煌，兩個青年等我，在山楂樹下兩旁……。」我如癡如醉的聽著，同時也感覺到不是蘭一人苦惱，偷偷流行的蘇聯歌曲證明這一代人的苦惱，他們都渴望早點解放老歌曲。聽完抒情的山楂樹，丁琳又告訴我一個令人振奮的好消息。她父親內部開會，不久鄧小平復出，被經典歌曲感動，被好消息鼓舞，希望這一切夢想成眞，我高興的跟著丁琳學唱「山楂樹」。這途中的景色好像就是那歌詞，讓我羨慕、著急。一晃已經五年了的再教育生活，我已經沒有了非到圖書館工作的想法，幹什麼都行。長春車站到了，丁琳把我送上車，直到車長鳴，她才下去。列車飛快奔馳，車窗燈光暗淡，它看不見兩個女孩的淚，也許是最好的送別，等來年的相會。

從長春回來後心情一下子亮堂了，而且每天不管颳風下雨都必須到大隊看報紙，找鄧小平恢復工作的消息。因爲自從文化大革命以來，中共中央老一代的領導人幾乎全部被打倒，還有的被折磨死、被打死、被批鬥死、自殺的。緊接著替代老幹部的是紅得發紫的林彪、江青，林彪利用手中的權力在軍隊中糾結軍人幫，江青在黨中央糾結了四人幫，然後進行瞎搞、瞎整、瞎批、瞎鬥、瞎評、瞎說、瞎扣、瞎戴，使中國陷入紅色恐怖中，中華民族到了最危險的時刻，最特殊的時期傳出鄧小平要復出的消息，讓人怎能不高興。人們盼望鄧小平的「不管白貓黑貓，抓住耗子就是好貓」的政策，我們能早一點回城，再也不用偷偷摸摸的看書，唱蘇聯歌曲，可是還沒等到好消息，命運又在捉弄我。戶裡的三名女生走正了後門已轉到長春郊區，意想不到的結局，曾經十一人的集體戶今剩兩人，那一刻我傻了，呆呆的望著大屋發愣。

人去屋空大房子，觸景生情憶往事。
天剛朦亮知青群，如今路上兩人行。
男抽工廠女轉戶，沒錢沒門黑成分。
回城工作遙無期，不願不想到晚上。
孤夜孤燈孤女怨，為何男女不平等。

吃飯了，往桌子上放筷子時才想起兩雙就夠了，做夢也沒想到形勢會發展成這麼慘，來時一戶，如今扔下兩個女孩。孤獨的夜，牆上的月光好像銀幕映著昔日的集體戶，炕上的六個被褥，十一個人吃飯的大圓桌，正面牆上的毛主席像看著我們爲他祝福。如今剩下的兩個還在忠於他，守在這異常大的屋，異常大的炕，異常大的桌子，異常大的鍋，但我不甘心，不願意就這樣等著、活著，最後迫不得已的在農村扎根、生根、著急。焦急時想起全公社集體戶唯一走的女生，她眞有福，正好、正巧戶長回長春探親的機會、機遇，她代替戶長到公社開會，會上各戶戶長發言時，她憑著、靠著能說會道、有聲有色的發言，比一般女孩高出十公分的大個，兩條垂到腰間的大辮子，讓人一下子就記住的好聽名字楊梅。白淨的瓜子臉，尤其在藍、黑色衣服、古銅色臉、黃牙齒的土包子中，她的優點、優秀讓她特別的顯眼、打眼，也讓她成名、成功、爆紅，成爲紅人，成爲知青典型，到處演講，到處作報告。不久也給她帶來好運、好處、好事，她第一個抽到工廠，眞叫人羨慕。就憑能說、能講、美貌、美麗，她不費事、不費勁的抽到工廠，讓我也動心、動搖了。決心向她學習、穿上只有回長春時才穿的大頭鞋，它幫助我增高三公分，大辮子正好垂到腰間，我的名字尙蘭也和她的楊梅一樣好聽、好記。接著又練習說話，希望自己的嘴也變得能說、能講，最後只剩下家庭成分了。怎樣把黑色塗上紅色難辦，難塗，弄不好會犯罪、犯法，也屬於欺騙、詐騙。不堪設想的後果，我不敢再做美夢了，也讓我清醒、醒悟，沒紅色、沒後門的大齡女只好、只有、只能、只得等待，雖然不知等多久，但心情好多了。不久傳來消息，長岭縣的知青有四人分配到我們戶，兩男兩女，這下孤獨、寂靜的大屋子又人多了。大屋很長時間沒有整理，原封不動的停在過去，今天和王雲在這即將大掃除、大整理的屋再度一夜，明天起大齡女重新包裝自己，告別過去，重新振作起，對鏡練習笑，用水洗怨臉。

兩人生活今結束，長岭知青到戶來。
告別曾經大掃除，熱烈歡迎大紅字。
窗明桌淨熱炕頭，小花簇擁大紅花。
不想再守大房子，歡歡喜喜接他們。

打掃過的大屋太單調，門框上被風吹兩截的紅對聯，啓發我倆用紅紙做花打扮大屋讓它煥然一新。西北的沙丘上一年四季長著一種像黃豆粒大的一簇簇小花，它可愛、生命力強，蘭把它比喻成流放的娘子軍，把採來的一簇簇小花和做好的六朵紅紙花一起放在籃子裡，然後擺在桌上。意想不到一簇簇的花兒讓單調灰暗的大屋頓時生輝，有了家的感覺，好像過年了。突然忙忙碌碌的集體戶引來屯裡姑娘們的好奇，她們趴窗往裡看，我招呼她們進來，姑娘們驚奇的是簇擁的花把菜籃子變得古色古香的。城裡的女孩這麼巧，會搭配色彩，見了大世面，又啓發了姑娘們的靈感，還省錢，又不能定是資產階級思想，因爲當時的中國把紅色定爲國色，它是共產黨專用的顏色。愛書的女孩巧妙的利用紅色，抒發她對大家庭的渴望，不想再回到孤獨的長夜。又有一個調皮的姑娘說：「兩個姐姐這麼用心是不是在布置新房。」最怕觸動的問題，也不願意想它，多少人爲大齡的女孩可惜，但這是我們的命運，無可奈何。

兒時照鏡盼長大，如今不願照鏡子。
歲月流走花容顏，還在西北風裡飄。

她感覺玩笑開得過頭了，有點不好意思，我說：「沒關係，挺愛聽談婚論嫁的事」，這下她們的話多起來，聽得我臉直發紅。一天的忙碌，我和王雲什麼也不想幹，只想躺著歇一會，月光下花紅得像愛情花玫瑰，那一簇簇小白花好像新娘的花冠，我呆呆的看著，無限傷感，不敢想愛情的女孩，只想在集體戶裡多看他一眼。單調生活有點感動的每天也被奪去，他們都抽到工廠了，光剩下我和王雲的空曠集體戶。終於等到新知青來了，看著他們放心的樣子，羨慕這些弟弟妹妹挺有福，有先輩的姐姐少吃了不少苦頭。記得我們剛來時不會貼大餅子掌握火候，大餅子總是掉在水裡變成苞米麵粥，有時還糊成焦炭，不忍心累了一天的同學吃豬食一樣的飯菜，重新做，等做好端上桌，他們已經睡著了。多少回的失敗中，現在百煉成鋼，新同學的到來，我和王雲結束了一鍋大餅子吃數天的習慣和越吃越乾巴的日子。

貓冬季節會議多，昏暗燈下紅標語。

又臭又長空口號，不是捍衛就打倒。

隊長講話人扯淡，對面黃牙嬉皮笑。

沒完沒了臘月會，隊長滿嘴吐沫飛。

冰涼凳子幾小時，日久天長得痔瘡。

晚上又有會，走到生產隊的窗前往裡望，長長的火炕上坐滿了人，鬼火似的欲明欲暗充滿煙霧的燈下，他們黑、藍髒兮兮的衣服，亂麻式的頭髮，滿口大黃牙，好像電影裡描寫舊社會逃荒的難民。還是他們先到，不想和他們對上眼光，我跟在王雲她們後邊，低頭走進了會場。地上全是毛嗑皮，空中全是煙霧，煙臭、烏煙障氣的屋子裡他們還使勁的往灶炕裡添柴禾，烙得人直喊，溫度也在上升，臭味也在擴散、擴大。這哪裡是會場，簡直就是賭場。我和戶裡的同學坐在離他們遠一點的長凳上，焦急的望著門口盼望隊長早點來。又是那討厭的小眼睛，和他對上，我躲開了他的直盯。

酒足飯飽的隊長終於來了，會議開始，他借著酒勁、酒醉滔滔不絕的講，這下村民遭罪了。臘月裡的紅燒肉、酸菜湯撐得肚子鼓溜溜的，長時間坐著難受。會場開始亂套了，他們站著扯淡，漸漸不堪入耳的笑話、笑聲賽過、壓過隊長的拍桌揮拳、慷慨激昂、沒完沒了的演講，越來越亂、越來越控制不了會場。隊長終於急眼了，大喊大叫，大家靜一靜，但任憑隊長的喊、叫、罵、吼，會場照樣、照舊亂哄哄，他們照樣沒正經。

屋外大雪飄，屋裡大炕燒。

大盤豬頭肉，二大碗白酒。

烏黑大眼婆，花哨大棉襖。

醉漢性福夜，但願夜無盡。

自從上中學開始一直穿到二十歲的棉袴，後面已經沒有棉花了，只剩下袴裡、袴面，幸虧套在外面的單袴掩蓋我的寒磣。但年年冬天遭的罪只有自己知道，只能靠幹活的熱量忘記死拉冷的數九寒天，看樣子隊長不講到精疲力盡不肯罷休。他的吐沫越來越多，越飛越遠，見此情景，會計急忙端來二大碗白水。站著的村民也不示弱，拿著更大的碗和隊長比賽，喝得直上茅房，直解袴腰帶。而我彷彿坐在冰板上，袴子後面越來越涼，坐立不安，坐如針毯，活遭罪的我終於離開了混亂的會場。外面刺骨的風專打沒有棉花的屁股，好像針灸。我捂著袴子後面加快了腳步，回到戶裡也不敢坐下，感覺到處都是冰涼。跪在炕上把被褥鋪好，趁同學們還沒回來，趕緊想辦法，用什麼東西塡在袴子後面，最需要的棉花沒有，也沒有棉花票，焦急中忽然想起藏在被服裡洗好的月經布，它挺厚、又柔軟、顏色也接近棉袴，把月經布疊成兩層，然後拆開棉袴後面。那瞬間全身發冷，裡面密密麻麻的虱子被亮光照耀得慌張得亂爬，靜止的蟣子鼓溜溜的排在袴線上。慘不忍睹的眼前再也不敢拆了，而且後面的布已經糟破，小心的把疊成兩層的月經布當棉花，用針線密密麻麻的絎上，省得再滾跑。窮對付的棉袴實在難爲情，那墊上的月經布，密密麻麻的針線好像兩個大餅子扣在袴子後面，爭取穿到來年開春。但又愁來月經時怎麼辦，麻繩上掛的手巾讓我眼前一亮，拿它當月經布還軟乎，而且大小正好，又一舉兩得，拿剪子把手巾剪成兩塊，另一塊雖然小了但也能湊合洗臉。

一年一年又一年，棉袴後面已沒棉。
疾病終於找上門，上完茅房火辣痛。
醫院遙遠又害羞，沒有辦法女孩子。
代替棉花月經布，補在袴後擋風寒。

月經布補袴後面，想蒙混過關逃過冬天，精神可佳，但身體不聽話，疾病終於襲來。便上有血火辣的疼，沒到來月經的日子爲什麼出血，還困在連廣播都聽不到的閉塞屯子裡，我開始害怕、不安，意想不到長大成人苦惱更多、活得更累。往日最愛的瞑想茅房現在變成了地獄，寧可憋著也不想進去，肛門堵滿了硬糞蛋，不消化的食物變成屁，難爲情的逃出去，把憋得難受的屁放出去，總這樣下去也不行，我是女孩，望著通往公社的雪道想家了。

不知得了什麼病，害怕焦急大齡女。
盼望快點到年終，領錢回城去看病。

但不到年終分不到錢的大令女，只能度日如年無奈的等著。戶裡新來的女孩有一個好聽的名字張芹，我的反常和便後的痛苦引起了她的注意。那天午間休息回戶的路上，張芹詳細問了病的情況後說：「尙姐別害怕，你可能得的是痔瘡。」半信半疑有點放心了，佩服她懂得那麼多的醫學知識，她說想當赤腳醫生，怪不得每天睡得最晚，原來是看赤腳醫生手冊。那夜張芹把赤腳醫生手冊借給我，和她說的一樣，可能是痔瘡，它怕涼、辣，知道用月經布補後面是欺騙自己，又一次想起了暖烘烘的棉花，但沒有。棉襖裡的棉花也是一年又一年，薄得像魚網，逼急時想起了棉手套，把它拆了絮在棉袴後面，等最後睡覺的同學，悄悄用剪子拆開袴子。這回有精神準備，沒有發抖、也沒有擠虱子，留給明天的茅房抓，趁夜靜，絮棉花、縫褲子。想到明天以後，褲子後面有暖氣，痔瘡能減輕，望著熟睡的同學們笑了。

太陽下面小茅房，好似花轎朦朧朧。
每天清晨必須的，貓在裡面抓虱子。
越抓上癮女孩子，指甲染成血紅色。
掐死虱子那快感，不願回到現實中。

這回我愛自己，厚厚的褲子後面感覺全身暖和，便後疼痛減輕血也漸少，好心情的我又迷上便後蹲在茅房裡抓虱子，藍天紅日下看得清，放心的抓，沒人打攪你，一個接一個的脆響，血紅的指甲，女孩抓上癮了。

這兩天大便也恢復了正常，不知道以後的我，感覺到赤腳醫生手冊的重要性，正好書還沒有還給張芹，抓緊時間看常見的病。和醫學書有緣，當一看見那藍皮金字立刻回憶起兒時，記得那時家裡總有一些玻璃小瓶和藥櫃，當我剛會說話時聽到最多的是盤尼西林，這好聽的洋藥名一直陪伴我到一九五六年。

今天可以光明正大的看，因爲它是醫學書，當我從目錄上查內科在哪頁的時候，無意中看到關於青春期保健那行，我好奇的看著長到二十五歲也不懂的知識，意外發現了還有描寫性知識那一段。不知是害羞、害怕，還是緊張、漸漸感覺臉、身體、眼睛像發高燒似的灼熱，幸虧晚上屋暗，各忙各的同學們沒看見我尷尬的紅顏。看不下去了，急忙合上書去茅房，等不再緊張、灼熱後回到屋裡。今夜雖然漆黑得伸手不見五指，可我卻失眠了，還在想看它那瞬間，它像藍顏知己讓我耳目一新，充滿好奇，但又不好意思再看，相思一夜天已亮。起來梳頭看見鏡子裡充滿血絲的腫眼、憔悴臉，心想算了吧，別再折磨自己了。一天的再教育開始幹活的人群裡，我和王雲垂到腰間的麻花辮特別的顯眼。前天屯裡最後的一個姑娘也結婚了，有的都是好幾個孩子的娘了，感慨萬千的現實，讓我又陷入失落、失望中。

一九七零招工潮，差別歧視不平等。
眼看眼瞅眼睜睜，指示指標只要男。
失望絕望歲月裡，意外發現醫學書。
好像夜半夢見他，滋潤無知大齡女。

越來越蔓延的暮色，讓生產隊長只好喊：「下工了。」回到集體戶吃完飯，看不進去紅書，害怕夜漫長、難熬、失眠的大齡女想開了不再猶豫，於是我鼓足勇氣翻開赤腳醫生手冊。但還是緊張，還是迫不及待，手抖得找不到那頁了，越著急越找不到。見此情景只好先冷靜一下，接著又開導自己赤腳醫生手冊不是毒草、黃書，而是介紹年輕人應該知道的青春期知識的醫學書，我爲啥還害怕、害羞呢？這時也想起了墜機的副統帥林彪活著時明目張膽給兒子選妃子。

知青還在再教育，看他一眼也沒了。

林彪兒子選妃子，全國佳麗隨便挑。

而我連看他一眼的機會也沒有了，再說赤腳醫生手冊是借的，馬上要還了，千萬不要錯過這次意外的發現，那一刻不再害怕、害羞。我把赤腳醫生手冊放在胸前，把它看作、當作、無垠、無盡荒無人煙的沙漠裡，一個精神飢渴、飢餓的大齡女尋找了很久、很久，終於找到、等到的夢中愛情、夢中戀人。雖然它不會說話，它不在人間，也不存在，雖然我們相遇、相識、相會得太晚、太遲，我已經變成殘花、大齡女，但我不怨它，還要感謝、感激它，用雨露、甘泉般的文字、文筆滋潤長夜孤燈、孤獨、難眠、難熬的大齡女感到幸福、幸運，好像和它約會。

雖然只是夢中戀，不會說話不會動。
但是相遇那瞬間，一見鍾情愛上它。
赤腳醫生藍手冊，耳目一新似雨露。
滋潤孤獨大齡女，熬過無期再教育。

終於等到了夜深人靜，王雲和她們都睡著了，一人世界裡我迫不及待的打開赤腳醫生手冊，找到那一頁，那部分和它約會。由剛開始的害怕、害羞，到此時此刻變得平靜、鎮靜，如飢似渴的看著夢中戀人給我帶來的快樂、快感，同時也渴望在我的紅顏還沒褪盡前，今生等待的他出現。雖然總是夜深人靜時看，但也得注意以防萬一，戀戀不捨的把書還給張芹。

害怕回歸無書讀，凹進流沙小屯裡。
不知今天是何日，日出日落大地間。

不想再回到從前又不好意思再向張芹借書，而且只看那頁、那部分的我不想讓她發現其中的祕密，但渴望像雨露似的赤腳醫生手冊繼續滋潤我，執著的大齡女終於憋出了靈感。利用輪到飯班的機會，從張芹掛在牆上的書包裡把書拿出來看，估計她們要下工時趕緊把書放回書包，不知不覺，我把墨藍色的赤腳醫生手冊當成課本學習醫學知識。一個月排到的一回飯班，我好像在等待他，激動的想馬上到明天，雖然不是光明正大、光明磊落，而是小心謹慎、小心翼翼，但也知足，滿足和赤腳醫生手冊再相會、相聚的七天，和它訴說、傾訴。

恨我是書迷，沒書很痛苦。
難熬煎熬時，我與它相識。
長夜裡閨密，和它傾訴怨。
支撐我堅持，回城那一天。

到了二十五歲的大齡女害怕、懼怕時往前走，已經六年了還沒有招工的消息，漸漸有些人認爲還在農村的知青沒本事、沒能耐。突然，忽然聽到的流言蜚語、胡說八道，讓要面子的我感到委屈、憋屈，有誰能理解、了解。因爲重男輕女招工政策，女知青成爲犧牲品，成爲多餘的，成爲大齡女，成爲殘花，耽擱、耽誤了女孩最美好、美麗的青春。在這種情況下，家家的父親開始想辦法送錢、送禮走後門。接到通知讓我們到公社開會，空了一半的坐位稀稀拉拉進來的女生，讓我觸景生情的想當初坐得滿員的會場，見面的大家有說不完的話，如今人少、人蔫、人愁、人憂、人無言。

兩年前的只能、只得、只好、只有在這等著、盼著的豪言壯語，如今隨著年齡增長，形勢變化，人言可畏，前途渺茫，促使女知青紛紛離開。這種現象、現實讓我也動搖，不能再白搭、白費時間了，自己想辦法回長春，但一無所有大齡女，到處碰壁碰釘子，精疲力盡、垂頭喪氣回到家，父母、弟弟、妹妹正等我，大家一起吃。有心事的我只喝了幾口粥和鹹菜，小弟弟、妹妹盯上我的窩窩頭，趕緊把窩窩頭給小弟弟，拿到窩窩頭樂開花的小弟弟，把窩窩頭分得那麼平均、平等。見此情景，我知道自己回來讓弟弟、妹妹更挨餓了，那一刻尷尬的我借上便所走出家門，但沒戶口、沒工作的大齡女往哪走，這座城市不容我。

沒有戶口沒工作，二十五歲還在漂。

不知歸宿在哪裡，茫茫路上茫然女。

火車淒涼的長嘯、長鳴引起茫然大齡女的共感，也把我喚到火車前像木訥似的聽著，這時司機下來說：「姑娘你可別幹傻事，愚事啊！」沒想到司機以爲我想自殺呢。但五零後是抗苦難、抗飢餓、抗挨罵、抗歧視、抗侮辱、抗折騰、抗煎熬、抗打擊的一代，所以我是不會輕易、輕生的。而且我們這一代的父母夠操心、不省心了，我也沒嘗到愛情、幸福的滋味呢，想到這，我離開了火車道，已是傍晚了。落日的餘輝裡藍色的下班人群，這組合在一起的金紅藍色彩是那麼讓人眼饞、眼紅、眼氣，但是渴望的藍色工作服總是遙無期，徘徊的女孩只有戀戀不捨的離開，前面越來越亮，長春車站到了。在這多待一會，我不想回家吃晚飯了，正好有列車進站，食品車像一排戰士等在車前，下車買東西的旅客蜂擁般的圍上來。糧食緊張的大地，但站台裡食品車上的麵包、餅乾不要糧票，而且便宜量大。玻璃櫃裡的大麵包好像在招呼飢餓的蘭，瞬間產生了靈感，扮成旅客擠到食品車前買了兩個麵包，拿著麵包恨不得馬上到家，給弟弟、妹妹一個意想不到的驚喜。沒能力、沒能耐幫助家裡，反而吃家裡的糧食，今天補上了姐姐的一點心意，那幾天天天到車站買麵包，把買短途車票的錢花光，但顧不得了，只有再厚著臉皮和列車員周旋、躲。

回家歡樂離時悲，長長鐵道我人生。
女孩苦惱烙上面，如今我又來到這。
火車站裡食品車，等待那份大麵包。
不要糧票又便宜，躲在遠處偷偷看。
列車進站跑出來，擠到車前買麵包。

不知何時能光明正大坐火車的我，站在鐵道上邊的土坡上羨慕的看著賣麵包的人，想昨天凌晨時母親看我的睡顏和父親說：「小蘭都這麼大了。」確實大了，心事多覺輕，沒辦法救自己，都二十五歲了，還和全家擠在一個炕上的無奈大齡女。忽然一聲絕叫火車飛馳而來，巨大的風力差點把我颳到鐵道上，求生的欲望讓我趕緊逃跑，害怕的看著遠去的火車聯想，爲什麼再教育不能像火車那麼快，而是像烏龜似的爬行，我已經爬了六年，還沒爬回來。

沒錢沒紅色，到處碰牆壁，
有些幹部們，利用這機會，
收錢收禮品，有的逼上炕，
再教育歲月，女知青命運。

沒辦法只好等待，不久家裡也有了好消息，照顧母親是日本人，大弟弟有希望抽回長春市。不相信是眞事的母親，又到公安局外事組打聽，才知道確實上面有政策。天上的餡餅終於掉到尙家了，迫不及待的父親急忙去車站坐開往德惠的列車，到小亮的集體戶讓他請假火速回長春，等待分配工作。窮了十七年的家，終於能奔向小康，那幾天家裡充滿陽光，飯桌上聊得最多的話題是小亮的同學有抽到汽車廠的、柴油機廠的、拖拉機廠的等長春的大工廠。小亮也渴望早一天進工廠當一名嚮往已久的藍領，但命運總在捉弄尙家。我們焦急、緊張、夜難眠的等待，卻是弟弟被分配到長春郊區煤礦，意想不到的是這樣的結果。父母又開始愁起來，弟弟也蔫了，我忿忿不平的說：「這叫什麼照顧日僑子弟，還不如黑五類子弟，他們都抽到工廠了。」爲了孩子的前途，一生的幸福，日僑子女的家長都開始活動，托人轉出煤礦，進工廠，但我家乾著急，找不到後門，也可能禮品不夠高級，還是他們堅持原則，到處碰壁。眼瞅著離上班的日子越來越近，父母圍著爐子哀聲嘆氣，不能再讓父母操心，這個家再窮下去，無言、蔫了幾天的弟弟突然振作起來，他下定決心爲了那張白紙、藍字、紅印章的長春戶口和比一般工人稍微高的工資，明知充滿危險，讓人看不起的煤壙上班。那天去報到的還有兩個和弟弟一樣沒門的日僑子弟，十七年的挨罵、歧視，然後接受貧下中農的再教育。紅日大地上昨天的弟弟，今天被裝在礦車裡送到墨黑的坑道採煤，時時刻刻防備著頻發事故，頭上的礦燈帽是救生的亮光，每天從地下返回地上高興的自我表揚，今天與死神擦邊而過。

日本母親子遺殃，被罵歧視十七年。
決定一生前途時，還不如那黑五類。
長春工廠都不要，扔來扔去到煤礦。
紅日大地昨天我，如今變成煤黑子。
紅黑兩色捉弄他，前途婚姻坎坷路。

雖然弟弟的戶口又回到長春，但也開始了提心吊膽的生活，每天弟弟上班後母親覺得八小時特別的漫長、害怕，我也沒有高興的感覺，反而更加擔心。爲了讓弟弟盡快轉出煤礦，母親把他每月工資攢起來，準備最需要時用。

隨著中日兩國的建交可以通信了，母親按著二十三年以前的地址給日本的親人去信。不久大舅舅來信，知道雙方都健在，高興的舅舅特意在信上畫了兩面小小的中日兩國國旗，母親看了回信激動得說不出話。

一衣帶水兩國家，並不遙遠卻陌生。
二十三年互敵對，今天終於開大門。
中日人民祝福歌，信上兩面彩國旗。
紅色大地藍大海，但願天長地久和。

紅藍敵對，無辜的人民等了二十三年，大門終於打開，日本親人問母親有什麼困難？他們在電視上知道中國的現實，親人們的關心熱情讓母親覺得更對不起哥哥姐姐，如果當時聽勸阻何必有現在的苦難。三十年的離別給日本的親人一生掛念，母親不好意思求親人幫助，寫信讓我回來照一張全家照，給日本親人郵去。長到二十四歲第一回的全家照，在照相機前有點緊張，幸好黑白顏色照片擋住寒磣的衣服和破舊的鞋。一個月以後日本來信了，信上的淚水雖已乾，但能看出痕跡和模糊的字，他們老半天才認出妹妹。

水牢屋裡二十年，垂肩黑髮今白髮。
一雙明眸今盲盲，一口皓齒今殘缺。
一雙玉手變爪子，哥哥姐姐不相信。
照片上面老太太，當年紅顏小妹妹。

雖然是黑白照片，但日本親人還是看出眞實，我們寒酸的國服，父母過早的白髮，褶菜臉似乎在說我們的生活。舅舅們和幾個姨在一起商量要給我們郵錢，鬼門關的月末母親已經愁了二十年，但父親的工資總也不漲，卻總搞運動，弟弟妹妹也越來越大。我回城走後門和小亮從煤礦轉到工廠都需要錢，雪中送炭親人的來信，母親決定不裝了，窮就是窮，同意哥哥姐姐郵錢。第一回在照片上看見，認識親戚，還給郵錢，我們盼著，但過了半個月錢還沒有郵來，母親說再等等，這兩天能有消息。度日如年的每天眼睛望穿院門，盼郵遞員，但盼了一個星期錢還是沒有到，著急的母親又一次給日本寫信，才知道舅媽把地址寫錯了。人窮喝口涼水都塞牙，沒有辦法只有耐心的等，又過了一個星期錢還是沒有郵來。母親不顧路遠到人民廣場的中國人民銀行吉林省分行打聽才知道近日日元變動大，所以暫時凍結。不相信迷信但感覺最難的七十年代命運總在捉弄尚家，這兩天母親對門響特別靈敏，一有聲馬上緊張的站起來，但等來的是弟弟、妹妹回家的門聲。

幾天時間母親更老了，眼睛也有點奇怪，矇矇矓矓的好像盲人。看著望穿雙眼等錢郵來的母親，終於知道度日如年的等待、著急的滋味，它像熱鍋裡的螞蟻讓人坐立不安，讓人想敲牆吶喊，可這世界，時間卻不緊不慢的走。

多想外匯快郵來，它是我們救命錢。
等著有錢去辦事，有錢後門才能開。
但是命運捉弄人，地址寫錯無此人。
日元升貶誤一週，人窮喝水都塞牙。

再著急也沒有用，越盼越不來，聽天由命耐心的等著。不久錢郵來了，同時還有一個大包，急忙打開，它像魔術箱、寶石箱，裡面豔麗、美麗的衣服讓我們震驚、震撼、好奇的看著，摸著各種各樣時髦、時尚的衣服。突然發現大衣裡面的兜裡有一個精美的小紙袋，趕緊打開，是一個更讓我驚奇、驚訝、驚喜的日本胸罩，它是用朵朵紗剔花嵌在淺杏色的絲綢上，久久的看著讓女孩、女人美麗，但又不好意思戴，象徵資產階級思想、資產階級作風的胸罩，又戀戀不捨的我，到屋裡把平板胸罩解開，感覺一下讓女性變成豐滿、豐乳的日本胸罩。雖然是瞬間綻放、解放，但也知足了。過後我把不能每天戴，洗了又沒法晾，晾不出去的胸罩收起來，等待美麗的胸罩能在中國普及、普遍那一天。弟弟、妹妹也穿上日本服裝在鏡子前美。

二十多年了，看慣、習慣黑白照片的我，突然看日本的彩色照片耀眼、晃眼、刺眼，它把大自然的黃紅藍綠紫色彩拍成相片，世界已經變成這樣，彩色照片像撲克，一張一張的展現一衣帶水世界第二經濟大國的發達和繁榮，聳入雲霄的摩天樓，飛快的轎車群，五光十色的霓虹燈，五彩繽紛時尚衣服的人們和琳琅滿目的食品，充滿歐洲情調的咖啡廳、點心店，這不就是兒時老師在課堂上講的共產主義嗎，而我的祖國卻像一條藍黑餓龍。

建國二十五週年，封閉封鎖不改革。
農學大賽工大慶，大鍋粥裡人窮混。
月末總是鬼門關，街上沒有幾輛車。
一到晚上就黑暗，可惜這片黑土地。
落後世界幾十年，藍黑巨龍在憤怒。
中華到了危急時，那時政策行不通。
人們渴望學西方，救我中華奔富強。

日本彩色照片好像經典電影，讓我看的感動、激動、觸動告訴了閨密丁琳，她聽後立刻到我家看照片，鄰國的先進、發達，怎能不叫我們嚮往、豔羨。巨大的藍流衝擊著我們，沒有時間了，我們離世界的距離太遠太遠。

日本那邊的信息，自由的傳到中國，形勢一點一點的變，二十五年間沒有日語課的吉林大學、吉林師範大學等開始成立日語班。眞是三十年河東，三十年河西，意想不到的事，敵對兩國今天成爲朋友，向日本學習。建國以來一直亂整知識分子和文革的大浩劫，日語老師不夠，母親出身東京標準的發音，經過考試審查等待，最後被吉林師範大學聘用，突然的喜訊，母親有點不相信。

二十三年敵對國，如今友好學習它。
意想不到日語熱，母親應聘當老師。

早去晚回，母親熱心的教喜歡日本將來是國家棟樑的學生們，看著渴望求學的孩子們，母親也更加思念日本的親人，她離開故鄉太久了。

踏上大地三十年，生死不知親人們。
日日夜夜盼團圓 ，隔海相望白髮人。

再也不能等了，母親來到長春市公安局外事組提出回日本探親的申請，經過兩年半的時間，一九七五年新年剛過，探親申請批准了。即將回到離別三十年的祖國，母親忙著準備，但沒有像樣的衣服，國服藍衣只有一件，而且很舊。中國是母親的第二故鄉，她也是中國媳婦，不能寒磣的回娘家，探親的喜悅現在愁有一件好衣服。回國的日期越來越近，天助母親，恰巧這時哥哥從上海出差回來到長春，不愧爲中國最大的城市，什麼都超前，它的服裝品牌質量好又時尚。哥哥正好給廠裡同志捎了一件黑呢子大衣，蘭佩服哥哥的審美眼光，那件大衣太漂亮了，最新的樣式，母親穿上正合適。三十年的回家，哥哥和那位女同志商量把大衣讓給母親，時尚的大衣把那個時代女人的髮型顯得靚衣土髮極不相稱，母親的日本朋友中有在理髮店工作的，到她那去，她爲母親設計了荷葉髮和時尚媲美，還看不出是燙髮。

二十年來初燙髮，新衣也是第一次。
抹臉過敏雪花膏，太多一次去包裝。
還是掩蓋遮不住，紅綢裡面出來人。
只能慢慢癒合它，白髮黑齒焦黃臉。

用日本親人郵來的錢精心打扮衣服和頭髮，可焦黃臉十九年的第一次抹雪花膏，臉不適應過敏，沒辦法還是眞面目，原汁原味的焦黃臉。可母親還是不甘心，買了一塊香皀，希望用香皀把黃色洗掉、洗白。

二月的長春開始暖和，那個時代的象徵，大多數家庭小棚子房檐的冰溜化成水，滴答滴答往地上掉，但白天化晚上又結成冰。昨天夜裡又下了一場雪，厚厚的雪把長春變成冰雪城，太陽還帶來了早春二月的暖流，它融化成半透明的雪紗。離母親探親的日子越來越近，父親也特別的不安，這兩年有不少日本朋友借回國探親的機會落葉歸根，因爲把日本定爲永遠敵人的政策，失望的她們只能無可奈何的選擇殘酷無情的和親人離別，但我相信可憐天下父母心這句經典名言，她們會來接孩子的。這幾天父親不讓母親做飯，他做，父親的手抖得點不著爐子，突然感覺父親老了。那夜我和弟弟妹妹做的飯、水餃子、木鬚肉、花生米、涼菜、白酒，彷彿大年三十歡聚一堂的桌子上。我們輪班給母親倒酒、夾菜，此刻當兒女的能做到的是讓即將回國探親的母親勿忘父親、我們。接母親的車在外面等著，和妹妹扎上紅頭繩，當女兒的願吉祥的紅色祝母親一路平安，盼你等你快回來。母親突然往回走，師大送行的老師和司機勸母親，見此情景，兩個弟弟扶著母親上了車，吉普車裡勉強的擠著七個人。父親讓母親安心的回國探親，母親再三的囑咐弟弟妹妹好好照顧父親，讓我回去好好幹。吉普車在大街上飛跑，長春站到了，從長春坐火車到上海，然後從上海坐飛機到日本，望著旁邊揮手的父親，心裡很難過，不知這一別母親是否也落葉歸根。

送走了母親，我也準備明天回集體戶，臨走的晚上和弟弟聊了很多，直接回不了長春的大齡姐姐只有麻煩他幫我轉到長春近郊。人回到集體戶，心卻早已不在這浪費青春的西北，每天望著通往公社的鄉間郵路等著弟弟郵來的轉戶手續，它像救命稻草幫助我曲線回城、回家，改變我的命運。

可能沒找到後門，轉戶的事辦得不順利，每天心急如火，吃不進大餅子，一下工就跑到大隊部盼來信，但總是失望。郵遞員綠色的大郵包裡沒有我的信，不敢想參軍、上大學的大齡女，只想回長春當一名藍領工人也這麼難。因爲我沒紅色、沒有錢、沒後門、又是女生，所以不好辦。那一刻垂頭喪氣想放棄，想聽天由命，可是看到長春的知青只剩下我和王雲的集體戶，又讓我下定決心，不論如何今年必須遠走高飛。從那天開始，我改變以前的望一會，而是不論颳風下雨好像雕像站在屯口盼望郵遞員的家信。天長日久，屯裡調皮的小孩眞把我當成雕像，圍上我看著、笑著。有些婦女還說那大姑娘精神有毛病，但我不在乎還是向前看，盼望、期望、希望、渴望綠色的飛鳥帶來佳音。

紅網怨的西北，在這裡和王雲同甘苦共患難走到今天，不久我將從這裡走出去，望著往灶坑裡添柴禾的王雲，突然感到難捨難分。她也察覺到我最近可能離開這，她的話語少了，眼睛紅紅的，看我瞅她急忙解釋說：「煙嗆得流淚。」我來添柴禾吧，幫不了王雲離開這裡，只希望她的大眼睛不再紅腫，還她原來那雙美麗的眼睛。珍惜和王雲的每一天，走完六年再教育的地獄，終於等到了弟弟的轉戶手續，裡面還夾著一封信，上面簡單的說了一下經過。他煤礦的同志家在農村，求他轉到他家所在的生產大隊，讓我見信速辦這邊的轉戶手續，簡單的五十多個字，但我明白有錢能使鬼推磨的名言，一定是錢、煙、酒起的作用。因爲那些掌握權力的人知道女知青們的父母著急，所以他們想趁機撈一把，但又沒辦法，這幾張白紙黑字紅印章決定大齡女的命運。兩天來往返於公社辦手續、收拾東西，晚上約王雲來到集體戶後面的沙地，那裡避風，是話別的好地方，拿出從長春帶來的通化葡萄酒，它是母親招待前來送行的日本朋友時喝的，還有一點我偷偷的帶來。朦朦朧朧的流沙月擋住了悲歡離合的無奈淚，我倆瞬間喝完紅酒，也許這樣好受點，借酒消愁，但沒想到王雲很淡定，佩服她的堅持、執著，使我更加珍惜最後一夜的兩人世界。

轉戶手續今等到，終於走出大西北。
墨夜紅酒流沙月，酒醉紅顏酸辣甜。
知識青年再教育，多少悲歡離合歌。
來時一戶今一人，蹉跎六年花凋零。

我們的青春時代悲歡離合太多，沒有辦法的當時只能自己找門路，要王雲多保重身體，爭取早一天脫出。第二天王雲送我，往日坐滿同學的馬車，做夢也沒想到這樣的結局，如今兩人行的送別路。公社終於到了，坐開往太平川火車站的公共汽車，車來了我急忙上車，怕再看王雲傷心，長春的知青只有她一人了，承受太多的我和她，眼睛已經發腫、乾枯，車上的我，車下的王雲，隨著長春見的聲音，車開動，我含著淚看還跟著車跑的王雲，心如刀絞。

紛紛春雨離別淚，汽車發動那瞬間。
無限眷戀湧心頭，茫茫流沙鹽硷地。
老鄉同學集體戶，朝朝暮暮六年餘。

有怨有恨有失望，也有很多難忘事。
無垠大漠我青春，悲歡離合人生歌。

轉到雙陽縣的集體戶，這裡和沙塵暴的長岭縣完全不一樣，黑油油的土地，而且離長春很近。一邊幹活一邊等抽人的消息，但等了二個月也沒有信，到大隊問才知道他們根本沒把我報上去，也不知道上面有政策，照顧日僑子弟。焦急的大齡女，不緊不慢拿著大茶缸的幹部們弄得我哭笑不得，不能靠這些人了，也不能再等了，怕國家的政策隨著日中關係不穩定發生變化，趁現在還是蜜月期，趁熱打鐵，自己去找，把自己報上去。

這邊的農村起得很早，集體戶的同學都上工走了，我也開始準備帶的東西，沿著事先打聽好的路往公社的方向走。四月的東北還是很冷，步急風也急，它緊跟著蘭像幽靈，怎麼還沒走出大地，害怕的望著墨黑的四周，懷疑走錯了方向，但前不靠屯，後沒人的陌生地方，不敢停下來，只能趕緊往前走。走著走著，還是茫茫的大地不見村莊，這時我後悔心太急，出來這麼早，但有什麼辦法，爲了盡快結束再教育歲月，渴望回城工作的女知青，又安慰自己應該知足，眼下有多少女知青因爲重男輕女的政策而無奈的繼續在農村接受再教育、改造，一年又一年。

女孩青春很短暫，曇花一現不再來。

想到這，我還是幸運的，不怕鬼來了，又唱電影「農奴」的主題歌：「喜馬拉雅山啊再高也有頂，雅魯藏布江啊再長也有源……」。我乞盼我的知青歲月也像歌詞那樣再高也有頂。

最後機會自己闖，前不靠屯後沒人。
迷路知青為壯膽，歌曲飄在天地間。
乞盼此刻走出去，紅日冉冉照大地。
今天是個好日子，夢想成真回長春。

天終於亮了，我激動的看著漸漸變藍的天空，從地平線冉冉升起的紅日，從墨夜裡轉悠出來的我加快了腳步，已經看見一排排的土房子，縷縷的炊煙，再往前走，一片荒地中幾朵小黃花在風裡搖晃，它好像向蘭致敬，歡迎這位執著的大齡女，我也觸景生情，好像聞到了小根蒜的辣香，因爲在記憶中有小黃花野菜的地方必然有小根蒜。一年的開始，也是我願再教育的六年能結束，感覺今天是個好日子。前面就是公社，我加快腳步，由於來得太早，還沒來人呢。他們不像農民起早貪黑，人家是穿著乾淨藍衣或草綠色軍裝的幹部，沒有辦法，只有等，不知怎麼回事，突然緊張起來。

著急緊張時不到，渴望回城大齡女。
總怕命運捉弄她，好事無緣十九年。

可能到點了，辦公的人陸續來了，我跟在他們後邊，在走廊裡找負責知識青年的辦公室，用吐沫潤潤嗓子走了進去，那瞬間緊張的感覺沒有了，面前的阿姨很親切，我把自己報上去，她拿出一張表讓我塡，當她看到我所在的生產隊時，很吃驚的問，你一個人來的？我點了點頭，她說：「以後不要冒險了，女孩要注意安全，有消息馬上通知你。」回去的路上想自己的「勇敢精神」也感到害怕，幸虧那個時代天羅地紅網，壞人少。

從公社回來以後，大隊部前的鄉郵路上有一個女的望穿雙眼執著的站著，路過的老鄉問我望什麼，蘭笑著說：「望綠色戀人。」

大隊部前彎郵路，望穿雙眼大齡女。
風雨不誤等著它，決定命運通知書。
遠處傳來車鈴響，綠色戀人似飛鳥。
那段歲月它支撐，獻給偉大郵遞員。

望穿雙眼風雨不誤的等，郵遞員已經認識我，他同情的說：「不用在這等了，如果有你的重要信件一定第一個給你送去。」我已經等了十九年，這些天算什麼，被命運捉弄的大齡女已經害怕了，要親自等回長春的通知書。五月的田野早晚還是涼，昨天傍晚的雨淋得我直打噴嚏，誰在念叨蘭，有一種直感，通知要來了，二十五歲這一年終於等來了通知，但用了六年半的時間，我從一個少女、女孩變成大齡女，但也知足了。

再過半月十八歲，迫不得已再教育。
下到荒涼大西北，春夏秋冬大地上。
鏟地收割刨凍糞，來時小花今殘花。
長春棄民六年餘，終於踏上回家路。

開始收拾東西，剛熟悉的同學又要離別，我充滿了歉意，但又無可奈何，不適應廣闊天地，蘭不是種地的材料，在這裡沒有用武之地，我只能當逃兵，遠遠的離開。從來到新的地方，每天忙於幹活、奔走，還沒好好地看一看這地方，是它給我一條回城路。望著一望無際的黑土地，我突然感覺到人生好像萬花筒，酸甜苦辣鹹盡在其中。十九年被罵、歧視的混血兒，如今隨著日中關係的改善有幸借光回城，我不知道它是否能補上十九年的痛苦？對六年餘的再教育生活沒有任何留戀，但流走青春的大西北，又是我永遠的記憶。那一望無際的沙漠，鹽碱地，塞外月，狂舞的風暴，永遠不刷的黃牙，只有一件衣服的藍黑群體，那個時代的眞實。它又像一部電視連續劇，留下尙蘭的愛、怨、恨！

遲來的愛

七十年代戀愛式，對方需要三條件。
城市戶口月工資，家庭出身紅五類。
一無所有大齡女，同情婉惜人離去。
如今具備兩條件，介紹對象人不斷。
條件能把人生變，現實中國結婚式。

和還留在廣闊天地的娘子軍比，知足的我被分配到飯店，第一天上班，工作地點是職工食堂。當領到潔白的工作服才眞正感到這就是我盼了六年半的回城夢，雖然不是嚮往的藍色工作服，但還是感謝這次命運沒捉弄我。一起分到食堂的還有兩名知青，其中一名一見面好像面熟，再回憶都是三中的，她是一班的，我在二班，在新地方遇上同學，而且在一起工作，感到很高興。有了城市戶口、工作，我的地位也變了，介紹對象的人接連不斷的到家裡。剛開始工作，而且上面規定，在轉爲正式職工的一年以內禁止戀愛、結婚，但介紹人不聽我的解釋，她們出主意你先看，如果雙方同意，暗中相處，等一年以後公開或結婚，我在農村熬了六年半才得到的工作，雖然已經二十五歲，但必須還得忍耐一年，等轉正以後再光明正大的談婚論嫁。工作單位離杜娟家很近，爲了躲開那些勢利眼的介紹人，我成了她家的常客。杜娟比我早五年從農村抽回長春，已經結婚，孩子都兩歲了。原想她家是避風港，但剛剛消停，靜了一個星期，這回杜娟又爲我著急，而且牽好了紅線，她又匆忙的答應男方和我見面的時間、地點，看在是多年好朋友、同學，不好意思再拒絕，看看也行，早晚要談的人生大事。可突然的見面，連一件像樣的衣服都沒有，把洗好，用烙鐵熨平的兩件衣服穿上在鏡前試，看哪一件能穿出去，但兩件都已經很舊，只想應付一下可也別太寒酸，反正是晚上，還是初次見面挺緊張的，他不可能注意衣服是染的，想到這馬上去買藍染料，順便還買瓶雪花膏把乾燥的臉擦滋潤點。染的衣服像新衣，又把日本郵來的毛衣穿在裡面，這樣從領口露出的天藍色，讓第一次見面的我有了像樣的衣服，挺滿意的。但有點熱，五月中旬的長春已經很暖和了，可沒有再好的辦法包裝自己了，幸好晚上見面夜涼穿毛衣也行，鞋也跟不上腳，多虧夜如墨，乾脆趿拉著鞋，這樣走得快點，直到離杜娟家越來越近我才提上鞋，整理一下衣服。他早已經來了在那等我，聽見院門響，他從屋裡迎出來，杜娟介紹，瞬間的相對，大個子，穿著當時流行的國服、草綠色軍裝、軍帽，顯得很威武。

五月花香溢小院，紅娘牽線命運夜。

相見相對那瞬間，驚訝驚喜大齡女。

人海尋他多少年，夢中藍顏今眼前。

歷經苦難遲來愛，命裡注定此生緣。

沒想到他從屋裡迎出來，弄得我準備好要說的話全忘了，也不習慣站在院裡和他說話，還是介紹人杜娟善解人意，請我們進屋，屋淨茶熱，望著收拾乾乾淨淨的屋，平時捨不得喝的茶，今天茶香飄滿屋，杜娟這樣周到的準備感覺我應該把見面當回事了。不知說什麼好，他可能也一樣，沉默的屋裡，掛鐘的響聲特別清晰，見此情景杜娟給我們搭話，介紹他數學好，喜歡做飯，愛好籃球。當聽到愛好籃球四個字時我抬起頭看他，覺得這輩子注定和愛好籃球的人有緣。我們的話漸漸多了，談母校三中，談集體戶的生活，杜娟看我倆談得挺投機，她借故出去。兩人的世界又開始了沉默，沒有辦法，蘭像背台詞一樣問他的家庭情況，他也像回答問題一樣拘束的說：「我是長男，家庭成員父親、姐姐已婚、弟弟在扶油工作。」茶水一杯接著一杯的喝還覺得渴，水壺在爐上吱吱直響，沒想到弄假成真，對他產生好感，緊張得全身發熱，那件毛衣也來助威，好像水洗越來越緊。他也不斷的喝水，人熱、屋熱、水熱，兩人好像囚在密室裡憋得同時說不早了，我到對面的屋找杜娟。她問我怎麼樣，我說：「可以，但還是等一等。」杜娟又忙著問他，那邊同意，初次見面就這樣結束。他送我回去，夜很靜，昏暗的路燈下，他推著自行車，第一回有男性送回家，突然感到至上的幸福，真想離近點，但又怕他知道我的心事，還是保持點距離，但不希望馬上到家，可能他和我一樣心情，走得很慢還故意繞遠走，只想兩人世界的路走不盡。

林蔭道上男和女，緊張含羞又渴望。
但願灰牆走不盡，永遠兩人世界裡。
珍惜這份遲來緣，不想一年後戀愛。
補回太久等待日，女孩幸福約會夜。

夜越來越黑，我倆的話也多起來，談中學時代每天上學經過的街道，談他因爲母親過早去世承擔全部家務，爲了節省時間復習功課，他無奈的一次把一天的飯做好。聽他講著，我佩服他是一個具有責任心的男人，爲了總出差的父親和遠在部隊醫院的姐姐安心工作，弟弟好好學習，他在默默的做著家務活，蘭忽然感覺今生等待的就是眼前這個人。馬上就要到家了，告訴他不要往前再走，他鄭重的問我下次什麼時候見，措手不及的驚喜，在我的內心深處已經從好感變成愛，剛才走那長長林蔭道時就胡亂想，這愛的墨夜兩人能天長地久多好啊。可此時我在等他約定時間，那一刻害羞、緊張，彷彿陶醉在美酒中，我終於也能夠談戀愛了。他約定下星期的這天見面，一星期的時間怕忘了他的長相，總在回憶見面的那天晚上，朦朦朧朧的形象出現了，大個、草綠色軍裝、軍帽，這下放心了。約會的地點是人民電影院門口，找最高個的人沒錯，這一星期我又開始撕日曆，兒裡撕日曆是盼過年，此刻撕日曆是盼和他約會的那天，終於撕到了。

初次約會大齡女，洗臉又擦雪花膏。
鏡前試穿新布鞋，洗好藍衣烙鐵熨。
樸素乾淨又大方，七十年代談戀愛。

好容易盼到下班來到人民電影院，他早已經來了，買好了電影票，望著八年來不變的革命樣板戲海報，捨不得用一星期只有一次的約會時間看電影，而且這離單位太近，怕碰見熟人。但初次約會也不能怪他，把票留作紀念吧，它見證了七十年代的電影歷史，也許那時這兩張票還能升值呢，趕緊離開這裡。五月份的長春到處是綠色，春花盛開，他在前面走，我在後保持一定的距離，直到離單位越來越遠才並排走，然後商量到哪兒去，我說：「到公園坐一會。」他買了兩張門票。公園裡的涼亭，隱蔽的草叢都有人，我領著他來到兒時常來玩的河邊，坐在長凳子上看半墜在河裡的垂柳，靜靜的河水在夕陽的映照下彷彿是一塊碧綠色的鏡子閃爍著耀眼的光芒，被眼前的景色感動。他忽然握住了我的手，幸虧越來越墨的暮色掩蓋我的紅顏，也讓我倆的手越握越緊，不願鬆開、分開。

珍惜這遲來的愛情，把每星期約會日子記下來，它記下了十回，轉眼迎來了夏天，又到了約會的日，見面時我開玩笑的說：「給每星期的約會日起個名字叫散步約會吧。」他笑著說：「行。」

但這一次領他來到充滿回憶的草地，第一次和異性來到這，挺好還有空位，望著被墨色吞沒的天地間，旁邊傳來的喃喃愛語聲，突然很激動，我也有男朋友了，這愛的草地也在鼓勵他，我們越來越近，他觸摸到我發燒的臉，那瞬間他似乎明白了什麼，緊緊摟住我，蘭聽到了他的呼吸，嘗到了愛的吻。

十次約會紀念日，終於不再難為情。
接受他的愛誓言，願為尚蘭同甘苦。
一生只愛你一人，熱淚盈眶女孩子。
感謝命運安排我，與他相識與相愛。

他好像一面大牆，我有了依靠，感覺他的手摸到我的胸部、摸得我激情燃燒。但又怕他把勒了十三年的平板胸摸大，變成豐乳。想到這趕緊站起來，省得以後讓人上網上線。

每星期的約會，父親知道女兒大了，阻止不了，但這麼大的事，做爲家長的也得了解一下他的家庭情況，當時的國情男方的成分很重要，多少才男因黑成分毀一生。幾天後父親把了解的情況說了，他父親是資本家，不相信的事實，被欺騙的三個月，渾身發軟無力的坐在炕上，他爲什麼不說實話，約會的日到了我不想去。中午趁著收發室的人吃飯的機會，給他打電話，告訴他最近工作忙延期約會，渴望的今夜約會沒有了，我含淚喝了父親的白酒。

多想借酒忘掉他，多想廢除成分論。
多想今夜去約會，多想天長地久愛。

又到了約會的日子，呆呆的看著日記本上的十個約會日難受，意想不到遲來的愛情現在變成痛苦、相思。下班了，剛出大門，發現他在煤堆旁邊假裝修理自行車等我，還不斷的往裡瞅，門口有很多人，想拒絕的話沒有說出來，只想快離開這。從約會那天開始我就告訴他到人民電影院門口等，蘭不願意讓更多的人知道，今天他可能是不得已才到門口等。沒有去草地，推著自行車沿著斯大林大街一直往前走，緊張的空氣讓人感到壓抑，他終於說話了。「尚蘭你不要生氣，不是騙你，我爺爺出身是貧農，父親十六歲從營口老家來到長春當學徒，後來跟朋友合伙經營買賣，因父親爲人誠實，又有能力，所以被選爲經理，公私合營時被劃爲私方人員，父親的入股金並無幾個錢。以後不知怎麼回事就給戴上了資本家的帽子，父親不服，找了多少次但沒有結果，已經定型裝進檔案袋。第一次見面就喜歡你，不想失去，所以當時沒有說，原打算過一段時間告訴你。」看他很憔悴的樣子，我知道他是一個忠誠老實人，自己也是異色，理解他的心情。家庭出身對我來說並不占重要位置，我不是和出身戀愛，是看人，但這麼長時間了，他應該實話實說，想到這又埋怨他。南湖到了，爲緩和氣氛，他去買船票。

一直往前走，抬頭南湖到，

初次和他來，夕陽碧湖水。
泛起銀光輝，小船輕輕搖，
蘭怨隨風漂，不想划到邊。

月掛在碧綠的湖面上，我倆上了岸坐在湖邊的椅子上，夜色中的垂柳好像碧綠的長髮隨風吹，它溫柔的來回搖晃。呆呆的看著垂柳，心軟了，蘭也應該溫柔點，難得到南湖來，難得這樣的夜晚。他談起了白居易的長恨歌，「七月七日長生殿，夜半無人私語時。」雖然以前讀過但沒有今天這麼感動，彷彿眼前的湖、天、月就是詩的世界。蘭在暝想中繼續聽，「在天願作比翼鳥，在地願為連理枝。」月亮要墜到湖裡了，湖面上蕩起無邊的銀光，我拿出汽水讓他潤潤嗓子，幫他整理一下被風吹亂的頭髮，他灼熱、誠實的眼睛，讓我不好意思的趕緊低下頭，不敢再看他，太晚了走吧，再不走我要崩潰了。

到家了，他問我下次什麼時候見，在母親沒有回來以前不想和他再聯繫，讓他等一等，他無奈的走了，也可能從此變成陌生人。站在那目送，直到看不見，不知怎麼挪到屋裡的，兩個異色男女戀愛也隔著又高又厚的出身牆，但蘭又沒有勇氣反抗現實，如果我倆結合，帶來的後果就是熬過的二十年坎坷路，我害怕了，從那天開始我改變了上班騎自行車的路線，不想再經過省委的林蔭道，怕觸景生情，畢竟這裡留下十個約會日的美好夜晚。

有一天下班時杜娟到單位找我，她說了很多，讓我再考慮考慮，分別期間的痛苦、渴望、枯燥，杜娟的一番話像一把火又在蘭的心裡燃燒起來。她走了，我推著自行車又重走林蔭道，沉浸在回憶中，那夜失眠了。望著窗外沒有月的墨空，心裡空蕩蕩的。

第二天的上下班路，我又開始走這條路線，傍晚下班時自行車騎到五中附近發現他站在那等我，好像我們之間沒有發生什麼不愉快的事，是久別的戀人在等待第十一次約會。他高興的說給你借了一本好書，他瘦了，看著執著、誠懇的他，心軟了，像是命運的安排，還是有緣，這離草地很近，多天的離別思念，昨天杜娟的一番話，今天他的誠懇，心動的蘭跟著他走進草地。三個星期沒來，草長高了，好像坐在綠色花轎裡，草把兩人藏起來，無言世界的兩個人。不知不覺，夜幕降臨，草地靜悄悄，難得這樣的夜晚，我倆情不自禁的依偎著，互相灼熱的身體讓我們激動、激情。再也忍不住的愛，他緊緊的抱住我的身體，在墨綠色的花轎裡吻著，不想停止，補回因再教育而失去、奪去的六年談情說愛的機會，再也不想離開他，愛情像燃燒的火燙著渴望的男女，第十一次的約會，墨夜裡喃喃的誓言，「海枯石爛心不變。」

分別三週愛重燃，約會還是老地方。
那片草地似花轎，難得難有難忘夜。
才知愛是連理枝，兩人月下愛誓言。

不論紅與黑成分，相依為命共患難。

他的執著使我崩潰、感動，已經不在乎紅與黑的家庭成分，還是每星期一次約會，然後等母親回來決定我們的關係。

母親時時來信，惦記著父親和我們，從父親給我們講信的內容，知道母親在日本有太多的意想不到，豆油隨便買又便宜，而且炸過幾回雞、魚、肉、菜後立馬倒掉。衣服沒有舊、破，只因換季節或者又流行新樣式就扔掉，在不分季節、沒有流行，就一件衣服的母親來說，這是浪費、可惜，母親全要了準備帶回中國。

社會主義紅大地，糧肉魚布都要票。

資本主義藍日本，糧肉魚布隨便買。

衣服換季立馬扔，浪費可惜白瞎了。

樣式新穎又好看，拿回中國人羨慕。

一衣帶水兩國家，天堂地獄之差別。

三十年的回家，每天的日程安排得滿滿的，同窗會、上溫泉、拜訪朋友，其中最讓母親好奇、驚奇的是商店裡好像花果山似的各種各樣鮮豔、鮮美的水果，雞蝦魚肉也應有盡有，而且乾淨、新鮮。用在中國吃不到的魚肉蝦，母親做了一桌菜宴請親人，第一回吃原汁原味的中國菜，舅舅和三個姨媽用剛學會的「眞好吃」讚揚中國的美食。豐衣足食的生活過得很快，轉眼離回中國的日子越來越近，母親心裡充滿茅盾、苦惱，走還是留下。因爲是日本人，被歧視、侮辱、抬不起頭的孩子們，而且小亮還在煤礦，小明也在家待業，母親把我們比喻成六顆紅藍寶石，她不忍心扔下父親和六顆寶石。在日本雖然豐衣足食，但好像旅店，不是久留的地方，我們也盼母親早日回來，母親開始心急、心焦、心疼、苦澀的決定，母親終於回來了。

在長春車站等待從上海開往哈爾濱的列車，藍黑人群裡母親特別的耀眼，蘭感嘆日本好像魔術國，它把母親打扮得高雅端莊，米色的套裝，葡萄顏色的眼鏡，滿頭銀色的波浪髮恰到好處的襯出大學老師的風度和氣質，身上還帶著一股淡淡的香水味。紅網裡的一點異彩、異香引來眾人的圍觀和好奇，他們的圍觀讓我們感到驕傲，被罵的我們這回借光了。母親帶來的東西更讓我們驚訝、好奇，淡粉色的女式自行車，墨綠色輕巧的坤車，騎車到商店買東西引來人的圍看，偷著按鈴，然後高興的笑了。買完東西騎著自行車飛馳在馬路上，讓蘭享受到西哈努克親王和莫尼克夫人的待遇，走路的人們目不轉睛的看著飛馳的自行車，它像一隻粉蝴蝶絢爛奪目。因爲七十年代的中國全是大、沉、黑、土的永久、飛鴿牌自行車，還有不憑票的地方生產的自行車。

不分男女自行車，飛鴿永久全憑票。
沒權沒門一生等，七十年代的中國。

落後鄰國半世紀，紅色思想藍灰衣。
兩種色彩太壓抑，中國需要自由色。
別在自讚欺騙民，厚高紅門何時開。

終於有了像樣的約會衣服，三姨知道我的名字尙蘭後，特意買了一件時尙的藍襯衣送給我，照鏡試衣服不敢相信是自己，蘭變成了七十年代末紅遍中國的電影明星張金鈴。母親帶來的魔術大包像夜空的焰火不斷的變換新鮮的東西，妹妹拿出了三個精美的像花露水似的瓶子，裡面是藍、粉、綠色的液體，母親告訴我們它叫洗髮劑。日本人每天用它洗頭，怪不得母親的銀髮現在有了光澤，原來是用洗髮劑的原因，看著喜歡得不得了的女兒，母親告訴我洗髮劑的用法。十九年來一直用鹼洗的頭髮第一回用洗髮劑，它使頭髮柔軟，髮溢芳香，髮如瀑布，髮變光澤，它在慢慢醫治我的苞米髮，被魔術般的洗髮劑感動。幾個人挑了自己喜歡的顏色，弟弟們用綠色的，妹妹用粉色的，我是藍色的，平常捨不得用，只有和他約會的那一天洗髮用，帶著髮香和他去散步，我把洗髮劑當成寶物，喜歡在月光下欣賞，它變成了藍色香水，還彷彿是一顆最大的藍寶石和月亮相輝映。

看似花露水，日本洗髮劑，
用它洗頭髮，髮如瀑布美。

感嘆海那邊，生活在盛世，
這邊紅大地，還用礆洗髮。

還能出來啥，繼續看著，弟弟拿出了八個傘，頭一回看見這麼小的洋傘，能折疊，還能伸縮，當傘縮回時嚇了一跳，以爲傘壞了，逗得大家直樂，我眞是土得掉渣，看什麼都大開眼界。原來傘也分男女用，八個傘裡我和妹妹的最耀眼。妹妹的傘是紅色的地，上面的圖案是和硬幣五分錢一樣大的白點，我是桔黃色的地，上面的圖案是和黃豆差不多的白點。解放以來的中國全是男人用的深藍、黑色雨傘，在一片藍黑色的傘中，小洋傘的綻放好像兩朵色彩妍麗的雨中牡丹花。

那個時代中國傘，雨中全是藍黑色。
男女不分蘑菇群，再現閉塞紅大地。
日本製造小洋傘，雨中綻放牡丹花。
對比之下才明白，人人幸福海那邊。

這魔包裡的東西最讓人興奮的是小巧玲瓏的照相機，它喚起了我兒時的記憶，那時在電影裡看共產黨或國民黨用相機偷拍情報，如今用它拍下了我們穿著日本服裝在勝利公園、人民廣場、南湖等地方的全家照。照相機成了弟弟們的寶物，他們像愛護毛主席像章那樣，每天用軟布把照相機擦得明亮。日本帶來的大包讓我逐漸明白，到底誰在水深火熱中生活。

從此弟弟喜歡它，日本製造照相機。
拍出兩國真實事，中日對比人生變。
國家到了危急時，快點打開大紅門。
漂洋過海去留學，實現百年中華夢。

又到了約會的日子，早起來一會洗頭髮，換上只有這天才穿的藍襯衣，我的髮香提醒了母親，回來以後因太忙還沒來得及問女兒的事。上班的時間到了，母親送我到門口說想見他，你倆定一下時間。晚上把母親的意思和他說了，他也早想登門拜訪父母，日子定在下星期約會的晚上。蘭也盼望這一天早日到來，徵得父母的同意，那一天終於來了，母親熱情的出來迎他。初次見面，看著高雅的母親，他特別的緊張，母親問他家庭情況時，比我倆第一次見面時還要拘束，像報告似的說，二十七歲，家庭成員父親、姐姐已婚、弟弟在外地工作，名字振文，那個時代見面時的習慣。爲了緩和氣氛，我忙著倒茶，讓他潤潤嗓子，並使眼色讓振文自然點，見此情景，父親和他聊起來。男人之間的話題中蘇論戰，越聊越投機，母親在旁邊和我聊天邊觀察他。時間不早了，振文起身告辭，送走他以後問母親怎麼樣，她說：「人可以，忠誠老實，但家庭成分不行。」母親是過來人，很現實，她像那個時代所有的父母一樣，希望孩子們跟上潮流，找一個黨員、轉業軍人、紅五類的青年戀愛結婚，牢固的紅色名牌會給自己及全家帶來錦繡前程。沒想到母親變得這麼現實，看著她過早的白髮，不好意思和母親做對，這紅與黑的出身殘酷的擺在面前，讓我爲難，到底選擇誰。進入夢香的夜，我卻覺得很長很黑，翻來覆去睡不著，腦海裡全是他，蘭相信緣份，第一次約會時，談上學路線才知道，他每天路過我家窗門口。記得有一回上他家串門，看見牆上掛的鏡框裡他少年時的照片，讓在新中國紅色思想教育下長大，不相信迷信，不相信有緣的我，那一刻、那瞬間徹底相信迷信、相信有緣。我在十多年前就認識他，同時也感覺他就是上蒼賜給我的那個人，命運注定兩人因爲有緣相遇、相識、相愛。

有緣沒有紅色，母親不同意，愛情陷入了危機，苦澀的決定取消和他的約會，隨之而來的是母親託人給我介紹對象的照片擺滿了桌子，都是根紅苗正的革命家庭，我成了商品，異色配紅色的政治交易。怨糊塗母親不管女兒的感受，那紅色名牌是好看，但能不能適合我。一個文靜軟弱的異色姑娘，中國有句名言「量體裁衣」，蘭的終身伴侶就是門當戶對的他。母親招呼我快來，這相片的人不錯，蘭離開了家。外面那麼無疆、空曠，不知往哪走，眼淚不知不覺流出來，推著自行車瞎走，誰知又來到省委林蔭道上。怎麼回事又來到這，怕觸景生情也不想再走進它，增加煩惱愁，騎上自行車逃走。車越來越沉騎不動了，下來一看，後車輪沒有氣了，它變成了一層皮，看著困在路中間的自己才知道這下壞了，路遙車沉，人倒霉時喝口涼水都塞牙。突然一陣風刮來，剛才還藍藍的天被迅速漫延的烏雲包圍，天變成灰色，風把樹葉吹得沙沙直響，不好的預感要下雨。還沒來得及推車，大粒的雨點已經直射在身上，此刻後悔衝動的離開家，現在回不去了。雨更急了，發瘋似的潑，沒有避雨的地方，只有戒備森嚴的長長圍牆，和鬼哭狼嚎的風聲，蘭在雨中掙扎，但衣服越來越沉，灰濛濛的雨簾擋住天地間。

單車如石沉，蘭在雨中愁，

突然熟悉影，他在我眼前。

他在為我打傘，用自己的身體擋雨，不知道說什麼好，兩雙愛的眼睛在轟隆轟隆的雷聲中久久對視，如果發展順利的話，今天是約會的日，他相信林蔭道上的約會，在這等著。大雨把他也澆透了，還在默默的打傘，我雨淚交織，但很感動，兩人又約會在雨中的林蔭道上，讓雨澆醒，再也不受紅與黑出身的束縛。這雨好像我們的戀愛季節，風雲多幻，變化無常，天漸漸晴了，彎彎的彩虹鑲在藍藍的天上，他把澆濕的衣服脫下來，裡面的背心也濕了。把振文拉到有夕陽的地方，他檢查車輪，蘭把衣服搭在車把上，然後看他幹活，眞希望時間永遠停在這靜靜的兩人世界裡。找到了漏氣的地方，但沒有補的東西，他和我商量到他家去修，一進門正好遇上前院住的他姐姐，她高興的讓我到炕裡坐。然後翻箱倒櫃的找肉票，要買肉包餃子，看著熱情的大姐，不好意思修完車就走。振文在那修車，我和大姐包餃子，蔥花的香味，沸騰的鐵鍋開水讓蘭感到十九年來最渴望的親情和溫暖。我不能再猶豫了，吃完飯以後他送我，我讓他慢點走，回家的時間越晚越好，今夜和母親明說非他不嫁。快到家了，我讓他回去，他擔心的說：「不要惹你父母生氣，以後再說吧。」沒事，我會把咱倆的事處理好，父母也是很通情達理的人，這麼晚回家，母親知道說什麼也沒用了，女兒已下決心和他天長地久。

父母這關終於通過了，一年後轉爲正式工人的我準備結婚，火炕上擺著結婚那天穿的新國服，看著既高興又遺憾，我嚮往兒時在鄰居家看見的民國結婚照片，被照片上的婚紗裙感動。從此有一個願望，等到花季時也要拖到地上的霓裳紗裙，和洞房花燭夜，簪花新娘紅蓋頭的中國式婚禮，可是一年不如一年的今天，婚禮也越來越簡單、革命化。無奈爲了在結婚時的藍、灰、草綠色的國服裡突出我是新娘，急忙把肥大的國服改成合身的國服，又做了一件紅襯衣。看著自己想出的紅藍組合，雖然土氣，但充滿喜慶，終於有了新娘的模樣，讓來參加婚禮的人們立刻知道我是新娘。人生一回的大事在幾盤水果糖，走後門又到黑市買的豬肉、白酒辦的五桌酒席中結束，過後到照相館紀念別具一格的七十年代結婚照，但那個年代的照相機把紅藍組合的新娘裝拍成黑白顏色。無奈的從黑乎乎的照像館出來，感覺天特別的藍，它好像在安慰遺憾的新娘，也在啓發我用最愛的文學描繪嚮往的霓裳紗裙，那一刻我情不自禁的說：「多想用一片片白雲做婚紗裙，藍天當教堂，太陽是金碧輝煌的吊燈。」杜娟是我和他的證婚人，王玥、小芳、王蕾、王雲、丁琳、妹妹是伴娘。女人美麗實現不了的時代，只能和天訴說我的夢想、渴望，夕陽紅的今天想補張婚紗照，但白髮、褶臉、肥臀，找不回花季時紅顏。

男女一生大喜事，新郎新娘藍國服。
豬肉喜糖白酒煙，後門黑市才買到。
紅色祝辭紅誓言，七十年代結婚式。
嚮往民國式婚禮，簪花新娘紅蓋頭。
霓裳紗裙新娘子，神父面前愛誓言。
不論貧窮紅與黑，不離不棄永相隨。

懺悔

天天開會動員我們這些能生育的女性採取避孕措施，也是當時只允許生兩個孩子的政策。總吃避孕藥又害怕有副作用，吃的用糧票、肉票、魚票、雞蛋憑證按供應量購買，穿的用布票、棉花票的七十年代，避孕套更是只聽說沒見過的緊缺品。聽朋友說藥店可能有，爲了自己的身體健康，爲了不懷孕，我抱著希望去買避孕套，眼看藥店要到了，我開始緊張、心跳、臉紅，在藥店門口徘徊，沒有勇氣進去問，買避孕套，無奈過後我選擇了到醫院戴避孕環。因爲那人多，可能是沒戴正，還是環掉了，結果又懷孕了，才三十一歲的我已經做了兩次人工流產。今天早晨和愛人冒著刺骨的北風到醫院做第三次人流，在醒目、耀眼的「男女平等」的大紅標語下排隊期間，看著做人流、戴避孕環的女性一個個被叫進去，不大一會又無力、憔悴的走出來，讓我想起很多、很多。中國人對懷孕生孩子是有很多注意事項，老人們常說女人九月懷胎，好像瓜熟蒂落自然生最好，可是現在實行的計劃生育政策，把多少還沒有來到這世界上的愛情結晶無辜的胎兒做掉、打掉，而且傷害女人的身體，到老了得婦科病、各種疾病，還有的避孕環爛在子宮裡取不出來。

以後更嚴了，強制、必須遵守獨生子政策，但有什麼辦法呢，趕上史無前例、空前絕後時代的女性。

正在這時，護士伸出頭來喊我的名字，躺在冰涼的台上，馬上就要和朝朝暮暮在我的肚子裡生長五十多天的胎兒離別，不能抱他，給他餵奶，從此陰陽兩個世界裡的母子。

朝朝暮暮五十天，多想把他生出來。
抱在懷裡餵他奶，相依為命一輩子。
可是只許生兩個，如果不做天天批。
無處藏身無處躲，無奈母子陰陽間。

那一刻我崩潰了，爲自己殘忍、殘酷無情的行爲、行動懺悔。請我的寶寶原諒，寬恕無可奈何、無能爲力的媽媽逃不出、躲不過政府的計劃生育政策。如果把你們生下來不但罰錢，還沒完沒了的整你、批你，生下的孩子屬於二多餘、三多餘、四多餘……。在獨生子女面前永遠抬不起頭，想到這身不由己，迫不得已的流下眼淚。正好被戴大口罩的女大夫看見，她不但不同情，還像冷血動物的說出了「現在知道懺悔、難受了，當時舒服時怎麼忘記了。」意想不到救死扶傷的大夫用下流的語言侮辱悲痛、悲傷的媽媽，她到底有沒有良心、人性。再說趕上禁止看、禁止聽愛情歌曲、愛情電影、愛情小說的一代年輕人對性生活一無所知，根本不知道什麼叫舒服、快感、激情，這是做爲五零後的遺憾、可惜、可憐。哪像那個女大夫趕上解放初不禁書、焚書，能看古今中外名著、小說，能念大學的時代，所以什麼都懂，嘗到了做女人的幸福，還在那恬不知恥的胡說八道。此時我後悔因圖於離家近到這家醫院，早有耳聞，聽說這家醫院不但態度不好，而且盡出醫療事故。我們單位有兩個人在這家生孩子結果都死了，其中有一個同事無可奈何、後悔莫及的表情讓我終身難忘。多少祖國的花朵、祖國的未來就這樣死於鮮紅、腥紅的手術刀下。

愛人用自行車把我帶回家，然後他到黑市買雞蛋去了，躺在床上的我不知道是身體虛弱，還是沒從白色手術室、白色手術台、白色大衣、白色口罩的白色恐怖中出來，感覺還在發抖、害怕、無力。正在這時，桌子上五彩繽紛的日本雜誌映入眼簾，我急忙拿過來打開，當看到藍藍的天空，盛開的櫻花樹下，美麗的媽媽和一群孩子說話時和藹可親的微微笑容，好像觀音癒合了我受傷的心靈，讓我從白色恐怖中解脫出來，也更加想念已經在日本定居的母親，多想依偎在母親的懷裡傾訴。

那夜翻來覆去的睡不著，想自己的從今以後，如果繼續做人流至少還得做五回，那樣的話我會做死的，或落下各種疾病，我不能再慘無人道、殘酷無情的扼殺還沒有看到這世界的無辜小寶寶、娃兒。到生多少都行，還給兒童補助金、講自由、平等、博愛的日本去。

離開祖國

東北生活三十年，苦恨怨愛前半生。
即將離開眷戀情，尚蘭名字黄色臉。
無疆大地賜給她，無論天涯與海角。
今生來生再來生，勿忘我是中國人。

喊了十年的祝福毛主席萬壽無疆！萬壽無疆！也沒留住他老人家。一九七六年九月八日，隨著毛澤東主席的逝世，中國開始掀開新的篇章，粉碎禍國殃民的四人幫，否定世界，否定中華五千年燦爛文明的那個時代一去不復返。封鎖十年的名著、小說、文學、經典電影重見天日。長這麼大，第一次看最先引進的日本彩色寬銀幕電影「追捕」和「生死戀」，不顧幾小時的長龍排隊，連續看了兩遍，「追捕」裡的天籟音樂，「生死戀」的片名讓人們耳目一新，場場滿員，目瞪口呆、鴉雀無聲。兩部電影滋潤了飢渴太久的國人，中日混血兒爲了這個一衣帶水的國家，二十年間我們抬不起頭，日本電影的進口讓我看到希望，也加速走的決心。不久又傳來一個壞消息，母親的最好朋友吉田阿姨的丈夫去世了，她本人也患重病，回日本的申請終於被批准，經這一連串的打擊，母親更老了。困難時期幫助尙家的朋友死別離去，緬懷吉田阿姨一家兒時的事像電影一幕一幕出現在眼前。吉田阿姨的丈夫姓何，記得那時經常到我家串門，每次來時都帶小孩喜歡的水果糖、麻元等。都出身不好，同樣的立場，命運走到一起，他經常很晚才走，因爲總給我們帶好吃的，所以對何叔的印象很深，一生抹不掉。他中等個，戴一副紫邊眼鏡，深藍色中式服裝，文質彬彬的白臉，一看就是知識分子。母親也經常領我到何叔家串門，母親和吉田阿姨一見面就有說不完的話，聽不懂日語的我，在一旁沒趣的坐著，見此情景，吉田阿姨急忙到外面把正在玩的女兒找回來和我做伴。她的女兒和吉田阿姨一樣，長得很漂亮，還有一個好聽的名字「圓圓」，何叔家四口人，還有一個兒子是智障者。進入六十年代給人硬烙上的紅與黑成分如天羅地網，家喻戶曉，吉田阿姨家的日子越來越不好過了，看著在單位抬不起頭的丈夫，在家又哭又鬧又笑的智障兒子，吉田阿姨的性格變了，對智障兒子沒有耐心了，常常打罵他。

抬不起頭黑五類，沒完沒了大運動。

精神壓抑生活裡，還得照顧智障兒。

世界上沒有那麼愛兒子的父親，雖然自己每天過得很難，但對智障兒子充滿了愛，給兒子做飯、給他洗腳、給他洗衣服、讓他比一般孩子穿得乾淨。全家捨不得用的布票全花在總撕衣服的兒子身上，但命運總在捉弄何叔。不久，支撐他活在這世界上的兒子在一次大發作中死去，何叔還在招呼兒子的名字，打好了洗腳水讓他快來。彎月的屋裡只有哭泣的吉田阿姨和害怕的圓圓，接著的文化大革命更饒不了黑五類的何叔，直到紅衛兵把矛頭指向走資派，紅網裡的黑五類才鬆了一口氣，何叔來了，最後的一次見面。

同是天涯淪落人，共度文革鬼門關。
十年之間無來往，今夜意外見面了。
此時重病已纏身，二次解放他離去。
昔日共吟團圓桌，如今變成供品台。
陰陽相望知識人，無可奈何人一生。

蘭已經認不出何叔了，他瘦得很厲害，他從手提包裡拿出一包餅乾給我們，母親拉上窗簾，弟弟妹妹也很懂事的到火牆的那邊。父親、母親和何叔在小聲說話，昏暗的燈下，過早的白髮和他極不相稱，摸著自己的白髮，何叔開玩笑的說，以前戴黑帽，這回又換上了白帽，不知以後是什麼顏色的帽子，何叔總是那麼幽默。兒子的死，他自己也重病在身，但他還是很樂觀。我不明白爲什麼說何叔是壞分子、日本特務，他根本不像那個年代電影裡凶惡、殘忍、狠毒的壞人，卻像文化大革命前紅遍中國的電影「在烈火中永生」的許雲峰扮演者，電影皇帝趙丹，一身英雄氣，好似一棵松。

何叔要走了，我好像預感到什麼，和父親一起送何叔，從此再也沒有見到他。

今夜即將離別時，憂國憂民何叔叔。

語重深長一句話，互相保重迎解放。

友情化作流星雨，感動上蒼中國變。

知識分子翻身日，生死離別多少家。

何叔沒有等到這一天，他走了，吉田阿姨也疾病纏身。她的回國申請批准了，但女兒圓圓沒有批准，即將和丈夫、兒子、女兒的生死離別，吉田阿姨精神崩潰了，她不忍心、不放心還在農村，還是知青的女兒。抱著最後的希望，她天天到公安局，但毫無結果，馬上面對、面臨的是從明天開始孤獨女兒、孤旅母。晚上吉田阿姨請母親和朋友們到她家，回憶這麼多年的友誼、友情，又把女兒托給母親和朋友們。屋裡彌漫著白酒的酸甜苦辣，牆上鑲著黑帶的何叔遺像，桌上圓圓說的「阿姨，從今以後請多多關照」的一番話催人淚下，陷入悲傷中的大家小聲的唱起了日本歌曲「故鄉」。

鬱鬱蔥蔥的山上啊，小兔在追逐媽媽。

清澈可鑑的小河啊，是兒時玩耍的地方。

父母兄弟啊，何時能團圓。
日夜思故鄉，不知何日歸。

門已經關嚴，但還是不放心、擔心，吉田阿姨又把抹布、毛巾硬塞到門縫裡，這樣保證、保險日本歌聲流不出去，不願、不想離別的明天還是到了。母親和幾個朋友到長春車站送行，站台上圓圓緊拉著母親的手，見此情景，送行的人到一邊，讓她們母女倆的時間長一點。列車慢慢駛進站台，突然圓圓抱住母親，不讓媽媽走，汽笛長鳴催人淚，不知何時團圓日，母女難捨難分。母親和幾個友人勸圓圓，她不聽，吉田阿姨含淚推開女兒，上了列車，她半盲的眼睛在摸著走，她從車窗口找圓圓，讓圓圓等著媽媽，安排好，一定來接你。列車無情的遠去，那條藍紗巾還在搖，站台上的圓圓哭喊著跑到鐵道上追列車，怎麼勸也不回來，她一直跑著，最後車站的工作人員把她從危險的鐵道上拽回來。聽完母親講她的送行，我很難受，幫助不了圓圓，只能常去看看，希望她耐心的等待，但願來年春節時能團圓。

我看著吉田阿姨送給母親的日本雜誌，這些雜誌上帶著阿姨家的親情、友情，大家感興趣的地方，她特意用綠色紙剪成樹葉夾在雜誌裡，方便大家來回看、找。

頁頁思過去，彷彿昨天事，
有難互幫助，友情如親情。

如今她離去，這裡無留戀，

時刻準備著，奔向海那邊。

我繼續看著，淚掉在雜誌上，突然被一頁吸引住，那是六十年代的美智子皇太子妃，過去無數回從雜誌上看她，那時只是驚嘆皇太子妃的美麗。今天再看她讓我聯想到盛氣凌人、歇斯底裡的毛夫人江青，對比之下她像月亮女神，又像聖母瑪麗亞，淡雅柔和的服裝，文靜的氣質，微微的笑容，讓人感到溫柔的母愛。

月亮女神降人間，又是聖母瑪麗亞。

平易近人愛百姓，親切聲音暖人心。

微微笑容百花羞，溫暖賢慧集一身。

默默相守皇太子，人間最美太子妃。

吉田阿姨留給我們的雜誌看完了，心也飛到了海那邊，雖然改革開放了，但人們照舊包在藍灰綠肥大人民服裡，說話還得小心謹慎。尤其像我們這樣的家庭不知垂頭不敢言，低聲下氣到何時？還有一生擺脫不了，好像烙上、刻上、擦不掉、洗不掉的小日本、日本鬼子的罵名，這些語言暴力已經侮辱、誣蔑我們二十多年了。不想吉田阿姨家的悲劇在尚家重演，我們在等待政策放寬，日本的親人也在想辦法，救我們早日走出。開創新時代的救星鄧小平，隨著他眞正的執政，國門敞開，到日本定居的申請批准了。當我用發抖的手接過護照時，忽然對故鄉充滿了無限的眷戀，畢竟在這裡生活了三十二年。我的容顏是這片大地賜給的，不能守著祖國長相守的孩子，在離別的前夕，再一次好好看看美麗的長春。把車站、斯大林大街、吉林日報社、吉林省委、市醫院、人民廣場，沿途的大專院校、南湖等深深的烙在心裡，讓遊子勿忘生我養我的故鄉。不情願的第二次離別，今生是否能再落葉歸根，那一刻止不住的眼淚一顆一顆的掉下來，實在捨不得給我那麼多好聽，一生難改變鄉音的大東北，但被命運捉弄的一代注定她永遠不情願的漂泊。一九八二年十一月五日，也是我下鄉插隊[13]十四週年的紀念日，這天我登上飛往日本的飛機，開始了後半生的洋插隊。

13 下鄉插隊：青年學生被安排生產隊勞動、生活等。

後記　日本的生活

一衣帶水日出國，近在咫尺天地差。
家家都有大電視，日本製造世之王。
高樓大廈聳雲霄，車水馬龍不夜城。
瀟灑男人似明星，櫻花麗人賽盛唐。
走出國門看世界，太多震撼與感動。

迫不得已離開了生活三十二年的故鄉，漂洋過海又開始了洋插隊，它和我十四年前下鄉插隊一樣，帶去的全部財產是菜色的臉，肥大的藍衣服，全家的行李，還有七年的文化水平。但沒有辦法，這是趕上空前絕後時代青年的悲哀，也是命運。他們少年時有過遠大的理想抱負，想風華正茂時奮發學習，想大浪淘沙時出國留學，可都不允許實現。百年的風起雲湧，百年的前撲後繼，百年的大革命，百年的強國夢，但換來的是：

恰似風華正茂時，趕上文化大革命。
軍裝軍帽紅袖章，造反有理砸一切。
每天三呼萬萬歲，全國上下忠字舞。
十年八部樣板戲，誰敢反抗命黃泉。

一步趕不上，步步都無奈。我來到第二故鄉日本，巨大的機場不知哪是出口，鑽石般的燈光照耀得眼暈、眼疼不適應，原形畢露難爲情。混在華麗霓裳衣裙筆挺的西服人群裡，我們顯得各色，土得掉渣寒磣。第一次坐高樓大廈的電梯嚇得不敢喘氣與睜眼睛，怕從空中掉下來。走在馬路上看轎車感覺太快、太怕、太噪，彷彿向你駛來，嚇得躲在一旁。一切出乎意料，一切都不適應，土裡土氣好像難民的我們趕緊離開。隨著國人紛紛走出，雖然同是黃種人，但這裡的人們一眼認出我們是中國人。可是像野草的五零後能挺住、扛住他們的眼光，這種堅強、忍耐的精神歸功於文化大革命前良好的教育。也正是二十六年的極貧、飢餓、坎坷、歧視，讓只有七年文化水平的尚蘭決定寫自傳，越寫越激動，感到一種責任、使命。一個經歷過那個年代的女性的「私人史」，也是一部分中國現代史。把那段寫出來讓現在的人們了解改革開放前的中國，也獻給和我同樣經歷得太多、太多的五零後，我們扛過來了還活著，這是五零後的精神。

花了五年時間終於寫完「紅網怨」這本自傳小說，當爲最後一字寫上句號時很感動，因爲從來不敢相信自己能寫小說，但在六十五歲的今年完成了一生總要寫作的強烈願望。看著用止不住的淚水寫的小說，首先要感謝父母、哥哥，如果沒有他們的影響，我不可能終身愛書，也不可能寫書。但遺憾的是父母沒有看到女兒的書相繼去世，現在能補回的、能做到的是盼這本書出版，在父母墓前念給他們聽。爸爸、媽媽，您們最擔心的女兒大器晚成，也感謝我的先生、弟弟、妹妹的大力支援、協助。更要感謝的是我生在中國，它賜給我那麼多的文字，最美的語言，它們好像奔騰不息的黃河，取之不盡、用之不竭。也感謝這偉大的時代，今日的中國已經不是那個動亂年代的中國，它變化得讓我感到驕傲，同時又希望祖國能眞正的百花齊放，那個年代的眞實，我的自傳《紅網怨》在白象文化事業有限公司大力協助下，終於與讀者見面了，對此表示衷心的感謝。

國家圖書館出版品預行編目資料

紅網怨／尚蘭 著. --初版.--臺中市：白象文化，2016.08
面： 公分.——
ISBN 978-986-358-310-3 （平裝）

857.7 105000238

紅網怨

作　　者　尚蘭
校　　對　賴麗雯
專案主編　林孟侃
出版經紀　徐錦淳、林榮威、吳適意、林孟侃、陳逸儒、蔡晴如
設計創意　張禮南、何佳諠
經銷推廣　李莉吟、李如玉、莊博亞、劉育姍
行銷企劃　黃姿虹、黃麗穎、劉承薇
營運管理　張輝潭、林金郎、曾千熏
發 行 人　張輝潭
出版發行　白象文化事業有限公司
　　　　　402台中市南區美村路二段392號
　　　　　出版、購書專線：（04）2265-2939
　　　　　傳真：（04）2265-1171
印　　刷　基盛印刷工廠
初版一刷　2016 年 08 月
定　　價　499 元